Luisa Valentin

Jeder neue Tag mit dir

Buch

Nach dreizehn glücklichen Ehejahren müssen sich der Kameramann Markus und seine Frau Kathrin schließlich eingestehen, dass sie sich auseinandergelebt haben. Dinge, die sie früher am anderen so geliebt haben, gehen ihnen jetzt fast nur mehr auf die Nerven, und ihre Freizeit verbringen sie kaum noch miteinander. Trotzdem ist Markus mehr als bestürzt, als er eines Abends früher von der Arbeit nach Hause kommt und seine Frau in den Armen eines anderen vorfindet. Ist das das Ende ihrer Ehe? Markus will nur noch weg, doch als er auf dem Dachboden nach einer Reisetasche schauen will, entdeckt er stattdessen einen alten Koffer voller Geschenke. Kathrin und er haben diesen zur Hochzeit bekommen – und können nun nicht widerstehen: Sie öffnen den Koffer und die Geschenke – und versinken in gemeinsamen Erinnerungen. Doch kann diese emotionale und prickelnde Reise in die Vergangenheit sie nicht nur an einen besonderen Urlaubsort, sondern wieder auf einen gemeinsamen Weg bringen?

Autorin

Luisa Valentin lebt, liebt und arbeitet in der Nähe von München. Über die Irrungen und Wirrungen der Liebe veröffentlichte sie unter anderem Namen bereits erfolgreich mehrere Romane und schreibt Theaterstücke. Sie ist der festen Überzeugung, dass das Leben viele unglaubliche Überraschungen bereithält, wenn man offen und mutig durch die Welt geht.

Von Luisa Valentin bereits erschienen:

Ich liebe dich … und dich · Jede letzte Nacht mit dir

Luisa Valentin

Jeder neue Tag mit dir

Roman

blanvalet

MIX
Papier aus verantwortungsvollen Quellen
FSC® C014496

Verlagsgruppe Random House FSC® N001967

1. Auflage

Dieses Werk wurde vermittelt durch die
Literarische Agentur Thomas Schlück GmbH, 30827 Garbsen.
Redaktion: Alexandra Baisch
Umschlaggestaltung und -abbildung: © Johannes Wiebel | punchdesign,
unter Verwendung von Motiven von Shutterstock.com
LH · Herstellung: sam
Satz: Uhl + Massopust, Aalen
Druck und Bindung: GGP Media GmbH, Pößneck
Printed in Germany
ISBN: 978-3-7341-0425-1

www.blanvalet.de

Für Dich, mein kleiner Stern!
Auch wenn ich Dein Leuchten
nur in meinem Herzen sehen kann.

»Wenn du dich nicht der Verrücktheiten erinnern kannst,
zu denen dich die Liebe genötigt hatte,
hast du in Wahrheit nie geliebt.«

William Shakespeare (1564–1616)

1

Zweieinhalb Minuten können unendlich lang sein. Oder viel zu kurz. Und manchmal sind sie perfekt.

LISSABON, 16. JUNI 2004

»Schnell, sonst fährt sie uns vor der Nase weg«, rief Kathrin und zog Markus in die alte Standseilbahn, die sie vom Praça dos Restauradores hinauf nach Bairro Alto bringen würde. Ihr Gesicht glühte in der schwülen Hitze des Spätnachmittags, und Strähnen ihrer hüftlangen hellbraunen Locken klebten ihr im Nacken und an den feuchten Schläfen. Eigentlich war es viel zu heiß für eine Besichtigungstour in der Stadt. Aber bereits morgen würden sie wieder abreisen, und sie wollten die Gelegenheit nicht verpassen, die auf der Iberischen Halbinsel gelegene historische Hauptstadt Portugals zumindest einen Tag lang zu erkunden.

Seit einer Woche waren sie in einem Hotel in der kleinen Hafenstadt Sesimbra untergebracht, die kaum eine Stunde von Lissabon entfernt liegt. Markus war als zweiter Kameramann für eine groß angelegte Werbekampagne der portugiesischen Tourismusbranche engagiert worden. Ausschlaggebend für den Auftrag war seine Erfahrung als Taucher. Eine Leidenschaft, die er mit Kathrin teilte. Deswegen hatte er auch vorgeschlagen, seine Freundin für die speziellen Unterwasseraufnahmen mitzunehmen. Beim Vorgespräch in München hatte Kathrin den Produzenten unbeabsichtigt so von sich eingenommen, dass er sie nicht nur als eine Taucherin in die Kampagne einbauen, sondern zu einer zentralen Figur für die Szenen im und am Meer machen wollte. Zuerst hatte Kathrin sich darüber köstlich amüsiert. Ausgerechnet sie? Vor Nervosität würde sie womöglich keinen Satz herausbekommen, und schon gar nicht in einer Sprache, die sie nicht beherrschte. Doch für die wenigen Dialoge in den geplanten Szenen sei es eher von Vorteil, ihren deutschen Akzent zu hören, hatte der Produzent ihr versichert. Schließlich sollten mit dem Werbefilm Touristen angesprochen werden. Ausschlaggebend – da machte sich niemand etwas vor – waren jedoch vor allem ihre sportliche wohlproportionierte Figur und das faszinierende Strahlen ihrer ungewöhnlich hellen Augen. Nach vier Jahren konnte Markus immer noch nicht endgültig sagen, ob sie nun grau, grün oder blau waren. Kathrin ließ sich überreden. Nachdem sie gerade ihren Master in Kommunikations- und Medienwissenschaften abgeschlossen hatte, musste sie sowieso noch ein paar Wochen auf den Beginn ihres Volontariats in einer Münchner Werbeagentur warten. Sie konnte nicht nur die Gage gut gebrauchen, sie freute sich vor allem auf die gemeinsame Zeit in Portugal mit ihrem Freund.

Das Produktionsteam war in zwei Gruppen aufgeteilt. Während der Regisseur mit dem ersten Kameramann und seinen Leuten an Sehenswürdigkeiten im Hinterland und in Lissabon drehte, war Markus mit seiner Gruppe als Second Unit ausschließlich für Aufnahmen im und am Meer zuständig. Dafür bot die idyllisch gelegene kleine Hafenstadt Sesimbra den idealen Ausgangspunkt. Schon bei Sonnenaufgang traf sich das *Água-Team*, wie einer der portugiesischen Taucher die kleine Gruppe scherzhaft nannte, in einem kleinen Café am Strand zur täglichen Besprechung. Die Regieassistentin stimmte sie auf den Ablauf ein, sie besprachen den vom Regisseur vorgegebenen Drehplan und eventuelle Änderungen. Gefilmt wurde in einer kleinen Tauchschule, am traumhaften Sandstrand, auf einem Boot und natürlich unter Wasser. Kathrin machte ihre Sache überraschend gut und kam mit allen Leuten aus dem Team klar. Markus war mächtig stolz auf sie und froh, sie dabeizuhaben. Vor allem gestern, als beim letzten Tauchgang einer der weniger erfahrenen Taucher plötzlich eine Panikattacke bekam und alle lebenswichtigen Verhaltensregeln unter Wasser vergessen zu haben schien. Kathrin hatte in dieser brenzligen Situation einen kühlen Kopf bewahrt und ihn gemeinsam mit Markus sicher zurück zum Boot gebracht. Dort wurde er von einem, eigens für die Dreharbeiten engagierten, tauchmedizinisch geschulten Arzt in Empfang genommen und versorgt.

Markus konnte kaum den Blick von seiner Freundin wenden, als sie sich danach aus dem Taucheranzug schälte und ihm strahlend zulächelte. Genau da geschah etwas mit ihm, das ihn gleichzeitig verwirrte, ihm jedoch vor allem ein großartiges Gefühl verschaffte. »Sie ist die Liebe meines Lebens.« Das klang vielleicht pathetisch, aber genau so empfand er in dem Moment. Kathrin war hübsch, sexy und klug, abenteuerlustig und mit einem trockenen Humor gesegnet, den er liebte. Und sie war einer der wenigen Menschen, dem er, ohne zu zögern, sein Leben anvertrauen würde. Als ihm das bewusst wurde, fasste er einen Entschluss.

Sie hatten es gerade noch geschafft. Kaum ließen sie sich nebeneinander auf die letzten freien Plätze am hinteren Ende fallen, setzte die Standseilbahn sich auch schon in Bewegung. Genau auf diesen Moment hatte Markus gewartet. Er griff nach ihrer Hand und verschränkte seine Finger mit ihren. Ganz locker, als ob er einen Spaziergang machen wollte.

»Heirate mich!«, bat er sie schlicht.

Kathrin riss verblüfft die Augen auf.

»Spinnst du?«, rief sie und lachte laut auf.

»Klar!«

Sie schüttelte ungläubig den Kopf.

»Das meinst du doch nicht ernst, oder?«

»Doch. Komm, trau dich, Kat!« Er sprach ihren Namen aus wie das englische Wort für Katze.

Sie lachte wieder, dann drehte sie sich von ihm weg. Schweigend sah sie aus dem Fenster, während das Gefährt sich laut quietschend den steilen, engen Weg nach oben schlängelte, vorbei an Häusern und Plakatwänden, die mehr oder weniger kunstvoll mit Graffiti bemalt waren.

Markus hielt immer noch ihre Hand. Er starrte auf ihre wohlgeformten, leicht von der Sonne gebräunten, langen Beine in der alten abgeschnittenen Jeans. Mit jedem Meter, den sie zurücklegten, spürte er seinen Puls schneller schlagen. Hatte er es gerade vermasselt? Hatte er sie zu sehr überrumpelt? Vielleicht hätte er ihr den Antrag doch ganz romantisch bei Kerzenlicht und Wein in einem Lokal am Meer machen sollen. Allerdings war er sich bis vor wenigen Minuten sicher gewesen, dass sie eben das nicht wollte. Genauso wenig wie einen versteckten Ring in einem Kuchenstück, einen Kniefall am Strand oder gar Geigenmusik im Sonnenuntergang. Wie oft hatte sie sich genau über solche und ähnliche Szenarien in Filmen lustig gemacht?

Kathrin ließ sich nie lange Zeit mit ihren Entscheidungen, also würde er ihre Antwort bekommen, noch bevor sie oben angekommen waren. Das hoffte er zumindest. Die Fahrt würde etwa zweieinhalb Minuten dauern, und schon diese kurze Zeitspanne der Ungewissheit strapazierte seine Nerven. Er versuchte, die Gedanken zu erahnen, die ihr vermutlich gerade durch den Kopf schossen: *Will er mich verarschen? Hoffentlich hat er keinen Sonnenstich! Ich bin 24 und er 26 – das ist doch viel zu jung! Ja oder nein? Tequila oder Sekt?*

Nur noch wenige Meter. Sie drehte sich zu ihm um.

»Na gut«, sagte sie. »Aber ich will eine richtige Hochzeit, mit allem Drum und Dran. Brautkleid, Anzug, Kirche, Party und Flitterwochen.«

Markus starrte sie an. Er wusste nicht, was ihn mehr überraschte. Ihre Einwilligung oder der Wunsch nach einer traditionellen Hochzeit. Dabei hätte er alles darauf verwettet, dass sie genau das nicht wollte. Sie schaffte es immer wieder, ihn zu verblüffen. Doch jetzt überwog die Erleichterung. Sie hatte tatsächlich Ja gesagt!

»Alles, was du möchtest, Süße«, sagte er und lächelte sie aus seinen haselnussbraunen Augen an. »Du weißt gar nicht, wie glücklich du mich machst«, flüsterte er.

Sanft legte er seine Hände an ihre Wangen und küsste sie leidenschaftlich. Ihre warmen Lippen schmeckten nach Sommer und ein wenig nach Kokosöl. So vertraut, und doch fühlte es sich jedes Mal ein wenig anders an. Er spürte ein unbändiges Verlangen nach ihr und wünschte sich, mit ihr allein zu sein.

Die Bahn hielt an, und die Leute stiegen aus. Doch Markus und Kathrin bekamen das nicht mit. Für einen Moment erhaschte Markus den amüsierten Blick des Fahrers, der sie jedoch offenbar nicht stören wollte. Erst als die Bahn sich mit neuen Gästen wieder in Bewegung setzte und nach unten fuhr, lösten sie sich voneinander und lachten ausgelassen.

2

Zeit für Veränderungen

MÜNCHEN, 12. APRIL 2017

Kathrin strich sich eine Haarsträhne aus dem Gesicht. Der Tag war windig und kühl, aber immerhin hatte sich die Sonne zwischen den Wolken hervorgeschoben. Sie sperrte die Haustür ab und machte sich auf den kurzen Weg zur Trambahnstation am Rosenheimer Platz. Eigentlich hatte sie nicht vorgehabt, sich den Tag heute freizunehmen. Um ihre Geburtstage machte sie normalerweise kein Tamtam, und damit würde sie auch heute nicht anfangen. Doch nachdem sie nachgerechnet hatte, dass ihr letzter Urlaub fast vier Monate her war, hatte sie gestern spontan beschlossen, sich diesen Tag einfach selbst zu schenken. Ausschlafen, im Bett Milchkaffee und aufgebackene Croissants mit Blaubeermus genießen und dabei in Ruhe die *Süddeutsche Zeitung* lesen. Danach ohne Zeitdruck zum Friseur und vorher ein wenig durch die Stadt bummeln, über den Viktualienmarkt schlendern und dort für das Abendessen einkaufen. Entgegen ihrer sonstigen Gewohnheit hatte sie keinen Plan, was sie kochen würde. Sie wollte sich einfach von den Angeboten auf dem Markt inspirieren lassen und auch ihre Weinauswahl danach richten.

Sie prüfte gerade die Festigkeit einer lilafarbenen Avocado, da ging eine WhatsApp-Nachricht ein:

Kann es kaum erwarten.

Kathrin spürte, wie ihr Pulsschlag sich beschleunigte, und sie errötete. Sie lächelte. Ohne zu antworten, steckte sie das Handy zurück in ihre Tasche.

»Ich nehme die hier«, sagte sie zum bulligen Verkäufer mit den schlohweißen Haaren und reichte ihm zwei Avocados, die er in eine braune Papiertüte packte.

»Und noch drei Pfund Tomaten, zwei rote Chilischoten und einen Bund Frühlingszwiebel.«

»Gern.«

»Ach ja, und dann noch Knoblauch, bitte.«

Während der Mann das Gemüse abwog und einpackte, klappte Kathrin den Kragen ihrer Jacke hoch. Der Wind war stärker geworden, und die Sonne hatte sich endgültig hinter die dunkelgrauen Wolken verabschiedet. Es roch nach Regen. Und natürlich hatte sie wieder keinen Schirm dabei. Kathrin hoffte, es zum Friseur zu schaffen, bevor es losging. Sie bezahlte, verstaute den Einkauf in ihrer Tasche und machte sich rasch auf den Weg.

Noch etwa fünfzig Meter lagen vor ihr, da geriet sie in einen heftigen Wolkenbruch. Als sie schließlich den Salon *BrittSchnitt* betrat, war sie pitschnass.

»Besser jetzt als nachher mit den frisch gemachten Haaren«, sagte sie seltsam aufgekratzt zu Britt, der Inhaberin des kleinen Ladens, in dem sie seit Jahren Stammkundin war, als diese ihr ein Handtuch reichte. Kathrin trocknete sich notdürftig ab.

»Wenn der Regen nicht nachlässt, bekommst du einen Schirm von mir. Hier bleiben immer welche liegen, die holt nur selten jemand wieder ab.«

»Danke«, sagte Kathrin. Trotzdem würde sie sich später ein Taxi nehmen, das sie zuerst zu ihrem Lieblingsweinhändler und danach bis vor ihre Haustür bringen würde. Sie legte das Handtuch weg und nahm Platz.

»Und? Was machen wir mit dir?«, fragte Britt. Sie stand hinter Kathrin und legte ihr einen hellgrünen Frisierumhang mit dem Logo des Salons um.

Kathrin beäugte ihr Spiegelbild. Ihr Gesicht war in den letzten Monaten schmaler geworden, und beim Lächeln zeichneten sich die Grübchen in den Mundwinkeln deutlicher ab. Genau wie die kleinen Fältchen um die Augen. Zu viele Überstunden, zu wenig Schlaf und zu viele Gedanken, die sie beschäftigten, hatten offensichtlich ihre Spuren hinterlassen. Doch die leicht geröteten Wangen und das Funkeln in ihren Augen verhinderten, dass sie dadurch älter wirkte. Im Gegenteil. Kathrin hatte das Gefühl, ihr jüngeres Selbst im Spiegel zu betrachten.

»Ich denke, es ist Zeit für einen komplett anderen Haarschnitt«, sagte sie und lächelte Britt zu.

»Klar! Wie du willst.«

Es dauerte nur wenige Minuten, bis sie den neuen

Look besprochen hatten. Dann winkte Britt der Auszubildenden.

»Yasmina. Bitte vorbereiten.«

Kathrin schloss die Augen und genoss die Haarwäsche des Mädchens, das ihr mit angenehmem Druck die Kopfhaut massierte. Trotzdem konnte sie nicht abschalten. Tausend Gedanken schwirrten ihr durch den Kopf, die sie nicht so ohne Weiteres verscheuchen konnte. Mit dem Tag Urlaub hatte sie gleichzeitig auch eine Entscheidung getroffen. Das machte ihr einerseits Angst, doch in diesem Moment überwogen Aufregung und Vorfreude auf den heutigen Abend.

Mehrmals klingelte das Handy, und Nachrichten trafen ein. Vermutlich ihre Familie und Freunde, die gratulieren wollten. Bestimmt waren auch Anrufe aus der Werbeagentur darunter, in der sie nach fünf Jahren als Angestellte im vergangenen Frühjahr Partnerin geworden war. Glücklicherweise konnte eine internationale Kampagne für einen deutschen Automobilhersteller, die sie monatelang fast Tag und Nacht in Atem gehalten hatte, letzte Woche abgeschlossen werden. Zwar lagen bereits zwei weitere Projekte auf ihrem Schreibtisch, allerdings waren sie noch nicht ganz so dringend. Sonst wäre der freie Tag auch gar nicht denkbar gewesen.

Britt war nicht nur eine Meisterin der Schere, sondern auch eine großartige Unterhalterin. Mit haarsträubenden Neuigkeiten über ihre ziemlich durchgeknallte Schwiegermutter, die man jedoch nicht allzu ernst nehmen durfte, lenkte sie Kathrin ein wenig ab.

»Hast du ein Glück, dass du dich nicht mit so was herumschlagen musst«, schloss Britt ihre Erzählung.

Kathrin nickte nur. Sie hatte tatsächlich nie eine Schwiegermutter gehabt, da Markus' französischstämmige Mutter schon Jahre vor ihrer Hochzeit nach einer harmlosen Operation an den Folgen einer Sepsis gestorben war. Und von den stets wechselnden Partnerinnen seines Vaters konnte sie sich gerade mal die Namen merken. Ansonsten spielten diese Frauen keinerlei Rolle in ihrem Leben.

Allerdings machte ihre eigene Mutter es ihr nicht immer einfach. Vor allem konnte sie nicht verstehen, dass ihre Tochter sich zugunsten des Berufs gegen Kinder entschieden hatte. Doch das war ein Thema, über das Kathrin sich jetzt am wenigsten Gedanken machen wollte.

»Na, was sagst du?«, fragte Britt und suchte Kathrins Blick im Spiegel.

Kathrin drehte den Kopf hin und her. Dann sagte sie: »Noch ein wenig kürzer.«

Als sie den Salon fast zwei Stunden später endlich verließ, hätte vermutlich sogar ihre Mutter einen zweiten Blick auf sie werfen müssen, um sie zu erkennen. Die noch heute Morgen fast hüftlangen Haare fielen jetzt knapp auf ihre Schultern. Der raffinierte Stufenschnitt mit teils kinnlangen Ponyfransen veränderte ihren Typ völlig. Britt hatte auch noch eine Blondierung vorgeschlagen, doch das wäre für Kathrin zu viel des Guten gewesen. Sie hatte im Gegenteil überlegt, dem hellbraunen Haar einen dunkleren Schimmer zu verpassen. Und das Ergebnis gefiel ihr gut.

Der Regen hatte schon vor einer Weile aufgehört, und so hatte sie doch auf ein Taxi verzichtet. Das war ganz gut so, sie musste sich ein bisschen bewegen, sie brauchte nämlich ein Ventil für ihre überschüssige Energie. Bis sie zu Hause ankam, hatte sie der Versuchung widerstehen können, das Handy anzuschalten. Doch kaum hatte sie die Tür hinter sich geschlossen und den Einkauf verstaut, hörte sie mehrere Sprachnachrichten ab und überflog die vielen Textnachrichten der Gratulanten. Doch ein Anruf fehlte. Darüber war sie gleichzeitig erleichtert, aber auch enttäuscht und sogar ein wenig sauer.

Sie ging zum Kühlschrank, holte eine angebrochene Flasche Grauburgunder heraus und schenkte ein. Es war erst Nachmittag und eigentlich zu früh für Alkohol, aber hey, sie hatte schließlich Geburtstag. Bevor sie ein Stück Baguette abriss und es mit Camembert belegte, hatte sie ihr Glas schon halb leer getrunken. Sie schenkte nach und ging mit Weinglas und Teller ins Wohnzimmer. Als sie es sich gerade auf dem Sofa bequem gemacht hatte, meldete das Handy erneut eine WhatsApp-Nachricht:

> Kann mich nicht mehr auf den Job
> konzentrieren!

Sie lachte leise und nahm noch einen Schluck, bevor sie tippte:

Reiß dich zusammen, sonst musst du Überstunden machen!

Sie drückt auf »Senden«. Gleich darauf fand sie den Satz total banal. Am liebsten hätte sie ihn wieder gelöscht.

Die Antwort kam prompt:

Ich werde pünktlich bei dir sein.

3

Manchmal glaubt man, eine spontane Entscheidung getroffen zu haben. Doch Entscheidungen sind in den seltensten Fällen spontan.

Genau zu dieser Erkenntnis gelangte Markus, kurz bevor er sich auf den Weg nach Hause machte. Es war kein spontaner Entschluss gewesen, die Abschlussfeier am letzten Drehtag in Prag sausen zu lassen und sich einen der Produktionswagen zu schnappen, um nach München zu fahren. Glücklicherweise waren die beiden letzten Szenen heute schneller im Kasten gewesen als geplant. Trotzdem war es ihm nicht leichtgefallen, sich am späten Nachmittag von den Leuten zu verabschieden, mit denen er die letzten drei Wochen buchstäblich Tag und Nacht verbracht hatte. Er hätte noch gern mit ihnen gefeiert und so die Dreharbeiten für die skurrile Krimikomödie zu einem runden Abschluss gebracht.

»Fährst du wirklich schon?«, fragte Franz Steinberg, der Regisseur, mit dem er sich im Laufe der Dreharbeiten angefreundet hatte.

»Meine Frau hat heute Geburtstag«, erklärte er, während er seine Sachen in den Kofferraum des Wagens packte. »Da möchte ich heute Abend zu Hause sein.«

»Verstehe. Na dann viel Spaß. Bis die Tage. Und Grüße an Kathrin«, sagte Franz und verschwand im Hotel.

Nach fast fünf Stunden Fahrt ohne Pause musste Markus zweimal um den Block kreisen, bis er schließlich eine Parklücke entdeckte. Inzwischen war es kurz nach zehn Uhr. Er stieg aus, streckte erschöpft seine müden Glieder und holte seine Reisetasche aus dem Kofferraum. Dabei riss einer der beiden Griffe ab.

»Mist!«, schimpfte er und klemmte die vollgestopfte Tasche unter den Arm.

In einer Seitentasche war, eingewickelt in einen Seidenschal, ein Geschenk für Kathrin. Er hatte den mit einem besonderen Stein verzierten silbernen Armreif vor einer Woche in einem kleinen Trödelladen in der Altstadt von Prag entdeckt. Der Verkäufer hatte ihm versichert, dass er aus Mexiko stammte. Und er hatte sofort gewusst, dass er ihr gefallen würde.

Es nieselte leicht, als er die Straße zu ihrem Haus entlangging. Doch nach den anstrengenden Drehtagen und der langen Fahrt tat ihm die feuchte Luft gut und erfrischte ihn. Als er schließlich vor dem kleinen Häuschen stand, das Kathrin drei Jahre nach der Hochzeit von ihrem Großonkel Johann geerbt hatte und das sie nach und nach renoviert hatten, sah er, dass hinter den zugezogenen Vorhängen noch Licht im Wohnzimmer war. Das verwunderte ihn. Denn wenn sie allein zu Hause war, saß sie meistens oben in ihrem Büro, um zu arbeiten. Oder sie zog sich mit ihrem MacBook ins Schlafzimmer zurück und schaute im Bett Folgen irgendeiner Serie an. Vielleicht hatte sie doch Freunde eingeladen, obwohl sie ihre Geburtstage normalerweise nicht richtig feierte. Meistens waren sie zu zweit essen gegangen oder hatten gemeinsam gekocht und ein, zwei Flaschen Wein getrunken. Nicht selten war einer von ihnen an Geburts- oder Feiertagen beruflich unterwegs, doch das war für sie beide nie ein Problem gewesen.

Markus sperrte die Haustür auf und trat in den kleinen Flur. Aus dem Wohnzimmer war Musik zu hören. Irgendein Chartsong aus dem letzten Jahr. Ihm fiel der Name des Interpreten gerade nicht ein, aber Kathrin mochte das Lied. Markus stellte seine Tasche auf den Boden, holte das Geschenk heraus und drückte die Türklinke nach unten.

Es war wie in einer dieser Geschichten, die eigentlich viel zu ausgelutscht waren, über die man aber trotzdem immer wieder lachen musste, wenn man davon hörte, auch wenn sie gar nicht zum Lachen waren. Vor allem nicht, wenn man tatsächlich damit konfrontiert war. Der Ehemann kommt nach Hause und entdeckt seine Frau in flagranti mit einem anderen Mann.

Es dauerte ein paar Sekunden, bis er realisierte, dass er hier an keinem Filmset war, sondern eine völlig verändert aussehende Kathrin eng umschlungen mit einem Mann tanzte. Mit Simon, den Markus auf der letzten Weihnachtsfeier der Agentur kennengelernt hatte.

Noch hatten die beiden ihn nicht bemerkt, so versunken waren sie in ihren Tanz.

Und jetzt? Sollte er sich räuspern, husten, laut lachen? Oder den Kerl am Kragen packen und ihn aus dem Haus werfen? Noch während er mit wild klopfendem Herzen überlegte, was er tun sollte, bemerkte ihn Kathrin. Sofort löste sie sich von Simon und starrte ihren Mann erschrocken an.

»Markus?« Ihre Stimme klang ungewöhnlich hoch. »Du bist schon zurück?«

Ja! Weil das hier mein Zuhause ist und ich dich überraschen wollte. Weil ich glaubte, du würdest dich freuen, wenn ich an deinem Geburtstag extra früher zurückkomme. Das lag ihm auf der Zunge, doch er brachte keinen Ton heraus. Seine Kehle war wie zugeschnürt.

Simon trat einen Schritt zurück.

»War nur ein Geburtstagstanz«, murmelte er. Doch die brennenden Kerzen auf dem Tisch, ihr eng anliegendes schwarzes Kleid, die Musik, die von einem Smartphone kam, das auf der Kommode lag, und vor allem ihre dunkelrot geschminkten Lippen sprachen eine andere Sprache. Das war alles andere als nur ein harmloser Geburtstagstanz gewesen. Vor ihm standen zwei Menschen, die heiß aufeinander waren und vorhatten, miteinander zu schlafen. Oder es vielleicht bereits getan hatten.

»Ich geh jetzt besser«, sagte Simon, und Markus hätte ihm am liebsten in sein grinsendes Gesicht geschlagen.

Simon griff nach dem Smartphone auf der Kommode und stellte die Musik ab. Dann nahm er seine Lederjacke, die über einer Stuhllehne hing.

»Ich ruf dich an«, sagte er zu Kathrin.

Markus trat einen Schritt zurück, als der schwarzhaarige Schönling an ihm vorbei aus dem Zimmer rauschte. Der Duft seines reichlich aufgetragenen Aftershaves bereitete ihm schlagartig Übelkeit.

Endlich war er weg, und für einige Sekunden war die Stille im Raum kaum auszuhalten. Markus fühlte sich völlig überfordert, während der Schmerz über ihren Verrat sich in jeden Zentimeter seines Körpers schlich.

Kathrin drehte sich um und ging zum Tisch, auf dem eine angebrochene Flasche Rotwein und zwei Gläser standen. Sie schenkte ein und trank einen großen Schluck. Dann wandte sie sich wieder zu ihrem Mann.

Markus starrte sie an.

»Sag endlich was!«, fuhr sie ihn in einem Ton an, der ihr in diesem Moment nicht zustand.

Noch nie hatte Kathrin ihn mit einem solchen Blick angesehen. Noch nicht einmal, wenn sie gestritten hatten, was in den letzten Monaten leider häufiger vorgekommen war. Dabei konnte er noch nicht einmal sagen, worum es bei ihren Streitereien genau ging. Wenn sie sich in die Haare gerieten, dann meist wegen irgendwelcher Nichtigkeiten. Wegen Dingen, über die sich Paare eben so stritten, wenn sie schon länger zusammen waren. Die Gedanken daran konnten ihn nicht davon ablenken, wie weh es tat, was er vor wenigen Minuten entdeckt hatte: Die Tatsache, dass er nicht mehr *der Mann* in ihrem Leben war.

Plötzlich war ihm, als ob er keine Luft mehr bekäme. Er musste raus aus diesem Zimmer. Sofort! Sonst würde er an all den Worten ersticken, die er nicht aussprechen konnte.

Immer zwei Stufen auf einmal nehmend, hastete er die Treppe nach oben. Kathrin war ihm aus dem Wohnzimmer gefolgt.

»Markus! Bleib hier! Wir müssen reden!« Diesmal war der Ton bittend, fast flehend.

Doch er reagierte nicht auf sie.

Erst als er die Tür des kleinen Gästezimmers hinter sich zuwarf und sicherheitshalber den Schlüssel umdrehte, konnte er wieder frei atmen. Sein Herz klopfte wild, als hätte er gerade einen Marathon hinter sich. Und genauso erschöpft fühlte er sich. Nur leider fehlte das Glücksgefühl, wenn man nach all der Anstrengung endlich das Ziel erreicht hatte. Es fühlte sich gerade eher so an, als ob ihm jemand auf den letzten Metern ein Bein gestellt und er sich beim Sturz die Nase blutig geschlagen hätte.

Glücklicherweise war Kathrin ihm nicht nach oben gefolgt. Offenbar hatte sie doch eingesehen, dass er jetzt allein sein und nicht mit ihr reden wollte. Oder vielleicht nutzte sie die Gelegenheit, Simon anzurufen und sich mit ihm zu besprechen.

Markus blieb so lange mit geschlossenen Augen stehen, bis sein Herzschlag sich wieder beruhigt hatte. Dann öffnete er die Augen. Im Zimmer war es dunkel. Nur von draußen fiel ein wenig Licht durch das Fenster herein. Es reichte, um sich im Zimmer zurechtzufinden. Erschöpft ließ er sich auf das dunkelblaue Sofa fallen, das früher im Wohnzimmer gestanden hatte. Man konnte es ausziehen und als Schlafsofa benutzen. Allerdings hatte er keinen blassen Schimmer, ob er heute hier schlafen würde. Erst jetzt bemerkte er den Seidenschal, den er immer noch in der Hand hielt. Er ließ das Geschenk fallen wie eine heiße Kartoffel und kickte es mit dem Fuß in eine Ecke. Und dann löste sich endlich seine Sprachlosigkeit.

»Verdammte Scheiße!«, fluchte er und schlug mit der Faust auf die Lehne des Sofas.

4

Ist das Glas voll, halb voll, leer oder zerbrochen?

Wieder zurück im Wohnzimmer, griff Kathrin nach der Weinflasche, die ihr jedoch aus den eiskalten Fingern glitt und auf die hölzerne Tischplatte knallte. Sie zerbrach nicht, doch der Inhalt schoss in einer Fontäne heraus und färbte das helle Sofa und den Parkettboden mit dunkelroten Flecken.

Schnell holte sie eine Rolle Zewa und einen Sprühreiniger aus der Küche und versuchte, den Schaden auf dem empfindlichen Stoff zu beheben. Zuerst rieb sie ganz vorsichtig, dann immer heftiger. So lange, bis nur noch schwache helle Flecken zurückblieben, die vermutlich auch nach dem Trocknen nicht ganz verschwunden sein würden.

Doch damit konnte sie sich nicht von den Gedanken ablenken, die sie nicht losließen: Was hatte sie nur angestellt?!

Noch nie hatte Markus sie wortlos einfach stehen lassen. Es war, als ob ihr jemand einen Eimer Eiswasser über den vom Alkohol benebelten Kopf geschüttet hätte, als ihr bewusst wurde, was durch diesen Flirt mit Simon tatsächlich auf dem Spiel stand. In den letzten Wochen war sie mehrmals kurz davor gewesen, ihren Ehemann zu betrügen. Und irgendwie hatte sie für sich selbst zahlreiche Entschuldigungen parat gehabt. Ihre Streitereien, die wenige Zeit, die sie wegen der Arbeit miteinander verbrachten, und letztlich auch, dass die gegenseitige sexuelle Anziehungskraft im Schwinden war. Doch eines hatte sie dabei völlig übersehen. Markus war nicht nur ihr Ehemann, sondern schon seit vielen Jahren ihr allerbester Freund. Und ausgerechnet ihn würde sie jetzt so dringend brauchen.

Sie räumte die Putzsachen weg und holte eine weitere Flasche Wein aus der Küche. Doch als sie den Korken herausgezogen hatte, schob sie die Flasche weg. Sie hatte genug getrunken für heute.

Sie musste nach oben gehen und versuchen, mit Markus zu reden. Doch was sollte sie ihm sagen? Die Wahrheit? Aber was genau war denn die Wahrheit?

Musste sie ihrem Mann erzählen, dass sie sich sexuell zu Simon hingezogen fühlte? Dass er schon mehrmals versucht hatte, sie ins Bett zu bekommen. Dass sie zwar jedes Mal abgelehnt hatte, aber immer öfter darüber nachdachte, wie es wäre, einen anderen Körper zu spüren, den Duft eines anderen Mannes einzuatmen. Von anderen Händen berührt zu werden.

Vor siebzehn Jahren hatten sie und Markus sich kennengelernt, und seither hatte es für sie immer nur ihn gegeben. Und noch bis vor wenigen Monaten hätte sie es sich nicht ernsthaft vorstellen können, mit einem anderen Mann ins Bett zu gehen. Und dann war Simon in die Firma gekommen. Ausgerechnet zu einer Zeit, in der sie fast Tag und Nacht im Büro verbrachte, weil sie allen zeigen wollte, dass es die richtige Entscheidung gewesen war, sie als Teilhaberin ins Team zu holen. Obwohl sie es geschafft hatte, sich gegen einige hervorragende externe Bewerber durchzusetzen, hatte sie nach wie vor das Gefühl, sich noch mehr beweisen zu müssen. Eine ihrer ersten Amtshandlungen war es gewesen, einen Ersatz für sich selbst einzustellen, da ihr Aufgabenbereich sich nun änderte. Als Simon zum Vorstellungsgespräch in ihr Büro kam und ihr lächelnd die Hand zur Begrüßung reichte, spürte sie ein aufregendes Kribbeln im Bauch. Ihr Instinkt sagte ihr, dass sie diesen Mann auf keinen Fall einstellen durfte. Und doch hatte sie es getan. Und sie machte sich nichts vor, er hatte zwar ausgezeichnete Referenzen, aber die hatten andere Bewerber auch. Sie hatte es darauf ankommen lassen und bewusst mit dem Feuer gespielt. Und insgeheim hatte sie dieses Spiel genossen. Dieses Knistern, wenn sie sich wie zufällig berührten. Diese Spannung, die jedes Mal in der Luft lag, wenn Simon das Zimmer betrat oder ihr auf dem Flur entgegenkam. Er schien genau zu wissen, was in ihr vorging. Zumindest interpretierte sie sein Lächeln so.

Als er mitbekommen hatte, dass sie an ihrem Geburtstag allein sein würde, war er in ihr Büro gekommen und hatte die Tür hinter sich geschlossen.

»Ja?«

»Ich möchte gern auf die Gästeliste für deine Geburtstagsparty.«

»Tut mir leid, Simon, aber ich mache keine Party.«

Er hatte sie nur angesehen und keinen Ton gesagt. Sie hatte verstanden. In diesem Moment war etwas mit ihr passiert. Es war, als ob sie die Kontrolle über sich selbst verloren hätte. Das Blut schien Adrenalin durch jeden Millimeter ihres Körpers zu jagen. Bis in die Fingerspitzen. Vor Verlangen war ihr heiß geworden. Und sie fühlte sich lebendig wie lange nicht mehr.

»Die Party beginnt um halb neun«, hatte sie gesagt und sich dann wieder dem Monitor ihres Computers zugewandt.

Dass er zu spät kam, hatte ihrer Euphorie zunächst einen Dämpfer verpasst. Sie mochte es nicht, wenn man sie warten ließ. Weder beruflich noch privat. Er versuchte, es mit einem charmanten Lächeln und einer Flasche sündteurem Barolo wiedergutzumachen. Dann hatten sie gegessen, doch schon jetzt konnte sie sich kaum mehr erinnern, worüber sie gesprochen hatten. Die Luft hatte vor sexueller Spannung geknistert, mehr schien irgendwie nicht wichtig gewesen zu sein. Irgendwann hatte er ihre Hand genommen, sie hochgezogen und begonnen, mit ihr zu tanzen. Nur wenige Minuten später hatte Markus sie ertappt.

Eigentlich könnte sie ihr Gewissen damit beruhigen, dass ja überhaupt nichts passiert war. Es war noch nicht einmal zu einem Kuss gekommen. Doch sie wusste genau, es war nur eine Frage von Minuten – oder vielleicht sogar nur Sekunden – gewesen, bis sich daran etwas geändert hätte.

Sie bemerkte erst jetzt, dass sie immer noch dastand. Ihre schwarzen High Heels drückten. Sie streifte sie ab und ließ sich auf eine trockene Stelle des Sofas sinken. Erschöpft fuhr sie sich durch die Haare und vermisste plötzlich schmerzhaft ihre langen Strähnen, mit denen sie oft gedankenverloren gespielt hatte.

Würde ihre Beziehung wieder in Ordnung kommen?, fragte sie sich. Wollte sie das überhaupt? Schließlich war dieser Entschluss, sich auf Simon einzulassen, ja nicht aus heiterem Himmel gekommen. Noch vor wenigen Jahren hätte ihr das nie passieren können. Das wusste sie. Da hätte sie den Bewerber sicherlich attraktiv und ja, wahrscheinlich auch sexy gefunden. Aber sie hätte sich davon nicht ablenken lassen und sich auch ausführlicher mit den anderen Kandidaten für die Stelle befasst. Und womöglich hätte sie eine andere Entscheidung getroffen. Ganz bestimmt wäre es jedoch nie zu einem Abend wie diesem gekommen. Und diese Erkenntnis machte sie betroffen.

Sie hörte, wie oben die Tür ging, und danach Schritte auf der Holztreppe. Markus wollte mir ihr reden! Aber war sie jetzt überhaupt bereit dazu? Ja. Denn sie mussten reden. Sie rutschte unruhig auf dem Sofa hin und her. Doch die Schritte schienen eher leiser zu werden. Er kam nicht nach unten, er ging nach oben auf den Dachboden. Und diese Tatsache irritierte sie. Was machte er dort?

Als sie aufstand, war sie für einen Augenblick etwas wackelig auf den Beinen. Doch sie fing sich rasch und ging barfuß aus dem Zimmer hinaus in den Flur. Sie legte eine Hand auf das Treppengeländer und schaute nach oben.

»Markus?«

Er reagierte nicht.

»Markus!«, rief sie etwas lauter.

Entschlossen ging sie die Treppe nach oben. Als sie bei den letzten Stufen angekommen war, sah sie durch die offene Speichertür, dass Markus auf einen Schrank zuging. Bestimmt hatte er sie gehört, doch er drehte sich nicht zu ihr um. Die einzige Lampe spendete nur wenig Licht, und die Ecken und Nischen lagen im Dunkeln. Es war fast ein wenig unheimlich. Noch nie war sie nachts hier oben gewesen. Langsam betrat sie den Dachboden und bedauerte es, keine Schuhe angezogen zu haben. Der Boden war nicht nur kalt und staubig, sie hatte auch Angst, sich auf den rauen alten Dielenböden einen Holzsplitter einzutreten. Je näher sie ihm kam, desto schneller pochte ihr Herz, während sie sich fragte, wie er reagieren würde. Als sie nur noch etwa zwei Meter von ihm entfernt war, blieb sie stehen.

»Markus«, sagte sie ein weiteres Mal.

5

Zeit für eine Auszeit?

Sie stand ganz dicht hinter ihm, das spürte er, und fast lähmte ihn das. Er kämpfte mit Gefühlen, die er nicht definieren konnte. Doch eines wusste er ganz genau, er konnte vorerst nicht länger in ihrer Nähe bleiben. Während er allein im Zimmer und endlich ein wenig zum Nachdenken gekommen war, hatte er beschlossen, zuerst einmal zu seinem Freund Jan zu gehen. Ein paar Tage konnte er sicherlich bei ihm und seiner Freundin unterkommen. Zumindest so lange bis – bis was? Bis sie sich ausgesprochen hatten? Oder er sich zumindest wieder beruhigt hatte? Oder bis er dieses Bild aus dem Kopf bekam, wie die beiden miteinander tanzten? Er fuhr plötzlich zu ihr herum, und sie trat erschrocken einen Schritt zurück.

»Wie lange läuft das schon zwischen euch?«, herrschte er sie an und stellte damit die einzige Frage, deren Antwort ihn im Moment wirklich interessierte.

»Bitte, Markus. Lass uns nach unten gehen und das dort besprechen«, bat Kathrin.

Es fiel ihm schwer, ihr in die Augen zu sehen.

»Beantworte einfach meine Frage«, forderte er, jetzt leiser.

»Wir haben … wir haben nicht miteinander geschlafen.«

Nach ihren Worten fiel ihm zunächst ein Stein vom Herzen. Bis ihm aufging, was sie im Grunde genommen damit sagen wollte. Sie hatte ein Wort ausgelassen. Die eigentliche Bedeutung ihres Satzes war: Wir haben *noch* nicht miteinander geschlafen.

Machte das einen Unterschied für ihn?

»Wenn ich zwei Stunden später heimgekommen wäre. Wie hätte dann deine Antwort auf meine Frage gelautet, Kat?«

Sie sagte nichts. Doch deutlicher hätte sie es mit Worten nicht aussprechen können.

»Verdammte Scheiße!«

Wütend drehte er sich wieder von ihr weg und griff nach einem großen Rucksack, der neben einer kleineren Reisetasche und alten Koffern im Schrank verstaut war. Sie hatten ihn öfter bei längeren Reisen oder Bergtouren dabeigehabt. In diesem Moment fiel ihm auf, wie lange sie schon nicht mehr gemeinsam verreist waren. Der letzte gemeinsame Urlaub war eine Woche Tauchen vor über zwei Jahren auf Teneriffa gewesen.

»Was willst du damit?«, fragte sie.

Wieder drehte er sich zu ihr.

»Da fragst du noch?«

»Du wirst doch jetzt nicht einfach verschwinden?«

»Auf jeden Fall will ich nicht hierbleiben!«, fuhr er sie an.

»Das ist aber mein Rucksack.«

Er lachte kurz auf und schüttelte dann ungläubig den Kopf.

»Aber sonst geht's dir gut?«

»Ich will nicht, dass du gehst. Wir müssen reden.«

»Worüber denn? Ich weiß, was ich wissen wollte.«

»Ach ja?«

Sie packte ihn an der Schulter und sah ihm in die Augen. Jetzt blitzten ihre Augen wütend.

»Vielleicht habe ich aber noch Redebedarf«, fuhr sie ihn an.

»Du? Für dich scheint doch wohl alles klar zu sein! Du hast dir diesen schmierigen Typen angelacht und willst von ihm gevögelt werden.« Seine Wortwahl war absichtlich vulgär. Er wollte ihr ebenso wehtun, wie sie ihm wehgetan hatte. Er wollte, dass sie spürte, wie sehr sie ihn verletzt hatte.

Sie trat einen Schritt zurück.

»Vielleicht solltest du dich lieber mal fragen, wie es dazu kommen konnte«, zischte sie.

Was sollte das jetzt? Wollte sie ihm die Schuld geben? Das konnte doch nicht ihr Ernst sein!

»Ich? Ich soll mich das fragen?«

»Liebst du mich überhaupt noch, Markus?«

»Natürlich!«

Er hatte keinen Moment mit einer Antwort gezögert und war selbst überrascht darüber. Wäre er nicht aufgekreuzt, dann würde seine Frau jetzt mit einem anderen Mann im Bett liegen!

Ein paar Sekunden lang herrschte Stille.

»Und warum spür ich das nicht mehr?«, fragte sie dann ganz leise.

In ihren Augen schwammen Tränen. Doch sie stimmten ihn nicht milde. Im Gegenteil. Sie machten ihn wütend. Gut, die letzten Monate waren vielleicht nicht die besten in ihrer Ehe gewesen. Aber er wäre nie auf den Gedanken gekommen, deswegen ihre Beziehung oder gar ihre Liebe in Frage zu stellen. Schließlich gab es immer mal schwierigere Zeiten. Seine Frau schien das jedoch völlig anders zu empfinden.

»Vielleicht kannst du es nicht mehr spüren, weil du mich nicht mehr liebst?«, sprach er seine Befürchtung laut aus.

Ein paar Sekunden hielten sie Blickkontakt, dann sah sie wortlos zur Seite und zuckte mit den Schultern. Unschlüssig. Und das war eigentlich schon Antwort genug.

War es das jetzt?, fragte er sich, und mit einem Mal war ihm eiskalt, was nicht nur am zugigen Dachboden lag.

»Hier.« Er drückte ihr den Rucksack in die Hände. »Ich will dir ganz bestimmt nichts wegnehmen.«

»Ach komm, das war doch nicht so gemeint.«

»Egal.«

Damit ging er wieder zum Schrank. Als er sich streckte, um eine Reisetasche herauszuziehen, sah er den alten braunen Lederkoffer, der im obersten Regal lag. Er hielt in der Bewegung inne.

Offenbar war sie seinem Blick gefolgt.

»Der Hochzeitskoffer«, sagte sie leise.

Er ließ die Arme sinken.

Plötzlich stand sie neben ihm und stellte den Rucksack ab. Sie stellte sich auf die Zehenspitzen und umfasste den Koffergriff.

»Was machst du denn da?«, fragte er.

Sie antwortete nicht.

»Lass das doch!«, sagte er, doch sie zerrte schon den schweren Koffer aus dem Regal. Er war mit einem roten Kofferband umhüllt, auf dem der Aufdruck: JUST MARRIED stand. Seufzend griff er nach oben, half ihr, ihn herunterzuheben, und stellte ihn vorsichtig ab.

»Puh, ist der verstaubt«, murmelte Kathrin und wedelte mit der Hand vor ihrem Gesicht hin und her.

»Kein Wunder. Der ist hier oben, seit wir umgezogen sind.«

Sie nickte.

»Bald zehn Jahre ist das schon her.«

Davor hatte er fast drei Jahre in einer kleinen Abstellkammer in ihrer ersten gemeinsamen Wohnung in Untergiesing gestanden. Die Erinnerung an diese Zeit berührte ihn. Hatte er vorhin überreagiert? Er war eifersüchtig. Das war klar. Aber verrannte er sich deswegen in etwas? Und bauschte er die Angelegenheit zu sehr auf? Es war ja tatsächlich nichts passiert, wenn sie die Wahrheit gesagt hatte. Und er konnte sich nicht vorstellen, dass sie ihn darüber belogen hatte. Dass dieser Typ es bei ihr versucht hatte – konnte er es ihm verübeln? Vielleicht hätte Kathrin in der letzten Konsequenz »Nein« gesagt.

Sein Blick fiel wieder auf den Koffer.

»Warum hast du ihn heruntergeholt?«, fragte Markus.

Sie zuckte mit den Schultern. Da fiel ihm eine Spinnwebe auf, die in ihren Haaren hing. Reflexartig griff er danach, um sie wegzumachen. Sie zuckte leicht zusammen und trat einen Schritt zurück.

Er starrte sie verdutzt an.

»Hast du Angst, ich tu dir was?«, fragte er.

»Ach was!«

»Doch. Du hast gedacht, ich gebe dir eine Ohrfeige.« Diese Erkenntnis traf ihn fast noch mehr als alles andere.

»Markus …«

»Es war nur eine Spinnwebe«, sagte er bitter und wischte sich die Hand an der Jeans ab. Dann holte er seine alte Adidas-Sporttasche heraus.

»Bitte, Markus. Jetzt krieg dich wieder ein. Du würdest mir nie was tun. Das weiß ich doch«, sagte sie.

»Und warum bist du dann zurückgezuckt? Für mich zählt nicht das, was man sagt, sondern das, was man tut.«

»Spar dir deine Filmweisheiten«, fuhr sie ihn an.

»Ich glaube, es ist besser, wir sagen jetzt beide nichts mehr«, murmelte er und ging zur Tür.

Sie folgte ihm.

»Das ist es nicht. Wenn du gehst, bevor wir uns ausgesprochen haben, wird alles nur noch schlimmer.«

»Kathrin« – es kam nicht oft vor, dass er sie so ansprach –, »lass es!«

»Das haben wir uns doch aber versprochen!«

Er starrte sie an.

»Das willst du jetzt wirklich einfordern?«

»Ja!«

Sie fuhr mit einer Hand durch ihre Haare, und Markus sah, dass sie zitterte.

»Wir müssen herauszufinden, was mit uns passiert.«

»Ich habe das Gefühl, das hat sich gerade entschieden, Kat«, sagte er heiser. Es fiel ihm im Moment schwer, die Fassung zu bewahren.

Ihr ging es offenbar ähnlich. Tränen rannen über ihre Wangen. Und das hatte er in all den Jahren nicht oft bei ihr erlebt.

Wie hatte das nur passieren können?, fragte er sich wieder. Noch vor wenigen Stunden war er auf dem Weg zu seiner Frau gewesen, um mit ihr Geburtstag zu feiern. Und jetzt standen sie sich wie zwei Fremde gegenüber. Hilflos Gefühlen ausgeliefert, die beide offenbar nicht unter Kontrolle hatten.

»Du hast mich heute nicht angerufen! Noch nicht einmal eine Nachricht hast du mir geschickt, um mir zu gratulieren!«, schleuderte sie ihm ganz unvermittelt ins Gesicht.

»Ja genau. Als ob du darauf gewartet hättest!«

»Natürlich hab ich das.«

Er lachte bitter und schüttelte den Kopf. Noch vor wenigen Stunden hätte er ihr geglaubt.

»Du wolltest heute mit einem anderen Mann schlafen, Kat! Du hast mir zu verstehen gegeben, dass du nicht weißt, ob du mich noch liebst. Aber das Schlimmste, du hast mir zugetraut, dass ich dich schlagen könnte! Und da soll ich dir abnehmen, dass du auf meinen Anruf gewartet hast? Lächerlicher geht's ja wohl nicht mehr!«

»Ich hab es dir nicht zugetraut, Markus. Aber ich hätte es verstehen können. Weil … weil ich es irgendwie verdient hätte«, sagte sie ganz leise und strich sich mit den Unterarmen die Tränen aus dem Gesicht.

Markus schloss die Augen. Sein Herz pochte so heftig gegen die Brust, dass es fast schmerzte.

»Red keinen verdammten Mist! Niemand verdient es, geschlagen zu werden«, murmelte er schließlich und öffnete die Augen wieder.

»Niemand außer …«, begann sie.

»Berti«, beendeten sie beide den Satz, der eine Art geflügeltes Wort in ihrem Bekanntenkreis war, wenn es um das Zufügen von Schmerzen egal welcher Art ging.

Berti war ihr langjähriger Zahnarzt und ein Freund, für den es nichts Aufregenderes gab, als ordentlich den nackten Hintern versohlt zu bekommen. Und er machte auch keinen Hehl daraus, wie egal es ihm war, ob sich Männlein oder Weiblein an ihm austobte.

Beim Gedanken an den devoten Zahnklempner mussten beide ungewollt lächeln. Und Markus musste sich sogar ein Lachen verkneifen. Was in der jetzigen Situation völlig schräg gewesen wäre. Er konnte es selbst nicht verstehen, aber offenbar suchten sich die angestaute Wut und sein Schmerz ein ganz eigenes Ventil, um sich abzureagieren.

Sie sahen sich in die Augen. Für einen kurzen Augenblick war die alte Verbundenheit zwischen ihnen wieder aufgeblitzt. Doch als sie nach seiner Hand griff, zog er sie weg. Er konnte ihre Berührung jetzt nicht ertragen.

»Was passiert da nur mit uns?«, sprach sie genau den Gedanken aus, der ihm durch den Kopf ging.

Er zuckte mit den Schultern.

»Ich weiß es nicht.«

»Bitte geh jetzt nicht.«

Er war von der Dringlichkeit in ihrer Stimme hin- und hergerissen. Doch er fühlte sich erschöpft und keinem Gespräch mehr gewachsen.

»Ich werde mein Versprechen halten, Kat. Wir werden reden. Aber nicht mehr heute«, sagte er müde und ging nach unten, ohne sich noch einmal nach ihr umzudrehen.

Zwanzig Minuten später drückte ihm sein Freund Jan eine Flasche Bier in die Hand und setzte sich zu ihm an den kleinen Tisch in der Küche.

»Du trinkst keins?«, fragte Markus.

Jan schüttelte den Kopf.

»Ich muss in drei Stunden schon wieder raus. Frühdienst«, erklärte Jan leise, um seine Freundin Bella nicht zu wecken, die im Schafzimmer nebenan schlief. Beide arbeiteten in einer Unfallklinik. Er als Anästhesist, sie als Krankenschwester.

»Tut mir leid, dass ich dich mitten in der Nacht aus dem Bett gejagt habe.«

»Kein Problem. Du kannst so lange bleiben, wie du möchtest«, bot Jan ihm an.

»Danke, Jan.«

»Und jetzt raus mit der Sprache. Was ist los?«

Markus merkte, wie ihn allein der Gedanke erschöpfte,

seinem Freund alles zu erzählen. Er wollte eigentlich nur noch schlafen, um diesen ganzen Mist wenigstens für eine Weile zu vergessen. Und auch Jan war anzusehen, dass er jetzt lieber in seinem Bett liegen würde, als sich auf ein Gespräch über Beziehungsprobleme einzulassen. Auch wenn er das als sein bester Freund nie zugeben würde.

»Für heute nur noch die Kurzfassung: Kat wäre mit einem Typen aus ihrer Firma ins Bett gesprungen, wenn ich nicht früher nach Hause gekommen wäre.«

»Okay«, sagte Jan und zog das Wort in die Länge, als ob er das Gesagte erst einordnen müsse. »Scheiße«, setzte er dann hinzu und legte eine Hand mitfühlend auf seine Schulter. »Und jetzt?«

Markus zuckte mit den Schultern und nahm dann einen Schluck Bier. »Keine Ahnung. Scheiße halt.«

»Willst du darüber reden?«

»Nicht mehr heute.«

»Sicher?«

»Sicher.«

Wenig später betraten sie das kleine Gästezimmer, das die Proportionen einer Schuhschachtel hatte und so vollgestopft war mit alten Möbeln und Krimskrams, dass Jan erst einige Kartons stapeln musste, damit Markus zum Sofa durchkam. Dann öffnete er einen Schrank, holte Bettzeug heraus und gab es seinem Freund.

»Hier. Und egal was du brauchst, fühl dich wie zu Hause.«

»Danke.«

»Hey. Beziehungen sind eben nichts für Weicheier. Aber das wird bestimmt wieder.« Jan nickte ihm aufmunternd zu, dann ging er hinaus.

Müde und kaputt schlüpfte Markus aus Schuhen und Jeans und legte sich auf das wuchtige alte Ledersofa, das die komplette Stirnseite unter dem Fenster einnahm. Das mit einem inzwischen abgewetzten kackbraunen Leder bezogene Möbelstück war weitaus bequemer, als es aussah. Doch das wusste er bereits. Es war nicht das erste Mal, dass er eine Nacht darauf verbrachte.

6

Altes, an dem das Herz hängt

MÜNCHEN, 4. JULI 2006

»Wie kann man nur an so einem Tag umziehen?«, brummte Markus, während er mit Kathrin zusammen ein Billy-Regal durch das Jugendstil-Treppenhaus nach oben in den dritten Stock schleppte.

»Mein Cousin hatte den Umzugstransporter eben nur heute Abend frei«, rief Jan vom Parterre aus, der ihn offensichtlich gehört hatte. Er trug den alten Röhrenfernseher hinauf.

»Klar war der heute frei. Kein Mensch zieht freiwillig um, wenn Deutschland gegen Italien im Halbfinale spielt.«

Kathrin konnte sich ein Grinsen nicht verkneifen. Markus war normalerweise kein großer Fußballfan, aber die Weltmeisterschaftsspiele verfolgte er mit Begeisterung. Und er wollte das Spiel heute Abend auf keinen Fall verpassen.

»Jammer nicht rum. Das schaffen wir locker, bis es losgeht«, versuchte Kathrin, ihn zu beschwichtigen, während sie sich darauf konzentrierte, mit dem Regal nicht gegen die Wand zu schrammen.

Markus drehte sich zu ihr um. Sein Gesicht war vor Anstrengung und der Hitze an diesem Tag gerötet, und seine nass geschwitzten Haare klebten an der Stirn.

»Das hoffe ich doch schwer. Geht's bei dir noch, Kat?«, fragte er.

»Klar«, antwortete Kathrin ein wenig außer Atem und war froh, dass sie gleich oben waren. Allerdings warteten noch genug Möbel und vollbepackte Kisten im Umzugswagen. Jans Freundin Bella hatte schon die Tür geöffnet und wies ihnen den Weg ins Wohnzimmer.

»Einfach gerade durch und dann nach links«, sagte sie.

»Hey! Kann mir mal wer helfen?«, rief Jan von unten. »Ich stolpere ständig über das blöde Kabel.«

»Komme schon.«

Während Bella nach unten eilte, stellten Markus und Kathrin das Regal ab.

»Hübsche Wohnung«, bemerkte Kathrin, die zum ersten Mal hier war und sich umsah.

»Ja. Aber im dritten Stock ohne Aufzug – never ever.« Sie lachte.

»Aber deine alte Wohnung war doch sogar im vierten Stock«, warf sie ein.

»Damals war ich ja auch noch jung.«

»Und jetzt bist du alt?«

»Uralt.«

»Und wenn ich dir das nicht glaube?«, schnurrte sie und trat an ihn heran.

»Glaubst du nicht?«

»Nö.«

»Dann musst du es überprüfen.«

»Werde ich.«

Sie legte ihre Hände an seine Pobacken und knetete sie beherzt.

»Fühlt sich noch knackig an, würd ich sagen.«

»Ach ja?«

Sie nickte. Dann schnüffelte sie an der Kuhle an seinem Hals.

»Bis auf ein wenig Schweiß vom Schleppen riechst du auch noch ganz frisch. Uralt kannst du jedenfalls nicht sein.«

»Dann hab ich also gelogen«, murmelte er und beugte sich zu ihr. Sie spürte seinen warmen Atem und gleich darauf seine Lippen. Der Kuss war fordernd und gleichzeitig zärtlich und löste Verlangen in ihr aus. Sie war erst heute Vormittag von einer viertägigen Schulung aus Düsseldorf zurückgekommen und hatte ihren Mann vermisst. Tagsüber hatten sie zwar ein paarmal telefoniert, aber sie war erst vorhin dazugekommen, um beim Umzug zu helfen.

»Ja, ja. Lästern, weil er das Fußballspiel nicht verpassen will, aber Zeit mit Rummachen verplempern«, ächzte Jan, als er den schweren Fernseher hereinschleppte und auf einer Kommode abstellte.

Markus löste sich von Kathrin und drehte sich zu seinem Freund um.

»In der Zeit, in der du einmal was hochträgst, geh ich dreimal«, stichelte Markus und verließ grinsend die Wohnung.

Es war schon kurz vor halb neun, als Markus und Jan das letzte Möbelstück aus dem Wagen wuchteten, über dem eine alte Decke lag. In einer halben Stunde würde das Spiel beginnen.

»Was ist das denn?«, fragte Bella verwundert, als die Männer es kurz vor der Haustür abstellten, um zu verschnaufen. »Doch nicht etwa dieses scheußliche Ding …«, begann sie und zog mit einem Ruck die Decke weg.

»Oh nein! Das kommt mir nicht in unsere neue Wohnung! Wir haben gesagt, das kommt auf den Sperrmüll«, protestierte sie.

»Das hast du gesagt«, warf Jan ein. »Ich will das Sofa aber be…«

»Auf gar keinen Fall!«, unterbrach sie ihn aufgebracht.

»Also was jetzt?«, wollte Markus wissen und wischte sich mit dem Handrücken über die Stirn. »Könnt ihr euch mal einig werden?«

»Wir tragen es hinauf«, sagte Jan unbeirrt.

»Nein!«

Kathrin sah zwischen Jan und seiner Freundin hin und her, die erst seit ein paar Monaten ein Paar waren. Die beiden waren sich heute schon mehrmals in die Haare geraten. Ob das am Umzugsstress lag? Oder zogen hier zwei Leute in eine gemeinsame Wohnung, die eigentlich gar nicht richtig zueinanderpassten. Kathrin fand die dunkelhaarige Krankenschwester zwar sympathisch, aber einen echten Zugang hatte sie bisher noch nicht gefunden.

»Das Ding ist doch grottenhässlich, oder?«, wandte Bella sich nun an Kathrin, die sie als Verbündete sah.

Zugegeben. Schön war anders. Aber Kathrin wusste, dass Jan das Stück von seinen Großeltern hatte, bei denen er in der Kindheit viel Zeit verbrachte, damit seine Eltern arbeiten konnten. Auch Bella wusste das und könnte zumindest ein wenig Verständnis zeigen.

»Ich fände es schade, es wegzuwerfen«, stand sie Jan deswegen zur Seite. »Vielleicht kann man es ja mal anders beziehen? Oder einen Überzug drüberlegen?«

Jan sah aus, als ob er sie dafür am liebsten küssen würde. Dafür waren Bellas Blicke eisig geworden. Wortlos drehte sie sich um und ging nach oben. Damit hatte sie es sich wohl mit ihr verscherzt.

»Danke, Kathrin. Hast was gut bei mir«, sagte Jan fröhlich.

»Na dann hoch damit«, sagte Markus und zwinkerte Kathrin zu.

Bis sie das schwere Ding zu dritt endlich nach oben geschleppt und ins Gästezimmer bugsiert hatten, war es kurz vor neun Uhr geworden. Bella hatte die Kröte inzwischen wohl geschluckt, und auch wenn sie nach wie vor nicht glücklich darüber war, so bedankte sie sich doch bei Markus und Kathrin für die Hilfe. Trotzdem spürte Kathrin den ganzen Abend eine gewisse Distanziertheit bei ihr.

»Jetzt schalt endlich die Kiste an«, sagte Markus und ließ sich in einen Sessel fallen. Doch es dauerte noch ein paar Minuten, bis Jan in einem der Kartons die Fernbedienung fand. Gerade noch rechtzeitig zum Anpfiff. Was folgte, war ein spannender Fußballkrimi, den die vier mit Pizza und Bier gebannt verfolgten. Bis in der letzten Minute der Verlängerung Grosso das erste Tor schoss und kurz darauf Del Piero mit einem zweiten Treffer den Sieg der Italiener perfekt machte. Deutschland war draußen.

Um die Enttäuschung hinunterzuspülen, öffnete Jan eine Flasche Ouzo. Und so saßen sie noch bis weit nach Mitternacht zusammen, resümierten einzelne Torchancen und bedauerten den unglücklichen Ausgang des Spiels.

»Wir müssen dann langsam mal los«, sagte Kathrin schließlich zu Markus. Wobei die Vorstellung, ihre Fahrräder durch das nächtliche München zu schieben, nicht allzu prickelnd war. Trotz der späten Stunde war noch viel los auf den Straßen. Ausgelassen feiernde Italiener und enttäuschte deutsche Fans waren in der lauen Sommernacht unterwegs.

»Ach was«, lallte Jan. »Bleibt doch hier. Ihr könnt auf dem Sofa schlafen. Schließlich verdankt es euch, dass es nicht auf den Sperrmüll kommt«, gluckste er und schaute zu seiner Freundin.

»Vorerst!«, sagte diese.

Jan legte einen Arm um ihre Schultern und zog sie an sich.

»Das kriegen wir schon hin.«

»Ich hab jetzt echt keine Lust mehr, nach Hause zu gehen, Kat«, sagte Markus und gähnte müde.

»Okay«, stimmte Kathrin ihm zu, die zwar lieber in ihrem eigenen Bett geschlafen hätte, aber trotzdem froh war, jetzt nicht noch eine halbe Stunde durch München zu latschen.

Zehn Minuten später lagen die beiden zusammengekuschelt auf dem Sofa, das gerade Platz genug für zwei bot. Wegen der Hitze waren sie nur mit einem leichten Leinentuch zugedeckt. Der Raum hatte nur ein Fenster zum unbeleuchteten Hinterhof hinaus, und es war stockdunkel.

»Danke, dass du das Ding hier gerettet hast. Sonst müssten wir jetzt auf dem Boden schlafen«, flüsterte Markus an ihrem Ohr und küsste dann ihren Hals.

»Obwohl es echt hässlich ist.«

»Aber bequem.«

»Hm«, stimmte sie zu.

Sie spürte seine Hand, die sich unter ihr T-Shirt schob.

»Bist du müde?«, wollte er wissen.

»Schon.«

»Schade.«

Sein Daumen umkreiste ihre Brustwarze.

»Aber nicht zu müde«, sagte sie leise und unterdrückte einen wohligen Seufzer.

»Das ist gut.«

Er rutschte etwas nach unten, schob ihr T-Shirt nach oben und begann, abwechselnd ihre Brüste zu küssen und sanft an ihnen zu saugen. Gleichzeitig wanderte seine Hand den Bauch entlang nach unten.

Sein Finger drang in sie ein.

»So nass«, murmelte er heiser.

»Kein Wunder nach so langer Zeit ohne Sex.«

»Fünf Tage – eine Ewigkeit.«

Sie schob seine Boxershorts nach unten.

»Da scheint mir aber auch einer überfällig zu sein«, murmelte sie, erregt von Vorfreude, ihn bald in sich zu spüren, und streichelte ihn.

»Oh ja, Süße. Und ziemlich ungeduldig auch.«

Und nur wenige Sekunden später lag Markus schon über ihr und drang lustvoll in ihre heiße Höhle ein. Sie genoss es, wie er sich Zeit ließ und sie langsam immer näher an den Höhepunkt heranführte. Obwohl sie sich in der Dunkelheit kaum sehen konnten, spürten beide genau, wann der andere so weit war. Seine Bewegungen wurden schneller und peitschten ihre Lust noch weiter in die Höhe, bis sie schließlich leise wimmernd kam. Er stieß noch weiter zu, bis auch er sich nur wenige Sekunden später in ihr verströmte.

Als er schwer atmend den Kopf an ihre Brust legte, hörten sie vom anderen Zimmer her Stimmen. Auch wenn man kaum ein Wort verstehen konnte, so war es offensichtlich, dass Jan und Bella stritten.

»Oh, oh«, flüsterte Kathrin leicht atemlos. »Das fängt ja schon gut an bei denen.«

Sie hörte Markus leise kichern.

»Worüber reden die denn? Verstehst du was?«, fragte sie neugierig.

»Ja. Es geht schon wieder um das Sofa.«

»Echt?«

»Ja.«

Und dann prusteten beide los.

7

Der erste andere Tag

MÜNCHEN, 13. APRIL 2017

Als Markus die Augen öffnete, war es bereits hell im Zimmer. Eine Weile lag er einfach nur bewegungslos da und versuchte, die einzelnen Fetzen seines Traumes wieder zusammenzusetzen. Doch sie lösten sich auf wie Rauch im Wind. Er wusste nur, dass er von ihr geträumt hatte. Und es war ein schöner Traum gewesen. Umso schlimmer hatte ihn die Erinnerung an die Realität mit einem Schlag eingeholt. Und die Tatsache, dass Kathrin kurz davor gestanden hatte, mit einem anderen Mann zu schlafen, tat noch genauso weh wie letzte Nacht. Seine Schläfen pochten unangenehm, und er hatte ein pelziges Gefühl im Mund, als hätte er einen Kater. Dabei hatte er bis auf das eine Bier in Jans Küche nichts getrunken. Doch vermutlich lag es daran, dass er nur wenig Schlaf gehabt hatte.

Im Licht des Morgens realisierte er erst so richtig, dass das Gästezimmer den Charakter eines überfüllten Abstellraumes hatte. Das Durcheinander und die Enge erdrückten ihn fast. Sollte er wirklich ein paar Tage hierbleiben, musste er unbedingt ein wenig Ordnung reinbringen. Doch in dem Moment, als er darüber nachdachte, war ihm bereits klar, dass er eigentlich wieder nach Hause wollte. Was sollte er hier den ganzen Tag machen? Er hatte ja noch nicht mal sein MacBook dabei, um zu arbeiten. Er hatte letzte Nacht unbedingt Abstand von ihr gebraucht, aber trotzdem standen jetzt Fragen an, die sie gemeinsam klären mussten.

Er setzte sich auf und griff nach seinem Handy, das neben dem Sofa auf dem Boden lag.

»Verdammt!«

Der Akku war leer. Wie spät es wohl inzwischen war? Rasch griff er nach seiner Jeans und schlüpfte hinein. Im Badezimmer lagen eine verpackte Zahnbürste und ein Handtuch für ihn bereit. Er putzte sich die Zähne und klatschte sich Wasser ins Gesicht. Als er in die kleine Küche kam, entdeckte er einen Zettel mit einer Nachricht neben der Kaffeemaschine. *Bin am späten Nachmittag zurück, dann können wir reden, Jan.*

Die Tatsache, dass Jan ihm keine Kurznachricht geschickt, sondern ganz altmodisch einen Zettel geschrieben hatte, amüsierte ihn fast ein wenig.

Er sah auf die digitale Uhr am Herd. Kurz vor sieben. Es war früher, als er gedacht hatte. Wenn er sich beeilte, konnte er Kathrin noch sehen, bevor sie ins Büro fuhr. Auch wenn keine Zeit sein würde, um etwas zu klären, hielt er das für eine gute Idee. Er griff nach dem Stift und schrieb rasch eine Antwort auf den Zettel: *Danke. Fahr erst mal wieder nach Hause. Melde mich. Markus*

Er verzichtete auf Kaffee, schlüpfte in seine Jacke und verließ die Wohnung.

Als er eine halbe Stunde später mit frischen Semmeln die Haustür aufsperrte, war es still im Haus.

»Kat!«, rief er, doch sie rührte sich nicht. Er legte Schlüssel und die Papiertüte auf die Kommode im Flur und ging nach oben. War sie doch schon zur Arbeit gefahren? Oder womöglich in der Nacht noch zu Simon? Der Gedanke an letztere Möglichkeit verursachte ihm schlagartig Übelkeit. Obwohl er sich fast sicher war, dass sie tatsächlich bei diesem Mistkerl sein musste, rannte er, immer zwei Stufen auf einmal nehmend, nach oben und riss die Tür zum Schlafzimmer auf.

»Kat!«

Sie setzte sich verschlafen auf.

Er verspürte Erleichterung, ging jedoch innerlich auf Abwehr. Wie sollte er sich ihr gegenüber verhalten?

»Markus?« Ihre Stimme klang heiser. »Wie spät ist es denn?«

»Halb acht.«

Müde strich sie sich die zerzausten Haare aus dem Gesicht. Sie sah ziemlich fertig aus. Reste von Kajal waren unter ihren Augen verschmiert.

»Ich glaub, ich bin erst vor einer Stunde eingeschlafen«, murmelte sie.

Dann griff sie nach ihrem Handy auf dem Nachttisch.

»Was machst du?«, fragte Markus.

»Eine Nachricht ins Büro schicken, dass ich heute nicht kommen werde.« Sie hob den Kopf und sah ihn an. »Wir haben einiges zu bereden.«

Sie kam direkt zur Sache. Bedeutete das, dass sie mit ihm über Simon reden wollte? Oder über eine mögliche Trennung? Er würde es wohl bald erfahren. Trotzdem war er erleichtert darüber, dass sie sich freinahm. Dann würde sie auch nicht mit diesem Idioten Simon zusammenkommen. Jedes Mal, wenn er an ihn dachte, überkam ihn die Wut aufs Neue.

»Ja. Es gibt einiges zu bereden«, stimmte er ihr zu.

»Du warst bei Jan und Bella?«

»Wo sonst?«

Sie lächelte schwach.

»Ich nehme jetzt ein Bad«, sagte er, weil er in diesem Augenblick nicht wusste, was er weiter sagen sollte. Und Kathrin sah gerade auch nicht unbedingt danach aus, als ob sie in ihrem Zustand ein klärendes Gespräch führen konnte.

Sie nickte.

»Danach mach ich Frühstück.«

»Aber lass dir Zeit, ich glaub, ich brauch noch ein wenig Schlaf.«

Er ließ sich tatsächlich Zeit. Während er in der Badewanne lag, hoffte er, vernünftige Gründe dafür zu finden, sich einzureden, dass er gestern Abend mit seiner Eifersucht und Wut überreagiert hatte. Doch sosehr er es sich wünschte, er wurde das Gefühl einfach nicht los, dass der Vorfall gestern ernster war, als ihm lieb war. Trotzdem wollte er ihr und sich eine Chance geben und ihre Beziehung nicht gleich abschreiben. Es war das erste Mal, dass sie eine ernsthafte Krise hatten. Natürlich hatte es im Laufe der Jahre manchmal Meinungsverschiedenheiten und in den letzten Monaten auch öfter Streitereien gegeben, aber nie schien deswegen ihre Ehe in Gefahr gewesen zu sein. Und das wird sie auch jetzt nicht, dachte er mit einem Mal entschlossen und stieg aus der Badewanne.

Er zog sich an und ging nach unten in die Küche, die Kathrin offensichtlich in der Nacht noch aufgeräumt hatte. Während er Kaffee kochte, knurrte sein Magen vernehmlich. Seit seiner Abfahrt in Prag hatte er nichts mehr gegessen. Er würde Kathrin schlafen lassen und allein frühstücken. Doch obwohl er Hunger hatte, brachte er nicht allzu viel runter. Er war zu aufgewühlt und konnte es kaum mehr erwarten, mit ihr zu sprechen. Auch wenn er gleichzeitig ein wenig Angst davor hatte.

Er machte sich eine weitere Tasse Kaffee und nahm sie mit ins Wohnzimmer. Vielleicht würde es ihn ablenken, sich durch das Fernsehprogramm zu zappen? Doch kaum hatte er das Zimmer betreten, entdeckte er den großen alten Koffer auf dem Boden. Er blieb stehen. Warum hatte sie ihn nach unten gebracht? Immerhin war der Gurt noch dran, und sie schien ihn noch nicht geöffnet zu haben. In diesem Moment hörte er oben eine Tür. Sie war aufgestanden und vermutlich ins Bad gegangen. Er musste sich zurückhalten, um nicht nach oben zu gehen und sie sofort zur Rede zu stellen. Während er auf sie wartete, starrte er weiter auf den Koffer und wurde immer unruhiger. Die Minuten schienen sich endlos in die Länge zu ziehen, doch schließlich kam sie nach unten. Ihr erster Weg führte sie in die Küche. Er hörte, wie sie herumhantierte, und wenig später das Zischen der Kaffeemaschine. Und nun konnte er nicht mehr länger warten. Er stand auf und ging in die Küche.

Sie war ungeschminkt und trug Jeans und einen schwarzen Rollkragenpullover, der hervorragend mit ihrer neuen Frisur harmonierte, wie er bemerkte. Es war ihr nicht mehr anzusehen, dass sie nur wenig geschlafen hatte.

»Was macht dieser Koffer im Wohnzimmer?«, kam er ohne Umschweife zur Sache.

Sie griff nach der Kaffeetasse und ließ sich Zeit mit einer Antwort. Als er schon dachte, sie würde gar nichts dazu sagen, nahm sie einen vorsichtigen Schluck, stellte die Tasse dann ab und sah ihn an.

»Ich hatte das Gefühl, dass der Speicher nicht mehr der richtige Platz dafür ist.«

Nicht der richtige Platz? Was war das denn für eine Aussage?

»Was soll das? Wir dürfen ihn doch sowieso erst in gut zwei Jahren öffnen.«

»Außer wir …« Sie stockte.

»Außer wir gehen auseinander«, vervollständigte er ihren Satz und spürte, wie ihm das Herz wild gegen die Brust schlug.

8

Zu viele Worte und doch nicht das richtige

Kathrin war sich ganz und gar nicht mehr sicher, ob es wirklich vernünftig gewesen war, diesen Koffer nach unten zu schleppen. Doch nachdem Markus in der letzten Nacht verschwunden war und sie noch eine halbe Flasche Wein geleert hatte, war ihr das als eine gute Idee erschienen. Wenigstens hatte sie sich zurückgehalten und den Koffer nicht geöffnet, aber sie war kurz davor gewesen, es zu tun. Jetzt, im halbwegs nüchternen Zustand, suchte sie nach den richtigen Worten, um zu erklären, was in ihr vorging.

»Ist es das, was du willst, Kat? Mit mir über unsere Trennung reden?«, fuhr er sie an, bevor sie etwas sagen konnte.

»Markus …«

Doch er ließ sie nicht ausreden.

»Du hast mit unserer Ehe schon abgeschlossen? Also gut! Machen wir diesen Scheißkoffer doch auf!«

»Jetzt warte doch. Warum können wir nicht einfach vernünftig miteinander reden?«, fragte sie.

»Vernünftig? Versetz dich mal für einen Moment in

meine Lage. Falls du das kannst. Und dann denk darüber nach, wie vernünftig du an meiner Stelle wärst, wenn du mich hier in unserem Haus mit einer heißen Braut beim Tanzen erwischt hättest.«

Damit ließ er sie stehen.

Kathrin schloss die Augen. Öffnete sie jedoch gleich wieder, um das Bild zu vertreiben, das er hervorgerufen hatte und das ihr ganz und gar nicht gefiel. Klar hatte er recht. Vernunft war in einer solchen Situation vermutlich kaum zu erwarten. Trotzdem machte er es ihr besonders schwer, fand sie. Merkte er denn nicht, dass nicht nur sie allein für die Spannungen in ihrer Ehe verantwortlich war? Und dass sie schon seit zwei Monaten keinen Sex mehr gehabt hatten, schien ihm entweder nicht aufgefallen oder egal zu sein.

Als sie ins Wohnzimmer kam, hockte Markus auf dem Boden. Vor ihm der geschlossene Hochzeitskoffer. Nur das Kofferband hatte er inzwischen abgenommen, es lag wie achtlos hingeworfen auf dem Teppich.

Kathrin versuchte sich zu sammeln, um für das Gespräch gewappnet zu sein, das sie selbst heraufbeschworen hatte. Wenn sie doch bloß diesen Koffer nicht ins Spiel gebracht hätte. Hatte Markus recht, und sie hatte bereits mit ihrer Ehe abgeschlossen? Wollte sie, dass er geöffnet wurde? Es erschreckte sie, keine Antwort darauf zu haben.

Da er sie immer noch nicht beachtete, setzte sie sich ihm gegenüber auf den Boden, den Koffer wie eine Art Trennmauer zwischen ihnen.

»Du willst ihn doch nicht wirklich jetzt aufmachen?«, fragte sie schließlich.

»Ich weiß es nicht«, gestand er und schaute auf. Er sah erschöpft aus. Das gab ihr einen kleinen Stich. Sie und Simon waren dafür verantwortlich.

»Habe ich überreagiert, Kat?«

Seine Frage überraschte sie, und sie suchte nach einer Antwort. Einer ehrlichen Antwort. Denn nichts anderes verdiente er. Verdienten sie beide.

»Nein«, flüsterte sie schließlich. Natürlich hatte er das nicht. Sie war kurz davor gewesen, mit Simon zu schlafen, als er nach Hause gekommen war.

Er nickte, dann lächelte er sie traurig an.

»Wenn du die Trennung willst, dann musst du es mir sagen, Kat«, sagte er heiser.

Sie spürte, wie sich bei seinen Worten ein dicker Kloß in ihrem Hals bildete.

»Dann würdest du das einfach so akzeptieren, oder wie?«

»Bleibt mir denn was anderes übrig?«

Zorn stieg in ihr hoch.

»Gestern hast du gesagt, du liebst mich immer noch. Gibst du dafür nicht ein wenig zu schnell auf?«

»Was erwartest du denn von mir? Dass ich dich anbettle, bei mir zu bleiben?«

»Du sollst nicht betteln, sondern um unsere Beziehung kämpfen!«

In dem Moment, als sie es ausgesprochen hatte, hätte sie sich am liebsten auf die Zunge gebissen. Das war genau der falsche Satz gewesen.

»Um Liebe zu kämpfen ist ein Paradoxon! Liebe darf doch kein Krieg sein«, entgegnete er auch prompt. »Und soweit ich mich erinnere, hast du das bisher auch so gesehen.«

Er stand auf, ging zu einem der Fenster und starrte hinaus.

Kathrin schloss kurz die Augen und überlegte, was sie jetzt sagen sollte. Das Problem war, dass sie im Moment selbst nicht so recht wusste, was sie wirklich wollte. In ihr tobte ein Gefühlschaos, das sie nicht unter Kontrolle hatte. Natürlich hatte er recht, um Liebe sollte man niemals kämpfen müssen. Und trotzdem wollte ein Teil in ihr genau das. Vielleicht war das auch mit ein Grund gewesen, dass sie sich auf Simon eingelassen hatte, schließlich hatte der sich ganz offensiv um sie bemüht und die Initiative ergriffen. Sie hatte sein Begehren gespürt und seit Langem wieder das Gefühl gehabt, dass ein Mann sie um jeden Preis haben wollte und bereit war, sich auf ein Abenteuer einzulassen und etwas zu riskieren. Und ja, das hatte ihr gefallen und auch geschmeichelt. Allerdings gefiel ihr genau dieses drängende Werben bei Simon inzwischen nicht mehr ganz so gut. Kaum war Markus in der Nacht weg gewesen, hatte Kathrin mehrere Nachrichten von Simon auf dem Handy entdeckt. Er wollte unbedingt, dass sie ihn anrief, was sie jedoch nicht gemacht hatte. Und sie ging auch nicht ran, als das Handy klingelte und sein Name auf dem Display erschien. Sie hatte ihm nur eine kurze Nachricht geschickt, dass er sich keine Sorgen machen müsse und sie sich in den nächsten Tagen bei ihm melden würde.

Jetzt ging es um ihren Mann, ihre Ehe, die auf dem Spiel stand. Sie hatte Markus gestern gefragt, ob er sie denn überhaupt noch lieben würde. Und Markus hatte ganz spontan mit ja geantwortet. Warum war ihr das nicht genug? Und stimmte das auch wirklich? Vielleicht dachte er auch nur, dass er sie noch liebte. Denn wenn er es wirklich tat, würde er doch niemals so schnell aufgeben, oder?

»Was willst du wirklich von mir, Kat?«, fragte er und drehte sich wieder zu ihr um. »Einen Freischein für einmal Bumsen mit Simon, ohne dass ich mich darüber aufrege, und dann gehen wir beide wieder zur Tagesordnung über, als wäre nichts gewesen?«

Sie spürte, wie ihr das Blut in die Wangen schoss.

»Glaubst du wirklich, ich würde das wollen?«, fuhr sie ihn an.

»Was weiß denn ich, was du willst!«, schrie er und kam wieder auf sie zu.

»Hast du denn noch nie darüber nachgedacht, mal mit einer anderen Frau zu schlafen?«, ging sie nun zum Angriff über.

Er blieb vor dem Koffer stehen und sah sie von oben herab an. Seine Augen funkelten.

»Doch. Das habe ich«, gestand er, und seine Ehrlichkeit versetzte ihr einen Stich. »Aber im Gegensatz zu dir hatte ich nicht vor, das in die Tat umzusetzen.«

»Mit Annika, nicht wahr? Die dich jedes Mal mit ihren Blicken fast ausgezogen hat. Und der es egal war, ob jemand dabei war oder nicht, als sie dich frech vor meinen Augen geküsst hat.«

Kathrin spürte, wie ihr Herz schneller schlug. Wie jedes Mal, wenn sie an die Regisseurin Annika Dobris dachte.

»Bitte, Kat. Können wir das endlich mal lassen? Es war ein Kuss, der überhaupt nichts bedeutet hat. Und den ich schon längst vergessen hätte. Außerdem ist sie auch gar nicht mein Typ. Das haben wir doch alles schon geklärt.«

»Wen hast du denn dann gemeint?«

»Wen hab ich mit was gemeint?«, fragte er und schaute sie irritiert an.

»Gerade hast du gesagt, du hast schon mal drüber nachgedacht, mit einer anderen Frau zu schlafen. Mit wem denn?«

»Himmel noch mal! Mit niemand Bestimmtem. Und jetzt hör endlich auf, mir den Schwarzen Peter zuzuschieben. Ich habe nichts gemacht, sondern du.«

»Ich habe nicht mit Simon geschlafen.«

»Ach komm!« Er lachte bitter. »Ihr wart doch schon beim Vorspiel, als ich nach Hause kam!«

Verdammt! Ja! Sie hätte es gemacht. Fahrig fuhr sie mit den Fingern durch ihr Haar. Und wieder fehlte ihr die lange Mähne.

Sie bemerkte seinen Blick.

»Hast du sie für ihn abgeschnitten?«, fragte er spöttisch.

»Na klar doch! Nur für ihn!« Als ob sie so etwas je machen würde!

Darauf sagte er eine Weile lang nichts. Er ließ sich in den Sessel fallen und schloss die Augen.

»Ich mag es«, gab er schließlich zu.

Seine überraschenden Worte veränderten die Stimmung. Was war das nur für eine emotionale Achterbahn, in der sie steckte? Völlig unerwartet schossen ihr Tränen in die Augen, die sie ihn nicht sehen lassen wollte.

Sie ging in die Küche und machte Kaffee.

Als sie mit zwei Tassen zurückkam, hatte sie die Tränen weggeblinzelt. Er saß wieder auf dem Boden vor dem Koffer.

Sie reichte ihm eine Tasse.

»Danke«, sagte er.

9

Der Hochzeitskoffer

Er versuchte zu verstehen, was zwischen ihm und ihr vorging. Er hatte immer gedacht, seine Frau fast genauso gut zu kennen wie sich selbst. Doch inzwischen war ihm so, als ob er eine Fremde vor sich hätte. Und das lag nicht nur an ihrem veränderten Aussehen.

Klar hatte sie nicht ganz unrecht damit, dass ihre Beziehung in der letzten Zeit tatsächlich nicht mehr so innig war wie in den ersten Jahren. Hatte er das womöglich nicht wahrhaben wollen? Wenn er jetzt so darüber nachdachte, dann war auch ihre einstige Vertrautheit etwas verloren gegangen. Und es hatte auch schon lange keine Gespräche über Gott und die Welt mehr gegeben. Meist ging es nur um Berufliches oder praktische Dinge. Wenn überhaupt. Durch die viele Arbeit hatten sie sich kaum gesehen. Und wenn, dann waren sie oft schon so müde gewesen, dass sie wenig zusammen unternommen hatten. Das war auch mit der Grund gewesen, weshalb er gestern früher nach Hause gefahren war. Er wollte sie zum Geburtstag überraschen und Zeit mit ihr verbringen. Als er darüber nachdachte, wurde ihm bewusst, dass er ihr nicht gratuliert hatte. Zum ersten Mal, seit sie sich kannten, hatte er ihr nicht alles Gute gewünscht.

»Ich habe dir gestern nicht zum Geburtstag gratuliert, Kat«, sagte er leise. »Aber du weißt, dass ich dir trotz allem nur das Beste wünsche, auch wenn ich gerade keine Ahnung habe, wie es mit uns weitergehen soll.« So weit, dass er nach oben ging, um ihr Geschenk zu holen, war er jedoch nicht.

»Ich dachte tatsächlich, dass du meinen Geburtstag vergessen hast«, sagte sie.

»Hab ich doch noch nie! Ich wollte dich einfach nur überraschen. Aber das ging ja gründlich in die Hose.«

Wieder sah er diesen Simon vor sich, wie er sie in den Armen hielt und kurz davor war, sie zu küssen. Bei dem Gedanken hätte er am liebsten vor Ärger geknurrt.

Sie öffnete kurz den Mund, schwieg jedoch und trank einen Schluck Kaffee. Was vermutlich auch besser war.

Eine Weile lang herrschte Schweigen. Er wusste auch gar nicht, was er zu ihr sagen sollte.

»Und euer Dreh ist jetzt fertig?«, unterbrach sie schließlich die Stille.

»Ja.«

»Alles gut gelaufen?«

»Ja. Die Aufnahmen der letzten Tage muss ich erst noch genau sichten. Aber es passt hoffentlich alles.«

Plötzlich klingelte Kathrins Handy, das auf dem Tisch lag. Beide sahen auf das blinkende Display, auf dem der Name Simon Denner erschien.

Markus bemerkte, wie Kathrins Wagen erröteten. Doch sie bewegte sich nicht. Schließlich hörte das Klingeln wieder auf.

»Ich mach jetzt den Koffer auf«, sagte er plötzlich entschlossen und schob mit beiden Händen die messingfarbenen Verschlüsse zur Seite. Mit einem lauten Klacken sprangen die Verschlüsse auf.

»Nein!«, rief Kathrin und legte ihre Hände auf den Koffer. »Du kannst ihn doch jetzt nicht so einfach aufmachen!«

»Aber das wolltest du doch anscheinend.«

»Das wollte ich nicht!«

»Also was jetzt? Was sollte das denn dann mit dem Koffer?«

Sie zuckte mit den Schultern.

»Keine Ahnung. Vielleicht wollte ich ihn einfach nur in der Nähe haben.«

»In der Nähe haben?« Er sah sie ungläubig an. »So ein Quatsch!«

»Jetzt komm. Ich war gestern betrunken und völlig durcheinander. Da macht man auch mal was Blödes. Wenn wir ihn jetzt aufmachen, dann ist das irgendwie wie eine Bankrotterklärung unserer Ehe, Markus.«

Er schluckte.

»Leider fühlt es sich für mich aber gerade ein wenig so an. Für dich etwa nicht?«

»Bitte … warte.«

Ihre Hände lagen noch immer auf dem Koffer.

»Weißt du, allein die Tatsache, dass wir darüber nachdenken, zeigt doch schon, dass irgendwas in unserer Beziehung ziemlich falsch laufen muss. Du hast das schon früher gesehen, ich offensichtlich bis gestern Abend noch nicht.«

Sie legte den Kopf etwas zur Seite.

»Für dich war also alles in Ordnung?«

»Na ja. Perfekt war es nicht. Aber ich dachte, es liegt am Stress. Dein Job fordert dich total. Und ich habe auch viele Projekte gehabt. Es gibt eben so Zeiten, da läuft es nicht so gut. Das sind Phasen …«

»Weißt du überhaupt noch, wann wir das letzte Mal Sex hatten?«

Er musste nicht nachdenken, denn diese Frage hatte er sich bereits in der Nacht gestellt, als er sich schlaflos auf Jans Sofa hin- und hergewälzt hatte. Und er kannte die exakte Antwort.

»Am 15. Februar.«

Er wusste es noch so genau, weil er am Tag zuvor zu einer Produktionsbesprechung nach Hamburg geflogen war. Überall waren die Geschäfte in Rot und Rosa für den Valentinstag dekoriert gewesen, den sie beide jedoch aus Prinzip ignorierten. Schließlich wollten sie sich nicht von irgendeinem Tag im Kalender vorschreiben lassen, sich etwas schenken zu müssen oder ihn zu einem besonderen Tag der Liebe zu machen.

Als er ziemlich spät nach Hause gekommen war, hatte Kathrin schon geschlafen. Er hatte sich dicht hinter sie gelegt und sie an sich gezogen. Sie mochte es, wenn er sie wach streichelte. Und so hatte er zuerst zärtlich ihren Nacken geküsst, und dann waren seine Hände auf eine sinnliche Wanderschaft gegangen. Es hatte nicht lange gedauert, bis er ihre Lust entfacht, sie sich zu ihm umgedreht hatte und sie miteinander schliefen. Zwei Monate war das inzwischen her. Viel zu lange! Und jetzt wusste er noch nicht einmal, ob sie überhaupt noch einmal Sex haben würden oder ihre Beziehung dabei war auseinanderzugehen.

»Und das soll unser letztes Mal gewesen sein?«, fragte Kathrin leise. Offensichtlich hatte sie ähnliche Gedanken.

Bei ihren Worten spürte er plötzlich ein heftiges Verlangen nach ihr. Und das, obwohl er immer noch sauer war und der Gedanke an Simon ihn fast verrückt machte. Trotzdem hätte er sie jetzt am liebsten an sich gezogen und geküsst. Und dabei würde er ihr durch das kurze Haar streichen, um zu spüren, wie es sich anfühlte.

»Kriegen wir das wieder auf die Reihe, Kat?«, fragte er.

»Nicht wenn sich nichts ändert«, antwortete sie leise.

»Was genau soll denn anders werden?«

Ihr Blick wurde traurig.

»Allein schon, dass du fragen musst. Genau das ist es, was mich stört, Markus. Dass du selbst nicht bemerkst, wie sehr sich unsere Beziehung verändert hat.«

»Sie hat sich verändert, aber ich glaube wirklich, dass du unsere Beziehung anders siehst als ich.«

»Ach ja?«

»Du wolltest diesen Job unbedingt haben. Das bedeutet eben, dass wir inzwischen viel weniger Zeit für uns haben … und du meistens erschöpft bist, wenn du spät nach Hause kommst. Habe ich dir das jemals zum Vorwurf gemacht?«

»Es geht doch nicht um Vorwürfe! Ich mache dir ja auch keine, wenn du so viel Zeit mit No-Budget-Projekten von Filmstudenten verbringst.«

»Das stört dich? Soll ich vielleicht die ganze Zeit allein zu Hause sitzen, wenn du mal wieder irgendwo unterwegs bist oder bis spät in die Nacht Meetings hast?«

»Ja. Nein. Verdammt. Du kannst das ja machen, wenn es dir so wichtig ist.«

»Genauso wichtig, wie dir dein Job ist.«

»Das ist okay.«

»Offenbar nicht. Sonst hättest du nicht damit angefangen.«

»Das ist doch gar nicht das Thema, Markus!«

»Nein. Das Thema ist, dass du mit einem anderen Mann ins Bett springen wolltest! Weil ich dir offenbar nicht mehr genug bin«, brach es wieder aus ihm hervor.

Sie starrte ihn an.

»Wenn du glaubst, es geht nur darum, ist es wirklich zu spät.«

Sie stand auf, ging zur Kommode, die Markus und sie kurz nach ihrer Hochzeit auf einem Flohmarkt günstig ergattert und liebevoll restauriert hatten. Sie zog die unterste Schublade heraus und griff unter einen Packen alter Fototaschen, in denen die Negative aufbewahrt waren.

»Du willst doch jetzt nicht …«, begann er.

Sie drehte sich zu ihm um, eine Packung Marlboro und ein Feuerzeug in der Hand.

»Doch. Das will ich jetzt.«

»Überleg dir das bitte noch mal.«

Doch sie öffnete bereits die Verpackung, hielt sie ihm dann hin. Er schüttelte den Kopf. Mit einem Schulterzucken zog sie eine Zigarette heraus und zündete sie an.

»Du bist verrückt«, murmelte er. Vor zwei Jahren hatte sie aufgehört, und es war anfangs eine schwierige Zeit für sie gewesen. Markus hatte es nie ganz gelassen, allerdings machte es ihm auch nichts aus, monatelang auch mal keine Zigarette anzufassen.

»Kann sein«, entgegnete sie und nahm einen vorsichtigen ersten Zug.

Als ihm der Zigarettenduft in die Nase stieg, griff er doch nach der Schachtel. Gleich darauf rauchten sie beide und benutzten einen Untersetzer als Aschenbecher.

»Geht es dir damit jetzt besser?«, fragte er zwischen zwei Zügen.

»Nein«, murmelte sie und drückte die halb gerauchte Zigarette wieder aus.

Unwillkürlich musste er lachen.

»Und jetzt mach den Koffer auf. Bringen wir es hinter uns.«

Er starrte sie überrascht an.

»Jetzt willst du doch?« Wieso hatte sie ihre Meinung so schnell geändert? In diesem Moment wollte er, dass sie es nicht wollte.

»Ja. Jetzt mach! Worauf sollen wir noch warten? Dieses Hin und Her bringt doch nichts.«

»Und du bist dir sicher?«

Sie nickte.

Ein unangenehmes Kribbeln zog über seinen Nacken. Er würde zwar nur einen Koffer öffnen, aber zu diesem Zeitpunkt war das womöglich die Entscheidung gegen ihre Ehe. Denn dieser Koffer hatte eine ganz besondere Bedeutung. Er drückte die Zigarette aus, schob den Koffer ein Stück zur Seite, dann klappte er mit zitternden Fingern den Deckel auf, sah dabei jedoch seine Frau an.

»Du wolltest es so«, murmelte er heiser.

»Du doch auch!«

Er spürte, wie sein Herz fast schmerzhaft gegen seine Brust hämmerte.

Kathrin rutschte näher zu ihm heran. Überrascht sahen sie ihre eigenen Gesichter, die ihnen lachend entgegenblickten. Sie waren von einem Foto auf ein dunkelblaues Badetuch gedruckt worden. Es war sorgfältig über den Inhalt gelegt worden, damit alles zusammengehalten wurde im Koffer, der bis oben hin vollgepackt war.

Unter ihren lachenden Gesichtern waren folgende Worte aufgedruckt:

Jippie! Ihr habt es geschafft!
Alles Gute zum 15. Hochzeitstag!

Er sah, wie Kathrin die Augen schloss, und musste schlucken. Sie hatten es nicht geschafft.

10

Vielleicht nicht der schönste Tag,
aber der beste.

(Die Braut)

1. OKTOBER 2004

Es klopfte an der Tür.

»Kathrin! Aufwachen. Es ist gleich halb sieben. Zeit aufzustehen«, hörte sie ihre Mutter von draußen rufen. Als ob sie an so einem Tag verschlafen könnte! Genau genommen hatte sie die letzte Nacht überhaupt nur wenige Stunden im ehemaligen Kinderzimmer geschlafen, das ihre Eltern nach ihrem Auszug in ein Gästezimmer umfunktioniert hatten. Jedes Mal, wenn sie die Augen geschlossen hatte, gingen ihr tausend Gedanken durch den Kopf, und in ihrem Magen schien ein ganzer Schwarm Schmetterlinge Unfug zu treiben. Sie hatte es sogar mit der Wunderwaffe ihrer Oma versucht, heiße Milch mit Honig, dabei war sie gar kein sonderlich großer Fan von Milch. Und so hatte sie die Tasse schon nach dem ersten Schluck weggeschoben, weil ihr ganz schlecht wurde. Nachdem sie sich ewig hin- und hergewälzt hatte, war sie ins Zimmer ihres Bruders Niklas geschlichen und hatte den Zwanzigjährigen aus dem Bett geworfen. Obwohl Kathrin altersmäßig ihrer zwei Jahre älteren Schwester Maja näher war, fühlte sie sich von klein auf schon immer mehr zu ihrem Bruder hingezogen. Niklas hatte auch nicht lange gemeckert, sondern war mit ihr tapfer durch das nächtliche München gejoggt, damit sie müde wurde. Danach hatten sie sich in seinem Zimmer geschwisterlich eine Flasche Bier geteilt. Das beste Mittel, um müde zu werden, hatte Niklas ihr versichert. Sie fand, dass man sich in seinem Alter darüber eigentlich noch keine Gedanken machen sollte. Wer hatte mit zwanzig schon Schlafprobleme?

»Findest du es doof?« Natürlich musste sie nicht extra erklären, was sie damit meinte.

»Du wirst schon wissen, was du da machst«, hatte Niklas geantwortet und versucht, ein Gähnen zu unterdrücken. Das Bier schien zu wirken. Zumindest bei ihm. »Markus ist okay. Und außerdem kann man sich ja scheiden lassen, wenn es nicht mehr passt.«

Sie hatte ihm einen Kuss auf die Wange gegeben und war aufgestanden.

»Genau das wollte ich hören, Brüderchen. Gute Nacht!«

Sie war schon fast aus der Tür gewesen, da drehte sie sich noch mal um.

»Und bitte vergiss nicht, rechtzeitig wegen der Überraschung …«

»Ja, ja!«, hatte er sie unterbrochen. »Wie oft denn noch? Ich mach das schon. Verschwinde endlich ins Bett!«

Nach einer lauwarmen Dusche hatte sie tatsächlich noch einige Stunden schlafen können. Doch immer wieder war sie von wirren Träumen geweckt worden, die sich gleich nach dem Aufschrecken bereits wieder verflüchtigt hatten. Vor etwa einer Stunde war sie dann endgültig wach geblieben, ohne jedoch aufzustehen. Die Wärme unter der Bettdecke tat ihr gut. Und auch die Stille im Zimmer, das nach hinten zum Garten lag. Mehrmals hatte sie der Versuchung widerstanden, nach dem Handy zu greifen und Markus anzurufen. Oder ihm zumindest eine SMS zu schreiben. Doch sie hatten vereinbart, an diesem Tag keinen Kontakt zu haben, bis sie sich am späten Vormittag vor dem Standesamt treffen würden.

Ein erneutes Klopfen riss sie aus ihren Gedanken. Gleich darauf kam ihre Mutter ins Zimmer, in ihrem alten beigefarbenen Bademantel und mit rosaroten Lockenwicklern im Haar. Die Zweitklässler an der Grundschule mussten heute ohne ihre Klassenlehrerin auskommen, die sich wegen der Hochzeit ihrer Tochter hatte beurlauben lassen.

»Jetzt komm! Raus aus den Federn. Heute ist dein Hochzeitstag«, flötete Rita vergnügt.

Kathrin zog die Decke nur weiter hoch zum Kinn und machte keine Anstalten, das kuschelige Nest zu verlassen. Am liebsten hätte sie sich hier vergraben. Dabei hatte sie diesen Tag schon seit Wochen herbeigesehnt. Genauer gesagt seit dem Tag in Lissabon, an dem Markus ihr überraschend den Heiratsantrag gemacht hatte.

Das Lächeln auf dem Gesicht ihrer Mutter wurde nicht weniger. Im Gegenteil. Sie setzte sich auf das Bett ihrer Tochter und strich ihr eine Haarsträhne aus dem Gesicht.

»Als deine Tante Bea mich an meinem Hochzeitstag zum Friseur gefahren hat, war ich kurz davor, mit ihr zu verschwinden«, sagte sie. »Wir saßen fast eine halbe Stunde im Auto, bevor ich bereit war, in den Salon zu gehen.«

»Wirklich? Das hast du nie erzählt«, sagte Kathrin überrascht. Dabei wirkte ihre Mutter immer so abklärt und vernünftig.

Rita lachte leise.

»Weil man es nur dann verstehen kann, wenn man selbst in genau dieser Situation ist. Man könnte platzen vor Glück, und gleichzeitig stirbt man fast vor Angst. Dabei fragt man sich ständig, ob man tatsächlich die richtige Entscheidung getroffen hat.«

»Aber das hast du doch.« Ihre Eltern führten eine harmonische Beziehung, und Streit war im Haus der Familie Wolf eher selten zu hören.

»Ja. Das hab ich. Nur weiß man ja erst hinterher, ob es funktioniert hat.«

Kathrin rutschte im Bett nach oben.

»Und wenn es bei mir anders läuft?«, fragte sie leise, während sie gedankenverloren ihre langen Haare zu einem lockeren Pferdeschwanz band. »Wenn es bei mir nicht funktioniert?«

»Mach mal die Augen zu.«

»Warum?«

»Mach einfach.«

Kathrin tat, was ihre Mutter sagte.

»Und jetzt denk an Markus.«

»Okay.«

»Wie fühlt sich das an?«

»Na ja. Gut.«

»Nur gut?«

»Mehr als gut.« Kathrin grinste.

»Und jetzt denk an Markus und stell dir vor, er küsst… Christina.« Christina war Kathrins beste Freundin und Trauzeugin.

Kathrin riss die Augen auf und rutschte von ihrer Mutter weg.

»Mensch Mama!«, protestierte sie. »Was soll das denn?«

Rita lachte auf.

»Fühlt sich jedenfalls nicht gut an, oder?«

»Natürlich nicht!«

»Na dann endlich raus mit dir aus dem Bett, damit Markus später nicht allein am Standesamt steht und sich mit deiner alten Schulfreundin trösten muss.«

»Du bist echt blöd«, maulte Kathrin, meinte es allerdings nicht ernst. Und das wusste ihre Mutter auch, aber heute sah sie ihr natürlich ohnehin einiges nach.

Plötzlich hatte Kathrin es tatsächlich eilig, aus dem Bett zu kommen. Nicht weil sie Angst hatte, Markus könnte sich mit Christina einlassen. Aber beim Gespräch mit ihrer Mutter war ihr klar geworden, wie kindisch sie sich benahm. Das komische Gefühl in ihrem Magen war ganz einfach so etwas wie Lampenfieber. Weiter nichts. Und das durfte man an einem Tag wie diesem schließlich haben. Außerdem wollte sie auf keinen Fall unter Zeitdruck geraten. Ihr blieben noch gut drei Stunden Zeit, bevor sie losfahren mussten. Und bis dahin gab es viel zu tun.

»Ich hab dir schon ein Bad eingelassen«, sagte Rita.

»Danke, Mama!«

Kathrin umarmte ihre Mutter, die fast einen Kopf kleiner war als sie.

»Ich finde, du hättest keinen besseren Mann finden können«, flüsterte Rita. »Gib einfach nur immer darauf acht, dass du weder dir noch ihm gegenüber den Respekt verlierst. Dann kann eigentlich nicht viel passieren.«

»Das werde ich«, murmelte Kathrin.

»Ich will ja nicht stören«, unterbrach sie die Stimme ihres Vaters. Harald hatte unbemerkt die Tür geöffnet. »Aber die Frau vom Blumenladen hat gerade das hier abgegeben.«

Kathrin und Rita lösten sich voneinander und drehten sich zu ihm. Harald, der mit seinen neunundvierzig Jahren, die man ihm nicht ansah, am liebsten Jeans und lässige Hemden trug, kam mit einem Blumenstrauß in der Hand ins Zimmer.

»Rosa?«, riefen die beiden Frauen entsetzt wie aus einem Munde.

»Rosa finde ich auch etwas …«, begann Harald, da schnitt seine Frau ihm das Wort ab.

»Das ist der Falsche! Ist sie noch da?«

Rita riss ihrem Mann die Blumen aus der Hand und rauschte aus dem Zimmer.

»Ja. Aber warte! Du kannst doch nicht so auf die Straße.«

Harald eilte ihr hinterher.

Kathrin schaute den beiden nach. Das ging ja schon gut los. Aber wie sie ihre Mutter kannte, würde Kathrin auf jeden Fall später den Brautstrauß in den richtigen Farben in den Händen halten.

»Ich nehme jetzt erst mal ein Bad«, sagte sie laut zu sich selbst. Danach würde hoffentlich ihre Schwester aus Berlin angekommen sein, um ihr mit der Frisur und dem Kleid zu helfen, das die frischgebackene Modedesignerin eigens für ihre kleine Schwester geschneidert hatte. Seit der letzten Anprobe vor vier Wochen hatte Kathrin das Kleid nicht mehr zu Gesicht bekommen. Hoffentlich passte nachher alles.

Drei Stunden später stand Kathrin in ihrem Kleid vor dem Spiegel, während Maja und ihre Mutter hektisch an ihr herumzupften.

»Verdammt! Du hast abgenommen!«, schimpfte Maja.

»Aber doch nicht mit Absicht. Und nur zwei Kilo«, murmelte Kathrin.

»Trotzdem. Jetzt sitzt es nicht mehr richtig! Ich muss es an der Hüfte ein klein wenig enger stecken. Ich brauche Sicherheitsnadeln.«

»Nein, das passt schon. Ich bin froh, wenn es nicht so eng ist. Außerdem haben wir keine Zeit mehr dafür.«

»Wie kannst du auch an so einem Tag erst so spät losfahren!«, fuhr Rita ihre älteste Tochter jetzt schon zum x-ten mal an. Erst vor zwanzig Minuten war sie völlig abgehetzt angekommen. Alle hatten bereits auf Kohlen gesessen. Da sie Maja auch am Handy nicht erreicht hatten – inzwischen wussten sie, dass der Akku leer war –, war Niklas in Kathrins Wohnung geschickt worden, um ein paar Kleider aus ihrem Schrank zu holen. Auf die Schnelle war natürlich kein anderes Hochzeitskleid aufzutreiben, deswegen müsste sie im Notfall eines ihrer hübschen Sommerkleider anziehen. Doch gerade als Kathrin in ein hellgraues Chiffonkleid schlüpfen wollte, hatte es an der Haustür Sturm geklingelt.

»Bin ich schuld, dass so viel Stau war?«, schnauzte Maja giftig zurück.

»Mit so was muss man immer rechnen. Deswegen wollte ich, dass du schon einen Tag früher kommst.«

»Entschuldige. Aber ich habe vielleicht auch noch ein Privatleben! Ich hatte eine Verabredung.«

»Natürlich ist irgendso eine Verabredung wichtiger als die Hochzeit deiner Schwester …«, setzte ihre Mutter sarkastisch an. Doch Kathrin unterbrach die beiden.

»Hört bitte auf zu streiten. Das nervt total. Jetzt passt doch alles.«

Sie hätte ihrer Schwester vorhin zwar auch am liebsten den Kragen umgedreht, aber die Streiterei jetzt stresste sie noch mehr. Außerdem war sie letztlich sogar ein klitzekleines bisschen froh über die Verspätung, da Maja nun keine Zeit mehr blieb, ihr eine Steckfrisur zu verpassen. So konnte Kathrin ihre Haare offen tragen, und sie wusste, dass Markus das am besten gefallen würde. Und ihr selbst auch.

Wundersamerweise schwiegen Mutter und Schwester tatsächlich. Zumindest für ein paar Sekunden.

»Die Augen gehören noch viel mehr geschminkt. Wo ist denn der blaue Lidschatten?« Maja wühlte in ihrem Schminktäschchen.

»Damit sie aussieht wie ein Clown? Nein. Das ist wirklich genug«, warf Rita ein. »Außerdem wird es höchste Zeit, dass du dich umziehst, Maja!«

Kathrin seufzte. Irgendwie hatte sie sich das heute anders vorgestellt. Vielleicht war es doch keine so gute Idee gewesen, eine große Hochzeit feiern zu wollen.

»Ich mach das selbst«, sagte sie und griff nach dem Kajal.

»Der Wagen ist grad vors Haus gefahren!«, rief Niklas ins Zimmer.

Alle drehten sich zu ihm um.

»Jetzt schon?«, fragte Rita.

»Vielleicht schaut mal jemand von euch auf die Uhr! In einer halben Stunde geht's los!«

»Verdammt!«, schimpfte Maja.

»Das schaffen wir nie!«, murmelte Kathrin und spürte Panik aufsteigen. Sie würde zu ihrer eigenen Hochzeit zu spät kommen.

Doch sie kam nicht zu spät. Wie sie es am Ende geschafft hatten, konnte sich niemand erklären. Oder eigentlich doch. Maja hatte sich in Windeseile umgezogen. Und Christina, die nicht nur Kathrins beste Freundin und Trauzeugin war, sondern auch noch das Hochzeitsauto fuhr, legte die Strecke zum Standesamt in einer Geschwindigkeit zurück, die Kathrin mehrmals ängstlich die Augen schließen und Maja lauthals protestieren ließ, sie versuchte nämlich, sich nebenbei zu schminken. Doch es gab nur wenige hupende Proteste anderer Autofahrer. Im Gegenteil, man winkte den drei Frauen in dem weißen, mit roten Luftballons und Rosen geschmückten Mercedes freundlich zu. Hochzeiten, und alles was dazu gehört, versprühen einfach diesen ganz besonderen Zauber, dem man sich nur schwer entziehen kann. Allerdings wirkte dieser Zauber nicht bei Maja. Nach einem besonders riskanten Überholmanöver verlangte sie, dass Christina sofort anhalten und sie aussteigen lassen sollte.

Christina, die Maja nie sonderlich gut leiden konnte, fuhr in die nächste freie Parklücke.

»Und raus mit dir«, sagte sie übertrieben freundlich zur Schwester ihrer besten Freundin, die natürlich keine Anstalten machte, das Auto tatsächlich zu verlassen.

»Jetzt fahr schon endlich!«, fauchte sie.

»Nur wenn du mit deiner Jammerei aufhörst!«

»Hey! Könntet ihr euch heute ausnahmsweise mal vertragen?«, forderte Kathrin von der Rückbank.

»Aber nur, weil du es bist.« Damit setzte Christina den Blinker, fuhr wieder aus der Parklücke und fädelte sich rasant in den Verkehr ein. Und Maja tuschte ihre Wimpern zu Ende.

Wenige Minuten später halfen Christina und Maja Kathrin vorsichtig aus dem Wagen.

»Wir haben den Brautstrauß vergessen!«, rief Maja

plötzlich, die durch die ganze Hektik von der Blumenpanne gar nichts mitbekommen hatte.

»Hier! Hier ist er!« Rita kam auf sie zugeeilt, so gut es in ihren schwarzen Pumps möglich war, während Harald einen Parkplatz suchte. Schwer atmend drückte sie ihrer Tochter den Strauß in die Hand. Kathrin lächelte. Ihre Mutter hatte es tatsächlich geschafft. Und das Gebinde aus weißen Rosen und roten Orchideen sah zauberhaft aus.

Als sie die Blumen in der Hand hielt, fühlte sie sich zum ersten Mal an diesem Tag wie eine richtige Braut. Und wurde mit jeder Sekunde nervöser.

»Und?« Sie schaute in die Gesichter der drei Frauen um sie herum. »Jetzt sagt doch was!«

»Wirklich nicht übel«, meinte Christina mit flapsigem Unterton und nickte ihrer besten Freundin zu.

»Du bist so wunderschön!«, schwärmte Rita, und ihre Augen waren dabei ganz glasig.

»In dem Kleid siehst du echt großartig aus, Schwesterchen.«

Maja hatte tatsächlich einen Traum von einem Hochzeitskleid gezaubert. Das musste man ihr lassen. Bodenlang in Etuiform geschnitten, mit einem nicht zu tiefen V-Ausschnitt umschmeichelte es Kathrins schlanke Figur perfekt und wirkte dabei gleichzeitig traditionell und doch modern. Die langen Ärmel waren aus zarter durchbrochener Spitze und liefen an den Händen dreieckig zu. Glücklicherweise war das Wetter für Anfang Oktober sehr mild, und die Sonne schien immer wieder durch die Wolkendecke. So konnte Kathrin auf die

Stola verzichten, die Maja ebenfalls geschneidert hatte. Und die zwar in ihrer asymmetrischen Form auffallend war, die Wirkung des Kleides jedoch ein klein wenig geschmälert hätte.

»Schau mal, Kathrin. Da wartet schon jemand auf dich«, flüsterte ihre Mutter.

Mit klopfendem Herzen drehte Kathrin sich um. Wenige Meter entfernt stand Markus und lächelte ihr entgegen. Kathrin schluckte. Er hatte also doch einen schwarzen Smoking gekauft, obwohl er es bis gestern Abend noch abgestritten hatte und ihr weismachen wollte, in einer schwarzen Jeans mit Hemd zu kommen. Allerdings hatte er darauf verzichtet, sich ein kleines Blumengesteck ans Revers zu heften, was ihrer Mutter sicherlich nicht gefallen würde. Seine Frisur wirkte wie immer leicht zerzaust, und Kathrin unterdrückte den Impuls, zu ihm zu gehen und mit der Hand durch sein dunkelbraunes Haar zu streicheln.

Hier stand er. Ihr zukünftiger Mann. Mit dem sie den Rest ihres Lebens verbringen wollte.

11

Vielleicht nicht der beste Tag –
aber der schönste.
(Der Bräutigam)

1. OKTOBER 2004

Er hatte keine Vorstellung davon gehabt, was für ein Kleid sie heute tragen würde. Scherzhaft hatte er ein paarmal gesagt, dass es ihm egal wäre, was sie anhaben würde. Das galt natürlich noch immer. Doch als sie nun in diesem wunderschönen Brautkleid vor ihm stand, war er froh, dass sie ihn nicht beim Wort genommen hatte. Ihre langen Haare fielen wie ein natürlicher Schleier sanft gelockt über ihren Rücken. Sie ist umwerfend, dachte Markus, als er langsam auf Kathrin zuging und dann vor ihr stehen blieb.

»Hier bin ich also«, sagte sie flapsig, und er konnte ihr anhören, wie nervös sie war. Sicherlich nicht weniger als er selbst. Dabei hatten beide gedacht, sie würden an diesem Tag ganz locker sein.

»Gut so«, antwortete er und lächelte schief. Für einen Moment stand er etwas unsicher vor ihr. Wusste nicht, was er jetzt sagen sollte, ohne dass es zu banal klang. Sicherlich sagte jeder Bräutigam seiner Braut, wie schön sie war. Hilflos rang er um Worte.

»Wow!« Mehr brachte er nicht heraus.

Er legte seine Hände auf ihre Wangen und küsste sie sanft.

»Hey! Küssen darf man erst später«, protestierte Niklas, der mit der Canon Kamera, die Markus seinem zukünftigen Schwager für diesen Tag gegeben hatte, schon fleißig Fotos schoss.

Markus ließ Kathrin los und begrüßte ihre Familie. Zumindest den kleinen Teil, der im Standesamt dabei sein würde. Die restliche Verwandtschaft und alle Bekannten und Freunde würden sie später in der Kirche erwarten.

»Schön, dass ich jetzt noch einen weiteren Sohn in der Familie haben werde«, sagte Rita und zupfte seinen Kragen zurecht. Er räusperte sich und drehte sich hustend zur Seite, dabei holte er sein Handy aus der Tasche und tat so, als ob er eine SMS lesen würde. Niemand musste mitbekommen, wie sehr ihm seine eigene Mutter an diesem Tag fehlte. Und auch sein älterer Bruder Jakob würde nicht dabei sein. Der leidenschaftliche Hobbykicker hatte sich vor drei Tagen bei einem Spiel mit seinen Kollegen aus dem Finanzamt einen komplizierten Oberschenkelbruch zugezogen, der eine Operation erforderte. Markus hatte deswegen den Junggesellenabschied abgeblasen, den Jakob und Jan zusammen organisiert hatten. Ohne seinen Bruder hatte er nicht feiern wollen, auch wenn Jakob darauf bestanden hatte.

Doch Markus war stur geblieben, und am Ende hatten sie sich darauf geeinigt, es so richtig krachen zu lassen, sobald Jakob wieder fit war. Seine Abwesenheit an diesem Tag ging Markus nahe. Auch wenn sie nicht immer einer Meinung waren, so hatte sie der Tod der Mutter doch sehr zusammengeschweißt.

Doch wenn er Glück hatte, würde zumindest sein Vater mit irgendeiner aktuellen Flamme im Schlepptau noch auftauchen. Allerdings wusste man das bei Walter nie so ganz genau. Der Wirt der *Silberbar* schlief normalerweise um diese Tageszeit noch, da die Gäste seiner Szenekneipe ihn selten vor dem Morgengrauen ins Bett kommen ließen. Jan hatte allerdings versprochen, Walter abzuholen und pünktlich beim Standesamt abzuliefern. Und auf seinen besten Kumpel und Trauzeugen konnte er sich eigentlich immer verlassen.

Plötzlich spürte Markus, wie jemand nach seiner Hand griff und sie zärtlich drückte. Kathrin lächelte ihn an. Auf ihre ganz besondere Weise. Sie schien genau zu wissen, was momentan in ihm vorging. Manchmal war ihm das fast ein wenig unheimlich. Vor ihr etwas zu verbergen war nicht einfach.

»Komm. Schnell. Lass uns schon reingehen«, sagte sie und zog ihn in Richtung Eingangstür.

»Jan und mein Vater sind noch nicht hier«, warf Markus ein.

»Die kommen schon noch. Aber wenn du jetzt nicht verschwindest, dann verpasst Mama dir noch einen Blumenanstecker. Sie will den von Papa nehmen.«

Markus musste lachen. Er mochte Blumen, aber

ganz bestimmt nicht als kleines Sträußchen angesteckt an sein Revers. Dass sie ihn davor bewahren wollte, bescherte ihr einen weiteren Punkt auf der »Ich liebe dich, weil …«-Skala.

»Oh, oh. Dann schnell los.«

Jan und Walter waren rechtzeitig gekommen, und Markus war erstaunt, dass sein alter Herr keine Freundin dabeihatte. Außerdem schien er ausgeschlafen zu sein, und sein schwarzer Anzug und die Frisur saßen tadellos. Erstaunlich. Kurz bevor es losging, hatte Walter seinen Sohn zur Seite genommen.

»Ich finde ja, du hättest mit der Hochzeit ruhig noch ein paar Jahre warten können«, begann er mit seiner von Zigaretten und zu vielen durchzechten Nächten rauen Stimme. Markus wollte ihm schon ins Wort fallen, da sprach er weiter: »Aber Kathrin – sie ist echt ein tolles Mädchen. Und ich kann dich verstehen, dass du sie dir geschnappt hast.«

»Ich hab sie mir nicht …«

Doch Walter unterbrach ihn.

»Sei doch nicht immer so pingelig. Ist doch egal. Hauptsache ihr seid zusammen. Hier …«, er drückte ihm einen kleinen Samtbeutel in die Hand und räusperte sich, »deine Mutter hätte das bestimmt deiner Frau geben wollen.«

Bevor Markus etwas sagen konnte, hatte Walter ihm kurz auf die Schulter geklopft und sich zu Maja gesellt, die er heute zum ersten Mal sah. Und die ihm offensichtlich gefiel.

Markus ahnte, was in dem Beutel war. Um Fassung ringend, steckte er ihn gerade in seine Jackentasche, als eine Frauenstimme durch die Sprechanlage zu hören war: »Brautpaar Kathrin Marie Wolf und Markus Killian bitte ins Trauungszimmer zwei.«

Der Standesbeamte war ein honoriger Herr mit fülliger schlohweißer Haarpracht, der offensichtlich nicht mehr lange bis zur Pensionierung hatte. Routiniert führte er die Trauung durch, fand die richtigen Worte und schob ihnen am Ende die Dokumente zur Unterschrift hin.

»Vorsicht. Nicht mit dem alten Namen unterschreiben«, sagte er mit einem Zwinkern zu Kathrin. Ein Spruch, den er wohl in seiner Laufbahn schon Hunderte Male gemacht hatte.

Markus hätte eigentlich erwartet, dass Kathrin ihren Familiennamen behalten wollte. Doch sie hatte sich entschieden, ganz traditionell in Zukunft Kathrin Marie Killian zu heißen. Und so schaute er ihr zu, wie sie konzentriert ihren neuen Namen unter die Heiratsurkunde setzte. Dann grinste sie ihren frischgebackenen Ehemann glücklich an. Ohne sich um die anderen im Raum zu kümmern, zog Markus sie an sich und küsste sie. Jetzt war sie tatsächlich seine Frau.

Nach den Glückwünschen der Familie und einem kurzen Sektumtrunk vor dem Standesamt chauffierte Christina das Brautpaar zur Kirche St. Anna. Diesmal kamen sie im dichten Verkehr nur langsam voran, und Christina wurde zusehends nervöser.

»Verdammt! Jetzt fahrt doch endlich, ihr Idioten«, schimpfte sie und drückte ungeduldig auf die Hupe.

»Hey. Die können nicht ohne uns anfangen. Bleib ganz locker«, sagte Markus.

»Kannst du da vorn mal kurz anhalten?«, fragte Kathrin plötzlich.

»Ist dir schlecht?« Markus sah sie besorgt an, während Christina bereits in eine Parklücke fuhr.

»Nein. Aber ich brauch unbedingt eine Brezel.«

»Eine Brezel?«

»Ja. Ich hab heute früh keinen Bissen runtergebracht, und jetzt knurrt mein Magen. Auf ein paar Minuten mehr oder weniger kommt es jetzt doch auch nicht mehr an, oder?«, fragte Kathrin.

»Nein. Sicher nicht.«

»Ich geh schon«, sagte Christina. Sie stieg aus und eilte auf die Bäckerei zu.

Kathrin griff nach Markus' Hand.

»Danke, dass du all das mitmachst.« Sie kannte ihn gut genug, um zu wissen, dass er einer großen Hochzeit nur zugestimmt hatte, um ihren Wunsch zu erfüllen.

»Wir könnten immer noch verschwinden. Der Schlüssel steckt«, schlug er vor und grinste. Und tatsächlich hatte er diese Möglichkeit vorhin schon einmal in Betracht gezogen.

»Oder ich lass mir was ganz Besonderes einfallen, wie ich das wiedergutmache bei dir«, schnurrte sie und gab ihm einen Kuss.

»Hast du denn schon eine Idee?«, wollte er wissen, als sie sich wieder voneinander lösten.

»So ungefähr.«

Sie flüsterte es ihm ins Ohr. Bei ihren Worten wurde ihm heiß.

»Im Fahrstuhl?«

Sie nickte.

»Okay. Einverstanden. Dann betrachte ich den weiteren Tag heute einfach mal als Vorspiel«, sagte er.

Kathrin lachte.

In diesem Moment kam Christina zurück.

»Hier. Noch ofenwarm.«

Sie reichte die Papiertüte nach hinten. Kathrin war glücklich, und sie konnten den Weg zur Kirche fortsetzen.

»Na endlich! Ich dachte schon, ihr kommt nicht mehr!«, rief ihnen Jan entgegen, als sie aus dem Wagen stiegen.

»Wir sind noch nicht zu spät«, erklärte Christina mit einem Blick auf die Uhr. Noch drei Minuten, bis es offiziell losging. Sie fegte rasch ein paar Brösel von Kathrins Kleid.

»Jetzt kommt schon!«, drängte Jan Markus und Christina. »Wir müssen rein.«

Am Portal drehte Markus sich noch mal kurz zu Kathrin um, die nun neben ihrem Vater stand, der sie in wenigen Minuten zum Altar führen würde. Sie sahen sich für einen Moment in die Augen und lächelten sich fast verschwörerisch zu.

»Ich liebe dich«, murmelte er leise, dann nickte er ihr zu und folgte den beiden Trauzeugen in die Kirche.

Die Hochzeitsfeier fand in einem ehemaligen Teppichlager im Hinterhof eines Gebäudekomplexes statt, das Kathrins Großonkel Johann gehörte. Der Immobilienmakler vermietete den umfunktionierten Lagerraum ab und zu für private Veranstaltungen an seine Geschäftspartner und Freunde. Kathrin war immer schon Johanns Liebling gewesen, und er hatte ihnen nicht nur das Gebäude für diesen Tag zur Verfügung gestellt, sondern schenkte ihnen auch das komplette Catering durch eine befreundete Firma. Um die Dekoration hatten sich Kathrins zahlreiche Cousinen gekümmert, die dem Raum mit bunten Tüchern, Sonnenblumen und unzähligen Kerzen ein warmes Ambiente verschafft hatten.

»Just can't wait until tonight«, sang Markus leise in ihr Ohr, während sie, umringt von den Hochzeitsgästen, zum Lied von Max Mutzke tanzten. Auf eine Liveband hatten sie verzichtet. Stattdessen legte Stefan, ein alter Schulfreund von Markus, Musik auf.

»Ich auch nicht«, flüsterte sie und schmiegte sich noch enger an seinen Körper.

»Na ja, irgendwie bringen wir die Zeit hier schon noch rum«, murmelte er, auch wenn er jetzt am liebsten mit ihr allein gewesen wäre.

Mit den letzten Takten des Liedes gab er ihr einen langen Kuss, und die Gäste um sie herum applaudierten und johlten begeistert. Markus wollte mit Kathrin eben zurück zu ihrem Tisch gehen, da stand Christina plötzlich vor ihnen. Mit einem Mikrofon in der Hand.

»Ruhe bitte! … Darf ich ein wenig um Ruhe bitten? Und ihr beide bleibt jetzt mal schön hier bei mir.«

»Was hast du denn mit uns vor?«, fragte Kathrin, doch Christina schüttelte nur den Kopf.

»Nur Geduld.« Mehr verriet sie nicht.

Markus und Kathrin warfen sich fragende Blicke zu und zuckten ratlos mit den Schultern. Inzwischen war es ruhig um sie geworden, und alle schauten neugierig.

»Müssen wir Angst haben?«, wollte Markus wissen.

»Klar. Immer!«

»Vielleicht gehen wir dann besser, Kat«, schlug er vor.

»Nichts da. Das Schlimmste habt ihr ja heute schon hinter euch«, sagte Christina und grinste. »Oder vielleicht geht es ja gerade jetzt erst los?«

Die Gäste lachten.

»Jan! Kommst du?« Sie drehte sich zur großen Schiebetür am Ende der Halle und winkte. Jan kam herein und schleppte einen riesigen dunkelbraunen Lederkoffer, der seine besten Tage offensichtlich schon hinter sich hatte. Schon von Weitem sprang der Text auf dem roten Koffergurt ins Auge: JUST MARRIED.

Er stellte den Koffer vor Kathrin und Markus ab. Christina reichte ihm das Mikrofon.

»Und bevor ihr fragt: Nein. Wir schicken euch jetzt nicht auf Hochzeitsreise«, bemerkte Jan, »das kriegt ihr besser allein hin.«

»Sowieso«, bestätigte Markus. Sie hatten vor, irgendwann in den nächsten Tagen mit gepackten Koffern zum Flughafen zu fahren und dort aus einem Super-Last-Minute-Angebot spontan eine Reise zu wählen.

»Jetzt spannt uns nicht so auf die Folter!«, forderte Kathrin ihre Trauzeugen auf.

Doch Christina und Jan machten sich einen Spaß daraus, genau das noch eine Weile lang auszukosten. Sie erzählten abwechselnd kleine Anekdoten über ihre Freunde und brachten dabei auch einige Fettnäpfchen zur Sprache, in die Markus und Kathrin getreten waren.

»Aber jetzt kommen wir wieder zu diesem Koffer«, sagte Jan schließlich. »Denn er hat eine ganz besondere Bedeutung. Jeder hier«, er schaute in die Runde, »hat entweder einzeln oder gemeinsam mit anderen etwas für euch in diesen Koffer gepackt und ein paar ganz persönliche Worte dazu geschrieben. Und ich habe überhaupt keine Ahnung, was da alles drin ist. Die einzige Vorgabe war nur, dass das Geschenk nicht verderblich sein darf. Ich hoffe, alle haben sich dran gehalten, sonst wird das später einmal der Koffer des Grauens sein.«

Die Gäste lachten.

Jetzt nahm Christina das Mikrofon und sprach weiter:

»Das hat natürlich auch einen guten Grund. Denn ihr dürft den Koffer und die Geschenke darin erst an eurem 15. Hochzeitstag aufmachen.«

»Was?«, fragte Markus, und auch Kathrin blickte irritiert auf den Koffer.

»Ja. Ihr habt schon richtig gehört. Erst in fünfzehn Jahren. Das soll sozusagen eine Art Motivationshilfe von uns allen für euch sein, die erste Etappe eurer Ehe durchzuhalten.«

Die Leute klatschten und pfiffen aufmunternd.

»Und was ist, wenn sie es nicht schaffen?«, kam ein Zwischenruf von Großonkel Johann.

»Das wollen wir doch nicht hoffen. Die beiden kriegen das schon hin«, warf Harald ein und bekam zustimmenden Applaus.

»Eben«, gab Christina ihm recht und nickte ihrer besten Freundin zu.

»Aber was, wenn doch nicht?«, hakte Annika nach, die Regisseurin, mit der Markus die Filmhochschule besucht hatte.

»Na ja, sollten sie es tatsächlich nicht schaffen, dann müssen sie den Koffer früher öffnen«, sagte Jan.

12

Geplatzte bunte Träume

MÜNCHEN, 13. APRIL 2017

»Wir könnten ihn wieder zumachen und nach oben tragen. Bis auf dieses Handtuch haben wir nichts gesehen«, sagte Markus, der immer noch auf die aufgedruckten Gesichter starrte, die damals so glücklich in die Kamera gelächelt hatten.

»Jetzt haben wir ihn schon mal geöffnet. Machen wir weiter.«

»Bedeutet das, dass du unserer Beziehung keine Chance mehr gibst?«

»Nein. Aber wir müssen uns ja nicht an die Regeln halten, die andere für uns aufgestellt haben.«

»Du meinst, wir packen einfach die Sachen aus und sehen, was dabei passiert?«

»Ja! Warum nicht?«

Einen Moment lang schien er zu überlegen.

»Hättest du dir damals bei unserer Hochzeit vorstellen können, dass wir es vielleicht nicht schaffen würden?«, fragte er schließlich.

»Nein«, sagte sie sofort, wusste aber, dass die Antwort nicht ganz korrekt war. Natürlich hatte sie darüber nachgedacht, so wie das wohl jeder Mensch tat, der kurz davor war zu heiraten. Doch bei der Hochzeit selbst war sie absolut davon überzeugt gewesen, dass sie immer zusammenbleiben würden. »Und du?«

»Ich hatte Angst, dass es passieren könnte«, gab er zu, »aber trotzdem wollte ich es mir nicht vorstellen.«

»Weißt du noch, was dein Vater damals nach der Kirche zu uns sagte?«

»Ja. Und ich weiß auch noch, dass du darüber ziemlich sauer warst.«

Kathrin schloss für einen Moment die Augen. Sie konnte sich so gut an Walters Worte erinnern, als ob es erst gestern gewesen wär.

»Ich wünsch euch alles Glück der Welt. Aber sobald ihr merkt, dass ihr euch gegenseitig wehtut, beendet es, so schnell ihr könnt«, hatte er gesagt. Und Kathrin fand es unmöglich, dass er ausgerechnet am Tag ihrer Hochzeit mit so einem Ratschlag kam. Doch sie hatte ihren Ärger hinuntergeschluckt, damit es keine Spannungen gab. Schließlich war Walter, bis auf eine Handvoll Verwandter, der einzige enge Familienangehörige ihres Mannes, der an diesem Tag dabei war.

Und so hatte sie ihren Schwiegervater nur lächelnd angeschaut und gesagt: »Keine Sorge. Wir werden uns nicht wehtun.«

»War ich damals zu naiv, Markus? Zu voll mit rosaroten Träumen?«

»Ach komm, deine Träume waren doch nie rosarot.

Sondern immer schon knallbunt, gestreift oder getupft. Und genau das ist es, was mir an dir so gefallen hat, Kat.«

Seine Worte wühlten sie stärker auf, als sie es wahrhaben wollte. Was war aus diesen Träumen inzwischen geworden?

»Was denkst du, würde dein Vater jetzt zu uns sagen?«, fragte sie.

»Wir können ihn ja anrufen und fragen, wenn du das möchtest.«

»Ich habe gestern schon mit ihm telefoniert. Erstaunlicherweise vergisst er meinen Geburtstag nie.«

»Weil er dich mag. Und er mag nicht viele Menschen.«

Tatsächlich war Walter ihr im Laufe der Jahre ebenfalls ans Herz gewachsen. Auch wenn sie sich nie so wirklich damit abfinden konnte, dass er seine Freundinnen öfter wechselte als seine Zahnbürsten.

»Und hast du dich entschieden? Machen wir weiter?«, fragte sie.

Markus nickte.

»Ja. Machen wir weiter.«

Bevor er das Handtuch wegzog, betrachtete er das Bild genauer. Ihre glücklichen Gesichter vor dem Hintergrund eines weiß-blauen Himmels.

»Ich kenne das Foto gar nicht. Weißt du, wann das war?«

Sie nickte.

»Ich musste vorhin auch kurz überlegen. Aber dann fiel es mir ein. Wir waren damals auf dem Weg ins Kino.

Es war Jakobs Geburtstag. Er hat auch das Foto gemacht.«

»*Das Wunder von Bern* lief, nicht wahr?«

»Ja.«

»Puh. Das war noch ein langer Abend«, erinnerte er sich.

»Stimmt. Es war keine leichte Übung, deinen Bruder nach Hause zu bekommen.«

»Damals hatte er ja was mit dieser Kollegin.«

»Ja. Iris hieß sie.«

»Stimmt. Die Iris. Gut, dass das schnell wieder vorbei war mit ihr.«

»Warum?« Sie sah ihn neugierig an. »Sie war doch nett.«

»Nett? Die Iris?« Er prustete los.

»Was denn?«

»Ja, nett war sie.«

»Hab ich damals vielleicht was nicht mitbekommen?«

»Möglicherweise.«

»Jetzt sag schon!«

»Na ja. Die liebe Iris wollte auch nett sein zu unserem Vater und zu …«

Kathrin verstand, auch ohne dass er weitersprach.

»Warum hast du mir das damals nicht erzählt, dass sie auch hinter dir her war?«, wollte sie wissen.

»Weil sie für mich überhaupt keine Bedeutung hatte. Und du hättest dich doch nur geärgert.«

»Stimmt. Aber trotzdem hätte ich es wissen wollen. Gibt es vielleicht noch mehr, das du mir nicht erzählt hast?«

Er legte seinen Kopf etwas zur Seite, sein Blick wurde plötzlich ernst.

»Hast du mir denn immer alles erzählt, Kat?«, stellte er die Gegenfrage.

Sie zögerte.

»Du meinst, abgesehen von …«

»Ja. Abgesehen von Simon!«

Kathrin war klar, dass er damit nicht Dinge meinte, über die sie erst lange nachdenken müsste.

»Wir waren doch immer sehr offen zueinander.«

»Das beantwortet nicht meine Frage.«

»Ich habe dir nichts verschwiegen, was du hättest wissen sollen«, sagte sie und hoffte, dass er ihr die Lüge abnahm. Es gab da etwas, das sie ihm nie gesagt hatte. Aber das würde sie ihm jetzt auch nicht sagen. Sie wollte noch nicht einmal selbst daran denken.

Sein Blick verriet ihr, dass er an ihren Worten zweifelte. Doch er schwieg.

»Und wenn wir das erste Päckchen aufmachen?«, schlug sie vor, um von dem unangenehmen Thema abzulenken, das sie jetzt keinesfalls vertiefen wollte. Auch wenn ihr bewusst war, dass er auf ihre Frage ebenfalls nicht hatte antworten wollen. Womöglich gab es auch etwas, das er ihr verheimlicht hatte. Falls das so war, würde sie es schon noch rausfinden.

»Na gut. Dann fangen wir an.«

Er zog das Handtuch weg. Ein ganzer Koffer voller bunt verpackter Geschenke lag vor ihnen.

»Wow!« Er staunte. »Wo sollen wir da anfangen?«

»Such du eines aus, Markus.«

»Na gut.«

»Oder warte noch kurz.«

Sie nahm ihr Handy und schoss ein Foto zur Erinnerung.

»So. Jetzt.«

Ohne noch weiter zu zögern, griff er in den Koffer und holte ein flaches weißes Päckchen heraus, das obenauf lag. Er reichte es Kathrin.

»Da, mach du es auf.«

Sie war fast ein wenig aufgeregt, als sie die grüne Schleife von der quadratischen Schachtel zog und dann den Deckel abhob.

»Eine Kuschelrock-CD!«, riefen beide gleichzeitig und lachten dann.

»Es war ja irgendwie klar, dass so was im Koffer sein muss!« Markus nahm die CD aus der Schachtel und drehte sie um. Sie war aus dem Jahr 2004 und erst kurz vor ihrer Hochzeit erschienen.

»Prince, Oasis, Sting, Sam Brown«, las Markus einige der Interpreten vor.

»Nicht übel. Schau, hier ist die Karte dazu.«

»Warte. Bevor du sie aufmachst, lass uns doch tippen, von wem das Geschenk sein könnte.«

Kathrin lächelte.

»Das haben wir schon lange nicht mehr gemacht«, sagte sie leise. Früher hatten sie ständig solche Spielchen gemacht, hatten auf alles Mögliche gewettet. Auf Fußballspiele, Wahlen, wer von ihnen die grantige Kassiererin an der Kasse im Supermarkt zum Lächeln bringen konnte, oder welche Haarfarbe Walters nächste

Freundin wohl haben würde. Die Wetteinsätze waren total unterschiedlich, durften sich jedoch nie wiederholen: Gummibärchen, Zigaretten, sündteurer Bordeaux, Fußmassage, ein Kinobesuch oder einfach einen ganzen Tag lang Redeverbot – es gehörte auch zum Spiel, sich neue Gewinne oder Strafen für den Verlierer einfallen zu lassen.

Erst jetzt wurde ihr bewusst, dass ihr das gefehlt hatte.

»Vielleicht ist jetzt genau der richtige Zeitpunkt, um wieder damit anzufangen.«

Sie nickte. »Wer als Erster dreimal erraten hat, von wem ein Geschenk ist, hat gewonnen.«

»Okay.«

»Und was ist der Gewinn?«

»Eine Frage.«

»Wie?«

»Der Gewinner darf dem anderen eine Frage stellen, die ehrlich beantwortet werden muss«, schlug Markus vor.

Kathrin spürte, wie ihr Herz schneller zu schlagen begann. Einerseits liebte sie die Herausforderung des Spiels, andererseits fürchtete sie sich ein wenig vor den Fragen, sollte sie verlieren. Sie nahm einen letzten Schluck Kaffee, der inzwischen eiskalt geworden war, um ein paar Sekunden Zeit für ihre Antwort zu gewinnen.

»Na, was ist? Traust du dich nicht?«

Ihre Abenteuerlust und Neugierde siegten.

»Doch. Abgemacht«, sagte sie und stellte die Tasse wieder ab.

Er streckte ihr die Hand entgegen. Sie klatschten ab, wie sie es immer gemacht hatten.

»Okay. Was denkst du, von wem ist die CD?«, fragte Markus.

»Hm. Das ist echt schwierig.«

»Auf jeden Fall von einer Frau«, vermutete er. »Kein Mann würde eine Kuschelrock-CD verschenken.«

Sie musste lachen.

»Ja. Das denke ich auch.«

»Also?«

»Ich tippe mal auf Manuela.« Manuela war damals Sekretärin in der Werbeagentur gewesen, in der Kathrin ein Volontariat gemacht hatte. Eine völlig verrückte, aber sympathische Nudel, die Kathrin vom ersten Tag an ins Herz geschlossen hatte.

»Wieso ausgerechnet Manuela?«, wollte er wissen.

»Weil sie eine ziemliche Romantikerin ist. Ihr traue ich es jedenfalls zu.«

»Okay. Du sagst Manuela. Und ich tippe auf deine Schwester.«

»Maja?« Kathrin musste lachen. »Die ganz bestimmt nicht. Von ihr wird vermutlich irgendwas Stinklangweiliges oder Nützliches im Koffer sein, aber ganz sicher keine Musik.«

»Sehen wir nach.«

Kathrin öffnete die Karte und schaute als Erstes auf die Unterschrift.

»Die ist von Tante Ingrid!«

»Nein!« Er grinste breit.

»Ich glaub's nicht.«

Tante Ingrid lebte in Salzburg und war die älteste Schwester von Markus' Vater. Inzwischen müsste sie auf die 85 zugehen, überschlug Kathrin rasch im Kopf.

»Obwohl. Wenn ich so an sie denke, dann kann ich es mir doch vorstellen«, sagte Markus. »Lies doch mal vor, was sie geschrieben hat.«

»Meine liebe Kathrin, mein lieber Markus, auch nach 15 Ehejahren sollte man sich immer wieder die Zeit nehmen, zu schöner Musik zu kuscheln. Zumindest haben das mein Gert und ich so gehalten. Und wir hatten viele schöne Jahre zusammen. Falls ich noch lebe, wenn ihr das lest, dann würde ich mich freuen, wenn ihr mich bald mal zum Kaffeetrinken besuchen kommt. Auf jeden Fall wünsche ich euch weiterhin alles Gute und viel Glück. Tante Ingrid.«

Kathrin musste einen Kloß im Hals runterschlucken. Als sie Markus ansah, schien auch er gerührt von den Worten seiner Tante zu sein.

»Sie ist jetzt in einem Seniorenheim am Chiemsee. Wir sollten sie wirklich mal besuchen. Sie braucht ja nicht zu wissen, dass wir das Päckchen schon aufgemacht haben«, sagte er.

Kathrin nickte.

»Ja. Das machen wir. Bald.«

Sie legte das Geschenk und die Karte zur Seite.

»Diesmal hatte keiner von uns recht«, stellte Markus fest. »Es steht 0:0.«

»Markus?«

»Hm?«

»Das ist doch verrückt, was wir hier machen, oder?«

»Irgendwie schon, ja.«

»Wir haben diesen Koffer geöffnet, weil wir nach allem, was passiert ist, kaum noch eine Chance für unsere Ehe sehen. Und jetzt …«

»Was?«

»Die letzten Minuten haben sich so angefühlt, wie es früher zwischen uns war. Findest du nicht?«

»Doch. Vielleicht war es tatsächlich eine gute Entscheidung, den Koffer zu öffnen.«

»Ja. Vielleicht.«

13

Sekt oder Tequila

MÜNCHEN, 31. DEZEMBER 1999

Markus hatte sich schon darauf eingestellt, dass es an diesem Abend in der *Silberbar* rundgehen würde. Schließlich erlebten nicht alle Menschen einen Jahrhundertwechsel und nur wenige Generationen den Beginn eines neues Jahrtausends! Und natürlich hatten er und Jakob versprochen, ihrem Vater zu helfen. Doch am liebsten wäre er in seiner Wohnung geblieben und ins Bett gegangen. Er hasste Silvester. Dabei hatte er es als Kind geliebt. Er und sein Bruder hatten den Abend meist allein mit ihrer Mutter verbracht, während Walter bediente oder in der Küche des Restaurants eines Freundes aushalf. Sofia hatte mit ihnen besondere Spiele gemacht. Kniffel, Spitz pass auf! und natürlich auch Bleigießen. Es gab Fondue und zum Nachtisch einen Kuchen, in dem eine kleine Bohne versteckt war. Wer die Bohne in seinem Kuchenstück fand, würde im kommenden Jahr ganz besonders viel Glück haben, hatte ihnen die Mutter erzählt. Dem Brauch nach gab es diesen Kuchen eigentlich erst zum Fest der Heiligen Drei Könige. Aber Sofia machte sich gern ihre eigenen Regeln und vermischte Traditionen aus ihrer alten Heimat Frankreich mit deutschen Bräuchen. An dem letzten Silvester, das sie miteinander gefeiert hatten, war die Bohne im Kuchenstück der Mutter gewesen. Glück hatte es ihr nicht gebracht. Keine drei Wochen später war sie gestorben.

Er versuchte, die Gedanken an seine Mutter zu verdrängen, während er an der Bar sieben Wodka-Redbull, sogenannte Flügerl, einschenkte. Ein Getränk, das er persönlich nicht einmal dann trinken würde, wenn er Geld dafür bekäme, das aber gerade sehr beliebt bei den Gästen war. Er reichte der Bedienung das Tablett und sah dann auf die Uhr. Halb zwölf. Bald würde hier die Hölle los sein. Er drehte sich zur Spüle, um vor Mitternacht rasch noch einen Schwung Sektgläser aus einem Karton zu holen und auszuwaschen. Schließlich wollten die meisten im Lokal mit einem Glas Sekt auf das neue Jahrtausend anstoßen. Als er fertig war und sich wieder dem Tresen zuwandte, saßen plötzlich drei junge Frauen an der Bar.

»Hi. Was wollt ihr?«, rief er, um den Lärm der Musik im Raum zu übertönen, und wischte gleichzeitig mit einem Lappen über die Theke.

»Sag du es uns. Sekt oder Tequila?«, überraschte ihn eines der Mädchen mit seiner Antwort. Als sie ihn aus den ungewöhnlichsten Augen anlächelte, die er je gesehen hatte, spürte er ein Kribbeln im Bauch. Normalerweise war er nicht auf den Mund gefallen, aber in diesem Moment verließ ihn seine Schlagfertigkeit.

»Warte«, sagte sie, noch bevor er antworten konnte. »Ich kann bestimmt erraten, was du uns gleich einschenken wirst.«

»Ach ja?«

Sie holte einen Stift aus ihrer Tasche und schrieb etwas auf einen Bierdeckel, der noch von den letzten Gästen dalag. Dabei hielt sie die Hand davor, damit er nicht sehen konnte, was sie schrieb.

»Jetzt komm schon. Wir wollen was trinken«, maulte eines der beiden anderen Mädchen ungeduldig. Ein Rotschopf mit Kurzhaarschnitt und vielen Sommersprossen. Sie schien schon etwas angetrunken zu sein.

»Hab's schon.« Sie drehte den Bierdeckel um und sah zu Markus. »Du kannst jetzt einschenken.«

»Was ist der Wetteinsatz?«, fragte er amüsiert.

»Na ja, ist doch ganz einfach. Wenn ich recht habe, spendierst du uns diese Runde.«

»Und wenn du danebenliegst?«, fragte er.

»Dann … dann helfe ich dir nachher beim Gläserspülen.«

»Echt?«

»Echt.«

»Das ist ja mal ein Deal. Aber du weißt schon, auf was du dich da einlässt?«, fragte er. »Das werden ganz schön viele Gläser sein.«

»Da mach ich mir keine Gedanken, weil ich bestimmt gewinnen werde.«

Er lachte amüsiert.

»Ich wette aber nur mit Leuten, deren Namen ich kenne«, sagte er.

»Logisch. Ich auch. Ich bin Kathrin. Und du?«

»Markus.«

Er hielt ihr die Hand hin, und sie schlug ein.

Dabei grinste sie ihn frech an. Diese Kathrin war irgendwie erfrischend anders. Sie gefiel ihm.

»Dann mal los, Markus. Was gibst du uns zu trinken?«

»Hey! Hilf mir mal!«, rief Jakob ihm zu, der am anderen Ende der Bar stand und eine ganze Batterie Schnäpse einschenkte.

»Gleich.«

Markus holte aus dem Regal drei Sekt- und drei Schnapsgläser.

»Du bist wohl noch in der Entscheidungsfindung?«, vermutete Kathrin amüsiert.

Markus grinste nur und bückte sich zur Kühlung. Er holte eine Flasche Mumm Sekt und braunen Tequila heraus. Obwohl er seine Entscheidung schon längst getroffen hatte, genoss er das Spiel und wollte es ein wenig spannend machen.

»Hm. Sekt oder Tequila?«, spekulierte er laut und beobachtete dabei ihr Gesicht. Doch sie setzte ein Pokerface auf und strich sich die Haare aus dem Gesicht, die in sanften Locken bis zu ihren Hüften fielen.

Schließlich stellte er die Sektflasche zur Seite, öffnete die Tequilaflasche und schenkte ein. Dann fischte er mit einer Zange drei halbierte Orangenscheiben aus einer kleinen Schale, legte sie auf den Rand der Gläser und streute einen Hauch Zimt darüber.

»So, die Damen. Hier ist der Tequila.«

Er stellte die Gläser vor sie hin.

»Trinkst du keinen mit?«, fragte die Dritte im Bunde. Eine Blondine mit einem konservativ geschnittenen Bob.

»Nicht während der Arbeitszeit«, erklärte er. »Und jetzt will ich sehen, was auf dem Bierdeckel steht.«

Kathrin biss sich leicht auf die Unterlippe. Dann drehte sie den Deckel um, schaute ihm dabei jedoch in die Augen. Die beiden Freundinnen zogen enttäuscht die Luft ein, während Markus vergnügt lachte. Sekt stand da. Sie hatte es nicht erraten.

»Super. Dann kann unsere Spülhilfe früher nach Hause gehen.«

Kathrin war offenbar eine gute Verliererin, denn sie zuckte nur lächelnd mit den Schultern.

»Ich gönn es ihr.«

In der nächsten halben Stunde hatte er kaum Gelegenheit, noch mal mit den Mädchen zu sprechen, denn kurz vor Mitternacht ging es hinter der Bar drunter und drüber. Jeder wollte zum Jahreswechsel ein gut gefülltes Glas in der Hand haben. Als er für Saskia, einer der Bedienungen, ein Tablett mit Sektgläsern füllte, nahm er drei davon weg und stellte sie den Frauen vor die Nase.

»Zum Anstoßen! Geht aufs Haus«, rief er. Bevor sie sich bedanken konnten, half er bereits seinem Bruder beim Ausschenken.

Wenige Minuten vor Mitternacht gingen die meisten Leute mit den Getränken auf die Straße, um das Feuerwerk zu sehen. Die ersten Raketen schossen bereits in den Himmel. Auch Kathrin und ihre Freundinnen waren nach draußen gegangen.

Das erste Mal an diesem Abend, an dem das Personal eine kleine Verschnaufpause hatte. In dem Moment kam ihr Vater mit einer Flasche Champagner aus der Küche und schenkte für sich, seine Söhne und das Personal ein.

Als alle laut die letzten Sekunden bis Mitternacht nach unten zählten, sah Markus Kathrin, die in der Tür stand und seinen Blick suchte. Er hob sein Glas und prostete ihr lächelnd zu, genau in dem Moment, als der Sekundenzeiger auf Mitternacht sprang.

»Auf uns und ein gutes neues Jahrtausend!«, rief Walter, und sie stießen an.

Danach ging die Party in der *Silberbar* erst richtig los. Es wurde getanzt und gefeiert, und Alkohol floss in Strömen. Irgendwann sah Markus, dass Kathrin und ihre Freundinnen bei der Bedienung bezahlten, ihre Mäntel anzogen und aus dem Lokal verschwanden. Ziemlich enttäuscht sah er ihnen hinterher. Er hätte alles darauf verwettet, dass sie ihr Versprechen halten und bleiben würde. Offensichtlich hatte er sich da getäuscht.

Gegen vier Uhr leerte sich das Lokal langsam. Jakob und Walter begleiteten zwei Betrunkene hinaus, die angefangen hatten, gegen andere Gäste zu stänkern. Markus half den Bedienungen, die leeren Gläser von den Tischen einzusammeln. Plötzlich tippte ihm jemand auf die Schulter, und er hätte vor Schreck fast ein halb volles Bierglas fallen lassen.

»Gibt es hier irgendwo Gummihandschuhe?«, fragte eine Stimme, die er heute zwar zum ersten Mal gehört hatte, die er aber sicherlich nicht so schnell vergessen würde.

Langsam drehte er sich um. Da stand sie. Er musste plötzlich grinsen.

»Ich dachte schon, du wolltest dich drücken.«

Die trotzige Empörung, die sich in ihrem Gesicht spiegelte, ließ sie jünger aussehen, als sie vermutlich war.

»Wettschulden löse ich immer ein!«, stellte sie klar. »Ich habe nur meine Freundinnen auf einer anderen Party abgeliefert.«

Er freute sich, dass sie zurückgekommen war, wollte es sich aber nicht zu sehr anmerken lassen.

»Schön. Dann komm mal mit.«

»Wer ist das denn?«, fragte Walter und zog amüsiert die Augenbrauen hoch, als sein Sohn Kathrin gerade zeigte, wie man mit den Gläserbürsten im Spülbecken umging.

»Kathrin«, stellte Markus sie vor. »Sie will unbedingt helfen.«

»Na, dann macht mal nicht zu viel kaputt ihr zwei«, sagte Walter zwinkernd und verschwand zu einer dunkelhaarigen Frau, die allein an einem Tisch am Fenster saß und eine Zigarette rauchte.

Jakob hatte die Musik inzwischen leiser gedreht, während alle zusammenhalfen und aufräumten.

»Wie alt bist du eigentlich?«, fragte Markus, der vorsichtig, aber routiniert die Sektgläser abtrocknete und sie zurück in die Kartons stellte.

»Neunzehn. Und du?«

»Einundzwanzig.«

»Markus, kommst du mal? Abrechnung!«, rief Saskia.

»Kannst du hier kurz allein weitermachen? Bin gleich wieder zurück«, bat er Kathrin. Und dann verschwanden er und die anderen Mitarbeiter zusammen mit Walter in die Küche. Dort hatte Jakob bereits abgerechnet, und nun wurden alle ausbezahlt und das Trinkgeld, das an diesem Abend deutlich mehr als sonst war, untereinander aufgeteilt. Am Ende gab Walter jedem noch zusätzlich fünfzig Mark, weil alles so gut gelaufen war.

Markus steckte das Geld ein und beeilte sich, wieder hinauszukommen. Er befürchtete, dass sie nicht mehr da sein würde. Aber da stand sie und hielt prüfend ein Glas hoch.

»Ich glaube, das hat einen kleinen Sprung«, sagte sie.

»Dann kommt es weg.«

Er nahm es ihr ab und warf es in einen Mülleimer.

Während sie Hand in Hand arbeiteten, plauderten sie so ungezwungen, als ob sie sich schon ewig kennen würden. Kathrin erzählte ihm, dass sie Jura im ersten Semester studiere, inzwischen aber daran zweifelte, ob es wirklich das Richtige für sie sei, und sie ernsthaft überlege aufzuhören. Sie redete über ihre große Familie und dass sie vor nicht allzu langer Zeit eine nach zwei Jahren ziemlich beschissene Beziehung beendet hatte.

Als Markus ihr verriet, dass er an der Filmhochschule Kamera studiere und schon einige kleine Projekte gemacht habe, fand sie das total spannend. Und es schien ihr auch zu gefallen, dass er Single war.

»Und was machst du, wenn du nicht studierst oder Gläser spülst?«, wollte er wissen.

»Ich lese gern und mache viel Sport.«

»Das sieht man. Du hast eine tolle Figur.«

Obwohl sie einen weit geschnittenen schwarzen Pulli über der Jeans trug, war das nicht zu übersehen.

Zum ersten Mal an diesem Abend errötete sie.

»Oh. Danke. Du bist auch nicht übel.«

»Ich bewege mich auch gern. Vor allem im Wasser. Ich bin oft beim Schwimmen und, wenn es möglich ist, beim Tauchen.«

Ihre Augen begannen zu strahlen.

»Hey! Ich auch. Im Sommer habe ich meinen Tauchschein gemacht.«

Und schon hatten sie wieder ein Gesprächsthema gefunden. Die Zeit verging wie im Flug, und bald hatten sie alle Gläser gespült und aufgeräumt.

Jakob legte ihm die Schlüssel hin.

»Ich verschwinde jetzt. Vater ist auch schon weg. Vergiss nicht abzuschließen.«

»Wir gehen auch gleich.«

»Okay.«

Jakob zwinkerte seinem Bruder zu und nickte dann zu Kathrin.

»Gute Nacht.«

»Nacht«, sagten sie gleichzeitig.

Und kurz darauf waren sie allein in der *Silberbar*. Er schaute zur Uhr – kurz nach fünf.

»Wenn du möchtest, bringe ich dich nach Hause«, bot er an. »Oder soll ich dir ein Taxi rufen?«

Sie zuckte mit den Schultern.

»Irgendwie ist mir noch gar nicht nach heimgehen«, gestand sie.

»Mir auch nicht. Willst du noch was trinken?«

»Ja. Gern.«

»Aber ich muss jetzt nicht wieder raten, was du möchtest, oder?«

Sie lachte.

»Nein. Nur eine Wette am Tag. Wie wär's mit noch einem Tequila?«

Er nickte und schenkte für sie beide ein. Dann setzten sie sich nebeneinander an die Theke. Noch immer lief leise die Musik.

»Hast du denn einen besonderen Wunsch für das neue Jahrtausend, auf den wir anstoßen sollen?«, wollte er wissen.

»Das neue Jahrtausend beginnt ja eigentlich erst in einem Jahr«, setzte sie an. »Aber das wissen die meisten Leute nicht und feiern den Jahrtausendwechsel schon in diesem Jahr. Fakt ist, dass es das Jahr Null in der Zeitrechnung gar nicht gibt, es also mit eins losging. Und so beginnt erst in einem Jahr ein neues Jahrtausend.«

Markus versuchte, ihr zu folgen, aber er war viel zu sehr von ihren schönen vollen Lippen abgelenkt.

»Aber man kann sich ja trotzdem was wünschen«, sagte er deswegen nur und hob sein Glas.

»Klar. Das kann man immer.«

»Also. Was wünschst du dir?«

»Ich wünsche mir vom neuen Jahr, mal gemeinsam mit dir auf Tauchgang zu gehen.«

Er sah sie überrascht an.

»Ich finde deinen Wunsch großartig. Und weißt du was? Ich klau ihn dir. Dein Wunsch, er gilt auch für mich.«

»Echt?«

»Ja.«

Sie griff nun ebenfalls nach ihrem Glas.

»Dann trinken wir darauf, in diesem Jahr mal gemeinsam tauchen zu gehen.«

Sie prosteten sich zu, tranken den Tequila in einem Schluck und bissen in die Orange.

14

Fast ein Kuss

MÜNCHEN, 1. JANUAR 2000

Noch nie hatte sie das fruchtige Aroma einer Orange so intensiv geschmeckt wie in diesem Moment. Sie leckte sich die Lippen ab und stellte das Glas weg.

»Also sind wir jetzt zum Tauchen verabredet. Irgendwann in diesem Jahr«, stellte er fest.

»Genau.«

»Noch einen Tequila?«

Sie winkte ab.

»Nein danke. Es ist genug.«

Schon jetzt war ihr vom Alkohol leicht schwindelig, obwohl sie außer den beiden Schnäpsen und zwei Gläsern Sekt den ganzen Abend über nur Wasser getrunken hatte. Außerdem hatte sie das Gefühl, sie sollte unbedingt einigermaßen klar bei Verstand bleiben, solange sie mit diesem Markus zusammen war. Sein Lächeln und die Blicke aus seinen funkelnden braunen Augen, die an den Rändern ein wenig ins Grüne verliefen, brachten sie ohnehin schon genug durcheinander.

»Hast du ein Handy?«

Sie nickte.

»Aber nicht dabei. Weil mein Akku leer war.«

Er nahm einen kleinen Block und einen Stift und schrieb eine Nummer darauf. Dann reichte er ihr den Zettel.

»Hier, damit du mich wegen der Planung anrufen kannst.«

»Danke.«

Sie steckte den Zettel in ihre Tasche.

»Ich melde mich.«

Im Hintergrund liefen die ersten Klaviertöne zu Robbie Williams Song *She's the one.*

»Wenn ich dieses Lied höre, muss ich immer an John Lennon denken. Es hätte irgendwie auch von ihm sein können, finde ich«, sagte sie.

»Du magst Lennon?«

»Sehr. Er war der Beste der Beatles. Aber Robbie ist auch ganz gut.«

Markus stand auf und streckte ihr die Hand entgegen.

»Tanzen?«

»Ich hab's eigentlich nicht so mit tanzen.«

»Trifft sich gut. Ich auch nicht.«

Ihr Herz begann, schneller zu schlagen. Sie ergriff seine Hand und rutschte vom Barhocker.

In der Mitte der Bar legte er seine Hand auf ihre Hüfte und sie ihre auf seinen Oberarm. Sie sahen sich in die Augen, und dann begannen sie, sich zum Takt der Musik zu bewegen.

»Geht doch«, sagte er.

»Hm«, stimmte sie zu.

Eine Weile lang tanzten sie schweigend.

»Ich wusste, dass du Tequila einschenken würdest«, rutschte ihr plötzlich heraus.

»Was?« Er sah sie an, als ob er sie nicht richtig verstanden hätte.

»Na ja. Deswegen habe ich ja *Sekt* auf den Bierdeckel geschrieben.«

Er schüttelte grinsend den Kopf.

»Du wolltest verlieren?«

»Es fühlt sich nicht so an, als ob ich verloren hätte«, gab sie zu. Und konnte es nicht fassen, dass sie das gesagt hatte. Aber seitdem sie die Bar betreten und er sie angesprochen hatte, wünschte sie sich nichts mehr, als ihn kennenzulernen.

Er sagte nichts, zog sie jedoch ein kleines Stück näher an sich, und sie konnte seinen warmen Atem auf ihrer Stirn spüren. In ihrem Bauch kribbelte es, und während sie tanzten, fühlte es sich fast so an, als ob sie langsam durch den Raum schweben würden. Sie widerstand nur schwer der Versuchung, seine braunen gelockten Haare zu berühren, die ihm knapp bis auf die Schultern fielen. Was war nur los mit ihr? So etwas hatte sie noch nie erlebt.

»Es ist total schön, mit dir zu tanzen«, flüsterte er ihr ins Ohr, und sie bekam eine Gänsehaut. Obwohl sie ihn eigentlich nicht kannte, fühlte es sich so gut an, ihm so nah zu sein. Und so vertraut. Es war verrückt.

Das nächste Lied war *Everybody hurts* von R.E.M.,

und sie konnten sich fast im selben Takt weiterbewegen. Es war, als ob irgendein wohlwollender DJ im Radio dafür sorgen wollte, dass die beiden sich immer näherkamen.

Sie legte ihren Kopf ein klein wenig in den Nacken. Er beugte sich zu ihr, und seine weichen Lippen streiften für einen kurzen Augenblick die ihren. Ihr Atem stockte, und ihr Puls jagte weiter hoch. Gleich würde er sie küssen.

Doch das tat er nicht, er strich nur sanft mit Nase und Wange über ihr Gesicht.

Sie drehte sich so, dass sich ihre Lippen wieder berührten. Doch wieder nur für einen Moment. Er nahm seine Hand von ihrer Hüfte und strich ihr die Haare hinters Ohr.

»Es ist so verlockend. Aber ich möchte es noch ein wenig hinauszögern«, sagte er leise.

»Was?«, fragte sie, obwohl sie genau wusste, was er meinte.

»Dich zu küssen. Deine Lippen zu spüren.«

»Hm.« Sie schluckte.

»Natürlich nur, wenn du das möchtest, Kathrin.«

Jetzt konnte sie ja schlecht Nein sagen. Aber Ja sagen konnte sie auch nicht einfach. Er sollte schließlich nicht denken, dass sie sich gleich von jedem Mann küssen ließ.

»Wir können damit gerne noch ein bisschen warten.« Das war doch eine gute Antwort, dachte sie zufrieden.

»Es ist schön, sich zuerst etwas vorzustellen. Davon zu träumen, wie es sein wird. Findest du nicht?«

Sie konnte nur nicken. Er lächelte.

»Und außerdem kennen wir uns ja kaum«, fühlte sie sich bemüßigt zu sagen.

»Gehst du heute Abend mit mir essen?«, fragte er. »Damit wir uns kennenlernen können.«

»Ja«, sagte sie, ohne eine Sekunde zu zögern.

Er nahm ihre Hand und zog sie wieder an sich.

»Ich will dich noch mal nicht küssen«, flüsterte er.

»Nicht küssen …«, murmelte sie.

Er streichelte ihr Gesicht wieder mit seinen Wangen und seiner Nase und ließ sich dabei Zeit. Sie spürte seine Lippen an ihren Mundwinkeln. So nah. So verlockend. Sie drehte den Kopf weg und legte ihre Stirn an seine Schulter.

Er riecht so gut, dachte sie. Und das lag nicht nur am Duft seines Rasierwassers, der zu dieser Stunde noch schwach an ihm haftete. Am liebsten würde sie ewig mit ihm tanzen, um ihm so nah zu sein.

Himmel! Was passierte hier gerade mit ihr? Das ging doch alles viel zu schnell!

Abrupt löste sie sich von ihm und trat einen Schritt zurück.

»Ich glaub, ich sollte jetzt doch besser nach Hause«, sagte sie.

Er räusperte sich.

»Ich ruf dir ein Taxi. Okay?«

Sie nickte.

»Das wär super.«

»Bis heute Abend?«

Sie nickte.

Vierzehn Stunden später schlüpfte sie in ihre dicke Winterjacke und wickelte sich einen roten Schal um den Hals. Auf eine Mütze verzichtete sie, schließlich hatte sie sich nicht umsonst vorhin ewig Mühe mit ihrer Frisur gegeben. Die Kunst hatte vor allem darin bestanden, dass die Haare danach nicht nach stundenlanger Arbeit aussahen, sondern die Locken ganz natürlich über den Rücken fielen.

»Kathrin?«, rief ihre Mutter ihr nach und kam aus der Küche.

»Ja?«

»Gehst du heute schon wieder weg?«

Kathrin verdrehte die Augen. Jetzt war sie neunzehn, und immer noch musste sie sich abmelden, wenn sie abends ausging. Am liebsten hätte sie eine eigene Wohnung, aber die konnte sie sich als Studentin in München nicht leisten. Und eigentlich war sie ja noch gern zu Hause. Wenn nur eben diese ständigen Kontrollen nicht wären.

Sie drehte sich zu ihrer Mutter um.

»Ja. Ich treffe mich mit jemandem.«

»Mit jemandem? Wie heißt denn dieser Jemand?«, fragte Rita freundlich, hob jedoch die Augenbrauen.

»Jack the Ripper.«

»Kathrin!«

Sie zuckte mit den Schultern.

»Du kennst ihn nicht.«

»Und woher kennst du ihn?« Rita ließ nicht locker, und Kathrin seufzte.

»Wir haben uns gestern auf dem Polizeirevier kennengelernt, nachdem man mich mit Drogen erwischt hat.«

Lautes Lachen war zu hören, und die beiden Frauen drehten sich um. Harald hatte das Gespräch offensichtlich mitbekommen.

»Findest du das etwa lustig?«, fragte Rita.

»Meinst du Kathis oder dein Verhalten?«

»Immer hältst du zu ihr!«

»Wenn ich eines weiß, dann, dass meine Tochter sich genau überlegt, was sie tut. Und du weißt das auch. Also lass sie endlich gehen, damit sie nicht zu spät zu ihrer Verabredung kommt.«

Anstatt böse zu sein, zuckten Ritas Mundwinkel, und sie begann zu grinsen.

»Manchmal bin ich eine richtige Glucke, oder?«

»Stimmt!«, sagten Kathrin und ihr Vater gleichzeitig.

Kathrin ging zu ihrem Vater und gab ihm einen Abschiedskuss.

»Tschüs, Paps.« Dann drehte sie sich zu ihrer Mutter und umarmte sie ebenfalls. »Bis später, Mama.«

»Warte«, rief Harald, als sie bereits die Haustür geöffnet hatte. Er reichte ihr einen Zwanzigmarkschein.

»Hier. Nimm auf dem Nachhauseweg ein Taxi.«

»Danke!«

Sie warf ihren Eltern noch einen Luftkuss zu, dann verließ sie das Haus.

Als sie sich der U-Bahn-Station Münchner Freiheit näherte, wartete er bereits auf sie. Er trug eine dunkelgraue Jacke und eine schwarze Wollmütze. Seine Hände steckten in den Jackentaschen.

Kathrin spürte, wie sie ganz weiche Knie bekam, wie fast jedes Mal, wenn sie seit der letzten Nacht an ihn dachte. Als sie heute Mittag aufgewacht war, hatte sie sich für einen Moment gefragt, ob Markus nicht einfach nur ein Traum gewesen war. Aber nein, er war echt gewesen. War es immer noch. Lächelnd kam er auf sie zu.

15

Ein halber und ein ganzer Kuss

»Hallo, Kathrin. Du bist ja echt pünktlich«, begrüßte er sie, als sie vor ihm stand. Leider fiel ihm nichts Originelleres ein, nervös wie er war. So kannte er sich gar nicht.

»Hi, Markus. Zu spät kommen ist nicht so mein Ding.«

»Meins auch nicht.«

Er hätte sie gern zur Begrüßung umarmt, doch eine eigenartige Scheu hielt ihn zurück. Und auch sie machte keinerlei Anstalten, ihn in den Arm zu nehmen.

»Wohin gehen wir denn? Hast du dir schon was überlegt?«, fragte Kathrin, und ihre Augen funkelten abenteuerlustig.

»Hab ich. Und ich hoffe, du magst französisches Essen.«

»Mit überbackener Zwiebelsuppe oder Crêpes kann man mich durchaus ködern«, entgegnete sie.

Er grinste.

»Lass dich überraschen.«

»Baguette mit Camembert zählt natürlich besonders zu den französischen Spezialitäten«, sagte sie lachend mit einem Blick auf das Tablett, das auf einem kleinen Tischchen stand.

»Vor allem mit einem süffigen Bordeaux«, fügte er grinsend hinzu.

»In diesem besonderen Ambiente wäre ich auch mit Tacos und Bier oder Popcorn zufrieden. Es ist so toll!«

Markus war glücklich, dass er die Idee gehabt hatte, mit ihr hierherzukommen. Fast den ganzen Tag hatte er überlegt, in welches Lokal er mit ihr gehen sollte. In eine Pizzeria, zum Griechen oder eher in ein uriges bayerisches Wirtshaus? Irgendwie konnte er es sich nicht so richtig vorstellen, mit ihr ganz stinknormal in einem Restaurant zu sitzen. Da war ihm plötzlich das kleine Kino eingefallen. Eigentlich war es gar kein echtes Kino, sondern ein privater Vorführraum mit nur zwölf Sitzplätzen. Er und einige Kumpels aus der Filmhochschule hatten den baufälligen Garagenanbau am Haus eines befreundeten älteren Regisseurs renoviert, umgebaut und es mit einem umfangreichen technischen Equipment ausgestattet. Der Betreiber eines traditionsreichen Kinos, das aufgelöst wurde, hatte ihnen die roten Stühle geschenkt und originale Filmplakate, welche jetzt die Wände schmückten. Hier trafen sie sich, um ihre eigenen Projekte zu begutachten, um Filme anzuschauen, sie in oft nächtelangen Diskussionen zu analysieren oder neue Ideen auszutüfteln. Sie nutzten den Raum auch als kleines Studio, das sie Jungschauspielern zur Verfügung stellten, die hier Demovideos drehten.

»Auf welchen Film hast du denn Lust?«, fragte er und deutete auf einige der Filmplakate an der Wand. *»Der Himmel über Berlin? Good Will Hunting? Der unsichtbare Dritte?* Oder vielleicht *Das Leben des Brian?*«

Markus hatte keine Ahnung, ob bei dieser Auswahl überhaupt etwas nach ihrem Geschmack dabei war. Umso gespannter wartete er auf ihre Antwort.

»Hm. Schwierig«, sagte sie und kaute nachdenklich auf ihrer Unterlippe, während sie von einem Plakat zum anderen schaute.

»Ich habe auch noch andere Filme, wenn du keinen …«

»Der unsichtbare Dritte«, unterbrach sie ihn. »Den möchte ich gern sehen.«

»Echt?«

»Ja.«

»Verrätst du mir auch, warum?«

»Später«, sagte sie und lächelte.

»Na gut. Nimm du schon mal das Tablett und such einen Platz aus, ich öffne den Wein und lege den Film ein.«

Sie hatten den Hitchcock-Film, mit Cary Grant in der Hauptrolle des versehentlich mit einem Spion verwechselten harmlosen Werbefachmanns Roger Thornhill, knapp bis zur Hälfte gesehen und dazu Baguette mit Käse gegessen. Inzwischen nippten sie am Rotwein.

Je länger Markus neben ihr saß, desto wohler und gleichzeitig aufgeregter fühlte er sich in ihrer Nähe. Immer wieder warf er verstohlene Blicke auf ihr schönes Profil. Das energische kleine Kinn, der Mund mit den vollen Lippen, ihre langen Haare, die sie hinter das hübsche kleine Ohr geschoben hatte.

»Französisches Essen ist schon gut, aber nächstes Mal bringe ich Popcorn und Cola mit. Das passt besser zum Filmeanschaun«, flüsterte Kathrin plötzlich.

»Wir stören hier niemanden, du musst nicht flüstern«, flüsterte er, und dann lachten sie beide.

Und als ob es das Selbstverständlichste der Welt wäre, beugte er sich zu ihr und gab ihr einen kurzen freundschaftlichen Kuss.

»Das war aber nur ein halber Kuss«, murmelte sie.

»Stimmt«, gab er zu. Er stellte das Weinglas am Boden ab und griff nach ihrer Hand. Mit wild klopfendem Herzen spielte er mit ihren Fingern, streichelte sie zärtlich. Es waren noch keine vierundzwanzig Stunden vergangen, seit sie sich zum ersten Mal gesehen hatten, und er hatte das Gefühl, sie schon immer zu kennen. Oder besser gesagt, sich schon immer nach ihr gesehnt zu haben.

»Hast du es dir denn seit heute Nacht in der *Silberbar* schon oft genug vorgestellt, mich zu küssen?«, fragte sie leise und erwiderte dabei sein Streicheln.

»Hm«, bestätigte er. »Und in meiner Fantasie hat es sich jedes Mal ziemlich gut angefühlt. Und du?«

»So vier-, fünfmal …«, begann sie und setzte dann nach einem kurzen Zögern hinzu, »in der Stunde.«

Er fand es verführerisch, dass sie auf eine sympathische Art so offen und direkt war. Das Kribbeln in seinem Bauch wurde immer stärker.

»Wir sollten herausfinden, ob es sich in echt auch gut anfühlt, was meinst du?«, fragte er und schaute in ihre Augen, die in der Dunkelheit des Raumes, die nur vom Licht der Bilder auf der Leinwand etwas erhellt wurde, geheimnisvoll schimmerten.

»Aber diesmal ein ganzer Kuss…«, begann sie, da hatte er seine Lippen schon auf ihre gelegt. Sie fühlten sich so weich an. So süß. Er spürte, wie ihr Mund sich leicht öffnete. Langsam, um sie nicht zu überrumpeln, streichelte seine Zunge sich zwischen ihren Lippen hindurch. Sie erkundeten sich vorsichtig, bis sie immer mutiger wurden und sich schließlich leidenschaftlich küssten. Am liebsten hätte er nie wieder damit aufgehört – wenn nur diese blöde Stuhllehne zwischen ihnen nicht gewesen wäre, die das Ganze etwas unbequem machte. Ihr schien es offenbar genauso zu gehen, denn plötzlich löste sie sich von ihm und stand auf. Er erhob sich ebenfalls und nahm sie in die Arme.

»Es ist noch tausendmal besser als in meiner Fantasie«, sagte er heiser.

Sie drückte sich eng an ihn und streichelte über seinen Rücken.

»Viel besser«, bestätigte sie und begann, seinen Hals zu küssen.

»Oh Kat«, – er nannte sie zum ersten Mal so –, »ich…« Er konnte nicht weitersprechen, weil ihre Lippen sich über sein Kinn nach oben zu seinem Mund geküsst hatten. Wieder spielten ihre Zungen miteinander, während sie durch seine Haare streichelte. Seine Hände rutschten langsam unter ihren Pulli, spürten die warme

Haut. Er wartete ab, ob sie etwas dagegen hatte, doch als sie ihn leidenschaftlich weiterküsste, ließ er sie langsam nach oben wandern, bis sie von ihrem BH gestoppt wurden. Er löste sich von ihr, schaute sie fragend an.

»Mach ihn auf«, hauchte sie und beantwortete damit seine stumm gestellte Frage.

Sein Herz klopfte hart gegen seine Brust. Er wusste überhaupt nicht, wie ihm geschah. Es ging alles so schnell, und doch fühlte es sich richtig an.

Seine Finger versuchten, den Verschluss des BHs zu öffnen, doch er war viel zu nervös. Schließlich fasste sie lächelnd nach hinten, und gleich darauf war der BH offen. Ganz langsam fuhr er unter dem Pulli mit seinen Händen seitlich nach vorn, bis er ihre Brüste spürte. Zärtlich streichelte er zuerst mit dem Handrücken an der Unterseite entlang. Dann weiter nach oben. Vorsichtig umfasste er ihre Brüste und streichelte mit dem Daumen über die festen kleinen Knospen. Kathrin stöhnte leise und legte den Kopf in den Nacken, während hinter ihnen Cary Grant um sein Leben lief.

Doch die beiden nahmen es nicht wahr. Es gab nur Markus und Kathrin, die ihre Hände und Lippen nicht voneinander lassen konnten. Sie öffnete den Knopf seiner Jeans, zog den Reißverschluss nach unten.

»Hey, hier ist jemand drin!«

Die Stimme war Markus nur allzu bekannt.

Erschrocken fuhren sie auseinander, da wurde bereits die Tür geöffnet und das Licht eingeschaltet.

Schnell schob er sein Sweatshirt über die offene Jeans. Gut, dass sie sich noch nicht ausgezogen hatten.

»Was macht ihr denn hier?«, fragte er seine Kumpels Jan und Fausto, die sie grinsend anschauten.

»Na was wohl? Wir wollen uns den hier anschauen.« Fausto hob eine Videokassette hoch. *Schlafes Bruder* von Joseph Vilsmaier. In der anderen Hand hielt er ein Sixpack Bier.

Ausgerechnet heute mussten sie hier aufkreuzen!

»Hi«, sagte Kathrin. Ihre Wangen waren knallrot und schienen zu glühen.

»Hi«, begrüßten sie Jan und Fausto unisono.

»Das … äh, das sind Jan und Fausto. Gute Freunde von mir. Und das ist Kathrin.«

»Wenn wir gewusst hätten, dass ihr hier … einen Film schaut, wären wir gar nicht gekommen. Wir wollten nicht stören«, sagte Jan.

»Aber nein«, stotterte Kathrin verlegen. »Das ist schon okay. Ihr könnt ja vielleicht noch mitschauen, wenn ihr wollt.«

»Ach was, wir gehen wieder«, sagte Jan.

»Warum? *Den Unsichtbaren Dritten* kann man sich doch immer wieder anschauen«, meinte Fausto.

»Vielleicht ein anderes Mal«, warf Markus ein. Er hatte jetzt bestimmt keine Lust, einen auf gemeinsamen Filmeabend zu machen. »Ihr könnt ruhig hierbleiben. Kathrin und ich wollten sowieso bald gehen.«

»Ah. Verstehe«, sagte Fausto und grinste ihm zu.

»Ja. Ich sollte wirklich bald mal nach Hause«, murmelte Kathrin.

Fünf Minuten später verließen sie das kleine Kino.

»Tut mir so leid«, sagte Markus und griff nach ihrer Hand. »Ich wusste nicht, dass die beiden kommen.«

»Du kannst ja nichts dafür.«

»Gut, dass sie nicht zehn Minuten später kamen.«

»Das wäre – oberpeinlich gewesen.«

»Ziemlich. Ich hätte zusperren sollen«, sagte Markus zerknirscht.

»Nein. Du, mach dir jetzt echt keinen Kopf. Ist ja nichts Schlimmes passiert.«

»Hör mal, Kathrin. Normalerweise geht das nicht so schnell bei mir. Ich meine, das mit …«

»Bei mir auch nicht. Überhaupt nicht«, unterbrach sie ihn rasch und sah ihn ein wenig verlegen an.

»Okay. Sag mal, sollen wir gleich zur U-Bahn-Station gehen, oder hast du noch Lust auf einen Spaziergang?«

»Ja. So ein wenig frische Luft kann ich jetzt echt gut brauchen.«

»Ich auch.«

Schweigend gingen sie eine Weile nebeneinanderher. Aber es war kein unangenehmes Schweigen. Ihre Hände waren noch immer fest ineinander verschränkt.

»Verrätst du mir, warum du dir diesen Film ausgesucht hast?«, fragte er plötzlich.

»Na ja. Ich hab ihn ausgesucht, weil ich ihn vor Kurzem mit meinem Paps angeschaut habe.«

Er schaute sie verwundert hat.

»Aber wenn du ihn erst gesehen hast …«

»Ich hätte mich ja sowieso nicht auf einen Film konzentrieren können.«

Er blieb stehen.

»Du bist echt…«

»Was?«

»Ziemlich besonders.«

»Klar. Was hast du denn gedacht?«

Lächelnd nahm er ihr Gesicht zwischen seine Hände und gab ihr einen kurzen Kuss. Dann griff er wieder nach ihrer Hand, und sie gingen weiter.

»Sag mal, hast du morgen Abend eigentlich schon was vor?«, fragte er.

»Das wird sich gleich herausstellen«, antwortete sie vergnügt.

16

Geschenkte Erinnerungen

MÜNCHEN, 13. APRIL 2017

Gerade als sie das zweite Päckchen öffnen wollten, klingelte Kathrins Handy.

»Geh ruhig ran«, sagte Markus, als sie zögerte.

Es war Kathrins Sekretärin, die ein paar Unterlagen mit ihr durchgehen und Fragen klären musste. Dazu war es jedoch nötig, sich in ihren Computer einzuloggen, mit dem sie Zugang zum Firmennetzwerk hatte.

»Tut mir leid, aber ich hatte ja nicht damit gerechnet, dass ich mir heute auch freinehmen würde«, entschuldigte sie sich bei Markus.

»Kein Problem.«

»Ich hab für ein, zwei Stunden was zu tun. Okay für dich?«

»Klar. Mach nur. Ich werde inzwischen meine E-Mails checken.«

Dankbar für sein Verständnis nickte sie ihm zu und ging nach oben. Sie stellte eine Verbindung über Skype her und klärte die anstehenden Fragen mit ihrer Sekretärin. Als alles besprochen war, wünschte sie ihr schöne Osterfeiertage. Kurz überlegte sie, nach Simon zu fragen. Doch dann entschied sie sich, ihm nur eine E-Mail mit Anweisungen für die Arbeit zu schreiben, ohne auch nur in irgendeiner Weise auf Persönliches einzugehen. Doch das Gespräch konnte sie allerhöchstens aufschieben, er hatte nämlich bereits mehrmals versucht, sie zu erreichen.

Während sie darüber nachdachte, schlich Christina sich plötzlich in ihre Gedanken. Ihre beste Freundin. Die sie seit zwei Jahren nicht mehr gesehen hatte und die ihr jetzt besonders fehlte. Ob sie noch wach war? Sie sah auf ihre Uhr. In Santa Barbara war es jetzt schon weit nach Mitternacht. Aber vielleicht hatte sie Glück, und Christina hatte wegen der Kinder aufstehen müssen und war jetzt wach. Sie überflog die Liste mit ihren Skype-Kontakten, doch Christina war nicht online. Enttäuscht klappte sie ihr MacBook zu.

»Ich bin ja nicht aus der Welt«, hatte Christina gesagt, als sie vor vier Jahren zu ihrem Freund und jetzigem Mann Jason, den sie bei einer internationalen Tagung für Fachanwälte im Bereich Steuerrecht in Hamburg kennengelernt hatte, nach Kalifornien gezogen war.

Natürlich waren sie in Zeiten von Internet und Videochats tatsächlich nicht aus der Welt. Aber trotzdem war es etwas anderes, gemeinsam auf einem Sofa zu lümmeln und bei Prosecco oder Rotwein über Gott und die Welt zu plaudern, als sich nur am Bildschirm zu unterhalten. In der ersten Zeit hatten sie mehrmals in der

Woche Kontakt gehabt und manchmal stundenlang gequatscht. Und vor zwei Jahren war Christina zur Beerdigung ihres Vaters für ein paar Wochen nach Deutschland gekommen, und sie hatten die Zeit genutzt und sich oft gesehen. Doch inzwischen lagen immer mehrere Tage, manchmal sogar Wochen zwischen ihren Nachrichten oder Anrufen. Christina war Mutter von Zwillingen geworden und jonglierte zwischen Beruf und Mutterpflichten hin und her und versuchte, dabei nicht zu vergessen, dass sie auch noch Ehefrau war. Zeit für lange Gespräche bei einem Glas Wein war selten geworden.

Aber vielleicht konnte sie Christina ja heute Abend erwischen, wenn die Knirpse im Bett waren. Sie würde ihrer besten Freundin gern das Herz ausschütten.

Plötzlich zog sich ihr Magen mit einem unangenehmen Knurren zusammen. Sie hatte Hunger. Kein Wunder. Es war schon bald halb eins, und sie hatte noch nichts gegessen. Kathrin ging nach unten in die Küche. Doch sie hatte eigentlich keine Lust zu kochen. Deswegen riss sie eine Packung Croissants auf und schob sie zum Aufbacken in den Ofen.

»Bist du schon fertig?«, fragte Markus ein paar Minuten später, als sie das Gebäck herausholte.

»Ja. Du auch?«

Er nickte.

»Fürs Erste.«

»Magst du auch was?«

»Gern. Ich mach uns Kaffee.«

»Danke. Bitte einen doppelten Espresso für mich.«

Obwohl vorhin beim Öffnen des erstens Päckchens so eine Art kleiner Lichtblick am Horizont ihrer angeknacksten Beziehung erschienen war, wussten beide nicht so recht, wie sie miteinander umgehen sollten. Am besten war es wohl, sich mit alltäglichen Dingen zu beschäftigen.

Sie holte ein Glas mit Orangenmarmelade, das sie von ihrer letzten Geschäftsreise aus London mitgebracht hatte, aus dem Kühlschrank. Ansonsten gab es neben zwei Flaschen Prosecco und einer Flasche Riesling nur noch einen Rest Butter, etwas Käse, Tomaten, drei Eier und ein angebrochenes Glas mit Essiggurken.

»Wir müssen noch einkaufen für die Feiertage«, stellte sie fest.

»Wenn du möchtest, mach ich das«, bot er an und reichte ihr die Kaffeetasse.

»Gern.« Sich vor den Osterfeiertagen ins Einkaufsgetümmel zu stürzen schien ihr wenig verlockend.

Markus nahm ein Croissant und biss hinein, während er sich mit der Tasse in der Hand an den kleinen runden Esstisch setzte.

Kathrin blieb an die Küchenzeile gelehnt stehen.

»Willst du gleich einkaufen gehen?«, fragte sie, um irgendetwas zu sagen.

»Ich dachte, wir öffnen zuerst ein paar von den Geschenken.«

»Na gut.«

Zehn Minuten später saßen sie sich im Wohnzimmer gegenüber. Kathrin auf dem Sofa, er in dem großen

Sessel. Zwischen ihnen lag der offene Koffer auf dem Wohnzimmertisch.

»Gilt unser Wettspiel immer noch?«, wollte sie wissen.

»Ja klar.«

»Und es bleibt dabei, wer als Erster dreimal richtig getippt hat, gewinnt eine Frage?«

»Wir können auch auf zweimal reduzieren. Es scheint ja gar nicht so einfach zu sein, die richtigen Leute zu erraten.«

»Vor allem solange noch so viele Geschenke im Koffer sind.«

»Okay. Dann reichen zwei richtige Antworten.«

»Gut.«

»Diesmal bist du dran«, forderte er sie auf.

Kathrin zögerte kurz, dann griff sie nach einem Päckchen, das mit einem neongrünen Geschenkpapier und einer giftgelben Schleife verpackt war. Schon bevor sie das Geschenk öffnete, war klar, dass es sich um ein Buch handeln musste.

»Na, das ist ja schwierig«, sagte Markus, als sie es ausgepackt hatte.

»Total schwierig«, bestätigte Kathrin.

Sie schauten beide auf das Buch, bei dem es sich um einen Debütroman mit dem Titel *Die Toten am Gleis* handelte. Ihr gemeinsamer Freund Roland Gmeininger hatte es unter dem Pseudonym Rola Ming geschrieben und in einem kleinen Verlag veröffentlicht.

»Dann tippe ich mal auf Roland«, sagte Markus.

»Surprise! Ich auch«, stimmte sie zu.

Eine Karte fehlte, aber die war hier auch gar nicht

notwendig, da Roland eine umfangreiche Widmung ins Buch geschrieben hatte. Kathrin hatte etwas Mühe, die enge Schrift zu entziffern, deswegen reichte sie Markus das Buch.

»Ihr Lieben«, begann er vorzulesen. »Hier ganz druckfrisch mein erstes Werk, das es erst in einer Woche offiziell zu kaufen gibt. Es ist der Auftakt einer Fantasy-Krimireihe, die hoffentlich groß rauskommen wird. Vielleicht könnt ihr euch in fünfzehn Jahren darüber freuen, mit einem Bestsellerautor befreundet zu sein und eine wertvolle signierte Erstausgabe in Händen zu halten. Cheerio, Rola Ming. München, 1. Oktober 2004.«

»Da war er ganz schön enthusiastisch, der liebe Roland«, sagte Markus.

»Ja, aber sein Plan ist ja wohl etwas in die Hose gegangen.«

»Was nicht verwunderlich ist. Wobei ich die Idee grundsätzlich gar nicht schlecht fand.«

Natürlich hatten Kathrin und Markus den Roman ihres Freundes, der als Erzieher in einer Blindenwerkstätte arbeitete, damals schon gekauft und gelesen. Und gehörten damit zu den knapp sechshundert Leuten, die das Buch insgesamt erworben hatten.

»Die ersten hundert Seiten waren auch gut«, bestätigte Kathrin. Es handelte sich um die Geschichte eines kleinen Ortes, in dem es überdurchschnittlich viele vermeintliche Selbstmörder gab, die sich vor Züge warfen. Anfangs war die Ermittlungsarbeit des Polizeiteams bei den Bewohnern fesselnd gewesen, bis plötzlich nicht nur Außerirdische zu den Tatverdächtigen gehörten, sondern auch ein Werwolf mit seinem Rudel aus Rumänien der Geschichte eine überraschende Wendung gaben. Der Roman endete so grotesk, dass es für sie schwierig gewesen war, Roland offen ihre Meinung zu dem Werk zu sagen. Sie hatten ihn allerdings auch nicht belügen wollen. Geendet hatte das Ganze damit, dass Roland beleidigt war und über zwei Jahre keinerlei Kontakt mehr zu ihnen hatte. Bis er sich schließlich wieder meldete, ohne jemals ein Wort über seine vorzeitig abgebrochene Karriere als Schriftsteller zu verlieren. Mit diesem Kapitel in seinem Leben hatte er abgeschlossen.

»Wir hatten beide recht. Damit steht es 1:1«, stellte Markus fest und legte das Buch auf die Kommode.

»Okay. Und jetzt bist du wieder dran.«

Er nickte, griff nach dem nächsten Päckchen, das in dunkelblaues Geschenkpapier gepackt war. Es war gerade mal so groß, dass eine Grußkarte hineinpasste. Nachdem er das Geschenkpapier entfernt hatte, kam eine flache Schachtel hervor, die er öffnete. Darin lag ein Schlüssel auf einem Kuvert.

»Was ist das denn?«, fragte sie neugierig und nahm den Schlüssel heraus.

»Du weißt es nicht?« Er schaute sie überrascht an.

Sie schüttelte den Kopf.

»Nein. Ehrlich gesagt, keine Ahnung. Du?« Dabei hätte sie die Frage gar nicht stellen müssen. An seinem Grinsen erkannte sie, dass er es bereits wusste. Das ärgerte sie.

»Lass mir noch kurz Bedenkzeit«, bat sie, bevor er antworten konnte. So schnell wollte sie nicht aufgeben.

»Okay. Ich hol mir inzwischen noch einen Kaffee, aber wenn ich zurück bin, will ich einen Tipp von dir.«

»Na gut.«

Während er in der Küche hantierte, drehte sie den Schlüssel zwischen den Fingern hin und her. Er war flach, also nicht für eine normale Zimmertür geeignet. War das ein Haustürschlüssel? Was konnte man damit aufsperren? Und wieso hatte Markus sofort gewusst, von wem der Schlüssel war? Vorausgesetzt, er würde mit seiner Prognose richtigliegen. Es konnte ja durchaus sein, dass er sich irrte. Denn falls er richtiglag, hätte er bereits eine Frage gewonnen. Außer, ihr würde ebenfalls noch einfallen, von wem der Schlüssel sein konnte. Hm. Wer würde einfach nur einen Schlüssel in ein Päckchen legen?

»Na? Schon eine Idee?«, fragte Markus, als er mit zwei dampfenden Tassen aus der Küche zurückkam.

Sie kaute nachdenklich an ihrer Unterlippe und schüttelte den Kopf.

»Hier. Vielleicht hilft der Kaffee.«

Sie sah zu ihm hoch, als er ihr die Tasse hinstellte.

»Danke.«

Er setzte sich und sah sie erwartungsvoll an.

»Ich hoffe, du verstehst, dass ich dir keinen Hinweis geben kann«, sagte er.

»Wieso bist du dir so sicher?«, wollte sie wissen.

»Vielleicht bin ich mir ja gar nicht sicher.«

»Doch. Das bist du. Es ist ja nicht zu übersehen.«

»Das ärgert dich, nicht wahr?«, stellte er fest und grinste.

»Hm«, gestand sie, musste dann jedoch ebenfalls lächeln. Klar, sie liebte es, bei solchen Spielen zu gewinnen, aber sie konnte auch eine gute Verliererin sein. Allerdings musste sich das erst noch herausstellen.

»Gibst du auf?«

Auch wenn die Wahrscheinlichkeit noch so winzig war, dass sie von all den Gästen zufällig auf den richtigen tippte, so würde sie nicht aufgeben. Sie öffnete schon den Mund, um es mit ihrem Großonkel Johann zu versuchen, der immerhin mit Immobilien zu tun hatte, da schoss ihr ein anderer Gedanke durch den Kopf.

»Natürlich gebe ich nicht auf. Und wenn du dir so sicher bist, dann kann der Schlüssel nur von deinem Bruder sein«, sagte sie in der plötzlichen Gewissheit, dass sie richtiglag.

»Von Jakob? Denkst du das?«, fragte er amüsiert.

»Ja.«

»Ich glaube nicht, dass Jakob was mit dem Schlüssel zu tun hat«, sagte er.

Sie spürte, dass er es ernst meinte. Verdammt! Sie lag falsch.

»Von wem dann?«

»Irgendwie warst du schon nah dran.«

»Nah dran? Wie meinst du das?«

»Der Schlüssel ist nicht von meinem Bruder, sondern von deinem.«

»Von Niklas? Warum sollte er uns einen Schlüssel schenken?«, fragte sie völlig überrascht.

»Du weißt echt nicht, was das für ein Schlüssel ist, oder?«

»Nein«, sagte sie ungeduldig und holte das Kuvert aus der Schachtel. »Aber gleich werde ich es wissen. Und auch, ob du wirklich recht hast.«

Sie fischte die Karte heraus und las vor:

»Hi, Sis und Schwager«, begann sie und senkte dann die Karte.

»Er ist wirklich von Niklas!«

»Soll ich weiterlesen?«

Sie schüttelte den Kopf und fuhr fort.

»Ich soll ein Motivationsgeschenk für euren 15. Hochzeitstag in den Koffer legen. Schwierig. Wenn eine Beziehung Motivation braucht, um weiter zu funktionieren, dann ist sie vermutlich schon so hinüber, dass sie mehr als Motivation braucht, um nicht am Ende zu sein. Aber ich bin ja kein Spielverderber. Und ich bin Optimist. Deswegen habe ich den Schlüssel für den Bus nachmachen lassen. Zur Erinnerung. Oder vielleicht habt ihr ihn ja später immer noch und seid froh, wenn ihr einen Ersatzschlüssel habt…«

Wieder unterbrach sie und schaute Markus an.

»Der T3! Dafür ist der Schlüssel! Für unseren Bus!«

Er nickte lächelnd.

»Genau. Unser Bus.«

Kathrin spürte plötzlich, wie ihre Kehle eng wurde, als die Erinnerung daran sie überrollte.

17

Die Hochzeitsnacht

MÜNCHEN, 1. OKTOBER 2004

Die Feier war noch immer voll im Gange, und nur wenige Gäste waren bisher nach Hause gegangen. Der DJ lockte zahlreiche Leute mit einem Mix aus 80er-Jahre-Hits auf die Tanzfläche.

Markus stand an der provisorischen Bar und unterhielt sich mit Tom, einem befreundeten Drehbuchautor, über ein Kurzfilmprojekt, das sie gemeinsam in Angriff nehmen wollten. Aus den Augenwinkeln verfolgte er, wie sein Vater zu dem Lied *Relax* von Frankie Goes to Hollywood die Hüften schwang und unübersehbar versuchte, damit bei Maja Eindruck zu schinden. Kathrins Schwester schien es ihm angetan zu haben, und sie hatte offenbar ebenfalls Spaß mit Walter. Na, wenn das mal gut ging!

Plötzlich griff jemand nach seiner Hand, und er musste sich nicht umdrehen, um zu wissen, wer es war.

»Kommst du mal mit mir mit?«, flüsterte Kathrin ihm ins Ohr.

»Wohin entführst du mich denn? In einen Aufzug?«, fragte er, doch sie schüttelte nur lachend den Kopf und zog ihn ohne Antwort mit nach draußen.

»Schade. Dein Versprechen für die Wiedergutmachung ging mir den ganzen Tag nicht aus dem Kopf.«

»Das kommt schon noch«, versicherte sie. »Aber nicht mehr heute.«

»Und was machen wir hier?«

»Ich finde, die Leute können jetzt auch ohne uns weiterfeiern«, erklärte sie.

»Wir sollen jetzt schon gehen?«, fragte er überrascht. »Es ist noch nicht mal Mitternacht.«

Doch schon während er sprach, fand er die Idee gar nicht so verkehrt. Schließlich lag ein besonderer Teil dieses Tages – oder besser gesagt, der Nacht vor ihnen.

»Du hast recht«, sagte er deswegen rasch. »Wir verabschieden uns und …«

»Dann kommen wir nie weg«, unterbrach sie ihn. »Und ich will jetzt endlich mit dir allein sein. Unsere Eltern wissen Bescheid. Die werden es den Leuten schon erklären, falls man nach uns fragt.«

Offenbar hatte sie alles genau geplant.

»Na dann, meine Süße, lass uns nach Hause fahren und allein weiterfeiern.«

Er griff nach ihren Händen und zog sie an sich, um sie zu küssen.

»Soll ich uns ein Taxi anrufen?«, fragte er, als er sich von ihr löste.

Sie schüttelte den Kopf.

»Aber nein. Wir werden gefahren.«

Kaum hatte sie das gesagt, fuhr Christina mit dem Wagen vor die Halle. Auf dem Beifahrersitz saß Niklas, der einen Sektkübel mit einer Flasche Moët & Chandon Champagner auf dem Schoß hielt.

Markus öffnete die Wagentür und half Kathrin beim Einsteigen mit dem Kleid. Dann ging er auf die andere Seite und stieg ebenfalls ein.

»Dann mal ab nach Hause«, sagte er vergnügt und legte einen Arm um seine frischgebackene Ehefrau. Es war ein aufregender Tag gewesen. Und jetzt freute er sich auf eine aufregende Nacht. Reflexartig griff er in seine Jackentasche. Der kleine Beutel mit dem Geschenk war immer noch da. Zunächst hatte er vorgehabt, ihr den Schmuck noch vor der Trauung zu geben. Doch dann hatte er es sich anders überlegt. Er wollte mit ihr allein sein, wenn er ihr die Kette um den Hals legte.

»Mag jemand?«, fragte Christina und hielt eine Schachtel Zigaretten nach hinten.

»Oh ja!«, rief Kathrin. »Endlich!«

Markus grinste. Sie hatte den ganzen Tag auf Zigaretten verzichtet. Ihre Mutter hatte ihr nämlich eingebläut, es gäbe nichts Schlimmeres als eine betrunkene rauchende Braut. Und so hatte sie nicht nur auf das Rauchen verzichtet, sondern auch relativ wenig Alkohol getrunken. Und auch er hatte nicht über die Stränge geschlagen. Schließlich wollte er einigermaßen mitbekommen, was auf seiner Hochzeit so los war.

Während der Fahrt unterhielten sich die vier über den Tag und witzelten über den Fauxpas, den sich der

Pfarrer in der Kirche geleistet hatte, als er Kathrin zweimal mit einem falschen Namen angesprochen hatte.

»Willst du, liebe Brigitte, den hier anwesenden Markus zu deinem Mann nehmen«, ahmte Niklas den Pfarrer nach.

»Liebe Brigitte, lieber Markus, nehmt meine besten Wünsche für eure Ehe mit«, setzte Christina noch einen drauf, und sie prusteten wieder los.

Bis Markus plötzlich auffiel, dass sie eine völlig andere Strecke fuhren.

Er tippte Christina von hinten auf die Schulter.

»Hey. Das ist aber nicht der richtige Weg«, machte er sie aufmerksam.

»Doch«, warf Kathrin ein, »Christina weiß schon, wo wir hinmüssen.«

»Aber… «, begann er wieder, doch da beugte sich Kathrin zu ihm und verschloss seinen Mund mit einem Kuss.

»Hallo? Die paar Minuten könnt ihr aber echt noch warten«, brummte Niklas von vorn. »Wir sind ja gleich da.«

Und tatsächlich fuhren sie kurz darauf in eine Einfahrt, die Markus bekannt vorkam.

»Das ist doch das Haus von deinen Eltern«, sagte er zu Christina. »Was wollen wir denn hier?« Ohne zu antworten, fuhr sie den Kiesweg entlang durch den Garten bis vor die Garage, dann hielt sie den Wagen an.

»Bitte aussteigen«, forderte sie die beiden auf. Markus warf einen Blick zu Kathrin, die ein Gesicht machte, als ob sie kein Wässerchen trüben könnte. Dabei sah er ihr an, dass sie genau wusste, was hier gespielt wurde. Inzwischen war er neugierig geworden. Was hatten sie hier vor?

»Meine Eltern sind im Urlaub«, erklärte Christina beim Aussteigen. Dann reichte sie Kathrin einen Haustürschlüssel.

»Damit könnt ihr in die Einliegerwohnung, wenn ihr ins Bad müsst«, sagte sie.

»Ins Bad?« Markus verstand nur Bahnhof.

»Hier«, sagte Niklas und drückte ihm den Sektkübel in die Hand. Dann holte er aus dem Kofferraum eine kleine Kühltasche und reichte sie Kathrin.

»Da sind Wasser und Häppchen drin. Und noch ein wenig Torte.«

»Ruft einfach morgen an, wenn wir euch abholen sollen«, sagte Christina. »Das gehört noch zum Fahrservice.«

»Abholen? Wir sollen hierbleiben?« Markus war alles andere als begeistert. Seine Hochzeitsnacht im Haus von Fremden zu verbringen war nicht unbedingt sein Traum gewesen.

»Keine Ahnung, was ihr geplant habt, aber ich würde gern mit meiner Frau nach Hause fahren.«

Doch Christina und Niklas schienen ihm gar nicht zuzuhören, sondern stiegen ins Auto.

»Hey, hallo! Was macht ihr denn?«, rief er ihnen hinterher.

»Wir werden es jetzt auf eurer Party so richtig krachen lassen«, verkündete Niklas, bevor er die Tür zuschlug.

»Auf jeden Fall«, bestätigte Christina, die als Fahrerin des Hochzeitswagens den ganzen Tag keinen Tropfen Alkohol getrunken hatte. Und dann fuhr sie los.

Markus drehte sich zu Kathrin um.

»Ich verstehe echt nicht, was das hier soll«, sagte er leicht genervt. »Hier können wir doch nicht bleiben! Ich ruf uns ein Taxi.«

Bevor er in die Hosentasche greifen konnte, hatte Kathrin ihn jedoch am Arm genommen.

»Lass dich doch einfach mal überraschen.«

Überraschen? Hier? Er kannte das Haus von Christinas Eltern von einem Besuch. Es war nett, aber so gar nicht nach Markus' Geschmack eingerichtet. Und überhaupt! Er wollte seine Hochzeitsnacht lieber bei sich zu Hause oder vielleicht noch in einem Hotel verbringen. Kathrin sah ihm offenbar an, dass er langsam ärgerlich wurde.

»Schau es dir einfach mal an, und wenn du dann nach Hause willst, rufe ich höchstpersönlich ein Taxi an. Okay?«

»Na gut«, stimmte er zu. Auf diesen Deal konnte er sich einlassen.

»Okay. Dann komm«, sagte sie und griff nach seiner Hand.

Doch anstatt zur Haustür zu gehen, führte sie ihn den Kiesweg entlang hinter das Haus.

»Tataaa – hier werden wir unsere Hochzeitsnacht verbringen«, verkündete sie.

»Wow!«, rutschte ihm heraus. Er traute seinen Augen kaum. Umringt von zahllosen Einweckgläsern mit brennenden Kerzen stand ein alter VW T3 Bus. Der typisch gelben Farbe nach zu schließen, handelte es sich um ein ausrangiertes Postfahrzeug. An den hinteren Fenstern waren Vorhänge angebracht, die zugezogen waren.

»Der ist ja super!«, rief er begeistert. »Und hier drin werden wir heute echt die Nacht verbringen?«

»Ja. Aber wir brauchen erst einen Schlüssel«, sagte sie.

»Und wo ist der?«

»Vielleicht solltest du ihn suchen.«

Markus drehte sich um und nahm den Garten in Augenschein. Wo sollte er hier anfangen?

»Nicht im Garten.«

Sie sah ihm in die Augen, und plötzlich hatte er eine Ahnung.

Er stellte den Sektkühler auf den Boden und nahm ihr die kleine Kühltasche ab, die er ebenfalls abstellte.

»Vielleicht hast du ihn ja irgendwo hier versteckt.«

Er legte seine Hände an ihre Hüften und tastete langsam ihren Körper ab. An ihrer Taille, den Brüsten. Gleichzeitig begann er, ihren Hals und das verlockende Dekolleté zu küssen.

»Ich glaube, so wird das nichts«, meinte sie.

»Die Suche macht trotzdem Spaß«, murmelte er.

»Hm. Mir auch.«

»Ich muss wohl noch an anderen Stellen suchen.«

Er schob vorsichtig das Kleid nach oben und war begeistert, als er die halterlosen Strümpfe und vor allem das blaue Strumpfband an ihrem rechten Oberschenkel entdeckte.

»Oh Kat! …«

»Gefällt es dir?«

»Nein, gar nicht.« Er lachte leise.

Während er das Kleid auf einer Seite festhielt, begann er, das Strumpfband abzutasten, und wurde rasch fündig.

»Ich hab ihn!«

»Schade, es hätte mir nichts ausgemacht, wenn du noch ein wenig länger gesucht hättest.«

»Ich kann ja weitersuchen, mal sehen, was ich sonst noch so entdecke«, sagte er grinsend.

»Aber erst im Bus. Lass uns schnell aufsperren«, schlug sie vor. »Langsam wird mir kalt.«

»Wem gehört der Bus denn eigentlich?«, wollte Markus wissen.

»Uns.«

»Uns?«

Sie schlang die Arme um seinen Hals und küsste ihn rasch auf den Mund.

»Mein Hochzeitsgeschenk an dich. Du wirst zwar noch eine Weile dran rumschrauben und ihn etwas aufhübschen müssen, aber er ist jetzt schon fahrtüchtig. Na ja, zumindest ein wenig.«

»Dein Geschenk? Bist du verrückt? Der hat doch sicher einiges gekostet.«

»Meine Eltern haben eine Aussteuerversicherung für mich abgeschlossen …«

»Was ist das denn?«, unterbrach er sie.

»So was wie ein Sparvertrag. Den kriegt man ausbezahlt, wenn man heiratet oder ein bestimmtes Alter erreicht. Dann kann man damit machen, was man will.«

»Was es nicht alles gibt«, meinte Markus amüsiert, der noch nie von so etwas gehört hatte.

»Du kennst doch meine Eltern. Immer auf Sicherheit bedacht. Jedenfalls haben wir ja die Wohnung schon eingerichtet, also dachte ich mir, wir machen aus dem Bus einfach einen mobilen Zweitwohnsitz für uns.«

»Du bist… du bist einfach großartig, Kat«, sagte er und drückte sie überschwänglich an sich. Von so einem Fahrzeug hatten sie immer wieder mal gesprochen und sich vorgestellt, wie sie damit einfach drauflosfahren und Europa entdecken könnten. Ein gemeinsamer Traum, der sich bald erfüllen würde. Markus war total begeistert vom Geschenk seiner Frau.

Doch damit war es mit den Überraschungen noch nicht vorbei. Als er die seitliche Schiebetür öffnete, warf er den Blick auf eine liebevoll dekorierte, kuschelige kleine Liebeshöhle. Eine Matratze füllte einen großen Teil des Wagens aus. Sie war mit einem roten Betttuch aus Seide bezogen. Darauf lagen jede Menge bunte Kissen, die zu den Vorhängen passten, und ein paar leichte Decken. Eine kleine batteriebetriebene Lampe verbreitete gerade mal so viel Licht, dass man sich zurechtfinden konnte. Zwischen der Fahrerkabine und dem hinteren Teil war ein Tuch so gespannt, dass auch von vorn niemand nach drinnen sehen konnte. Auf einer kleinen Ablage standen zwei Sektkelche und Wassergläser.

»Es ist zwar ein wenig eng hier, aber ich hoffe, du hast nichts dagegen, wenn wir heute hier schlafen.«

»Ganz und gar nicht!«

Sie wollte schon in den Wagen steigen, da hielt er sie fest.

»Oh nein, meine Frau! So geht das nicht!«

Fragend sah sie ihn an, während er den Sektkübel und die kleine Kühltasche schon in den Wagen stellte. Dann packte er Kathrin und hob sie hoch.

»Hey!«, rief sie und klammerte sich lachend an seinem Hals fest.

»Ich muss dich doch über die Schwelle tragen.«

Doch das war gar nicht so einfach. Er musste achtgeben, dass sie ihren Kopf nirgends anstieß.

Im Wagen selbst war es geräumiger, als es von außen ausgesehen hatte, trotzdem konnte er nicht aufrecht stehen. Er setzte sie ab und schob die Tür zu.

»Komm, ich helfe dir, das Kleid auszuziehen«, sagte er, während er schon aus seiner Jacke schlüpfte. »Du glaubst gar nicht, wie oft ich es mir heute vorgestellt habe, genau das zu tun.«

»Warte mal, ich mach uns Musik an.«

Sie beugte sich zur Seite neben die Matratze. Dort stand ein batteriebetriebener CD-Player.

»Du hast ja echt an alles gedacht.«

»Eigentlich hat Niklas sich um alles gekümmert.«

»Dein Bruder? Ernsthaft?«

Sie nickte.

»Ja. Er hat auch den Bus hierhergebracht und alles dekoriert. Mal schauen, was er für uns ausgesucht hat.«

Sie drückte auf den Abspielknopf am Player.

Schon nach dem ersten Takt erkannte er das Lied: *Woman* von John Lennon. Er lächelte.

»Dein Bruder hat echt eine ziemlich romantische Ader«, bemerkte er.

»Niklas weiß eben, was ich mag«, sagte sie und nestelte an den Knöpfen ihres Kleides.

»Moment – erst mache ich uns den Champagner auf.«

Nachdem er eingeschenkt hatte, reichte er ihr ein Glas.

»Auf uns!«

»Auf uns – und unsere Zukunft«, ergänzte sie.

Sie prosteten sich zu und tranken. Dann nahm er ihr das Glas aus der Hand und stellte beide wieder auf dem Tablett ab.

Vorsichtig half er ihr aus dem Kleid und legte es sorgfältig ans obere Ende der Matratze.

Jetzt trug sie nur noch weiße Spitzenunterwäsche, Strümpfe und das blaue Strumpfband. Die hohen Pumps hatte sie bereits abgestreift.

»Du bist so wunderschön, Kat«, murmelte er und konnte kaum den Blick von ihr wenden.

»Zieh dich auch aus«, bat sie leise.

»Nur noch einen Moment.«

Er drehte sich um und holte aus der Innentasche seiner Jacke den kleinen Beutel.

»Mach die Augen zu«, forderte er sie auf.

Sie kam seiner Aufforderung nach und kaute erwartungsvoll auf ihrer Unterlippe.

»Du machst es ganz schön spannend«, sagte sie.

»Nicht halb so spannend wie du vorhin mit dem Bus.«

Er öffnete die Schnur am Beutel und zog das Schmuckstück heraus. Eine silberne Kette mit einem großen Trapiche-Smaragd als Anhänger. Ein handgefertigtes Schmuckstück, das sein Vater von einer Kolumbienreise mitgebracht und seiner Frau zur Hochzeit geschenkt hatte. Das Besondere an dieser Smaragdart waren die feinfaserigen dunklen Einschüsse, die sich wie Speichen eines Wagenrades von der Mitte ausbreiteten und so den Eindruck eines Katzenauges oder einer besonderen Blume vermittelten. Die Kette gehörte zu einem Schmuckset, das passende Ohrringe beinhaltete. Diese würde sein Bruder Jakob einmal seiner Frau zur Hochzeit schenken, falls er jemals eine finden würde. Bis jetzt schien Jakob nach wie vor sein Singleleben zu genießen.

Markus hatte seine schöne Mutter mit dem Schmuck vor Augen und rang für einen Moment um Fassung. Doch Sophia würde nicht wollen, dass er in diesem Moment traurig war. Er räusperte sich.

»Ist alles gut, Markus?«, fragte Kathrin leise.

»Ja …«

Er rutschte hinter seine Frau und küsste ihren Hals, bevor er ihr die Kette umlegte und sie festmachte. Der Anhänger lag jetzt genau zwischen ihren Brüsten.

Inzwischen sang Brian Adams *I do it for you.* Niklas hatte ja wirklich ziemlich dick aufgetragen mit romantischer Musik, schoss es Markus durch den Kopf. Aber in einer Nacht wie dieser schien diese geballte Ladung in Ordnung zu sein.

Markus umschlang Kathrin von hinten und drückte

sich an sie. Überwältigt von Gefühlen, küsste er sie auf die Schläfe. Dann löste er sich von ihr und drehte sich so, dass er ihr gegenübersaß.

»Und jetzt darfst du schauen, meine Süße«, sagte er mit heiserer Stimme.

Sie öffnete die Augen und senkte den Blick.

»Oh…« Sie griff nach dem Anhänger, um ihn genauer zu betrachten. »Wie wunderschön!«

»Magst du ihn?«

»Sehr.«

»Mein Vater hat meiner Mutter die Kette zur Hochzeit geschenkt.«

»Markus…«

»Es ist ein besonderer Smaragd. Man nennt ihn Trapiche-Smaragd. Er kommt aus…«

Weiter kam er nicht, denn Kathrin schlang die Arme um seinen Hals und küsste ihn. Voller Leidenschaft erwiderte er ihren Kuss. Ohne dass sich ihre Lippen voneinanderlösten, öffnete sie die Knöpfe seines Hemdes. Er zog es aus, während Kathrin bereits am Verschluss seiner Hose nestelte. Nur wenig später war er nackt, während sie – immer noch in ihren Dessous – auf dem Rücken lag. Er beugte sich über sie und schob die Träger ihres Büstenhalters über ihre Schultern nach unten. Doch er zog ihn ihr nicht ganz aus, sondern hob ihre Brüste nur aus den Körbchen heraus. Mit der Zunge leckte er über die prallen kleinen Knospen. Sie stöhnte leise, als er zu saugen begann. Gleichzeitig streichelte er die Innenseite ihrer Oberschenkel, spürte die glatten Strümpfe, die ihn zusätzlich erregten.

»Bitte, Markus. Ich will dich jetzt!«

»Darauf habe ich den ganzen Tag gewartet, Süße.«

Er streifte ihren Slip ab, schob ihre Schenkel weiter auseinander und rutschte dazwischen. Sie war mehr als bereit für ihn. Ohne noch länger zu zögern, drang er langsam in sie ein, bis er sie ganz ausfüllte. Er spürte, wie ihre Fingernägel sich in seine Schultern gruben und sie ihren Unterleib gegen ihn presste.

Mit geschlossenen Augen hielt er einige Sekunden ganz still, um dieses unglaubliche Gefühl zu genießen, tief in ihr und ganz mit ihr verbunden zu sein. Dann öffnete er die Augen wieder und begann, sich langsam in ihr zu bewegen. Sie legte eine Hand an seine Wange und lächelte ihn an.

»Möchtest du dich lieber auf die Seite drehen«, fragte er, da er wusste, dass sie intensiver kam, wenn er hinter ihr war.

»Nein. Ich will dir in die Augen sehen, wenn es so weit ist.« Sie sprach so leise, dass er mehr von ihren Lippen ablas, als dass er sie hörte.

Markus stand kurz davor, in ihr zu explodieren. Doch er wollte nicht, dass es so schnell vorbei war, und zog sich ganz aus ihr zurück. Was ihm alles andere als leichtfiel. Er rutschte nach unten und küsste sich langsam an ihrem Schenkel entlang zu ihrem Zentrum vor. Er bemerkte, wie sich ihre Hände in die Bettdecke krallten, während er sie innig liebkoste. Ihr Keuchen wurde heftiger. Doch noch sollte sie nicht kommen. Er ließ von ihr ab und rutschte wieder nach oben, bevor er erneut in sie eindrang.

»Ja!«, stöhnte sie bald und wand sich unter ihm. »Ja! Jetzt!«

Nun gab es keinen Grund mehr für ihn, sich weiter zurückzuhalten. Nach drei letzten Stößen verströmte er sich tief in ihr, während sie sich in einer innigen Verbundenheit, die keiner Worte bedurfte, in die Augen sahen.

Heftig atmend gab er ihr einen kurzen Kuss und ließ dann seine Stirn zwischen ihre Brüste sinken. Er spürte, wie schnell ihr Herz trommelte.

Sie streichelte durch seine Haare.

»Ich liebe dich, Markus, so sehr«, flüsterte sie nach einer Weile. Er hob den Kopf. Ihre ungewöhnlichen Augen funkelten im Halbdunkel um die Wette mit dem Smaragd zwischen ihren Brüsten.

Er ließ sich neben sie auf den Rücken fallen und zog ihren heißen Körper fest an seine Brust. Sie schmiegte sich eng an ihn. Er streichelte durch ihr langes Haar, küsste sanft ihre Stirn.

»Ich liebe dich auch, Kathrin Marie Killian. Und ich wünsche mir, dass jeder neue Tag mit dir ein wundervolles Abenteuer sein wird. Und dass wir unsere Liebe immer behalten und spüren können.«

18

Ein enttäuschter Fast-Liebhaber

MÜNCHEN, 13. APRIL 2017

Kathrin saß in ihrem Zimmer auf dem Bett. Eine hölzerne Schmuckkassette lag offen neben ihr. Sie hielt die Kette in der Hand, die Markus ihr in der Hochzeitsnacht geschenkt hatte, und starrte auf den Smaragdanhänger. Nachdem sie die Nachricht von Niklas mit seinen guten Wünschen zu Ende gelesen hatten, hatte sie dringend eine Pause gebraucht, bevor Markus seinen Wettgewinn einlösen und ihr eine Frage stellen konnte. Seitdem war sie hier oben, versunken in die Erinnerungen an die Hochzeitsnacht im Bus, mit dem sie in den Jahren darauf einige tolle Urlaube und besondere Reisen gemacht hatten. Bis er ihnen vor fünf Jahren in Neapel gestohlen worden war, während sie in einem kleinen Lokal die beste Pasta vongole ihres Lebens gegessen und Chianti getrunken hatten.

Kathrin streichelte mit dem Finger über den Smaragd. In den ersten Jahren hatte sie ihn oft getragen. Doch irgendwann war er in der Schmuckkassette geblieben. Es hatte andere Ketten gegeben, die moderner waren. Kurz dachte sie daran, die Kette heute zu tragen, doch dann legte sie sie zurück und stand auf. Jetzt war nicht der richtige Zeitpunkt dafür.

Markus war einkaufen gegangen. Vielleicht würde es ihr auch guttun, eine kleine Runde im Viertel zu drehen, um frische Luft zu schnappen.

Sie ging nach unten und zog einen leichten Mantel an, da es draußen etwas windig war. Bevor sie in die Stiefel schlüpfte, klingelte ihr Handy. Simon! Sie zögerte kurz. Doch dann ging sie ran. Irgendwann musste sie mit ihm sprechen, und es wäre besser, wenn sie es in Markus' Abwesenheit tat.

»Hallo, Simon«, meldete sie sich, während sie ins Wohnzimmer ging.

»Endlich gehst du mal ran«, kam es vorwurfsvoll ohne irgendeine Begrüßung. »Ich war schon drauf und dran, persönlich vorbeizukommen, um zu sehen, ob es dir gut geht.«

»Mir geht es gut«, sagte sie.

»Du hörst dich aber nicht so an.«

»Nun ja. Natürlich haben wir hier einiges zu klären.«

»Ich würde gern da weitermachen, wo wir gestern aufgehört haben.«

»Das halte ich für keine gute Idee.«

»Was meinst du damit?«

»Was immer das auch war, für mich ist es vorbei, Simon.«

Einige Sekunden herrschte Stille am anderen Ende der Leitung. Kathrin starrte versonnen auf den offenen

Koffer am Tisch. So viele Päckchen, die wir noch aufmachen müssen, schoss ihr durch den Kopf.

»Und was war das dann die ganzen letzten Wochen? Und gestern?«, unterbrach er ihre Gedanken.

Sie unterdrückte ein Seufzen. Wäre sie doch nur nicht rangegangen. Jetzt musste sie sich auch noch mit seinen Vorwürfen auseinandersetzen. Allerdings hatte sie sich das selbst eingebrockt.

»Du hast doch diesen Flirt hoffentlich nicht allzu ernst genommen«, versuchte sie, die Sache ein wenig zu verharmlosen.

»Diesen Flirt? Mehr war das nicht für dich?«

»Natürlich nicht. Wenn du das anders aufgefasst hast, tut es mir leid, Simon. Es war falsch, mich überhaupt drauf einzulassen.«

»Das fällt dir ja ganz schön früh ein.« Seine Stimme klang ärgerlich.

»Simon, jetzt hör mal zu. Ich habe weder die Lust noch die nötigen Nerven, mit dir zu streiten. Wir wollten miteinander schlafen. Stimmt. Aber ganz sicher hatten wir nicht vor, eine Beziehung einzugehen. Also mach es jetzt bitte nicht unnötig kompliziert.«

»Kompliziert? Du warst doch von Anfang an scharf auf mich, Kathrin. Und du bist es immer noch. Wir beide werden Sex haben. Das weißt du ganz genau.«

»Ach ja, denkst du?«

»Na klar. Du willst endlich mal wieder richtig durchgevögelt werden.«

Es war nicht nur seine ordinäre Wortwahl, sondern vor allem der Ton, der sie schockierte.

»Wir beenden dieses Gespräch jetzt besser«, sagte sie eisig.

»Dein Mann bringt es doch schon längst nicht mehr. Hast doch selbst gesagt, dass ihr schon ewig keinen Sex mehr hattet. Aber so ein heißes Luder wie du braucht es nicht nur ab und zu.«

Ihr Puls hatte sich inzwischen deutlich beschleunigt. Was bildete sich dieser Mistkerl eigentlich ein?

»Du kannst mich mal!«, rief sie empört und legte auf. Gleich darauf klingelte es wieder. Sie drückte ihn weg. Der Typ hatte sie doch nicht mehr alle. Voller Abscheu fragte sie sich, wie sie sich überhaupt auf ihn hatte einlassen können. Gott sei Dank hatte sie nicht mit ihm geschlafen. Allerdings hätte sie es getan, wenn Markus nicht vorher nach Hause gekommen wäre. Ihr wurde schlagartig übel. Es war ein großer Fehler gewesen, dass sie es überhaupt so weit hatte kommen lassen.

Erneut klingelte das Handy. Sie wollte das Gespräch fast schon wieder wegdrücken, da bemerkte sie gerade noch rechtzeitig, dass es Markus war. Sie atmete tief ein und aus, bevor sie ranging.

»Markus?«

»Ich steh gerade beim Metzger. Hast du Lust auf Sauerbraten an Ostern? Dann würde ich Rindfleisch mitbringen.«

»Sauerbraten?«, sie versuchte, sich auf das zu konzentrieren, was er sagte. Essen war das Letzte, über das sie sich jetzt Gedanken machen wollte.

»Ja. Ich dachte nur, wir könnten vielleicht mal wieder gemeinsam kochen.«

»Sicher. Warum nicht?«

»Muss aber nicht sein, wenn dir das zu …«

»Doch, doch. Vielleicht ist das ja eine gute Idee. Kochen wir Sauerbraten.«

»Okay. Wird noch eine Weile dauern, bis ich wieder zurück bin. Es ist ziemlich viel los in den Geschäften.«

»Das macht nichts. Dann kann ich noch ein paar Mails beantworten, bis du wieder da bist. Bis dann.«

»Bis dann. Ach Kat?«, rief er, bevor sie auflegen konnte.

»Ja?«

»Haben wir noch genug Rotwein zu Hause?«

»Rotwein?«

»Ja. Den brauchen wir auch für die Soße.«

»Ich glaube, es ist noch eine Flasche da.«

»Ich bring einfach noch welchen mit. Bis bald.«

»Tschüs.«

Sie legte auf und schlüpfte wieder aus dem Mantel. Ihr war die Lust vergangen, jetzt unter Menschen zu gehen. Immer noch hallten Simons Worte nach. Was war nur in ihn gefahren, dass er sich so benahm? Er war zwar von Anfang an etwas forsch gewesen, was ihr insgeheim sogar ein wenig gefallen hatte, aber sie hätte nie gedacht, dass er so ungehobelt sein konnte. Es war immer wieder erstaunlich, wie man sich in Menschen täuschen konnte.

Ein wenig Arbeit konnte nicht schaden, um sich abzulenken.

Sie machte es sich mit dem Laptop auf dem Schoß auf dem Sofa bequem und begann, für ein Projekt zu recherchieren. Doch sie konnte sich nicht so richtig konzentrieren und sah immer wieder auf die Uhr. Fast eine Stunde war vergangen, seitdem Markus angerufen hatte. Sicher würde er bald kommen. Und sie konnte sich schon mal auf seine Frage gefasst machen, die er gewonnen hatte. Was er sich wohl überlegt haben würde?

Sie wollte gerade den Rechner zuklappen, da kam eine neue Mail. Sie war von Simon und hatte den Betreff: Sorry. Erleichtert atmete sie auf. Offensichtlich hatte er erkannt, wie unmöglich er sich vorhin benommen hatte. Doch als sie die Mail las, waren sämtliche freundlichen Gedanken verschwunden, und sie spürte, wie ihr vor Ärger das Blut in die Wangen schoss.

> Sorry … Kathrin, aber ich bin immer noch
> richtig heiß auf dich und hole mir schon
> noch, was du mir versprochen hast.
> Simon

Unter seine Nachricht hatte er einen Chatverlauf der vergangenen Tage eingefügt. Auch wenn es dabei nicht zur Sache kam, so war doch herauszulesen, dass sich dahinter etwas mehr als ein harmloser Büroflirt verbarg. Was hatte er damit vor? Sollte das eine Art Drohung sein? Sie hätte sich ohrfeigen können, dass sie sich darauf eingelassen hatte. Allerdings hatte sie das Hin-und-her-Geplänkel zu diesem Zeitpunkt amüsant und reizvoll gefunden. Nie im Leben wäre sie auf die Idee gekommen, dass es damit womöglich Probleme geben könnte. Doch offensichtlich ertrug Simon es nicht, abgewiesen zu werden.

Wie sollte sie jetzt darauf reagieren? Am liebsten hätte sie ihm sofort eine Kündigung ausgestellt. So einen Typen wollte sie nicht weiter als Mitarbeiter in der Agentur haben. Doch zum einen konnte sie das nicht allein entscheiden, und ohne Zweifel würde er sich das auch nicht gefallen lassen und Schwierigkeiten machen. Und das Letzte, was sie jetzt wollte, waren Unstimmigkeiten im Büro. Am besten wäre es, entweder gar nicht zu reagieren, in der Hoffnung, dass er sich wieder einkriegen würde. Oder aber zu versuchen, ihn irgendwie zur Vernunft zu bringen. Da Markus jeden Moment nach Hause kommen konnte, tippte sie rasch eine kurze Antwort.

> Lass uns nächste Woche in Ruhe
> über alles reden. Kathrin

Gerade in dem Moment, als sie auf »Senden« drückte, hörte sie, wie die Haustür aufgesperrt wurde. Rasch schloss sie das Mailprogramm und klappte den Laptop zu.

»Kat!«, rief Markus aus der Diele.

»Bin im Wohnzimmer.«

Eine Stunde später hatten sie die Einkäufe verstaut, das Rindfleisch in einer würzigen Beize eingelegt und je ein Paar Weißwürste mit Brezen gegessen, die Markus mitgebracht hatte. Kathrin versuchte, sich nicht anmerken zu lassen, wie beunruhigt sie wegen Simon war. Sie überlegte kurz, Markus über das Verhalten von Simon zu informieren und ihn um Rat zu bitten. So wie sie es normalerweise gemacht hätte, wenn die Lage anders gewesen wäre. Doch sie wusste nicht, wie er das auffassen würde, und wollte den momentan ohnehin noch sehr zerbrechlichen Waffenstillstand nicht damit gefährden. Sie hoffte, dass sich die Sache irgendwie doch noch ohne weitere Probleme lösen würde.

Nachdem sie die Küche aufgeräumt hatten, kochten sie Kaffee und gingen damit wieder ins Wohnzimmer. Wenn sie so weitermachten, würden sie heute noch einen Koffeinschock bekommen.

»Machst du das nächste Päckchen auf?«, fragte Kathrin.

Markus schüttelte lächelnd den Kopf.

»Netter Versuch, Kat. Aber erst wird mein Wettgewinn eingelöst.«

Sie rutschte auf dem Sofa nach hinten und schlug die Beine übereinander.

»Natürlich. Dann frag.«

Sie spürte, wie ihr Puls schneller ging. Was käme jetzt auf sie zu?

19

Die erste Frage

Markus hatte lange überlegt, welche Frage er ihr stellen sollte. Es gab da so einiges, worauf er gern Antworten haben würde. Doch immer wieder drängte sich eine bestimmte Frage in den Vordergrund.

Er sah Besorgnis in ihren Augen. Also gab es auf jeden Fall etwas, das sie ihm verschwiegen hatte. Diese Erkenntnis machte ihn traurig. Er hatte immer gedacht, dass ihre Beziehung stark genug war, um offen über alles sprechen zu können. Und viele Jahre lang war es auch so gewesen. Zumindest aus seiner Sicht. Doch irgendwann schien sich das geändert zu haben, ohne dass es ihm zunächst aufgefallen war. Oder hatte er es vielleicht nicht sehen wollen?

»Komm, ich will es hinter mich bringen!«, forderte sie ihn auf. »Stell deine Frage.«

»Okay. Dann sag mir bitte, ob du nach wie vor darüber nachdenkst, mit Simon Sex zu haben.«

Er hatte die Frage kaum gestellt, da rutschte sie auf dem Sofa nach vorn und sah ihn eindringlich an.

»Nein, Markus. Ich weiß zwar nicht, wie es mit dir

und mir weitergehen wird, aber ganz sicher werde ich nicht mit Simon schlafen. Dieser Mann ist für mich Geschichte.«

Sie hatte es ohne Zögern und mit einer solchen Eindringlichkeit gesagt, dass er keine Sekunde anzweifelte, dass es ehrlich gemeint war. Er spürte, wie er sich innerlich entspannte. Wäre ihre Antwort anders ausgefallen, hätte er keinen Sinn mehr darin gesehen, weiterhin hierzubleiben. Gleichzeitig hatte sie ihm mit ihrer Antwort auch zu verstehen gegeben, dass ihre Beziehung nach wie vor in den Sternen stand. Und jetzt erst wurde es ihm so richtig bewusst, dass Simon wohl tatsächlich nur ein Symptom für die Probleme in ihrer Ehe war. Probleme, die sich wie eine Krankheit unbemerkt angeschlichen hatten. Kathrin hatte es offensichtlich früher wahrgenommen als er.

»Zufrieden?«, fragte sie.

Eigentlich war er es nicht ganz, doch seine Frage war beantwortet, und er nickte.

»Und du scheinst über die Frage erleichtert gewesen zu sein?«

Sie zögerte mit einer Antwort.

»Warte mal ab, wie es dir gehen wird, wenn ich dran bin«, sagte sie schließlich.

»Dazu musst du aber erst mal eine Runde gewinnen. Außerdem habe ich keine Angst vor deinen Fragen.«

Es war ihm herausgerutscht, bevor er darüber nachgedacht hatte.

»Ach ja?«

Sofort relativierte er seine Aussage.

»Wovor ich Angst habe, ist, dass unsere Ehe womöglich keine Chance mehr haben könnte. Wenn deine Fragen und meine Antworten darauf hinführen könnten, ja, dann habe ich doch auch Angst davor.«

Während er sprach, war ihr Gesichtsausdruck unergründlich geworden. Sie öffnete schon den Mund, um etwas zu sagen, doch dann ließ sie es.

»Ich weiß nicht, wie du das siehst, Kat. Aber vielleicht hilft uns ja das Öffnen dieser Päckchen dabei, die richtigen Fragen zu stellen. Und wir bekommen Antworten, die uns weiterhelfen.«

»Ja. Vielleicht«, sagte sie schließlich leise. »Vielleicht sehen wir danach klarer.«

»Sollen wir weitermachen?«

Sie nickte.

»Du bist dran mit dem nächsten Päckchen.«

»Na gut«, sagte sie und streckte schon die Hand über dem Koffer aus. Da griff er nach ihrem Arm und hielt sie zurück.

»Warte.«

Sie sah ihn fragend an.

»Ich weiß, dass es hier um einiges geht. Aber trotzdem sind in diesem Koffer Geschenke für uns, über die wir uns eigentlich freuen sollten.«

Jetzt erschien ein Lächeln auf ihrem Gesicht.

»Du hast recht, wir sollten es nicht mit einer Leichenbittermiene machen!«

»Genau.«

»Okay. Dann nehme ich doch gleich mal das hier«,

sagte sie und griff nach einer länglichen Schachtel, die mit pinkfarbenem Glitzergeschenkpapier und hellrosa Schleife verpackt war.

»Da war ja wer im rosa Farbrausch«, meinte er, während sie es öffnete.

»Bin echt gespannt, von wem das ist.«

»Wow! Das ist ja ein Ding.« Markus musste lachen, als er sah, was in der Schachtel war.

»Oh, oh! Das ist ja mal ein Geschenk«, meinte Kathrin und lachte nun ebenfalls. »Ich hol ihn mal raus, oder?«

»Auf jeden Fall.«

Amüsiert sah er ihr zu, wie sie aus dem länglichen Karton einen gläsernen Dildo von stattlicher Größe herausholte.

»Was denkst du, ist der von einer Frau oder einem Mann?«, fragte Markus.

»Auf jeden Fall von einer Frau«, antwortete sie bestimmt. »Ich kann mir keinen Mann aus unserer Familie oder dem Bekanntenkreis vorstellen, der uns so was schenken würde.«

»Ich eigentlich auch nicht«, gab Markus zu.

»Höchstens noch Berti«, spekulierte Kathrin. »Obwohl – für Berti ist einfach nur ein Dildo zu normal.«

»Stimmt.« Markus nickte. »Gibt es keine Karte?«

Sie schüttelte den Kopf. »Nein. Aber hier ist eine kleine Kassette.«

»Gib sie mir mal«, bat er. »Das ist eine Mini-DVD für einen Camcorder.«

»Können wir anschaun, was drauf ist?«

»Hey. Ich bin Kameramann. Was ist das denn für eine

Frage? Das Format, das ich nicht irgendwie abspielen kann, muss erst noch erfunden werden.«

»Aber das wird dauern, oder?«

»Nein. Ich habe noch so ein Gerät oben. So alt ist das auch gar nicht. Warte.«

Zwanzig Minuten später hatte Markus eine alte Kamera am Laptop angeschlossen und die Kassette eingelegt.

»Ich bin mir nicht sicher, ob ich wirklich sehen möchte, was auf dem Film ist«, meinte Kathrin.

»Warum? Befürchtest du ein detailliertes Einführungsvideo?«, fragte er mit einem Augenzwinkern.

Sie tat entsetzt, konnte sich jedoch ganz offensichtlich ein Grinsen nur schwer verkneifen.

»Herr Killian! Also bitte!«

»Ich gelobe Besserung!«

»Bitte nicht!«, rutschte ihr heraus.

Sie sahen sich an, und Markus spürte, dass das Band zwischen ihnen noch nicht ganz durchtrennt war.

»Na dann lassen wir uns doch mal überraschen«, sagte er. »Hauptsache er ist nicht von Onkel Erwin und Tante Renate ...«

»Markus!«, unterbrach sie ihn. »Oh nein! Ich will nicht diese Bilder im Kopf. Nein! Nein! Lalala! Rosa Elefant auf hellblauem Sofa ... lila Regenbogen ... grüne Marsmännchen«, versuchte sie, sich mit skurrilen Bildern abzulenken, um nicht an den deutlich übergewichtigen, um nicht zu sagen fetten Onkel und die spindeldürre Tante väterlicherseits denken zu müssen, die abgesehen davon beide sehr nett waren.

Er lachte laut auf.

»Du wolltest doch gerade, dass ich mich nicht bessere.«

»Aber doch nicht so!«

»Du hast recht. Das will ich mir auch gar nicht vorstellen.«

»Danke.«

»Dann tipp doch mal, von wem das Geschenk sein könnte«, forderte er Kathrin auf.

»Zuerst müssen wir uns darauf einigen, dass auf dieser Kassette ganz bestimmt kein Demonstrationsfilm zu sehen ist. Ansonsten kann ich echt keinen Tipp abgeben.«

»Also gut, Kat. Ich bin mir zu hundert Prozent sicher, dass nichts Unanständiges zu sehen sein wird.«

»Ich merke genau, dass du lügst.«

Er lachte wieder. Sie hatte ihn ertappt. Er war sich tatsächlich nicht ganz sicher, ob sich nicht jemand gleich einen mehr oder weniger geschmacklosen Scherz erlauben würde. Besser gesagt, schon erlaubt hatte.

»Also gut, sagen wir mal so. Ich bin zu 99 Prozent sicher. Aber wir müssen das Video auch nicht anschauen. Wir legen das Geschenk einfach mal zur Seite und öffnen ein anderes.«

»Nein. Das tun wir nicht«, sagte sie bestimmt. Und er hatte auch nichts anderes von ihr erwartet. Dazu war sie viel zu neugierig. »Wir gehen das jetzt ganz sachlich an.«

»Okay. Sachlich. Von wem ist der Dildo?«

»Also. Wenn ich es einer zutrauen würde, dann vielleicht Christina«, wagte sie eine Vermutung.

»Echt? Christina?« Auf sie hätte Markus als Letzte getippt. Aber schließlich handelte es sich um Kathrins beste Freundin, und von daher kannte sie Christina natürlich viel besser als er.

Sie zuckte mit den Schultern. »Ich wüsste nicht, wer uns sonst einen Glasdildo schenken würde.«

»Noch dazu einen so gut gebauten.« Er grinste.

»Ja. Der ist wirklich nicht von schlechten Eltern. Auf wen tippst du denn?«

»Meistens sind es ja die stillen Wasser, die sich dann als tief herausstellen«, spekulierte er. »Deswegen sage ich jetzt mal, dass der Dildo von Brigitte ist.«

»Die kenne ich leider kaum«, murmelte Kathrin.

Brigitte war Markus' Großcousine mütterlicherseits und eine der wenigen Verwandten von dieser Seite der Familie, die extra zur Hochzeit aus Lyon angereist waren. Brigitte war eine sehr quirlige zierliche Frau und inzwischen Ende vierzig, mit einem drahtigen Wuschelkopf, als ob sie irgendwann einmal in eine Steckdose gefasst hätte. Seit Markus sie kannte, hatte sie nie einen Freund gehabt. Er und sein Bruder hatten oft darüber spekuliert, ob sie nicht vielleicht heimlich lesbisch war. Von daher würde so ein Geschenk vielleicht zu ihr passen, auch wenn er es letztlich nicht glaubte. Aber sonst fiel ihm tatsächlich auch niemand ein.

»Gleich wissen wir es«, sagte Markus und startete das Video.

Gespannt starrten sie auf den Bildschirm. Er war tatsächlich mehr als neugierig, von wem das Geschenk war. Zunächst war nur ein Teil eines Wohnzimmers zu sehen, das ihm nicht bekannt vorkam. Tisch und Sofa waren an die Wand geschoben, sodass in der Mitte ein größerer freier Raum war. Plötzlich waren ein Klacken und dann Musik zu hören. Die ersten Töne eines Popsongs.

»Rick Astley! *Never gonna give you up*«, erkannte Kathrin den Popsong aus den späten Achtzigern sofort.

Kaum hatte sie das gesagt, wurde das Lied nicht nur vom Interpreten gesungen, sondern auch von drei jungen Frauen, die in bunten Kleidern mit Blumen im Haar ins Bild tanzten und dazu fröhlich in drei Glasdildos trällerten, die sie wie Mikrofone hielten.

»Das gibt's doch nicht!«, rief Kathrin und schlug sich völlig überrascht die Hand auf den Mund.

Markus hatte Kathrins Schulfreundinnen Ilona, Claudia und Meike ebenfalls erkannt, die eine beeindruckende Performance hinlegten. Und dabei sangen sie auch gar nicht mal so übel. Es war eigentlich zum Schießen. Eigentlich.

Markus warf einen besorgten Blick zu Kathrin. Obwohl sie lachte, standen ihr Tränen im Gesicht. Er griff nach ihrer Hand und drückte sie.

Als das Lied zu Ende war, ging Ilona kurz aus dem Bild, und wieder war ein leises Klacken zu hören. Markus vermutete, dass sie den CD-Player ausgeschaltet hatte.

Gleich darauf stellte sie sich wieder neben ihre zwei Freundinnen, und sie schauten alle fröhlich grinsend in die Kamera.

»Hey, Kathi und Markus«, begann Meike, die sich mit

ihren Freundinnen beim Reden abwechselte. »Wie ihr seht, haben wir uns für euch extra in Schale geworfen … Ihr zwei coolen Socken habt es bestimmt geschafft und feiert heute einen wilden 15. Hochzeitstag … Und das finden wir absolut großartig … Vielleicht ist aber euer Liebesleben ein wenig eingeschlafen … In diesem Fall könnte so einer ein wenig Schwung bringen.«

Claudia hob einen gläsernen Dildo in die Kamera. »Falls bei euch noch keine Flaute herrscht, könnt ihr mit dem Ding trotzdem eine Menge Spaß haben.«

Tränen liefen über Kathrins Wagen, die sie trotzig wegwischte.

»Das hoffen wir zumindest«, rief Ilona.

»Falls ihr ihn nicht wollt, nehmen wir ihn auch wieder zurück«, warf Meike ein.

»Ach Schmarrn. Die wollen ihn schon«, mischte sich Claudia ein.

»Auf jeden Fall wünschen wir euch alles Gute.« Das war wieder Meike.

»Und dass keiner von euch jemals aufgeben wird!«, sagte Claudia. *»Never gonna give you up«*, trällerte sie noch mal die erste Zeile des Refrains.

»Und weitere fünfzehn tolle Jahre«, rief Ilona und wedelte noch mal mit ihrem Dildo.

»Bleibt glücklich. Wir sehn uns! Küsschen!« Claudia war die Letzte, die in die Kamera grinste. Dann streckte sie ihren Arm nach vorn aus, und das Bild wurde schwarz.

Kathrin schluchzte leise. Markus legte einen Arm um sie und zog sie fest an sich. Auch er rang um Fassung.

Claudia. Die wundervolle, lebensfrohe Claudia, mit der Kathrin schon die Grundschule besucht hatte, war vor vier Jahren nach langem Kämpfen einer Brustkrebserkrankung erlegen. Bis zum letzten Tag hatte sie die Hoffnung nicht aufgegeben, dass sie die Krankheit bezwingen würde. Doch schließlich, geschwächt von den vielen Medikamenten und der Krankheit, war sie in den Armen ihres Mannes für immer eingeschlafen.

»Ssst«, sagte er und strich beruhigend über Kathrins Rücken. Er wusste, wie schwer sie der Tod der Freundin damals getroffen hatte, die nicht nur ihren Mann, sondern auch zwei kleine Töchter zurückgelassen hatte.

Eine Weile lang saßen sie einfach nur da. Sie räusperte sich und löste sich schließlich etwas von ihm, um ihre Tränen aus dem Gesicht zu wischen.

»Puh«, sagte sie mit heiserer Stimme. »Damit hätte ich jetzt nicht gerechnet.«

»Ich auch nicht.«

Sie schwiegen eine Weile, in ihre Gedanken an Claudia versunken.

»Meinst du, wir sollen Karl das Video zeigen?«, fragte Kathrin schließlich. Karl war Claudias Witwer.

Markus zuckte ratlos mit den Schultern.

»Hm. Keine Ahnung. Er hat doch jetzt die neue Freundin. Vielleicht ist das gerade kein so guter Zeitpunkt.«

Kathrin drehte sich überrascht zu ihm.

»Karl hat was?«

»Na ja. Er ist mit jemandem zusammen.«

»Seit wann?«

»Bestimmt schon seit drei oder vier Monaten.«

»Und wieso weiß ich das nicht?« Vorwurf lag in ihrer Stimme.

»Ich bin jetzt ganz überrascht, weil ich dachte, du wüsstest das. Sie war bei seiner Geburtstagsfeier da.«

Kaum hatte er es gesagt, da fiel ihm ein, dass Kathrin damals wegen eines Geschäftstermins nicht mitgefeiert hatte. So wie sie überhaupt in der letzten Zeit ziemlich wenig gemeinsam unternommen hatten.

»Und wie ist sie?«

»Agnes? Ganz okay, denk ich. Und die Mädchen mögen sie.«

»Hm.«

»Was?«

»Früher hätten wir über so was sofort gesprochen«, stellte sie fest.

Das stimmte. Kathrin hatte recht damit gehabt, dass ihre Beziehung in der letzten Zeit nicht mehr funktionierte, auch wenn er es nicht hatte sehen wollen.

»Du bist nicht allein dafür verantwortlich. Wir haben überhaupt viel zu wenig miteinander geredet«, gab sie zu und sprach damit genau die Gedanken aus, die ihm gerade selbst durch den Kopf gingen.

»Ja …« Mehr gab es dazu nicht zu sagen. »Möchtest du vielleicht etwas trinken?«, fragte er besorgt, weil sie noch immer so blass war.

»Ein Tee wär gut«, sagte sie.

»Ich mach uns einen«, bot er an und stand auf.

»Ich komme mit.«

Sie stand ebenfalls auf und folgte ihm in die Küche.

Während er Wasser aufsetzte, holte sie eine bauchige Kanne aus einem der oberen Fächer und stellte sie auf ein Tablett.

Ohne ein Wort zu wechseln, bereiteten sie den Tee zu und trugen ihn zusammen mit dem Geschirr und ein paar Keksen ins Wohnzimmer.

»Sollen wir vielleicht für heute mit den Päckchen aufhören?«, fragte Markus, während er einschenkte.

»Nein. Wir machen weiter«, sagte sie entschlossen. »Es geht schon wieder.«

»Wirklich?«

»Ja. Wirklich.«

»Na gut. Dann bin ich jetzt dran.«

Das nächste Geschenk war wenig spektakulär. Zwei Paar aus der gleichen Wolle gestrickte Socken von Kathrins Großtante Erika. Da die Witwe die ganze Familie und Nachbarschaft auch heute noch mit ihren Socken versorgte, war es für beide einfach gewesen, einen richtigen Tipp abzugeben.

Markus war froh, dass es keine neuen emotionalen Überraschungen gegeben hatte.

Kathrin holte aus dem nächsten Päckchen einen weiteren Musiksampler heraus: Ballermann Hits 2004. Keiner der beiden erriet, von welchem Hochzeitsgast die CD sein konnte. Markus wäre fast aus allen Wolken gefallen, als er las, dass sie von einem Kumpel von der Filmhochschule war. Ein inzwischen mehrfach ausgezeichneter Regisseur im deutschsprachigen Raum, mit dem er im Jahr nach der Hochzeit ein Dokumentarprojekt verwirklicht hatte. Es war klar, dass er die beiden mit dieser Art von Musik nur auf den Arm hatte nehmen wollen. Zumindest hoffte Markus das.

Im nächsten Päckchen war ein Erziehungsratgeber für stressgeplagte Eltern von Teenagern.

»Was war das denn für ein Scherzkeks?«, fragte Kathrin.

»Keine Ahnung. Wetten werden noch angenommen.«

»Bestimmt ist der von meiner Schwester.«

»Ja. Könnte sein«, stimmte Markus zu. Vor allem, weil es sich noch nicht mal um einen lustig geschriebenen Ratgeber handelte, sondern um ein ernst gemeintes Werk. Das sah ihr tatsächlich ähnlich.

»Das wäre typisch Maja. Die hat uns damals schon nicht zugetraut, dass wir mit Kindern umgehen könnten.«

Er nickte.

»Schau mal in die Karte rein«, forderte sie ihn auf.

Er holte eine sehr edle Karte aus dem Kuvert und schlug sie auf. Doch er schüttelte sofort den Kopf.

»Nicht von Maja.«

»Nein?«

»Das Buch ist von deiner Mama.«

Es überraschte Kathrin nur einen kurzen Moment.

»Ja klar. Mama hatte da wohl auch ihre Zweifel, ob ich das schaffen kann.«

»Hey, Kat. Nimm das jetzt bloß nicht so bierernst. Ich glaube, es war damals für die Gäste gar nicht so einfach, sich ein Geschenk einfallen zu lassen, das fünfzehn Jahre später passen kann. Ehrlich gesagt wüsste ich auch nicht, was ich in so einen Koffer packen würde. Außerdem ist der Ratgeber nicht nur für dich, sondern für uns beide.«

»Das mag schon stimmen, aber Mama weiß immer, was sie tut.«

Markus fühlte sich in diesem Moment ein wenig überfordert. Früher hatte Kathrin sich gut mit ihrer Mutter verstanden. Doch seit einer Weile war es nicht mehr so einfach mit ihnen gewesen. Klar, da gab es die üblichen Mutter-Tochter-Konflikte. Aber vor allem lag es daran, dass Rita nicht verstehen konnte, warum die beiden keine Kinder wollten. Wobei das eher nicht stimmte. Markus hätte gern eine Familie gehabt, doch Kathrin hatte das von Jahr zu Jahr verschoben. Und seit sie Partnerin in der Werbeagentur geworden war, schien das Thema völlig vom Tisch zu sein.

»Ich verstehe nicht, warum sie uns allein ein Geschenk gemacht hat«, fragte Markus sich laut.

»Vermutlich fand Papa die Idee damals schon nicht sonderlich originell.«

»Da kannst du recht haben. Harald und Beziehungsratgeber, das passt so gar nicht zusammen. Soll ich die Karte vorlesen?«, fragte er.

Sie antwortete nicht gleich und stand auf.

»Ich glaube, ich brauche vorher noch eine Zigarette«, sagte sie und holte die Schachtel und das Feuerzeug aus dem Regal.

Er verkniff sich eine Bemerkung.

Kathrin ging zum Fenster und öffnete es. Dann zündete sie die Zigarette an und nahm einen Zug.

»Willst du auch?«, fragte sie und hielt die Zigaretten in seine Richtung.

»Nein danke.«

»Na, dann lies doch mal vor, was sie geschrieben hat.«

»Meine liebe Tochter, mein lieber Schwiegersohn, ich kann euch gar nicht sagen, wie glücklich ich bin, dass ihr euch gefunden habt«, begann er. »Ihr seid so ein wundervolles Paar, und ich kann euch nur von Herzen wünschen, dass ihr eine glückliche Ehe führen werdet. Wenn ihr diese Nachricht lest, werdet ihr vermutlich selbst schon Eltern sein, und früher oder später werden eure Kinder in die Pubertät kommen. Das sind die Zeiten, in denen man als Mutter oder Vater öfter mal überfordert ist. Man möchte alles richtig machen, und doch macht man seine Fehler. Leider habe ich sie auch gemacht, weil ich es nicht besser wusste. Und das tut mir leid. Vielleicht kann euch ja dieser Ratgeber ein wenig helfen. Kathrin, ich liebe dich sehr und bin so unendlich stolz auf dich. Und Markus, du bist der beste Mann, den ich mir für meine Tochter wünschen konnte. Euch für immer alles Glück der Welt. Mama – Rita«

Markus ließ die Karte sinken.

Kathrin räusperte sich.

»Na. So schlimm war das doch gar nicht, oder?«

Sie schüttelte nur den Kopf, sagte jedoch nichts. Und er konnte es verstehen. Auch er war berührt von Ritas Worten. Kathrin zog ein weiteres Mal an ihrer Zigarette, drückte sie dann jedoch wieder nur halb geraucht im Unterteller aus.

»Du warst schon immer ihr Lieblingsschwiegersohn«, sagte sie schließlich.

»Kein Wunder bei den Kandidaten, die Maja mitbrachte. Ich war ja schon froh, dass deine Schwester und mein Vater nicht zusammenkamen.«

»Dann wäre dein Vater gleichzeitig unser Schwager.«

»Das stellen wir uns lieber nicht vor.«

»Ich weiß nicht, wie meine Mutter das verkraftet hätte.«

»Ach, Rita ist tough, die kann viel mehr verkraften, als du denkst«, warf er ein.

»Aber nicht, dass sie noch keine Enkelkinder bekommen hat.« Ihr Ton war schneidend. Und tatsächlich hatte keines der Geschwister bisher Nachwuchs bekommen. »Als ob es nur darum ginge, sie zur Oma zu machen.«

Markus hatte das Gefühl, dass Kathrin ihn mit ihren Worten und der Art, wie sie sprach, irgendwie provozieren wollte. Sicherlich, das Thema Kinder würde irgendwann zur Sprache kommen müssen. Aber jetzt war nicht der richtige Zeitpunkt dafür.

»Komm. Mach das nächste Päckchen auf«, schlug er ruhig vor.

20

*Schwestern können füreinander alles sein.
Himmel und Hölle.*

Kathrin brauchte einen Moment, um sich zu sammeln. Die völlig unvorhergesehene Begegnung mit Claudia auf dem kleinen Video hatte sie aus der Bahn geworfen. Heutzutage war es für die meisten Menschen völlig normal, jeden möglichen und unmöglichen Moment mit der Handykamera einzufangen. Aber es war noch gar nicht so lange her, da waren Videoaufnahmen im Alltag noch eher die Ausnahme gewesen. Sie beschränkten sich meist auf besondere Anlässe oder auf das Filmen des Nachwuchses. Auf ihrer Hochzeit hatte Markus' Kumpel Fausto Aufnahmen gemacht und ihnen den fertig geschnittenen Film dann als nachträgliches Hochzeitsgeschenk überreicht. Soweit sie sich erinnern konnte, war auch Claudia darauf zu sehen, aber nicht auf die Weise wie in dem Video von vorhin.

Sie war wieder von dieser unbändigen Wut übermannt worden, weil diese großartige Frau so früh gestorben war. Dabei hatte sie geglaubt, sie hätte diese Gefühle inzwischen überwunden. Und sie war ehrlich genug, um sich einzugestehen, dass sie das Geschenk ihrer Mutter am liebsten zum Anlass genommen hätte, um ihre Wut an Markus auszulassen. Zumindest war sie kurz davorgestanden. Er hatte es offensichtlich gespürt und versucht, sie abzulenken. Und das war auch gut so. Ganz sicher wollte sie jetzt nicht über ihre Mutter oder gar über Kinder reden. Sie würde sich einfach zusammenreißen und weitermachen.

»Na gut«, sagte sie und griff erneut in den Koffer. Sie holte einen blau-weiß getupften quadratischen Geschenkkarton heraus, der mit einer weißen Schleife verziert war, die sie abnahm. Um den Deckel zurückzuklappen, musste man jedoch einen kleinen metallenen Haken umlegen.

»Whaaaaaa!«, schrie sie laut auf und rutschte erschrocken zurück, als ihr aus der geöffneten Schachtel nicht nur ein breit grinsender Clown entgegensprang, sondern auch noch eine Ladung Konfetti in die Luft geschossen wurde.

Markus war seinem Gesichtsausdruck nach ebenfalls erschrocken, aber vermutlich eher über ihren Schrei, da er zu weit weg saß, um etwas abbekommen zu haben.

»Verdammte Scheiße! Was ist denn das jetzt schon wieder!«, schimpfte sie, während sie sich das Konfetti abschüttelte.

Markus hielt sich die Hand vor den Mund, doch er konnte sein Lachen natürlich nicht verbergen. Und nachdem der erste Schreck vorüber war, prustete auch Kathrin los. Obwohl es völlig albern war, fand sie solche Spaßgeschenke doch immer ziemlich witzig.

Markus fing sich als Erster wieder.

»Von wem wird das wohl sein?«

Kathrin entdeckte hinter dem Clown, der noch immer auf einer Drahtspirale hin- und herschwankte, ein Foto.

»Das wirst du mir nicht glauben«, murmelte sie und bog den Clown zur Seite, um das Bild genauer zu betrachten.

»Was denn?«

»Schau es dir lieber selber an«, forderte sie ihn auf, und er stand vom Sessel auf und setzte sich neben sie aufs Sofa.

Beide starrten sie ungläubig auf ein Foto von Maja, das in den Deckel der Schachtel geklebt war und auf dem sie fröhlich in die Kamera grinste. Daneben stand mit dickem Filzstift geschrieben: »Glückwunsch für 15 geschaffte Jahre! Macht weiter so.«

»Also, wenn ich es jedem anderen zugetraut hätte, aber Maja? Niemals!«

Markus nickte zustimmend.

»Erstaunlich, wie Menschen einen immer wieder überraschen können«, murmelte er. »Offenbar hatte sie damals doch mehr Humor, als wir geglaubt haben.«

»Davon ist aber so gut wie nichts mehr übrig geblieben.«

Immer wenn Kathrin an ihre Schwester dachte, fragte sie sich, wie ein Mensch sich so entwickeln konnte. In der Modebranche hatte sich Maja mit ihren Entwürfen niemals durchsetzen können. Was Kathrin schade fand, denn ihr gefielen die Sachen, die ihre Schwester entwarf. Schließlich hatte Maja es aufgegeben und arbeitete inzwischen als Einkäuferin von Tisch- und Bettwäsche für eine große Kaufhauskette in Berlin. Obwohl Kathrin genau wusste, dass Maja damit nicht glücklich war, würde ihre große Schwester das nie offen zugeben. Doch um das zu erkennen, musste man weder Hellseher noch Psychotherapeut sein. Aus Maja war ein verbissener Mensch geworden, dem man die Unzufriedenheit im Gesicht ablesen konnte. Über wenige kurze Partnerschaften war sie nie hinausgekommen und schon seit Jahren Single, verheiratet mit ihrer Arbeit, die nur als Hassliebe interpretiert werden konnte.

Ihre Mutter machte Maja natürlich keine Vorwürfe, dass sie keine Kinder hatte. Doch das mitleidige Verständnis, das sie Maja gegenüber zeigte, war für die älteste Tochter noch verletzender als die Verständnislosigkeit, die sie Kathrin entgegenbrachte.

»Können wir eine kleine Pause machen?«, fragte sie plötzlich.

»Klar.«

»Ich glaub, ich muss mal raus und frische Luft schnappen.« Sie hatte vor allem das dringende Bedürfnis, sich zu bewegen.

»Das versteh ich. Soll ich mitkommen?«

Sie schüttelte den Kopf.

»Ich möchte gern eine Weile allein sein.«

»Okay. Ich werde inzwischen das Konfetti wegräumen.«

»Danke.«

»Und die Aufnahmen von gestern sind inzwischen

auch auf dem Server hochgeladen. Ich werde mal einen Teil sichten, bis du zurück bist.«

»Ja. Mach das.« Sie war froh, dass er sich mit Arbeit beschäftigen würde.

Kathrin schlüpfte in Mantel und Stiefel, schnappte sich ihre Handtasche und verließ das Haus. Ohne zu überlegen, schlug sie den Weg zu ihrem Lieblingsplatz ein, zum kleinen Isarstrand in der Nähe des Müller'schen Volksbades. Die Bewegung an der frischen Luft tat ihr gut, und sie spürte, wie die Beklemmung abfiel, die sie eigentlich schon seit Simons Anruf am Wickel gehabt hatte.

Als sie durch einen kleinen Park ging, der auf dem Weg lag, blieb sie plötzlich stehen und holte das Handy aus ihrer Tasche. Sie hatte es nach Simons übler Mail auf lautlos geschaltet, um nicht weiter von ihm belästigt zu werden. Und tatsächlich hatte er noch drei Mal versucht, sie anzurufen, und ihr Kurznachrichten geschickt, die sie jedoch ungelesen löschte. Sie wollte gar nicht wissen, was er ihr zu sagen hatte. Blödmann!

Dafür hatte sie seit vorhin den dringenden Wunsch, mit jemand anders zu sprechen. Sie sah auf die Uhr. Es war kurz nach halb fünf. Vermutlich wäre Maja noch im Büro. Ihre Schwester mochte es zwar nicht, wenn sie dort Privatanrufe bekam, aber das war Kathrin in diesem Moment völlig egal.

»Ja, hallo?«, meldete Maja sich nach dem zweiten Klingeln.

»Hi, Maja.«

»Kathi? Ist was passiert?« Die Stimme ihrer Schwester klang besorgt. Sie hatten schon so lange nicht mehr telefoniert, dass Maja vermutlich dachte, sie würde wegen schlechter Nachrichten anrufen.

»Nein. Nein, nein. Es ist nichts passiert. Ich …« Sie wusste plötzlich nicht mehr, was sie überhaupt sagen sollte.

»Hör mal, wenn es nichts Dringendes ist, ich hab hier einige Telefonate zu erledigen, die nicht warten können.«

»Schon gut. Ich wollte dich auch gar nicht stören. Oder – vielleicht wollte ich es doch!«

»Ist alles okay bei dir?«, fragte Maja misstrauisch.

»Ja. Nein. Aber das ist egal. Ich wollte einfach wissen, wie es dir geht.« Wundersamerweise war das tatsächlich so.

»Mir?« Maja klang völlig verblüfft.

»Ja. Wir sehen und hören uns so selten, und eigentlich ist das – schade.«

Für einige Sekunden herrschte Stille in der Leitung. Offenbar wusste Maja nicht, was sie darauf sagen sollte.

»Kommst du Ostern nach München?«

»Nein. Ich fliege über die Feiertage nach London.«

»Allein?« Es war ihr herausgerutscht, bevor sie es hatte zurückhalten können.

»Danke der Nachfrage. Aber stell dir vor, ich fliege nicht allein. Mein Freund ist dabei.«

Gerade noch konnte sie sich die Frage verkneifen, seit wann Maja einen Freund hatte. Offensichtlich war in letzter Zeit einiges an ihr vorbeigegangen, was nicht mit der Arbeit oder – auch wenn sich inzwischen herausgestellt hatte, dass es ein Riesenfehler gewesen war – mit Simon zu tun hatte.

»Schön«, sagte sie deswegen nur.

»Kathi?«

»Ja?«

»Warum hast du wirklich angerufen?«

Kathrin kickte einen kleinen Stein in eine Wiese neben dem Weg.

»Hört sich vielleicht blöd an, aber ich vermisse dich«, gestand sie schließlich.

Wieder war es einige Augenblicke still. Maja wusste offenbar nicht, was sie darauf antworten sollte.

Sie sollte das Gespräch jetzt beenden. Vielleicht war es eine blöde Idee gewesen, überhaupt anzurufen.

»Das war es auch schon, Maja. Ich stör dich nicht mehr länger. Viel Spaß in London und …«

»Warte, Kathi«, unterbrach Maja sie. »Du und Markus könnt uns ja mal besuchen kommen in Berlin. Dann kann ich euch auch Michael vorstellen.«

»Ja. Ja, das ist eine gute Idee.«

»Schön. Melde dich einfach.«

»Mach ich. Ciao.«

»Mach's gut.«

Sie legte auf und schloss für einen Moment die Augen. Du und Markus könnt uns ja mal besuchen kommen … hörte sie ihre Schwester wieder in Gedanken. Ob sie und ihr Mann zukünftig überhaupt noch einmal gemeinsam irgendwohin fahren würden? Warum gingen ihr ständig Gedanken an Trennung durch den Kopf? Sie konnte selbst nicht verstehen, was gerade in ihr vorging.

»Alles in Ordnung mit Ihnen, junge Frau?«

Kathrin riss die Augen auf. Vor ihr stand eine kleine alte Frau mit einem Rollator, an dem vorn eine vollgepackte Einkaufstasche befestigt war. Sie sah Kathrin besorgt aus dick bebrillten Augen an. Den tiefen Furchen in ihrem Gesicht nach zu schließen schien sie weit über achtzig zu sein.

»Oh. Danke. Ja. Alles in Ordnung«, sagte sie und bemühte sich zu lächeln. »Ich war nur in Gedanken«, setzte sie hinzu.

Doch die Frau schien es ihr nicht ganz abzunehmen und schüttelte den Kopf.

»In Gedanken?« Sie schnalzte mit der Zunge. »Kummer ist ein schlechter Wegbegleiter. Der vernebelt die Sicht und lässt die Menschen stolpern«, murmelte sie und ging dann langsam mit ihrem Rollator in die andere Richtung davon. Kathrin sah ihr einen Moment hinterher, dann steckte sie ihr Handy ein und setzte ihren Weg fort. Als sie auf dem Kabelsteg die Isar überquerte, blieb sie erneut stehen. Sie schaute auf die unzähligen Liebesschlösser, die am Geländer befestigt waren.

Warum taten Liebespaare das?, fragte sie sich. Was sollte daran romantisch sein, sich bildlich so fest aneinanderketten zu wollen, dass man das Schloss nur mit Gewalt und oft unter Schmerzen aufbekommen würde, weil man den Schlüssel weggeworfen hat?

Plötzlich lief es ihr eiskalt über den Rücken. War das Versprechen, das sie sich damals gegeben hatten, nicht auch eine Art von Fessel, die sie sich angelegt hatten?

21

Das Versprechen

LISSABON, 16. JUNI 2004

Markus konnte immer noch kaum glauben, dass Kathrin seinen doch ziemlich spontanen Heiratsantrag angenommen hatte. Er fühlte sich so großartig, als ob er gerade einen Berg bestiegen hätte. Nachdem sie in der Standseilbahn zu lange sitzen geblieben und wieder nach unten zum Praça dos Restauradores gefahren waren, beschlossen sie, nicht noch ein weiteres Mal nach oben zu fahren. Die Hitze war inzwischen so unerträglich geworden, dass es ihnen zu anstrengend geworden war, länger durch die Stadt zu bummeln.

»Schade. Wir haben so viel nicht gesehen. Dabei ist diese Stadt so schön«, bedauerte Kathrin.

»Wir müssen unbedingt wieder hierherkommen, wenn es nicht mehr so heiß ist«, schlug Markus vor.

»Oh ja. Und dann nehmen wir uns Zeit, um uns alles anzuschauen.«

»Das werden wir. Aber jetzt will ich einfach nur zurück ins Hotel und eine kalte Dusche nehmen«, sagte er.

»Oder wir springen vor der Dusche noch mal kurz ins Meer.«

»Auf jeden Fall brauchen wir eine Abkühlung, bevor wir…«

Er sprach nicht weiter. Doch sie wusste natürlich genau, was er meinte.

Etwa eineinhalb Stunden später liefen sie Hand in Hand in die kühlen Fluten des Atlantiks und spritzten sich gegenseitig wie kleine Kinder nass.

»Mein Bikinioberteil!«, rief Kathrin plötzlich.

»Was ist damit?«

»Es ist weg.«

Offenbar hatte sie es am Rücken nicht richtig verknotet, und es hatte sich während des Schwimmens unbemerkt gelöst.

»Dort drüben!« Markus deutete auf ein kleines Stück Stoff, das im Wasser trieb. Doch als er darauf zuschwamm, wurde es von einer Welle mitgerissen und war plötzlich nicht mehr zu sehen.

»Tut mir leid, ich sehe es nicht mehr.«

»Ich auch nicht! Verdammt!«, schimpfte Kathrin, und Markus hatte Mühe, nicht zu lachen.

»Ist doch nicht so schlimm«, meinte er und schwamm auf sie zu.

»Doch. Es ist mein Lieblingsbikini«, grummelte sie.

Er war bei ihr angekommen und legte seine Hände an ihre Hüfte, während er leicht mit den Füßen strampelte, um nicht unterzugehen.

»Wir kaufen einen neuen. Und wegen mir brauchst

du sowieso keinen Bikini«, schnurrte er und küsste ihren Hals. Das salzige Wasser brannte leicht auf seinen Lippen. Eine Hand wanderte unter Wasser zu ihren Brüsten und streichelte sie.

»Vielleicht ist es ja wirklich besser ohne Oberteil«, flüsterte sie in sein Ohr.

»Wir müssen jetzt sofort raus und aufs Zimmer. Sonst zerre ich dich zum Strand, und dann ist es mir egal, wie viele Leute uns dabei zuschauen.«

»Na dann komm!«, sagte Kathrin.

Markus konnte sich ein Grinsen nicht verkneifen, als er sah, wie rasch Kathrin zu ihrem Handtuch eilte und sich darin einwickelte.

Inzwischen war es Abend geworden. Sie hatten in einer kleinen Taverne Stockfisch gegessen, und nun gingen sie barfuß in der Nähe ihres Hotels am Strand spazieren. Eine Weile lang sagten sie nichts, sondern genossen nur den lauen Sommerabend und das sanfte Rauschen des Meeres. »Denkst du, es fühlt sich anders an, zusammen zu sein, wenn wir verheiratet sind?«, fragte Kathrin plötzlich und blieb stehen.

Er blieb ebenfalls stehen und sah sie an. Im schwachen Licht der blauen Stunde zwischen Sonnenuntergang und Dunkelheit funkelten ihre Augen wie Saphire.

»Keine Ahnung. Ich war noch nie verheiratet«, feixte er.

Sie schüttelte lächelnd den Kopf und gab ihm einen freundschaftlichen Stoß.

Er zog sie an sich und küsste sie. Sie schlang ihre

Arme um seinen Hals und drückte sich eng an ihn. Obwohl sie nach dem Bad im Meer miteinander geschlafen hatten, war er schon wieder voller Verlangen nach ihr. Es war, als ob er nie genug von ihr bekommen könnte. Seine Hände lagen auf ihren Pobacken und kneteten sie zärtlich, während sie sich küssten. Schließlich lösten sie sich voneinander. Inzwischen war es bis auf das Mondlicht, das sich im Wasser spiegelte, fast ganz dunkel geworden, doch ihre Augen hatten sich daran gewöhnt.

»Ich werde ganz bestimmt nur einmal im Leben heiraten«, sagte er.

»Ja? Und was, wenn ich ein Jahr nach unserer Hochzeit sterbe?«, fragte sie.

Er sah sie betroffen an.

»Wieso sagst du denn so was?«

»Na ja. Ich meine, wie kannst du dir so sicher sein, dass du nur einmal heiraten wirst, Markus? Du weißt doch gar nicht, was noch alles in unserem Leben passieren wird.«

Sie hatte natürlich recht. Man wusste nie, was kommen würde. Aber trotzdem konnte er sich nicht vorstellen, dass es jemals einen anderen Menschen in seinem Leben geben könnte, dem er sich so nahefühlte.

»Du machst mich so lebendig, Kat«, sagte er. »Ich weiß, das klingt alles so kitschig, wenn man es ausspricht. Aber seit ich dich kennengelernt habe, fühlt sich alles so intensiv an, so als würde ich es …«, er suchte nach den passenden Worten, »… durch ein Brennglas erleben«, setzte er schließlich hinzu.

Seine Worte zauberten ein Lächeln auf ihr Gesicht.

»Wirklich?«, fragte sie.

»Total wirklich.«

Sie griff nach seiner Hand und drückte sie. Doch plötzlich wurde ihr Blick ernst.

»Manchmal habe ich Angst, dass wir zu glücklich sind und irgendwas passiert.«

Er blieb mit ihr stehen. Natürlich wusste er, was sie meinte, aber trotzdem war es Unsinn. Doch wie sollte er ihr diese Angst nehmen?

»Hm. Ja. Stimmt«, begann er. »Es ist besser, wir sind gar nicht erst glücklich, Kat.«

Er verzog sein Gesicht zu einer verdrossenen Miene.

Sie gab ihm einen Stoß gegen die Schulter.

»Hey! Du nimmst mich nicht ernst«, beschwerte sie sich.

»Oh doch. Ich gebe dir total recht. Glücklich sein ist gefährlich! Man kann sich daran gewöhnen, und wenn man dann nicht mehr glücklich ist, ist man unglücklich.«

Sie schüttelte lachend den Kopf.

»Du Blödmann!«

»Was denn? Ich …«

Sie schlang die Arme um seinen Hals und brachte ihn mit einem Kuss zum Schweigen. Nach einer Weile lösten sie sich voneinander.

»Na gut, dann lass uns einfach so lange glücklich sein, wie es möglich ist«, schlug sie vor.

»Ah was? Du hast also deine Meinung jetzt schon wieder geändert?«

»Hat dir schon jemand gesagt, dass du ein absoluter Klugscheißer bist, Markus Killian?«

»Nicht dass ich wüsste, Kathrin Wolf.«

Sie lachten beide. Dann streichelte er zärtlich über ihre Wangen.

»Keine Angst haben, Kat. Genießen wir einfach jetzt das Glück, das wir haben. Okay?«

»Okay … Gehen wir zurück?«

»Wenn du möchtest.«

Sie drehten um und schlenderten in die Richtung ihres Hotels. Offensichtlich schien ihr das Ganze jedoch trotzdem keine Ruhe zu lassen.

»Was ist, wenn wir verheiratet sind und es irgendwann doch mal nicht mehr so gut läuft? Ich meine, auch wenn wir uns das jetzt nicht vorstellen können, aber vielleicht kann uns ja so was passieren.«

Er schwieg eine Weile, um über diese Frage nachzudenken, die natürlich durchaus berechtigt war. Vor allem, wenn man sich die Zahl der Scheidungen ansah. Sicherlich hatten sich die meisten der Paare bei der Hochzeit auch niemals vorstellen können, dass sie sich irgendwann einmal würden trennen wollen. Es schien tatsächlich keine Garantie für das Gelingen einer Ehe zu geben, auch wenn man es sich aus tiefstem Herzen wünschte. Aber es musste doch irgendeinen Weg, eine Lösung geben. Er hielt sie am Arm fest und blieb wieder stehen.

»Kat. Wir müssen uns etwas überlegen. Ich will, dass wir es schaffen.«

»Das will ich auch, Markus.«

»Weißt du was? Wir schließen einen Pakt.«

»Einen Pakt?«

»Ja. Ein Versprechen.«

»Tut man das nicht sowieso bei der Hochzeit?«, fragte sie.

»Schon. Aber das ist doch das, was alle sagen, wenn sie heiraten. Ich möchte etwas, das ganz unabhängig davon ist. Etwas, das wir für uns beide festlegen.«

»So etwas wie bei den Amerikanern, die sich zusätzlich noch ein Eheversprechen geben?«

»Ja. Aber nicht offiziell. Sondern nur für uns beide. Und schon jetzt.«

Sie lächelte ihn an.

»Das finde ich schön. Ja. Das sollten wir machen.«

»Okay. Also. Sollten wir wirklich jemals so große Schwierigkeiten haben, verspreche ich dir, dass ich nicht so ohne Weiteres gehen werde. Ich werde dich nicht verlassen, bis du es nicht selbst von mir verlangst. Ich habe dich gefragt, ob du meine Frau werden möchtest. Und du hast Ja gesagt. Deswegen bin ich dir – uns – eine Art von Sicherheit schuldig. Vor allem aber verspreche ich es dir, weil ich denke, dass ich dich auch dann lieben kann, wenn ich dir vielleicht aus irgendeinem Grund böse bin. Oder du mir. Wir müssen dann nur versuchen, dass wir nicht so einfach aufgeben werden. Deswegen dieses Versprechen.«

Sie griff nach seiner Hand.

»Ich verspreche es dir auch. Wir dürfen niemals einfach so aufgeben.«

Als sie sich erneut küssten, hatte Markus das Gefühl, dass gerade etwas sehr Entscheidendes in ihrer Beziehung passiert war, das über den Entschluss zu heiraten hinausging.

22

Rote Rosen

MÜNCHEN, 13. APRIL 2017

»Kat? Kat!«

Kathrin drehte sich um. Ein paar Schritte hinter ihr stand Markus.

»Markus?«

»Ich habe es zu Hause auch nicht ausgehalten und mir gedacht, dass du vielleicht hier bist.«

»Wie gut du mich kennst.«

»Willst du immer noch allein sein? Dann geh ich natürlich – du musst es nur sagen.«

»Nein«, antwortete sie. »Schon gut. Bleib ruhig.«

Er stellte sich neben sie.

»Wir waren schon lange nicht mehr gemeinsam hier«, stellte er fest.

»Ja«, stimmte sie ihm zu. »Wir haben überhaupt in letzter Zeit wenig miteinander unternommen.«

Er nickte, sagte jedoch nichts.

»Ich habe über das Versprechen nachgedacht, das wir uns in Portugal gegeben haben«, begann sie.

»Ja?«

Kathrin wusste nicht so ganz, wie sie formulieren sollte, was sie ihm sagen wollte, und suchte nach den passenden Worten.

»Ich will nicht, dass du etwas tust, das du eigentlich gar nicht tun willst. Nur weil wir uns vor vielen Jahren mal dieses Versprechen gegeben haben.«

Sie nahm eines der kleinen Schlösser in die Hand, auf dessen Vorderseite ein J und ein A umrahmt von einem Herzen eingraviert waren.

»Du sollst nicht in unserer Beziehung eingesperrt sein.«

»Das Versprechen von damals sperrt mich nicht ein, Kat. Im Gegenteil. Ich habe es dir aus einem freien Wunsch heraus gegeben mit dem Gedanken, etwas Kostbares bewahren zu können, wenn es vielleicht irgendwann einmal in Gefahr sein sollte. Ich habe das Gefühl, es hat jetzt eine neue Tür geöffnet, in einen Flur. Nun müssen wir beide sehen, wohin dieser Flur uns führt.«

Kathrin liebte Markus' Fähigkeit, seine Gedanken in solchen Bildern auszudrücken. Und sie war erleichtert, dass er sich nicht unter Druck fühlte.

»Danke«, sagte sie.

»Möchtest du noch ein Stück gehen?«, fragte er.

»Ich würde gern zu unserer Konditorei gehen. Und zwei große Schokohasen kaufen«, erklärte sie.

»Schokohasen?«

Sie nickte.

»Wenn du meinst. Dann lass uns Schokohasen kaufen«, sagte er und lächelte.

Eine Dreiviertelstunde später klingelten sie an einer Wohnungstür in der Nähe des Sendlinger Tors.

Kathrin hatte zwei in durchsichtige Folie verpackte Schokoladenosterhasen dabei, die in ihrer Lieblingskonditorei hergestellt worden waren.

Als sie drinnen Schritte hörten, nickte Markus Kathrin zu.

Ein Schlüssel wurde umgedreht, dann öffnete sich die Tür. Kathrin wusste nicht, was sie erwartete hatte, aber jedenfalls nicht eine Frau wie diese, die sie fragend aus freundlichen braunen Augen anschaute. Sie war etwa einen halben Kopf kleiner als Kathrin und trug einen grauen Oversize-Pullover über der Jeans, der offenbar ihre mollige Figur kaschieren sollte. Ihre dunkelblonden Haare waren zusammengedreht und etwas nachlässig hochgebunden. Auf dem Pulloverärmel war ein puderiger weißer Fleck. Kathrin vermutete, dass es sich um Mehl handelte.

»Ja bitte?«

»Hallo, Agnes!«, begrüßte Markus sie zuerst, der schräg hinter Kathrin stand.

»Markus! Hallo!« Sie schien erfreut, als sie ihn erkannte, und blickte dann zu Kathrin. »Dann musst du Kathrin sein, nicht wahr?«

Kathrin schluckte.

»Ja.«

»Karl und die Kinder haben schon so oft von dir erzählt, dass ich das Gefühl habe, dich zu kennen«, sagte Agnes freundlich. »Kommt doch bitte rein, falls es euch nicht stört, dass ich grad beim Backen bin und in der

Küche ein Chaos herrscht, als ob eine Bombe eingeschlagen hätte.«

Und tatsächlich strömte aus der Wohnung ein heimeliger Duft nach Butter und Vanille.

»Nein danke«, winkte Kathrin ab. »Wir wollten nur schnell das hier für die Mädchen vorbeibringen.« Sie nickte auf die Schokohasen.

»Oh, tut mir leid. Sara und Lena sind mit Karl noch bei den Großeltern. Sie kommen erst heute Abend zurück.«

»Das macht nichts. Sag ihnen einfach einen lieben Gruß von uns«, sagte Markus.

»Klar. Sie werden sich bestimmt freuen.«

Agnes lächelte wieder. Sie ist total nett!, schoss es Kathrin durch den Kopf. Die Frau, die dabei war, eine ihrer besten Freundinnen als Mutter und als Partnerin zu ersetzen, war total nett. Wie sollte sie mit dieser Tatsache umgehen? Ihre Gefühle fuhren gerade Achterbahn. Einerseits freute sie sich für die Mädchen und Karl, andererseits machte es ihr den Verlust von Claudia noch deutlicher.

»Ja gut. Dann … frohe Ostern«, sagte sie, darum bemüht, höflich zu klingen.

»Euch auch. Und ich hoffe, wir lernen uns bald mal etwas näher kennen«, meinte Agnes.

Kathrin nickte nur, dann drehte sie sich um und ging. Sie hörte noch, wie Markus und Agnes sich verabschiedeten, dann folgte er ihr nach draußen.

Auf dem Nachhauseweg sprachen sie nicht miteinander. Und Kathrin war froh, dass Markus gar nicht erst versuchte, sie mit einem Gespräch abzulenken. Tausende Gedanken und Erinnerungen an Claudia schossen ihr durch den Kopf. Doch sie gönnte es Karl und den Mädchen, dass offenbar erneut so ein liebevoller Mensch Teil ihres Lebens geworden war.

Als sie in ihre Straße einbogen, sah Kathrin schon von Weitem, dass etwas vor der Haustür lag. Ein riesiger Strauß dunkelroter Rosen. Sie spürte, wie es ihr eiskalt über den Rücken lief, denn sie wusste instinktiv, von wem die Blumen waren. Ihr Herz begann, schneller zu schlagen. Sie warf einen Blick zu Markus, der den Strauß ebenfalls gesehen und offensichtlich seine Schlüsse gezogen hatte. Sein Blick wurde finster.

»Ich glaube nicht, dass wir so eine große Vase haben«, sagte er.

»Wir brauchen keine Vase«, entgegnete Kathrin. Sie packte die Blumen und ging mit ihnen zu den Mülltonnen. Wie sie bereits vermutete hatte, war keine Karte dabei. Diese Tatsache bereitete ihr noch mehr Unbehagen. Dieser Idiot wollte sie eindeutig provozieren. Ohne mit der Wimper zu zucken, hob sie den Deckel der Biotonne und stopfte den Strauß hinein.

Sie drehte sich wieder zur Haustür, doch Markus war bereits hineingegangen. Sie atmete tief ein und aus, dann ging sie ebenfalls ins Haus.

Bevor sie das Wohnzimmer betrat, holte sie das Handy aus der Tasche. Simon hatte zweimal versucht, sie anzurufen, und wieder mehrere Nachrichten geschickt. Gut, dass sie das unterwegs nicht mitbekommen hatte. Sie schaltete das Handy ganz aus und steckte es zurück in die Handtasche. Dann ging sie ins Wohnzimmer.

Markus stand am Fenster und starrte hinaus. In der Hand eine glimmende Zigarette.

»Es tut mir leid«, sagte sie leise.

Abrupt drehte er sich zu ihr um und schaute sie wütend an.

»Ich dachte, das wäre vorbei«, fuhr er sie so scharf an, dass sie erschrak. Das war ganz und gar nicht seine Art. Und obwohl es verrückt klang, freute sie sich darüber.

»Für mich ist es auch vorbei. Aber Simon scheint es offenbar noch nicht kapiert zu haben.« Das war nicht ganz die Wahrheit. Es ging nicht darum, dass er es nicht kapiert hatte, sondern darum, dass er es nicht akzeptieren wollte. Aber sie scheute davor zurück, mit Markus darüber zu reden. Vielleicht weil sie selbst noch nicht so genau wusste, wie sie damit umgehen sollte.

Markus ging vom Fenster weg und ließ sich in den Sessel fallen. Er zog noch mal an der Zigarette, dann drückte er sie auf dem Unterteller der Kaffeetasse aus, die noch von vorhin dastand.

»Ich werde einfach nicht reagieren, dann merkt er es schon, dass es vorbei ist.«

Markus lachte trocken.

»So einer ist Simon nicht. Ich denke, das wirst du ihm schon deutlich sagen müssen. Sonst wird er es immer wieder versuchen. Spätestens nächste Woche, wenn du wieder im Büro bist.«

In diesem Moment wurde Kathrin bewusst, dass es

nicht nur für sie schwierig sein würde, Simon nach den Feiertagen zu sehen, sondern dass es auch für Markus nicht einfach sein konnte zu wissen, dass sie beide wieder täglich im Büro aufeinandertrafen.

»Markus. Ich weiß, das ist vielleicht schwer für dich zu glauben, aber ich habe es vorhin ernst gemeint. Das zwischen Simon und mir hat sich für mich endgültig erledigt.«

Er schwieg eine Weile und spielte mit einem kleinen Fetzen rosa Geschenkpapier, der neben dem Koffer lag.

»Wenn es dir zu viel wird mit dieser Situation, dann kannst du gehen«, sagte sie plötzlich, als sie die Stille nicht mehr aushielt.

»Lass uns einfach hier weitermachen«, brummte er und nickte zum Koffer.

Kathrin wusste nicht, ob sie jetzt in der Lage war, ein weiteres Päckchen zu öffnen. Aber sie hatte das Gefühl, es ihm schuldig zu sein.

»Okay.« Sie setzte sich.

Sie griff in den Koffer und holte ein neues Päckchen heraus, das relativ schwer war. Sie riss das blaue Geschenkpapier ab. Darunter kam eine kleine längliche Holzverpackung hervor, in der eine Flasche Whisky war.

»Wow«, sagte Markus und nahm ihr die Flasche ab. »Ein Glenfiddich Vintage Reserve von 1990! Abgefüllt im Jahr 2004.«

Seiner Stimmlage nach zu schließen musste es sich dabei um ein edleres Tröpfchen handeln. Kathrin kannte sich mit Whisky nicht aus.

»Der war bestimmt schweineteuer«, bestätigte Markus auch gleich ihre Vermutung.

»Dann ist er sicher von deinem Vater«, meinte sie.

Er sah sie an.

»Wirklich? Dein Tipp?«

»Ja«, bestätigte sie. Welcher Gast sollte neben einem normalen Hochzeitsgeschenk, das sie damals von allen bereits bekommen hatten, hier noch mal etwas so Teures in den Koffer packen? Das musste jemand aus der Familie sein. Und Walter kannte sich von allen am besten mit hochwertigen Spirituosen aus.

»Oder was denkst du?«, fragte sie. Entweder bluffte er, oder er hatte tatsächlich noch jemand anders im Sinn.

»So wie ich meinen Vater kenne, würde er nichts verschenken, das mit seinem Beruf zu tun hat. Das passt nicht zu ihm. Genauso wenig würde er einer Hausfrau ein Haushaltsgerät schenken.«

»Aber dann muss es irgendjemand anders aus der Familie sein. Wer würde uns sonst so ein teures Geschenk machen?«

»Ich tippe auf Billie und Steph.«

Billie – eigentlich Sybill – und Stephen waren ein ziemlich verrücktes Paar, das sie ein Jahr vor ihrer Hochzeit bei Filmaufnahmen für einen Werbefilm in der Nähe von London kennengelernt hatten. Gedreht wurde auf dem alten Familienlandsitz der beiden, die es sichtlich genossen, das Filmteam zu beherbergen.

Vor allem Kathrin und Billie hatten vom ersten Moment an einen guten Draht zueinandergefunden, und so war eine Freundschaft entstanden, die in den letzten Jahren allerdings leider etwas eingeschlafen war.

Schon als er die Namen nannte, ahnte Kathrin, dass er damit recht haben könnte.

Und tatsächlich: Auf der Karte stand: *Enjoy it and have fun. Always. Billie & Steph*

»Wahnsinn«, sagte Kathrin, »dabei haben uns die beiden zur Hochzeit selbst schon einen großzügigen Gutschein für Fortnum & Mason geschenkt.«

Sie hatten mit dem Gutschein für das noble Londoner Kaufhaus einen Picknickkorb mit sündhaft teurem Inhalt bestückt und es sich im Hyde Park so richtig gut gehen lassen. Bei dem Gedanken an diesen Tag musste sie lächeln.

»Die beiden haben so viel Geld, dass sie es die nächsten hundert Jahre nicht verbraten können«, meinte Markus lapidar. »Und keine Kinder, denen sie es vererben könnten.«

Markus stand auf und holte zwei Whiskygläser aus der Kommode.

»Endlich mal ein Geschenk, mit dem man wirklich was anfangen kann«, sagte er, als er sich wieder setzte und einschenkte.

Kathrin warf einen Blick auf die Uhr. Es war gerade mal halb fünf. Aber die Frage nach der passenden Tageszeit für Alkohol spielte in ihrer Situation gerade wirklich die geringste Rolle.

Er beugte sie zu ihr und reichte ihr ein Glas. Die Flüssigkeit schimmerte wie flüssiges Gold. Sie schwenkte das Glas leicht und schnupperte daran. Ein aromatischer Duft stieg ihr in die Nase, den sie jedoch nicht weiter definieren konnte. Dafür hatte sie zu wenig Ahnung.

»Übrigens habe ich damit auch die nächste Frage gewonnen«, triumphierte er und hob sein Glas. »Cheers, Kat.«

»Cheers«, sagte sie und spürte, wie ihre Anspannung wuchs. Was wollte er jetzt von ihr wissen?

Sie nahm einen kleinen Schluck und wusste nicht so recht, ob sie den Whisky mochte oder nicht. Markus hingegen schien ihn zu genießen.

»Na dann stell deine Frage«, forderte sie ihn auf und nahm noch mal einen Schluck.

»Jetzt nicht. Ich hebe sie mir für später auf«, überraschte er sie und griff in den Koffer.

Im nächsten Päckchen war eine Schneekugel. Keiner der beiden erriet, dass sie von ihrer damaligen Nachbarin Norma war, einer Kunststudentin, die kurz nach der Hochzeit nach Paris ging. Der Kontakt war seither abgebrochen. Sie wünschte den beiden, dass es auch in fünfzehn Jahren noch Schnee in Bayern geben würde.

Ein weiteres Geschenk, das sie ebenfalls nicht der richtigen Person zuordnen konnten, war ein Beziehungsratgeber bei Eheproblemen. Es kam von Gina, einer guten Freundin von Markus. Sie war ebenfalls Kamerafrau, und die beiden tauschten sich oft über ihre Arbeit aus.

»Hm. Gina gehört wohl auch eher nicht zu den Optimisten«, bemerkte Markus amüsiert.

»Vielleicht wär's ihr ja ganz recht, wenn wir Probleme hätten«, meinte Kathrin.

Er sah sie fragend an. »Was meinst du damit?«

»Na ja. Ich denke mal, dass du ihr schon immer ziemlich gut gefallen hast.«

»Gina?« Markus lachte. »Die steht ganz sicher nicht auf mich, Kat.« Seine Augen funkelten amüsiert.

»Wie kannst du dir da so sicher sein?«

»Weil Gina …« Er zögerte kurz. »Na ja, sie hängt es zwar nicht an die große Glocke, aber ein Geheimnis ist es wohl nicht. Gina steht auf Frauen.«

»Sie ist lesbisch? Das habe ich echt nicht bemerkt«, sagte Kathrin völlig überrascht.

»Weil du so was nie merkst, Kat.«

»Stimmt.«

Sie hatte tatsächlich überhaupt kein Gespür dafür, ob jemand homosexuell war, weshalb sie schon mehrfach in ein Fettnäpfchen getreten war.

»Warum hast du mir das nie gesagt?«

»Ehrlich gesagt, weiß ich es selbst noch nicht so lange«, gab er zu.

»Du hast es also auch nicht bemerkt?«

Er schüttelte den Kopf.

»Nein.«

Sie lachten.

Markus hatte seinen Whisky inzwischen ausgetrunken und schenkte nach. Kathrin nahm den letzten Schluck und schob ihm das Glas hin. Nachdem sie sich an den Geschmack gewöhnt hatte, fand sie ihn gar nicht mal so übel.

»Weißt du was? Ich schenke dir meine Frage, Kat«, sagte er plötzlich und starrte versonnen auf das Glas in seiner Hand.

Sie sah ihn überrascht an.

»Wieso das?«

Er zuckte mit den Schultern.

»Vielleicht, um das Ganze ein wenig spannender zu machen.«

»Ist dir das alles nicht spannend genug?«, fragte sie.

»Ich meine ja nur, wenn ich immer gewinne und Fragen stellen darf, ist es ja irgendwann auch langweilig.«

»Das wird sich bestimmt noch ändern. Aber wenn du es unbedingt möchtest, dann werde ich zu deiner geschenkten Frage nicht Nein sagen«, meinte sie. »Du bist dir also sicher?«

Er nickte nur und nahm einen weiteren Schluck.

»Na gut«, sagte sie. »Allerdings hatte ich jetzt gar keine Zeit, mir darüber Gedanken zu machen.«

»Stell einfach die erste Frage, die dir durch den Kopf geht«, riet er.

Und bevor sie noch weiter darüber nachdenken konnte, rutschte ihr heraus: »Was war der schlimmste Tag für dich, seitdem wir uns kennen?«

»Du meinst, außer dem Abend gestern?«

Er konnte es einfach nicht lassen.

»Außer dem Abend gestern«, wiederholte sie.

»Das ist eine einfache Frage, Kat. Der schlimmste Tag für mich war, als mein Handy verloren ging.«

23

Wo bist du?

MÜNCHEN, 1./2. JANUAR 2000

Nachdem sie nach dem verunglückten Date in dem kleinen privaten Kino noch eine Weile durch die Stadt geschlendert waren, hatte sie ein plötzlich einsetzender Schneesturm überrascht. Glücklicherweise konnten sie rasch ein Taxi ergattern, das sich in dem dichten Schneetreiben langsam durch die Straßen kämpfte.

»Sie können mich gleich hier aussteigen lassen«, sagte Markus, als der Taxifahrer blinkte, um in die Einbahnstraße zu fahren, in der er wohnte. »Sonst müssen Sie noch mal das ganze Stück ausfahren, weil man vorn nur rechts abbiegen kann.«

»Hm«, brummte der Taxifahrer, der offensichtlich nichts gegen eine längere Fahrt gehabt hätte.

»Willst du nicht doch noch mit zu mir kommen?«, fragte Markus, als das Taxi angehalten hatte.

Sie schüttelte den Kopf.

»Besser, ich fahre jetzt heim, solange man noch einigermaßen durch die Straßen kommt. Meine Eltern machen sich sonst Sorgen. Außerdem sehen wir uns ja morgen schon wieder.«

»Na gut. Ich überleg mir noch, wo wir hingehen, und schicke dir eine SMS.«

»Super. Bis morgen dann.«

Da der Taxifahrer bereits ungeduldig mit den Fingern auf das Lenkrad trommelte, gab er ihr nur einen kurzen Kuss auf die Wange und stieg aus. Eisiger Wind pfiff um seine Ohren, und der Schnee zuckerte ihn sofort ein. Rasch warf er die Autotür zu, und das Taxi fuhr vorsichtig los. So schnell es auf dem schneeglatten Gehweg ging, bog Markus in seine Straße zu dem etwa zweihundert Meter entfernten Mietshaus ein, in dem er wohnte. Als er die ersten Stufen hochging, rutschte er jedoch aus und stieß sich das Knie heftig an der steinernen Treppenkante.

»Verdammte Scheiße«, fluchte er, doch der Schneesturm schien seine Worte zu verschlucken. Außerdem war sowieso niemand in der Nähe, der ihn hätte hören können. Mühsam rappelte er sich hoch. Fast wäre er noch mal ausgerutscht und konnte sich gerade noch am Geländer festhalten. Er atmete erleichtert auf, als die Haustür hinter ihm zufiel.

Das Haus, gebaut um die Jahrhundertwende im alten Jahrtausend, hatte keinen Lift. An guten Tagen, und wenn er keine Einkäufe dabeihatte, schaffte er die vier Stockwerke zu seiner kleinen Wohnung in etwa dreißig Sekunden. Doch heute kam es ihm wie eine Ewigkeit vor, bis er endlich oben ankam. Sein Knie schmerzte mit jedem Schritt mehr. Als er schließlich die Tür zur

Wohnung aufsperrte, stand ihm der Schweiß auf der Stirn. Er trat ein, schlüpfte aus den Schuhen und hängte seine Jacke an die Garderobe im Flur, der so eng war, dass man aufpassen musste, sich beim Umdrehen nirgends anzustoßen. Er ging kurz ins Bad, dann humpelte er in das Zimmer, das ihm sowohl als Schlaf- als auch Wohnzimmer diente. Er hatte vergessen, das Fenster zu schließen, und nun war es eiskalt. Rasch machte er es zu und drehte die Heizung auf. Dann schlüpfte er vorsichtig aus seiner Hose und setzte sich aufs Bett. Kritisch betrachtete er sein Knie. Es schien kaum geschwollen, nur etwas gerötet. Vermutlich hatte er es sich einfach nur geprellt, trotzdem tat es höllisch weh. Er ließ seinen Pulli an, an dem noch der schwache Duft von Kathrins Parfüm haftete, und schlüpfte bibbernd unter die kalte Bettdecke. Ob Kathrin inzwischen gut nach Hause gekommen war? Am liebsten hätte er ihr eine SMS geschrieben, doch dazu hätte er wieder aufstehen und in den Flur gehen müssen, um sein Handy aus der Jackentasche zu holen. Mit dem schmerzenden Knie blieb er lieber liegen. Er würde ihr gleich morgen früh eine Nachricht schicken.

Mit einem Lächeln im Gesicht wachte er auf. Er hatte von ihr geträumt. Sie waren auf dem Oktoberfest mit dem Riesenrad gefahren, und er hatte ihr München von oben gezeigt. Kathrin kannte sich nicht aus, weil sie im Traum aus einer anderen Welt kam, was ihm jedoch völlig normal vorgekommen war. Er hatte in der schaukelnden Gondel einen Arm um sie gelegt und auf den

Olympiaturm und die Frauenkirche gedeutet. Als sie den höchsten Punkt erreicht hatten, rutschte er näher an sie heran, um sie zu küssen. Doch genau in diesem Moment war er aufgewacht.

Es war bereits hell. Blinzelnd warf er einen Blick auf den Wecker. Es war kurz nach acht. Und außerdem Sonntag, also musste er nicht aufstehen. Zufrieden schloss er die Augen wieder, um noch eine Weile seinen Gedanken an Kathrin nachzuhängen. Als er sich auf die andere Seite drehte, spürte er einen dumpfen Schmerz im Knie, und er erinnerte sich wieder an den Sturz letzte Nacht. Danach konnte er nicht mehr einschlafen und stand schließlich auf. Die ersten Schritte fielen ihm noch etwas schwer, fast so, als ob das Knie ein wenig steif wäre. Doch je länger er herumging, desto beweglicher wurde es wieder, und der Schmerz ließ nach. Davon würde er bestimmt bald nichts mehr spüren.

Nach einer kurzen Dusche setzte er Kaffee auf, dann ging er in den Flur, um das Handy zu holen. Doch als er die Taschen absuchte, war kein Handy da. Auch nicht in seiner Hosentasche. Er suchte überall, aber es war nirgends zu finden.

»Mist«, schimpfte er. Entweder war es ihm bei seinem Sturz aus der Tasche gefallen, oder er hatte es unterwegs irgendwo verloren. Er schlüpfte in Schuhe und Jacke und ging langsam nach unten. Inzwischen hatte der Schneefall aufgehört, und die Stadt sah aus wie aus einem winterlichen Prospekt. Die Treppe war gefegt und der Bürgersteig längst vom Hausmeister geräumt. Er sah sich um, doch von seinem Handy gab es weit und breit keine Spur. Auch der Hausmeister, bei dem er klingelte, hatte es nicht gesehen. Als Markus von dessen Apparat aus seine Nummer anrief, sprang sofort die Mailbox an. Falls er es nicht unterwegs verloren hatte, lag es irgendwo unter einem Schneehaufen, oder jemand hatte es gefunden und mitgenommen.

Und damit war Kathrins Nummer weg, die er natürlich nicht extra aufgeschrieben hatte. Wie sollte er sich jetzt bei ihr melden? Er hatte keine Ahnung, wo genau sie wohnte, nur dass es nicht allzu weit von der U-Bahnstation Münchner Freiheit entfernt war. Er versuchte, sich zu erinnern, ob Kathrin dem Taxifahrer ihre Straße gesagt hatte. Doch er hatte zuerst nur seine Adresse genannt.

»Und ich muss dann weiter in Richtung Münchner Freiheit«, hatte sie gesagt. Mist, Mist, Mist! Das durfte doch nicht wahr sein! Wie bescheuert konnte man nur sein? Wie sollte er sich jetzt bei ihr melden? Und falls Kathrin sich bei ihm meldete, würde er natürlich ebenfalls nichts davon mitbekommen. Er hatte keine Ahnung, ob sie sich noch erinnern konnte, wo genau er wohnte. Er konnte nur hoffen, dass sie vielleicht irgendwann auf die Idee kam, in die *Silberbar* zu gehen, um dort nach ihm zu fragen. Allerdings öffnete die Bar immer erst abends, und heute war Sonntag, da war Ruhetag. Er ging noch mal die Wege von gestern ab, bis er ins – und später dann aus dem Taxi gestiegen war. Und sicherheitshalber schaute er auch in ihrem kleinen Kinovorführraum vorbei, um dort zu suchen. Doch das Handy war und blieb verschwunden.

Zwei Tage später hatte er immer noch nichts von ihr gehört, und sie war auch nicht in der *Silberbar* aufgetaucht. Vermutlich war sie sauer, dass er sich nicht wie versprochen bei ihr gemeldet hatte. Er konnte es verstehen. Das hatte er ganz schön vermasselt.

»Blöd gelaufen, würde ich sagen«, meinte Jan, dem er alles erzählt hatte. »Wenn du sie nicht irgendwo zufällig triffst, dann wirst du nichts machen können.« Jan konnte echt so richtig aufmunternd sein!

Eine Woche später konnte er immer noch nicht akzeptieren, dass er sie buchstäblich verloren hatte. Er wollte sie unbedingt wiedersehen. Er hatte gespürt, dass auch sie sich für ihn interessierte. Und schließlich hatte er eine Idee, wie er sie vielleicht finden könnte.

»Das kannst du doch nicht machen«, versuchte Jan, ihm seine Idee auszureden.

»Es ist die einzige Chance.«

»Aber doch nicht so!«

»Nur so! Und wenn du mir nicht hilfst, dann mach ich es allein.«

Jan hatte am Ende doch geholfen. Sie hatten Handzettel gedruckt und sie in der Gegend der Münchner Freiheit aufgehängt. Wenn sie tatsächlich in der Nähe wohnte, musste sie über kurz oder lang an einem dieser Zettel vorbeikommen. Und dann würde sie hoffentlich lesen, dass er sie suchte.

24

Keine Nachricht

MÜNCHEN, 2. JANUAR 2000

Den ganzen Tag ließ Kathrin ihr Handy nicht aus den Augen, um nur ja seine Nachricht nicht zu verpassen. Sie konnte es kaum erwarten, ihn am Abend wiederzusehen. Er hatte ihr versprochen, sich etwas Besonderes zu überlegen. Dabei war ja schon die Überraschung in dem kleinen Kino bereits etwas Besonderes gewesen. Leider waren sie gestört worden. Allerdings war Kathrin im Nachhinein froh darüber. Obwohl sie ihn von der ersten Sekunde an toll gefunden hatte, wäre es doch ein wenig zu schnell gegangen. Wobei es sich überhaupt nicht falsch angefühlt hatte, dass sie bereits ein bisschen auf Tuchfühlung gegangen waren. Trotzdem – oder vielleicht gerade deswegen – war es besser, es ein wenig langsamer angehen zu lassen.

Je näher der Abend rückte, desto ungeduldiger wurde sie. Er macht es ja ganz schön spannend, dachte sie. Kathrin hatte überhaupt keine Ahnung, wann und wo sie sich treffen würden. Als sie um halb sieben Uhr immer noch nichts von ihm gehört hatte, begann sie, erstmals ernsthaft daran zu zweifeln, dass er sich noch melden würde.

»Kathi, hast du deine Sachen schon gepackt?«, rief ihre Mutter von unten.

»Ja!« Die vollgestopfte Reisetasche stand neben dem Bett. Allerdings hatte sie gerade überhaupt keine Lust, am nächsten Tag mit ihren Eltern und den Geschwistern für ein paar Tage nach Kitzbühel in den Winterurlaub zu fahren.

Obwohl sie normalerweise eine begeisterte Skifahrerin war, wäre sie am liebsten hiergeblieben, um mit Markus etwas zu unternehmen. Der ließ allerdings nichts von sich hören. Schließlich schickte sie ihm eine SMS, auf die er nicht antwortete. Sie überlegte, ihn anzurufen, doch dann ließ sie es. Er hatte versprochen, sich zu melden. Ganz offensichtlich hatte er jedoch keine Lust mehr auf sie gehabt. Sie war gleichzeitig traurig und wütend. Und konnte nicht verstehen, wie sie sich so sehr hatte täuschen können.

Die halbe Nacht lang konnte sie nicht schlafen. Als ihre Mutter sie früh am Morgen weckte, fühlte sie sich total zerschlagen und unglücklich. Nachdem er sich immer noch nicht gemeldet hatte, ließ sie das Handy zu Hause. Sollte er ihr doch noch schreiben, käme sie wenigstens nicht in Versuchung, ihm allzu schnell zu antworten. Er ließ sie womöglich schmoren. Das konnte sie auch!

Im geräumigen Opal Sintra ihres Vaters tat sie fast die ganze Fahrt über so, als ob sie schlafen würde, während Maja in Zeitschriften blätterte und Niklas mit seinem Gameboy spielte.

Als sie in Kitzbühel angekommen waren und vor dem Appartement-Hotel ausstiegen, in dem sie schon seit Jahren Urlaub machten, zog ihre Mutter sie zur Seite.

»Ich weiß nicht, was seit gestern Abend mit dir los ist, Kathi. Wenn du reden willst, dann bin ich da für dich. Okay?«

Kathrin zuckte nur ausweichend mit den Schultern und ging dann zurück zum Wagen, um ihre Tasche aus dem Kofferraum zu holen. Was sollte sie ihrer Mutter auch sagen? Dass ein Typ, der ihr richtig gut gefiel, sie versetzt hatte? Sie war nicht die Erste und würde sicherlich nicht die Letzte sein, der so etwas passierte. Plötzlich überkam sie eine Stinkwut auf Markus. Sie würde ihm ganz gewiss nicht nachtrauern! Und sollte er sich irgendwann noch mal bei ihr melden, konnte er ihr den Buckel runterrutschen. Auf so einen Mist hatte sie echt keinen Bock.

In den nächsten Tagen versuchte sie, Markus, so gut es ging, aus ihren Gedanken zu verdrängen. Und tagsüber, wenn sie zusammen mit Niklas in der traumhaft schönen Umgebung auf den Skiern schwungvoll die Pisten hinunterwedelte, dann gelang ihr das auch. Doch wenn sie nachts im Bett in dem Zimmer lag, das sie sich mit Maja teilte, sah sie in Gedanken immer wieder sein Gesicht vor sich. Wie er sie mit seinen haselnussbraunen Augen anlächelte und gedankenverloren durch sein Haar strich, wenn er ihr etwas erzählte. Dann spürte sie, wie enttäuscht sie war.

Sie war froh, als der Urlaub am Dreikönigstag vorbei war. Zu Hause angekommen, warf sie ihre Tasche in den Flur und lief in ihr Zimmer, um das Handy zu kontrollieren. Doch Markus hatte sich auch jetzt noch nicht gemeldet. Das war es dann wohl.

An den nächsten Abenden zog sie mit Christina durch die Stadt.

»Du darfst mich aber ja nicht in die Nähe der *Silberbar* lassen«, gab sie ihrer besten Freundin die Anweisung. »Auch wenn ich was getrunken habe und es mir vielleicht anders überlege.«

»Wir werden überhaupt nicht in dieser Gegend unterwegs sein«, versprach Christina und hielt Wort. Nur einmal wäre Kathrin fast schwach geworden, als sie sich im Kino die Komödie *Schlaflos in New York* mit Goldie Hawn und Steve Martin anschauten.

Danach hätte sie am liebsten ihre Vorsätze über den Haufen geworfen. »Wir könnten doch nur schnell einen Tequila in der *Silberbar* trinken«, sagte sie.

»Nichts da! Du wirst keinem Kerl nachrennen. Wir gehen woandershin. Ein Kumpel meines Nachbarn feiert heute Geburtstag.«

Doch Kathrin hatte keine Lust mehr auf eine Party bei irgendwelchen Leuten, die sie nicht kannte.

»Ich bin müde. Ich geh heim.«

Christina schaute sie misstrauisch an.

»Keine Sorge. Ich geh echt nach Hause.«

Christina legte den Kopf schief.

»Ich schwöre.« Kathrin hob ihre Hand, die in dicken Handschuhen steckten.

»Na gut.«

Sie umarmten sich zum Abschied.

»Du wirst sehen, du hast ihn bald vergessen«, sagte Christina, bevor sie in die andere Richtung davonging.

Kathrin schlenderte durch die Straßen. Sie hatte es nicht mehr allzu weit zu sich nach Hause. Der Schnee war bis auf ein paar dreckige kleine Haufen ziemlich schnell wieder verschwunden. Was Kathrin schade fand, denn sie liebte den Winter.

Fast wäre sie achtlos vorbeigegangen, doch plötzlich sprang ihr der eigene Name in die Augen, der schwarz auf einen auffallenden roten Hintergrund gedruckt war. Sie ging zu dem laminierten Zettel, der an einer Straßenlaterne befestigt war.

Als sie ihn las, spürte sie, wie ihr Herz schneller zu schlagen begann: »KATHRIN – ich habe mein Handy verloren und kann dich nicht erreichen. Bitte komm in die *Silberbar*, wenn du das liest. Markus«

»Das gibt es ja nicht«, murmelte sie ungläubig.

Sie spürte, wie ihr vor Freude die Röte ins Gesicht stieg. Also hatte er sie nicht abgeschrieben, sondern einfach nur sein Handy verloren und sie nicht kontaktieren können. Eine solche Möglichkeit war ihr überhaupt nicht in den Sinn gekommen! Fast hatte sie jetzt ein schlechtes Gewissen, so von ihm gedacht zu haben.

Nachdem sie den Zettel entdeckt hatte, fielen ihr auch die anderen auf, die in der Gegend hingen. Sie musste lachen. Offenbar war es ihm wirklich sehr wichtig, sie wiederzusehen. Da sie jetzt Bescheid wusste, nahm sie alle Zettel ab, die sie entdeckte.

Natürlich hatte sie Christina versprochen, nicht in die *Silberbar* zu gehen, aber jetzt war die Situation völlig anders. Plötzlich wollte sie keine Minute länger mehr warten und winkte einem Taxi.

Zehn Minuten später stand sie vor der Tür der *Silberbar*, an der ein Schild hing mit der Aufschrift: SONNTAGS GESCHLOSSEN. Darunter klebte ein kleinerer Zettel, auf dem stand: NUR FÜR KATHRIN NICHT – BITTE LAUT KLOPFEN.

Dieser verrückte Vogel!

Lächelnd schüttelte sie den Kopf. Dann klopfte sie laut an der Eingangstür.

Ihr Herzschlag beschleunigte sich, während sie wartete. Und dann ging die Tür auf, und er stand vor ihr.

»Hi, Markus.«

»Puh. Ich bin so froh, dass du gekommen bist«, sagte er erleichtert, als sie vor ihm stand. »Bitte komm rein.«

Sie betrat das Lokal, das ohne Gäste und Personal ziemlich verwaist wirkte.

»Willst du deine Jacke ausziehen?«

»Nein. Passt schon.«

Sie streifte nur die Handschuhe ab.

»Bestimmt warst du sauer auf mich«, sagte er, und das schlechte Gewissen stand ihm deutlich im Gesicht geschrieben.

»Ja. Ziemlich«, gab Kathrin zu.

»Du kannst dir gar nicht vorstellen, wie leid mir das tut. Ich hatte keine Ahnung, wie ich dich finden sollte, damit ich dir erklären kann, was passiert ist.«

»Aber du warst echt kreativ!«

»Ja. Leider hat es eine Weile gedauert, bis mir das einfiel. Ich hoffe, das war nicht zu kitschig oder irgendwie peinlich für dich?«

Sie musste grinsen.

»Ich war schon froh, dass niemand von den Leuten auf der Straße wusste, dass ich diese Kathrin sein könnte«, gestand sie.

»Gleich morgen früh nehme ich alle ab. Ich verspreche es!«

»Einige hab ich schon runtergenommen«, sagte sie und griff in ihre Umhängetasche, in die sie die Zettel vorhin gestopft hatte. Sie hielt sie ihm entgegen.

»Die brauchen wir ja nicht mehr«, sagt er und legte sie auf einen Tisch. Dann griff er nach ihrer Hand.

»Bevor du die Bar heute verlässt, hoffe ich, dass ich deinen vollständigen Namen und deine Adresse kenne, samt deiner Telefon- und Handynummer. Und ich werde das alles auswendig lernen«, versprach er.

Sie lachte.

»Natürlich nur, wenn du möchtest, dass wir uns weiterhin sehen«, ergänzte er und sah sie mit einem solch intensiven Blick an, dass sie plötzlich ganz weiche Knie bekam.

»Wäre ich sonst hergekommen?«, fragte sie leise.

Er schüttelte den Kopf.

»Wohl nicht.«

Eine Weile lang sahen sie sich nur schweigend an, während er weiterhin ihre Hand hielt und sie streichelte. Sie war so froh, dass sie sich wiedergefunden hatten. Eine solch eigenartige Nähe hatte sie bisher noch nie zu einem Menschen gespürt. Endlich beugte er sich zu ihr und gab ihr einen Kuss, der gleichzeitig so sanft und doch so voller Leidenschaft war, dass sie sich wünschte, er würde niemals enden. Sie schlang einen Arm um seinen Hals und spürte, wie er zärtlich durch ihr langes Haar strich. Nach einer Weile lösten sie sich voneinander.

»Ich weiß, es klingt verrückt«, sagte er, »aber ich glaube, ich habe mich in dich verliebt, Kat. Und zwar vom ersten Moment an.«

Ihre Kehle wurde eng bei seinen Worten. Nach dem ganzen Gefühlschaos der letzten Woche und auch jetzt wusste sie nicht so recht, wie sie das alles einordnen sollte. Sie fühlte sich ebenfalls stark zu ihm hingezogen, trotzdem brachte sie es nicht über die Lippen, ihm zu sagen, sie hätte sich auch in ihn verliebt. Dafür wollte sie ihn erst noch besser kennenlernen. Doch eines konnte sie ihm bereits jetzt schon sagen: »Ich bin sehr froh, dass du alles versucht hast, mich wiederzufinden, Markus.«

Er streichelte mit dem Daumen sanft über ihre Wange.

»Und du warst wirklich so sauer auf mich, dass du ohne meine Nachricht nicht hierhergekommen wärst?«, fragte er und sah sie gespannt an.

»Na ja. Als du weder geschrieben noch auf meine Nachrichten reagiert hattest, musste ich ja davon ausgehen, dass du nichts von mir willst. Ich habe Christina, das ist meine beste Freundin, schwören lassen, mich daran zu hindern hierherzukommen. Heute war ich aber schon mal kurz in Versuchung.«

»Ehrlich?«

»Ehrlich.«

»Gut zu wissen.«

»Und jetzt muss ich ihr erklären, wie es dazu kam, dass ich doch hier bin.«

»Das wird sie doch verstehen?«

»Klar.«

»Möchtest du was trinken?«, fragte er.

Sie schüttelte den Kopf.

»Nein danke. Ich muss morgen früh raus, und es ist besser, wenn ich jetzt nach Hause gehe.« Außerdem brauchte sie erst einmal ein wenig Zeit, um ihre Gedanken zu sortieren und das alles sacken zu lassen.

»Ich verstehe. Aber vorher schreibst du mir bitte deine Nummer auf.«

Er gab ihr einen Block, und sie notierte ihren Namen und ihre Handynummer.

»Und die Festnetznummer schreib ich dir zur Sicherheit auch noch auf«, sagte sie. »Für den Fall, dass ich mein Handy verliere.«

»Danke. Und diesmal bringe ich dich nach Hause.«

Sein Vater hatte ihm den Wagen geliehen. Er griff nach dem Autoschlüssel, der auf der Theke lag.

»Und ich hoffe, wir holen die geplatzte Verabredung bald nach.«

»Ja. Aber nur unter einer Bedingung«, sagte sie.

»Die wäre?«

»Ich suche diesmal aus, wohin wir gehen.«

Er lachte.

»Einverstanden.«

25

In guten wie in schlechten Zeiten

MÜNCHEN, 13. APRIL 2017

»Ich wäre fast verrückt geworden, als ich dieses blöde Handy verloren hatte, aber glücklicherweise wurde alles gut«, sagte Markus und nahm den letzten Schluck Whisky. »Na ja, bis auf die anderen Kathrins, die in den Tagen darauf in die Bar kamen und Markus treffen wollten. Es war nicht einfach, sie alle wieder abzuwimmeln.«

Sie lachten beide.

»Scheinbar war dein Aushang so romantisch, dass du die Sehnsüchte einiger Frauen geweckt hast.«

»Ein guter Trick eigentlich, um jemanden kennenzulernen. Das macht wohl irgendwie neugierig.«

»Stimmt.«

Kathrin lächelte versonnen.

»Ich weiß noch ganz genau, wie es sich angefühlt hat, als ich diesen roten Zettel mit deiner Suchmeldung an der Laterne fand.«

»Ja?«

»Ich war so erleichtert, dass ich mich nicht in dir getäuscht hatte«, erklärte sie, und ihre Augen glitzerten verdächtig. »Kann es sein, dass dieser Whisky rührselig macht?«, wollte sie wissen.

Er lächelte.

»Gut möglich.«

»Dann sollten wir besser für heute damit aufhören. Oder willst du noch?«

Er schüttelte den Kopf. Sie stand auf und brachte die Whiskyflasche zu den anderen bereits geöffneten Geschenken auf der Kommode.

»Der hat es echt in sich«, murmelte er. Er hatte den Alkohol zu schnell getrunken und spürte, dass er ihm bereits zu Kopf gestiegen war und ihn tatsächlich auch in eine etwas seltsame Stimmung versetzte.

»Darf ich dich noch was fragen, ohne dass ich erst eine Frage gewinnen muss?«, wollte Kathrin plötzlich wissen.

Er sah sie neugierig an.

»Hm. Na gut. Aber ich behalte mir noch vor, ob ich die Frage gleich beantworte oder erst später«, sagte er.

»Nein. Wenn, dann musst du sie mir gleich beantworten«, verlangte sie.

Er zögerte kurz, doch dann nickte er.

»Okay.«

Sie strich kurz durch ihr Haar, bevor sie ihn anschaute.

»Findest du, es war ein Fehler, dass ich meine Haare habe abschneiden lassen?«

Damit hatte er nicht gerechnet. Er musste schmunzeln.

»Das ist ja eine … bedeutsame Frage.«

»Total. Und?«

»Nein. Ich finde, es war kein Fehler. Du siehst sehr verändert aus damit, Kat. Aber fast noch aufregender. Es steht dir gut. Ich mag es sehr. Wirklich.«

Ihr Lächeln sagte ihm, dass sie sich darüber freute, auch wenn sie keinen Kommentar dazu abgab.

»Dann mache ich jetzt also das nächste Geschenk auf«, sagte er, griff nach einem gelben Päckchen und packte es aus.

»Schon wieder ein Erziehungsratgeber!«, rief Kathrin und schüttelte den Kopf.

Allein dem Titel und dem lustigen Cover nach durfte man diese Lektüre jedoch nicht allzu ernst nehmen: *Pubertät – Nichts für Eltern mit schwachen Nerven.*

»Vielleicht kriegen wir ja eine ganze Sammlung davon«, meinte er grinsend.

»Ich befürchte es fast auch. Und was denkst du, von wem der ist?«

Markus zuckte mit den Schultern. Er hatte absolut keine Ahnung. Und irgendwie im Moment auch gar keine Lust, darüber nachzudenken. Deswegen sagte er den erstbesten Namen, der ihm einfiel: »Der ist von Jan.«

Kathrin sah ihn verblüfft an.

»Du traust deinem besten Freund so ein … äh, Geschenk zu?«

»Warum nicht? Inzwischen haben wir uns ja schon einige Male getäuscht.«

»Na gut. Wenn du meinst. Ich tippe eher auf Sabine

und Jochen.« Sabine war eine weitere Cousine von Kathrin, die nur wenig älter war und mit ihrem Mann Jochen damals bereits einen zweijährigen Sohn hatte.

Markus zog die Karte heraus und las.

»Hey. Ein Punkt für dich. Ich bin beeindruckt. Gratuliere. Du hast tatsächlich recht«, sagte er und nickte ihr anerkennend zu.

»Sag ich doch. Dabei könnten die beiden das Buch jetzt selbst brauchen. Timmi ist ein echter Satansbraten«, meinte Kathrin, und Markus lachte.

»Allerdings. Vielleicht sollen wir es ihnen leihen und …?«

In diesem Moment klingelte sein Handy.

»Geh ruhig ran«, sagte Kathrin, als er zögerte.

»Okay.«

Er griff nach dem Handy und stand auf. Die Nummer sagte ihm nichts.

»Ja hallo?«, meldete er sich, während er zum Fenster ging. Für einige Sekunden war es still in der Leitung.

»Ich muss mit Kathrin sprechen«, sagte schließlich eine männliche Stimme, die Markus sofort erkannte. Simon! Wie dreist war dieser Kerl eigentlich?

Er spürte, wie sein Puls abrupt anstieg, und schaute zu Kathrin, die in dem Erziehungsratgeber blätterte.

»Kathrin ist nicht hier«, log er, ohne mit der Wimper zu zucken.

Sie hob den Kopf und sah ihn fragend an.

»Sie soll mich dringend zurückrufen«, sagte Simon und legte auf.

Markus ließ die Hand sinken.

Ihr Blick war ernst geworden.

»Wer war das, Markus?«, fragte sie.

Er überlegte kurz, sie ebenfalls anzulügen. Doch eigentlich war er sicher, dass sie ahnte, wer es war.

»Woher hat Simon meine Handynummer?« Seine Frage war gleichzeitig eine Antwort.

Sie wurde blass.

»Von mir sicher nicht. Vermutlich hat er sie sich im Büro geben lassen.«

Natürlich. Die Werbeagentur hatte ihn als freien Kameramann schon öfter für Aufträge gebucht, und seine Kontaktdaten waren hinterlegt.

»Du sollst ihn dringend zurückrufen«, meinte er und beobachtete genau ihre Reaktion.

Sie zuckte mit den Schultern.

»Das werde ich nicht.«

»Vielleicht will er dich ja fragen, ob du dich über die Rosen gefreut hast.«

Er konnte einen schneidenden Unterton nicht vermeiden.

»Klar hab ich das! So sehr, dass ich sie gleich in die Tonne gesteckt habe.«

»Was er nicht wissen kann.«

»Möchtest du denn, dass ich ihn anrufe?«, fragte Kathrin.

»Was ich möchte, spielt hier ja keine Rolle.«

»Na wenn das so ist …«

Sie stand auf und ging aus dem Wohnzimmer. Gleich darauf kam sie mit ihrer Handtasche zurück, aus der sie ihr Handy holte. Sie hatte es kaum an, da meldeten verschiedene Töne verpasste Anrufe und eingegangene Nachrichten.

»Du bist ja sehr gefragt.«

Kathrin schaute ihn wütend an.

»Glaubst du wirklich, ich wäre noch hier, wenn Simon mir tatsächlich was bedeuten würde?«, fuhr sie ihn an.

»Vielleicht hast du ihm das aber nicht eindeutig genug klargemacht«, konterte Markus.

»Vielleicht hab ich das durchaus versucht, und dieser Idiot will es nicht akzeptieren!«

Kaum hatte sie es gesagt, verschwand die Wut aus ihrem Gesicht, und sie wirkte eher hilflos.

»Was ist mit diesem Kerl, Kat? Macht er dir Schwierigkeiten?«

»Simon ist einfach nur eingeschnappt und furchtbar nervig«, murmelte sie. Dann wandte sie sich wieder ihm zu und fuhr ihn an: »Es war ein verdammter Fehler, der mir leidtut! Bist du jetzt zufrieden?«

Ohne eine Antwort abzuwarten, rauschte sie aus dem Wohnzimmer.

»Kathrin!«

Er ging ihr nach, doch kurz vor der Tür blieb er stehen. Es war besser, wenn sie jetzt einen Moment für sich allein war.

Er räumte die leeren Gläser vom Tisch und trug sie in die Küche. Während er sie in den Geschirrspüler einräumte, überlegte er, ob es nicht besser wäre, wieder zu Jan zu fahren. Allerdings hatte er keine Lust, eine weitere Nacht in dem engen Gästezimmer zu verbringen.

Was genau sollte es auch bringen? Noch mehr Abstand gewinnen? Sie waren die letzten Monate beruflich bedingt ohnehin ständig getrennt gewesen. Genau darunter hatte ihre Beziehung doch gelitten.

Außerdem wollte er Kathrin nicht allein lassen. Er hatte ein ungutes Gefühl wegen Simon und vorhin vielleicht ein wenig überreagiert, weil er sich so über die Dreistigkeit seines Anrufs geärgert hatte.

In guten wie in schlechten Tagen, hatte der Pfarrer bei der Trauung gesagt. Und jetzt steckten sie ganz eindeutig in den schlechten Tagen fest. Eigenartigerweise dachte er zum ersten Mal an das Versprechen, das sie sich in der Kirche gegeben hatten. Vielleicht hatte er es bisher nicht ernst genommen, weil es für ihn einfach nur irgendso eine Formel war, die bei jeder kirchlichen Trauung von einem Pfarrer gesprochen wurde. Überhaupt hatte er damals nur zugestimmt, weil es Kathrins Wunsch war, in der Kirche zu heiraten. Ihm hätte auch das Standesamt genügt. Deswegen war ihm das persönliche Versprechen, das sie sich schon vorher am Strand von Sesimbra gegeben hatten, auch immer wichtiger gewesen. Doch letztlich hatten beide Versprechen dieselbe Bedeutung. Er musste sich nicht fragen, ob er sie immer noch liebte. Das tat er, und deswegen wünschte er sich, dass sie wieder zueinanderfanden.

Nachdem die Küche aufgeräumt war, setzte er sich mit seinem Laptop ins Wohnzimmer, loggte sich auf der Seite der Produktionsfirma ein und sichtete die Aufnahmen. Draußen war es inzwischen längst dunkel geworden. Doch er nahm es gar nicht wahr. Die Arbeit lenkte ihn ab, und für eine Weile konnte er ihre Probleme vergessen.

26

Pasta für die Seele

Kathrin war zunächst erregt im Schlafzimmer auf- und abgegangen. Sie wusste im Moment nicht, auf wen sie ärgerlicher war. Auf Markus, Simon oder mehr noch auf sich selbst. Im Moment schien sie kaum mehr Kontrolle über ihre Gefühle zu haben, und sie wusste nicht, wie sie damit umgehen sollte. Dass Simon die Unverfrorenheit besessen hatte, sie nicht nur mit Anrufen und unverschämten Nachrichten zu bombardieren, sondern auch noch Markus zu belästigen, beunruhigte sie mehr, als sie ihrem Mann gegenüber eingestehen wollte. Wäre er irgendein Typ, den sie in einer Bar kennengelernt hätte, würde sie Simon deutlich zu verstehen geben, dass er sie gefälligst in Ruhe lassen sollte, seine Nummer blockieren und alles löschen, was auch nur irgendwie mit ihm zu tun hatte. Sie würde das Ganze als schlechte Erfahrung und Fehler verbuchen und ihm sicherlich auch keine Träne hinterherheulen. Doch da Simon ein Angestellter in ihrer Firma war, lag die Sachlage ganz anders. Sie konnte ihn nicht einfach hinauswerfen, denn ihm war zuzutrauen, dass er ihren

Geschäftspartnern eine völlig andere Geschichte auftischte oder sie am Ende noch wegen sexueller Belästigung am Arbeitsplatz anzeigte. Und genau das machte ihr Sorgen. Sie hatte es nach vielen Jahren endlich geschafft, sich genau dahin hochzuarbeiten, wohin sie immer gewollt hatte. Das durfte ihr so ein Typ wie Simon auf keinen Fall kaputtmachen. Vielleicht musste sie aber auch nur versuchen, irgendwie eine sachliche Basis mit ihm zu finden. Am besten tat sie das jetzt gleich. Ohne noch weiter zu überlegen, nahm sie das Handy und wählte seine Nummer.

»Na endlich!«, sagte er, und Ärger und Ungeduld schwangen in seiner Stimme mit.

Das Gespräch würde nicht einfach werden. Kathrin suchte nach den passenden Worten für den Anfang.

»Hallo, Simon«, begann sie und versuchte, so höflich wie möglich zu bleiben, ohne sich jedoch in eine defensive Haltung zu begeben. Sie ahnte, dass er in diesem Fall sofort Oberwasser bekäme. Und das wollte sie nicht zulassen.

»Wir hatten doch ausgemacht, wir würden nächste Woche alles besprechen.«

»Wie haben dir die Blumen gefallen?«, fragte er, ohne auch nur irgendwie auf sie einzugehen.

»Simon, ich möchte weder Blumen noch deine Nachrichten, geschweige denn, dass du meinen Mann anrufst.«

»Jetzt hör mir mal zu, Kathrin. Seit Wochen sendest du mir eindeutige Signale. Ich bin davon ausgegangen, dass dir etwas an mir liegt, und habe deswegen sogar einer Frau einen Korb gegeben, die an mir interessiert war.«

»Das war allein deine Entscheidung und …«

»Ich bin noch nicht fertig«, unterbrach er sie barsch. »Ich sehe doch, dass es dir mit deinem Mann schon lange nicht mehr gut geht. Du bist nicht glücklich mit ihm. Aber ich kann dich glücklich machen, Kathrin.«

Der Typ ist verrückt!, schoss es ihr durch den Kopf. Ja. Sie hatte mit ihm geflirtet und womöglich auch mal darüber gesprochen, dass es in ihrer Ehe gerade nicht zu gut lief. Aber kein Mensch, der ernsthaft seine Sinne beieinanderhatte, würde daraus schließen, dass sich deswegen unbedingt etwas ergeben musste. Sie hatte sich in gewisser Weise von Anfang an zu ihm hingezogen gefühlt, die Annäherungsversuche waren zunächst jedoch nur von ihm ausgegangen. Es hatte eine Weile gedauert, bis sie sich auf den Flirt eingelassen hatte. Aber auch ab diesem Zeitpunkt war niemals die Rede davon gewesen, dass mehr daraus werden könnte.

»Kathrin?«, riss er sie aus ihren Gedanken.

Sie versuchte, ruhig zu bleiben.

»Simon, wir beide sollten uns wie zwei Erwachsene benehmen und nächste Woche in Ruhe über alles reden. Es gab wohl Missverständnisse, die wir klären müssen.«

»Wir können auch morgen bei mir darüber reden.«

Sie zählte innerlich bis drei.

»Weißt du, was für eine Sorte Mann ich ganz bestimmt nicht mag?«, fragte sie und fuhr fort, ohne auf seine Antwort zu warten. »Männer, die mich unter Druck setzen. Ich habe gesagt, wir klären es nächste

Woche, und wenn du das nicht akzeptieren kannst, ist das dein Problem. Ciao, Simon!«

Und dann legte sie auf. Zitternd und mit wild pochendem Herzen starrte sie auf das Handy. Bestimmt würde es gleich wieder klingeln. Doch die Minuten vergingen, und nichts tat sich. Langsam ließ die Anspannung ein wenig nach. Und erst jetzt merkte sie, wie kalt es im Schlafzimmer war. Mit einem Schlag begann sie zu frieren. Sie schaltete das Handy auf Flugmodus und ging ins Badezimmer, um sich ein Schaumbad einzulassen. Sie konnte es kaum erwarten, dass genug Wasser in der Wanne war, um sich hineinzulegen und aufzuwärmen.

Sie wusste nicht, wie lange sie im warmen, wohlduftenden Wasser lag und versuchte, Simon aus dem Kopf zu bekommen. Irgendwann begann sie sich zu entspannen, und ihre Augen fielen immer wieder für einen kurzen Moment zu. Sie döste vor sich hin und war kurz davor einzuschlafen. Damit sie wieder wach wurde, duschte sie sich mit zunächst lauwarmem, dann kaltem Wasser ab, bevor sie aus der Wanne stieg. Ihre Lebensgeister waren zurückgekommen, und sie fühlte sich plötzlich besser als seit Tagen. Sie hatte das Gefühl, Simon in die Schranken verwiesen und damit die Lage wieder unter Kontrolle gebracht zu haben.

Eine halbe Stunde später ging sie barfuß in einer bequemen Schlabberhose und mit einem dicken Pulli nach unten. Markus saß im Sessel mit dem Laptop auf dem Schoß und hatte einen Kopfhörer auf. Ohne dass er sie bemerkte, schnappte sie sich hinter seinem Rücken von der Kommode ein Paar der selbst gestrickten Socken von Tante Erika und ging damit in die Küche. Es war schon eine Weile her, seit sie gegessen hatten. Sie hatte Lust auf Pasta. Bis auf den Speck hatten sie alle nötigen Zutaten für Penne al Arrabiata vorrätig, und sie begann zu kochen.

Sie war gerade dabei, die Soße zu probieren, da kam Markus in die Küche.

»Hey. Hier duftet es ja großartig.«

Sie streckte ihm den Kochlöffel entgegen.

»Gut, dass du da bist. Du bist jetzt mein Versuchskaninchen. Ich weiß nicht, ob ich zu viel Chili reingemacht habe.«

»Ich mag's ja scharf«, sagte er und lächelte, bevor er den Mund öffnete und kostete.

Er tat so, als ob es vorhin keine erneute Auseinandersetzung wegen Simon gegeben hätte. Und sie war ihm dankbar dafür.

»Hm. Sehr gut. Aber hey – schon scharf.«

»Zu scharf?«

Er schüttelte den Kopf.

»Nein. Eigentlich genauso wie immer.«

»Gut.«

Mit einem großen Schaumlöffel holte sie die Penne aus dem kochenden Salzwasser und gab sie sofort in die Soße. Sie vermischte alles und streute frisch gehackte Petersilie und Basilikum darüber.

»Ich decke den Tisch«, sagte Markus und holte zwei große tiefe Teller aus dem Schrank.

»Rotwein?«, fragte Kathrin.

»Gern. Ich mach uns eine Flasche Bardolino auf.«

Schließlich saßen sie am Tisch und ließen sich die Pasta schmecken. Markus hatte über seine Portion dick Pecorino gerieben.

»Ich kenne niemanden, der sie so gut macht wie du«, lobte er das Essen mit vollem Mund.

»Danke.« Sie kochte zwar nicht allzu oft, aber wenn, dann mit Leidenschaft. Als Kinder hatten sie ihrer Mutter, die großen Wert auf gute, frische Nahrungsmittel und leckeres Essen gelegt hatte, in der Küche immer zur Hand gehen müssen. Heute war Kathrin ihr dafür dankbar, denn sie hatte viel von ihr gelernt.

Sie nahm einen Schluck Rotwein.

»Hör mal, Kat«, Markus legte kurz sein Besteck weg und sah sie an. »Es tut mir leid, dass ich dich vorhin so angefahren habe. Aber ich war in dem Moment so sauer auf diesen Idioten.«

Sie spießte eine Nudel auf und schüttelte den Kopf.

»Das mit Simon war einfach nur mein Fehler. Du brauchst dich nicht zu entschuldigen, Markus.«

»Doch. Schließlich sind wir dabei, unsere Beziehung wieder auf die Reihe zu kriegen. Und ich spüre, dass es dir leidtut. Da muss ich nicht noch auf dir herumhacken, wenn der Typ sich so übel benimmt.«

»Das sagst du jetzt nur, weil du Angst hast, ich könnte dir sonst nie wieder Penne al Arrabiata kochen«, versuchte sie, von dem Thema Simon wegzukommen, und setzte dabei ein ernstes Gesicht auf.

»Klar. Ein Leben ohne deine Pasta wäre überhaupt nicht auszuhalten.«

»Also hab ich dich mit Nudeln in der Hand.«

»So ist es.«

Sie unterdrückte ein Lachen.

»Bitte lass uns für heute einfach so tun, als wäre nichts vorgefallen. Lass uns einen ganz normalen Abend haben.«

»Einen ähnlichen Vorschlag wollte ich dir auch gerade machen, Kat.«

Er griff nach ihrer Hand und drückte sie kurz. Dann lächelten sie beide.

»Magst du noch?« Sie deutete auf die Pfanne.

»Gern.«

Sie hob ihm noch eine Portion auf den Teller.

»Und sind die Aufnahmen gut geworden?«, fragte sie und wechselte damit endgültig das Thema.

»Ja. Soweit ich gesehen habe, passt das meiste. Nur eine Szene ist verkackt. Da stimmt teilweise was mit dem Licht nicht. Hoffentlich kann der Schnitt das lösen. Der Produzent kriegt nämlich einen Anfall, wenn wir einen Nachdreh brauchen.«

»Ich drücke die Daumen.«

»Wird schon klappen.«

Sie aßen schweigend weiter, aber die Stille war nicht unangenehm. Danach räumten sie gemeinsam die Küche auf und gingen mit dem restlichen Rotwein ins Wohnzimmer.

»Willst du heute mit den Geschenken überhaupt noch weitermachen oder lieber bald schlafen gehen?«, fragte Markus mit einem Blick auf die Uhr. Es war drei Viertel zehn.

Kathrin überlegte kurz. Das Öffnen der Päckchen aus dem Koffer passte sicherlich nicht zu ihrem Vorhaben, einen ganz normalen Abend zu verbringen. Andererseits war sie noch kein bisschen müde und neugierig, welche Überraschungen auf sie warteten.

»Wenn du magst, könnten wir noch zwei oder drei Geschenke aufmachen, während wir unseren Rotwein austrinken«, schlug sie vor.

»Okay. Dann fang mal an«, stimmte er ihrem Vorschlag zu.

Sie nickte, griff in den Koffer und holte ein relativ kleines Päckchen, nicht größer als eine Zigarettenschachtel, heraus. Darin lag in einem ziemlich kleinen Kuvert, wie man es bei Grußkarten an Blumensträußen findet, ein Schlüssel.

»Schon wieder ein Schlüssel.«

»Zeig mal.« Er nahm ihn ihr aus der Hand und betrachtete ihn von allen Seiten. Der Schlüssel war schmal und etwas kürzer als ein normaler Zimmerschlüssel mit einem beidseitigen Bart.

»Keine Ahnung, wo der hingehört«, grübelte Markus.

»Mich beschäftigt vor allem die Frage, wer uns schon wieder einen Schlüssel schenkt. Aber es beruhigt mich schon, dass du es diesmal nicht sofort weißt.«

»Vielleicht weiß ich es ja.«

»Echt?«

Er lachte.

»Nein. Diesmal nicht.«

»Na gut, dann würde ich sagen, der Schlüssel ist von deinem Vater.«

»Warum sollte der uns einen Schlüssel schenken?«

Sie zuckte mit den Schultern.

»Ich weiß es nicht. Es könnte auch mein Großonkel gewesen sein oder … keine Ahnung.«

»An Johann habe ich auch schon gedacht.«

»Na gut. Ich sage, dein Vater, und du tippst auf Großonkel Johann. Ist das okay für dich?«

»Ja.«

»Dann sehen wir mal in die Karte«, sagte Kathrin und öffnete sie. »Wie seltsam. Da steht nur eine Handynummer.«

Sie reichte ihm die Karte.

»Das ist ja eigenartig.«

»Und was machen wir jetzt damit?«, fragte sie.

»Tja, am besten anrufen.«

»Jetzt gleich?«

Er schüttelte den Kopf.

»Natürlich erst morgen.«

»Hm. Ich weiß nicht. Wenn wir da anrufen, dann weiß dieser jemand sofort, dass wir den Koffer schon vor Ablauf der fünfzehn Jahre aufgemacht haben«, gab sie zu bedenken.

»Aber wenn es jemand aus unserer Familie ist, dann müssen wir doch nicht sagen, dass wir die Nummer aus dem Koffer haben.«

»Hm.«

»Wir könnten auch vorher kontrollieren, ob sie zu jemandem gehört, den wir kennen. Oder wir unterdrücken einfach unsere Nummer und rufen an.«

»Und wie soll uns das weiterbringen? Wir erfahren

doch nichts über den Schlüssel, wenn wir nicht danach fragen. Außer es ist eine ganz spezielle Nummer. Und derjenige, der rangeht, weiß sofort, worum es geht.«

»Das heißt, du möchtest noch zwei Jahre warten, bis wir bei dieser Nummer anrufen?«

»Ich weiß es nicht«, gab sie zu.

»Oder sollen wir erst dann anrufen, wenn wir uns womöglich tatsächlich getrennt haben? Weil es dann ja ohnehin alle wissen können?«, setzte er etwas sarkastisch hinzu.

»Markus, ich weiß es nicht«, sagte sie energischer. »Aber das müssen wir ja auch nicht jetzt sofort entscheiden, oder?«

»Nein. Müssen wir nicht«, stimmte er ihr zu. »Wir denken einfach in Ruhe darüber nach, was wir mit dem Schlüssel und der Nummer machen. Einverstanden?«

»Ja.«

Sie legte Schlüssel und Karte zurück in das kleine Päckchen und stellte es auf die Kommode.

»Trotzdem ist das schon sehr seltsam«, murmelte er. »Einfach nur ein Schlüssel ohne einen Namen oder irgendeinen Hinweis.«

»Wahrscheinlich steckt nichts Besonderes dahinter, und wir machen uns zu viele Gedanken.«

»Kann sein. Aber irgendwie glaube ich das nicht.«

»Ich eigentlich auch nicht«, gab sie zu. »Offensichtlich sollen wir etwas bekommen, das aber nicht in den Koffer sollte.«

»Vielleicht war es zu groß«, überlegte er.

»Ja. Das könnte auch sein.«

»Es bringt nichts, jetzt darüber zu spekulieren. Wenn wir es wissen möchten, müssen wir dort anrufen. Aber da wir nicht wissen, ob wir das wollen, machen wir jetzt einfach das letzte Geschenk für heute auf«, schlug er vor und nahm ein größeres Päckchen, das sehr geschmackvoll in cremeweißes Papier mit lila Schleife eingewickelt war. Darunter kam ein grauer Karton zum Vorschein, den er öffnete.

»Das gibt es doch nicht!«, rief Kathrin und lachte auf, als sie den Inhalt sah.

Auch Markus grinste.

»Offensichtlich waren einige unserer Gäste sehr darauf bedacht, dass wir nach fünfzehn Ehejahren unser Sexleben weiterhin in Schwung halten«, sagte er und nahm eine längliche Schachtel heraus, auf der ein lila Vibrator abgebildet war.

»Das ist ja ein ganzes Sortiment«, stellte Kathrin fest. Neben dem Vibrator gab es noch kleinere Schachteln mit Liebeskugeln, Nippelklammern, eine seidene Augenbinde und eine lederne Quastenpeitsche.

»Boh! Da war ja jemand großzügig«, meinte Markus. »Und diesmal tippe ich auf Berti.«

»Ich auch. Die Peitsche hat ihn verraten.«

»Wir sind uns einig?«

»Ja.«

Sie öffnete das Kuvert, holte die Karte heraus und las vor:

»Ihr Lieben, Sex ist das Salz in der Suppe, der Zimt auf dem Milchreis und das Fleisch im Gulasch. Egal ob ihr euch streitet oder euch mal eine Weile lang nichts zu sagen habt nach fünfzehn Jahren Ehe – habt trotzdem immer Sex, denn der hält am Ende alles zusammen. Bussi euch beiden von eurem Berti. PS: Batterien für den Vib müsst ihr euch selbst besorgen. Ich hoffe, die gibt es in der Zukunft noch.«

Kathrin sah kopfschüttelnd zu Markus, der breit grinste und mit seinem Dreitagebart mehr als gut aussah, wie sie gerade feststellte. Im Vergleich zu Simon schnitt ihr Mann sogar deutlich besser ab. Irgendwie hatte sie das offenbar in der Vergangenheit gar nicht mehr so richtig gesehen.

»Dieser Berti …«, sagte Markus. »Ich möchte nicht wissen, was er selbst für eine Spielzeugkollektion bei sich zu Hause hat.«

Kathrin spürte überraschend ein leichtes Kribbeln im Bauch und wusste nicht, ob es ratsam war, jetzt über Sex zu sprechen.

Doch für Markus war das Thema offensichtlich noch nicht erledigt.

»Du kannst dir die Sachen gern mit nach oben nehmen, wenn du sie ausprobieren möchtest«, schlug er vor.

»Meinst du, ich sollte mich selber mit der Lederpeitsche züchtigen?«, fragte sie.

Er holte die Peitsche aus der Verpackung und ließ sie ein paarmal leicht über seine Handfläche klatschen.

»Hm. Notfalls kann ich das übernehmen«, sagte er, und seine Stimme klang plötzlich etwas heiser.

Kathrin schluckte. Bei ihnen hatte es zwar nie Langeweile im Bett gegeben, aber SM-Varianten hatten sie –

bis auf das gelegentliche Verbinden von Augen und harmlose Fesselspiele – niemals ausprobiert. Der Gedanke daran erregte sie ganz unerwartet. Bevor sie jedoch etwas sagen konnte, verschwand das Lächeln aus seinem Gesicht.

»Tut mir leid«, sagte Markus und packte die Sachen wieder in den Karton. »Das war jetzt nicht passend. Bitte vergiss, was ich gesagt habe.« Offenbar hatte er ihren überraschten Gesichtsausdruck anders interpretiert.

»Kein Problem«, sagte Kathrin, obwohl sie es fast ein wenig bedauerte, dass er sein Angebot zurücknahm, welches sie natürlich nicht angenommen hätte. Sie wollte nicht, dass die Stimmung jetzt wieder kippte. Deswegen setzte sie mit einem Augenzwinkern hinzu: »Du hast es ja nur gut gemeint.«

»Genau.« Er klang erleichtert. »Und da wir beide mit unserem Tipp recht hatten, steht es jetzt 2:1 für dich, und du darfst eine Frage stellen.«

Sie sah ihn an, überlegte kurz und lächelte dann. Sie würde ihm eine Frage stellen, mit der er ganz bestimmt nicht rechnete.

»Okay. Dann möchte ich von dir wissen, was für dich unserer aufregendster Sex war?«, fragte sie, noch immer ein wenig aufgeheizt durch die Gedanken, welche das Sexspielzeug in ihr ausgelöst hatten.

Überrascht schaute er sie an. »Unser aufregendster Sex? Kat, wir hatten fast immer großartigen Sex. Wo soll ich da anfangen?«

»Trotzdem muss es doch dieses eine Mal gegeben

haben, das dir noch mehr als die anderen Male in Erinnerung geblieben ist. Und ich meine jetzt nicht unser erstes Mal oder die Hochzeitsnacht.«

»Hm«, er schien zu überlegen, doch offensichtlich nicht allzu lange. »Die Nummer im Aufzug hätte natürlich große Chancen gehabt, als aufregendste Szene in unserem Sexleben einzugehen«, begann er.

Kathrin musste sofort grinsen, als sie daran dachte.

»Und aufregend war sie ja«, sagte sie und konnte sich das Lachen nicht mehr verkneifen.

»Allerdings«, stimmte er ihr zu und lachte ebenfalls.

Ein paar Wochen nach ihrer Hochzeit hatte sie ihr frivoles Versprechen einlösen wollen, das sie ihm auf der Hochzeit gegeben hatte. Um ihn zu überraschen, bat sie ihn, sich in einem Kaufhaus in der Innenstadt zu treffen. Dort wollten sie in der Haushaltswarenabteilung nach einem kleinen Grill für ihre Reisen mit dem VW-Bus suchen, den Markus inzwischen auf Vordermann gebracht hatte. Anstatt die Rolltreppen zu benutzen, steuerte Kathrin mit ihm auf einen der Aufzüge zu.

»Aufzug?«, fragte er verwundert.

»Genau«, sagte sie.

Und da hatte er verstanden.

»Du bist ja verrückt«, hatte er lachend gesagt, da er offensichtlich nicht damit gerechnet hatte, sie würde es ernst meinen. »Und wenn man uns erwischt?«

»Ach was.« Kathrin war wild entschlossen und zog ihn hinein. Sie hatte gerade auf den Knopf gedrückt, da wollte noch eine ältere Dame einsteigen. Kathrin hielt sie mit der flachen Hand auf Abstand.

»Tut mir leid. Betriebsfahrt.«

Die Dame blieb verdutzt stehen, die Türen schlossen sich, und der Aufzug setzte sich in Bewegung.

Markus lachte.

»Du meinst das wirklich ernst?«

»Klar.«

Er hob seinen Blick und schaute sich um.

»Und wenn die hier Überwachungskameras haben?«

»Jetzt sei doch nicht so feige. Ich dachte, du wolltest das. Oder nicht?«

Er zögerte nur eine Sekunde.

»Doch.«

Sie lächelte, auch wenn ihr selbst ziemlich mulmig zumute war. Kurz nachdem die Anzeige auf die Zahl drei umgeschaltet hatte, legte Kathrin den Notstopphebel um. Die Kabine blieb mit einem Ruck stehen.

»Dann sollten wir uns mal beeilen«, sagte er, und bevor sie wusste, wie ihr geschah, packte er sie und schob sie gegen die Kabinenwand. Wild küssten sie sich. Die Gefahr, entdeckt zu werden, peitschte ihre Lust an. Er schob ihren Rock hoch und hielt kurz inne.

»Du hast nichts drunter an.«

»Klar. Damit wir Zeit sparen«, murmelte sie an seinen Lippen und nestelte an seinem Reißverschluss. Als sie seine Hand zwischen ihren Schenkeln spürte, sackte sie etwas in die Knie. Doch sein Körper vor ihr und die Aufzugwand hinter ihr gaben ihr Halt.

»Hallo? Bitte drücken Sie auf den Sprechknopf«, riss eine knacksende Frauenstimme aus dem Lautsprecher sie plötzlich auseinander. »Hallo? Bleiben Sie bitte ganz ruhig. Der Techniker ist gleich bei Ihnen. Hören Sie?«

»Verdammt«, sagte Markus und gab ihr noch einen letzten Kuss, bevor er auf den Sprechknopf drückte.

Kathrin und Markus mussten bei der Erinnerung an ihr Abenteuer lachen. Aufregend war es gewesen, auch wenn es nicht zum Sex gekommen war.

»Und jetzt raus mit der Sprache. Was war also unser aufregendster Sex für dich?«, ließ Kathrin nicht locker.

Er lächelte.

27

Manchmal ist man unersättlich

REGENSBURG, 18. NOVEMBER 2005

Markus freute sich sehr, dass Kathrin ihn zur Kurzfilmwoche nach Regensburg begleitete. Zusammen mit Fausto und drei befreundeten Schauspielern hatte er einen Kurzfilm gedreht, der als Beitrag auf dem Festival lief. *Graues Gras* lautete der Titel des siebzehnminütigen Films, in dem es darum ging, wie eine einzige und eigentlich harmlose Lüge eine langjährige Freundschaft zerstören konnte. Kathrin hatte ihn bereits mehrmals in den verschiedenen Stadien des Rohschnittes sehen dürfen, doch jetzt im Kino war sie so konzentriert, als würde sie ihn zum ersten Mal sehen. Als sein Name auf der Leinwand erschien, griff sie nach Markus' Hand und ließ sie bis zum Schluss nicht mehr los. Beim Abspann begannen die Leute zu applaudieren. Er, Fausto und einer der Schauspieler, der heute mit dabei war, wurden nach vorn geholt und dem Publikum vorgestellt, um einige Fragen zu beantworten. Obwohl der Film durchaus Anerkennung erfuhr, war abzusehen, dass er wohl keinen der Preise ergattern würde. Markus wollte sich die Enttäuschung jedoch nicht anmerken lassen.

»Der Film ist großartig«, sagte Kathrin, als sie das Kino verließen. »Das werden die Leute schon noch checken.«

Er legte einen Arm um ihre Schultern und zog sie an sich.

»Klar. Der Oscar wartet schon auf uns«, sagte er und küsste sie auf die Schläfe.

»Und jetzt? Gehen wir noch was trinken?«, fragte Fausto.

»Vor allem was essen. Ich hab so Hunger«, sagte Kathrin.

Markus nickte. »Ich auch. Pizzeria?«

»Ja! Gehen wir ins *Pam Pam*«, schlug Kathrin vor, die sich in Regensburg gut auskannte, da ihr Bruder Niklas inzwischen an der Universität Physik studierte und sie ihn ab und zu besuchte.

Plötzlich spürte Markus, wie ihm jemand auf die Schulter tippte.

»Markus Killian?«

»Ja.«

Er drehte sich um und erkannte sofort, wer ihn da angesprochen hatte. Der hagere Mann mit den schulterlangen blonden Haaren war Götz L. Bechter! Ein sehr erfolgreicher Regisseur, der vor Kurzem mit einem Gefängnisdrama, das in den 80er-Jahren spielte, für Furore gesorgt hatte.

»Herr Bechter!«

»Himmel! Bitte kein Herr Bechter«, er hob die Hand, »ich bin Götz. Lassen wir dieses förmliche Gedöns.«

»Klar. Ich freu mich, Götz. Das ist meine Frau Kathrin. Und Fausto, er hat das Drehbuch für unseren Kurzfilm *Graues Gras* geschrieben.«

»Ja, ja. Hallo.« Er nickte den beiden wenig interessiert zu, wandte sich dann gleich wieder an Markus.

»Können wir irgendwo reden?«

»Natürlich. Gleich nebenan ist ein Café.«

Markus schaute etwas hilflos zu Kathrin und Fausto.

»Fausto und ich gehen schon mal vor ins *Pam Pam*«, sagte sie lächelnd.

»Okay. Ich komme später nach.« Markus war froh, dass Kathrin so unkompliziert war.

Bechter schaute auf seine Armbanduhr.

»Ich hab nicht viel Zeit, gehen wir.«

Als Markus eine Dreiviertelstunde später das Café verließ, schwirrte ihm der Kopf. Er hatte eine mündliche Zusage als Kameramann für einen Kinospielfilm, der im Frühjahr unter der Regie von Bechter in der Normandie gedreht werden sollte. Am liebsten hätte er einen Luftsprung gemacht. Sein erstes richtig großes Projekt.

Bechter hatte sich über Markus und seine Arbeit schon im Vorfeld informiert und war offenbar beeindruckt. Nachdem er auch noch den Kurzfilm gesehen hatte, war er überzeugt, dass er in ihm den richtigen Mann für sein Projekt gefunden hatte. Wobei ihn der Film *Graues Gras* an sich nicht vom Hocker gerissen hatte.

»Ein Scheißdrehbuch«, hatte er unverblümt bemerkt, »und die Schauspieler taugen höchstens für einen Auftritt auf einem Kindergeburtstag.«

Er griff nach seinem Arm und sah ihn aus wässrig blauen Augen eindringlich an. »Du musst mit Leuten arbeiten, die was können, Junge. Deine Kamera war gut, aber ich bin mir sicher, du kannst es noch viel besser, wenn du mit mir arbeitest. Und genau das will ich sehen. Schaffst du das?«

»Aber sicher«, versprach Markus, auch wenn ihm gerade ein wenig mulmig zumute war. Hoffentlich hatte er sich nicht zu weit aus dem Fenster gelehnt.

Da es bei dem Kriegsdrama auch Aufnahmen im Wasser geben würde, war zudem auch seine Qualifikation als Taucher gefragt. Markus ahnte jetzt schon, dass es eine große Herausforderung für ihn würde. Aber es war vor allem eine riesige Chance, damit man in der Branche endlich mal richtig auf ihn aufmerksam wurde. Und so machte er sich aufgeregt auf den Weg zum Restaurant.

Kathrin und Fausto hatten noch nicht mal die Hälfte ihrer Pizza gegessen, da platzte er mit der guten Nachricht herein. Sie feierten, bis das Lokal geschlossen wurde. Danach fuhren Markus und Kathrin zurück nach München.

Im Auto drehte Markus die Musik ganz laut auf, und sie sangen mit zu Falcos Hit *Rock me Amadeus*. Die Freude über den bevorstehenden Auftrag jagte Adrenalin durch seinen Körper, und er fühlte sich einfach nur großartig.

Mittendrin drehte er die Musik leise.

»Ich dreh mit Götz Bechter!«, rief er. »Ach Kat, ist das nicht verrückt?«

»Nein. Ist es gar nicht. Endlich jemand, der kapiert hat, wie gut du bist.«

»Noch nie hatte er einen so jungen Kameramann wie mich. Bisher hat er nur mit Leuten gedreht, die schon lange im Geschäft sind und mehr Erfahrung haben.«

»Der weiß ganz genau, was er tut, Markus. Jetzt freu dich einfach.«

»Tu ich doch. Whaah. Das ist so ein geiles Gefühl.«

Plötzlich spürte er eine Hand in seinem Schoß.

»Mal sehen, wie geil«, sagte sie und begann, ihn durch die Jeans hindurch abzutasten. Es dauerte nur wenige Sekunden, bis er auf ihre Berührungen reagierte.

»Ja. Du scheinst dich wirklich gut zu fühlen.«

Sie setzte den Blinker, sah kurz links aus dem Fenster und überholte einen Lastwagen. Doch ihre Hand blieb dort, wo sie lag.

»Vielleicht fahren wir raus auf einen Parkplatz«, schlug er vor, »irgendwie kann ich es nicht mehr erwarten, bis wir zurück sind.«

»Kein Parkplatz. Die sind mir nicht geheuer. Wer weiß, was sich da für Leute rumtreiben.«

»Stimmt. Dann fahren wir eben …«

»Mach den Reißverschluss auf.«

»Du meinst jetzt? Hier?«

»Ja.«

»Kat, wir fahren mit fast 140 Stundenkilometern auf der Autobahn.«

»Ich fahre. Du kannst dich inzwischen ein bisschen anderweitig beschäftigen.«

Markus sah sie verblüfft an. Sie war nie prüde gewesen, aber so etwas hatten sie noch nie gemacht. Der Gedanke war unglaublich erregend, vor allem in der Euphorie, in der er sich befand.

Sie griff nach hinten und zog einen Pullover nach vorn, der auf dem Rücksitz gelegen hatte.

»Hier.«

Sie warf ihn über seinen Schoß. »Jetzt kann auch aus einem Lastwagen niemand sehen, was du darunter machst.«

»Du bist verrückt, Kat.«

Doch er nestelte schon an seinem Reißverschluss.

»Ich weiß«, sagte sie und grinste.

»Oh Süße«, stöhnte er. »Du machst mich noch total irre.«

Obwohl er kaum mehr klar denken konnte, bemerkte er, dass sie etwas langsamer fuhr und einen größeren Abstand zum vorderen Wagen hielt. Was ihn trotz aller Erregung beruhigte.

Als sie das nächste Mal zum Überholen ansetzte, schloss er die Augen.

»Lass dich fallen«, murmelte sie.

Es war für ihn ein erregendes Gefühl, sich in der Gegenwart eines anderen Menschen selbst zu befriedigen. Und die tollen beruflichen Neuigkeiten steigerten seine Lust noch viel mehr. Doch bevor er es nicht mehr kontrollieren konnte, ließ er ab und zog seine Hand unter dem Pullover hervor.

»Warum hast du aufgehört?«, wollte sie wissen.

»Weil ich es mit dir erleben möchte.«

Sie hatten kaum die Tür zu ihrer kleinen Wohnung hinter sich zugemacht, da begannen sie, sich zu küssen und gegenseitig die Kleider auszuziehen. Im Wohnzimmer ließ er sich mit ihr aufs Sofa fallen.

»Ich will dich so sehr«, flüsterte er ihr ins Ohr.

»Und ich dich.«

Er zog sie an sich, und sie küssten sich wild und voller Verlangen. Ihre Hand griff nach seinem harten Glied und hielt es, bis sie sich auf ihn sinken ließ und er in sie eintauchte. Endlich war er in ihr! Intensiv spürte er ihre Enge und Hitze, die ihn fast verrückt machte. Er packte ihre Hüften, trieb sie an. Sie schloss die Augen und legte den Kopf in den Nacken, während sie sich schneller auf und ab bewegte.

»Ja!«, rief sie, und Markus konnte sich nicht mehr zurückhalten. Er verströmte sich tief in ihr, während sie immer noch auf ihm ritt. Und dann explodierte auch sie und wimmerte dabei vor Lust. Er ließ ihr kaum Zeit, zu Atem zu kommen, sondern zog sie zu sich, küsste sie, immer noch und schon wieder voller Verlangen nach ihr.

»Bitte bleib auf mir«, flüsterte er ihr ins Ohr. Er konnte einfach nicht genug von ihr bekommen.

»Ja. Und du bleib in mir.«

Und dann küssten und streichelten sie sich wieder, so lange, bis er erneut in ihr anschwoll. Er legte seine Hände an ihr Gesicht und sah sie an.

»Es fühlt sich so unglaublich an, mit dir zusammen zu sein«, sagte er leicht keuchend, während er sich langsam, fast träge in ihr bewegte. »Ich liebe dich mit jedem Tag mehr, Kat.«

»Du machst mich so glücklich wie kein Mensch sonst auf dieser Welt«, entgegnete Kathrin.

Er stöhnte in einer Kombination aus Lust und Rührung und küsste sie wieder.

Eine halbe Stunde später lagen sie gemeinsam in der Badewanne, Kathrin mit dem Rücken an seine Brust gelehnt. Mit der Hand schöpfte er warmes Wasser über ihre Brüste.

»Bist du müde?«, fragte er und küsste ihren Hals.

»Nein. Du?«

»Ich auch nicht.«

Er griff nach dem Duschbad und ließ etwas davon in seine Hand laufen. Genussvoll rieb er ihren Körper ein. Als er über ihre festen Brustwarzen fuhr, spürte er schon wieder Erregung in seinen Lenden. Er schien heute unersättlich zu sein. Und Kathrin ebenfalls. Während er mit einer Hand immer noch mit ihren Brüsten spielte, wanderte die andere langsam nach unten zwischen ihre Schenkel.

»Hör bitte nicht auf«, sagte sie heiser.

»Nein. Ich hör nicht auf. Lass dich einfach gehen, Süße«, flüsterte er. Er ließ sich Zeit und genoss es, ihre Lust zu spüren, die auch seine weiter anpeitschte. Ihr Atem ging immer schneller, und schließlich fand sie Erlösung.

»Wir könnten ins Schlafzimmer gehen, um dort weiterzumachen«, schnurrte er ihr ins Ohr, nachdem er ihr ein paar Minuten Erholung gegönnt hatte.

»Hm«, stimmte sie zu.

Während sie sich gegenseitig abtrockneten, fachten sie sie ihre Lust erneut an. Bis sie schließlich im Bett landeten und ein weiteres Mal miteinander schliefen. Und diese Nacht war noch lange nicht zu Ende.

28

Das offene Ohr einer Freundin

MÜNCHEN, 13. APRIL 2017

»Das war eine besondere Nacht für mich«, sagte Markus leise.

Kathrin spürte, wie die Erinnerung daran ihren Puls in die Höhe trieb.

»Für mich auch«, murmelte sie.

Sie sahen sich schweigend in die Augen. Ein Knistern lag in der Luft, wie sie es schon seit Langem nicht mehr in seiner Gegenwart gespürt hatte.

»Ich war einmal der Mann, der dich so glücklich wie kein anderer Mensch auf der Welt machen konnte«, sagte er plötzlich. »Ist das vorbei, Kat?«

Sie starrte ihn entgeistert an, völlig überfordert mit dieser Frage und irritiert, dass er sie ausgerechnet jetzt gestellt hatte.

Nach ein paar Sekunden, in denen sie schwieg, setzte er ein trauriges Lächeln auf und stand auf.

»Markus …«

Er schüttelte leicht den Kopf.

»Schon gut«, sagte er und ging zur Tür.

»Nein. Nicht schon gut!«, rief sie und stand ebenfalls auf. Er war stehen geblieben und drehte sich zu ihr um.

»Ich weiß nicht, was wir inzwischen füreinander sind, Markus. Das versuche ich doch gerade herauszufinden.«

Plötzlich kam er auf sie zu und zog sie in seine Arme. Kathrins Herz begann, hart gegen ihre Brust zu trommeln. Sie spürte seinen Atem, seinen Duft, der sie berauschte, weil er mit so vielen Erinnerungen verbunden war. Sie wusste nicht, ob es richtig oder falsch war, aber sie drängte sich eng an ihn. Wollte, dass er sie festhielt.

Seine Lippen waren plötzlich an ihrem Mundwinkel.

»Oh Kat«, flüsterte er und streifte mit den Lippen ihre Wangen. »Ich wüsste so gern, was ich tun kann, damit alles wieder gut wird.«

Er küsste ihre Mundwinkel, und sie sehnte sich nach einem echten Kuss. Doch er küsste sie nicht.

»Ich weiß es auch nicht«, flüsterte sie und streichelte über den Haaransatz in seinem Nacken. »Ich weiß nur, dass es sich gut anfühlt, wenn du mich im Arm hältst.«

»Vielleicht sollte ich dich einfach immer im Arm halten«, meinte er und lachte leise.

»Ja. Vielleicht …«

Er schlang seine Arme noch inniger um sie, streichelte ihren Rücken. Sie schmiegte sich an ihn, genoss das vertraute Gefühl, ihm so nah zu sein.

»Denkst du, wir haben noch eine Chance, Kat?«

Du musst es ihm sagen!, hörte sie plötzlich eine Stimme in ihrem Kopf. Sag es!

Schlagartig stieg Übelkeit in ihr auf. Sie löste sich von ihm und trat einen Schritt zurück.

»Vielleicht«, sagte sie. Doch in ihrem Tonfall lagen mehr Zweifel als Zuversicht. Natürlich spürte Markus das, und sie merkte, wie er sich zurückzog.

»Wir sollten besser schlafen gehen«, sagte er und wirkte erschöpft.

»Ja.«

Sie nickte.

»Gute Nacht, Markus.«

»Gute Nacht, Kat.«

Eine Viertelstunde später saß sie im Bett, ihr MacBook auf dem Schoß und Kopfhörer am Ohr. Sie war zu aufgewühlt, um zu schlafen. Markus versuchte alles Mögliche, damit es wieder funktionierte zwischen ihnen, und sie zögerte, ihm wieder richtig nahezukommen, obwohl sie es sich wünschte. Etwas, das sie ihm nicht sagen konnte, stand zwischen ihnen.

Nachdem sie sich bei Skype angemeldet hatte, sah sie, dass Christina online war. Endlich! Sie wählte sie sofort an. Einen Moment lang war die typisch glucksende Melodie während des Wählvorgangs zu hören. Dann nahm Christina den Anruf schließlich an und war auf dem Bildschirm zu sehen.

»Christina!«

»Hey, Kathi!« Christina winkte in die Kamera. »Gerade noch hast du mich erwischt. Ich bin eigentlich schon auf dem Sprung, die Zwillinge abzuholen.«

»Tut mir leid, ich wollte dich nicht stören«, sagte

Kathrin und konnte ihre Enttäuschung kaum verbergen, dass ihre beste Freundin keine Zeit für sie hatte. Dabei bräuchte sie jetzt so dringend einen Menschen, mit dem sie reden konnte.

»Ach was. Du störst nicht. Warte mal.«

Christina stand auf und entfernte sich vom Computer. Kathrin starrte auf eine vollgestopfte Bücherwand im Wohnzimmer, dazwischen kleine Stofftiere und andere Spielsachen, die offenbar achtlos hineingestellt worden waren.

»Jason! Du musst die Kleinen abholen«, hörte Kathrin ihre Freundin auf Englisch rufen. Jason war zu weit weg, um seine Antwort zu verstehen, aber offenbar tat er seiner Frau den Gefallen, denn kurz darauf kam Christina zurück.

»Alles gut. Jason ist schon unterwegs.«

»Sag ihm, er ist ein Schatz!«

»Mach ich, wenn er wieder da ist. So, und jetzt will ich sofort wissen, was bei dir los ist.«

»Wie meinst du das?«

»Man sieht dir aus fast zehntausend Kilometern Entfernung an, dass es dir nicht gut geht.«

Kathrin spürte, wie ihr plötzlich Tränen in die Augen schossen. Christina hatte schon immer eine besondere Antenne dafür gehabt, wie es Kathrin ging.

»Habt ihr Streit, du und Markus?«

»Wir haben richtig dicke Probleme, Christina.«

»Shit! Er hat was mit einer anderen, oder?«

»Eigentlich bin ich diejenige, die fast eine Dummheit gemacht hätte.«

Christina rückte näher an den Bildschirm heran.

»Was heißt fast?«

»Hör zu, ich bin nicht stolz drauf. Ich hab dir doch von Simon erzählt, der in unsere …«

»Ah, dieser heiße Neue in deiner Firma«, unterbrach Christina sie.

»Na ja. Inzwischen sehe ich das etwas anders. Aber ich hätte fast mit ihm geschlafen.«

»Fast. Dann hast du es dir doch anders überlegt. Also ist nichts passiert, oder?«

»Markus kam früher nach Hause.«

Christina schüttelte ungläubig den Kopf.

»Nein! Er hat euch in flagranti erwischt? Das ist jetzt nicht dein Ernst, oder?«

»Doch. Leider. Wobei sich das *leider* darauf bezieht, dass ich mich überhaupt auf Simon eingelassen habe. Ich bin inzwischen froh, dass Markus es durch sein Kommen verhindert hat.«

»Und jetzt will er sich von dir trennen?«

»Nein. Wir versuchen gerade, irgendwie wieder zueinanderzufinden. Aber das ist kompliziert. Dass überhaupt so was passieren konnte, zeigt doch, dass etwas zwischen uns nicht mehr stimmen kann.«

»Na ja, ein gutes Zeichen ist es wohl nicht gerade«, gab Christina zu. »Ich finde es allerdings ziemlich schade, weil ihr ein richtig cooles Paar seid … oder wart.«

»Hm.«

»Weißt du, Kathi, natürlich wünsche ich mir, dass ihr verheiratet bleibt. Hey! Ich war schließlich eure Trauzeugin und hab mich mächtig ins Zeug gelegt. Aber mehr noch wünsche ich mir, dass ihr glücklich seid. Und manchmal geht beides nicht gleichzeitig.«

»Aber woher weiß man denn, dass es wirklich zu Ende ist und nicht einfach nur ein vorübergehendes Problem?«

»Wenn du es jetzt nicht weißt, dann ist es meiner Meinung nach nur ein vorübergehendes Problem. Denn ich bin mir ganz sicher, dass dein Herz genau den Zeitpunkt spüren kann, wenn es zwischen euch wirklich vorbei ist.«

Kathrins Kehle wurde bei Christinas Worten eng.

»Ich will auch gar nicht, dass es zu Ende geht«, sagte sie heiser. »Aber wenn ich denke, wir könnten uns irgendwie annähern, ist da gleich wieder eine Distanz zwischen uns.«

»Kathi. Du hast fast mit einem anderen Mann geschlafen, und Markus hat das gesehen. Natürlich kann dann nicht sofort wieder alles so sein wie vorher. Wenn du dir den Arm brichst, dann braucht es ja auch eine Weile, bis es nicht mehr wehtut und du ihn wieder bewegen kannst. Er wird schmerzhaft eingerichtet, vielleicht sogar operiert, dann eingegipst, und dann ist eben eine Zeit lang alles ein wenig anders und schwieriger, weil du dich nicht so bewegen kannst. Und so ist es auch mit der Seele. Nach den Schmerzen des Bruchs seid ihr jetzt dabei, alles wieder einzurichten. Das tut weh. Und es wird erst mal schwierig sein, damit umzugehen. Aber irgendwann ist dann alles gut, und ihr könnt langsam wieder in einen Alltag finden.«

Und nun liefen tatsächlich Tränen über Kathrins Gesicht. Christina hatte recht.

»Außer der Arm ist völlig kaputt und entzündet, und es besteht die Gefahr, dass er den ganzen Körper vergiftet. Dann ist es besser, ihn abzunehmen«, fügte Christina hinzu.

Obwohl sie immer noch heulte, musste Kathrin auch gleichzeitig lachen.

»Gut, dass du keine Ärztin geworden bist«, sagte sie.

»Oh Gott, nein! Das wär nichts für mich. Lieber jongliere ich mit Paragraphen und Gesetzen herum.«

»Ja. Das kannst du!«

Kathrin wischte sich die Tränen aus dem Gesicht.

»Du fehlst mir echt!«

»Du mir auch«, gestand Christina. »Vielleicht kommst du mich einfach mal besuchen. Allerdings müsstest du dir momentan das Gästezimmer mit der Nanny teilen.« Sie zwinkerte ihrer Freundin aufmunternd zu.

»Sehr verlockend. Das überleg ich mir noch. Wie geht es denn deinen Kleinen?«, fragte Kathrin und hatte fast ein schlechtes Gewissen, weil sie sich nicht eher nach ihnen erkundigt hatte.

»Oh. Sie treiben mich fast in den Wahnsinn mit dem ganzen Unfug, den sie tagein, tagaus anstellen. Aber sie machen mich auch wahnsinnig glücklich.«

Kathrin spürte einen Stich im Herzen. Sie versuchte ein Lächeln, das offenbar überzeugend genug war, damit Christina nicht merkte, wie schwer es ihr gefallen war.

»Ich muss euch tatsächlich mal besuchen kommen, bevor die beiden den Führerschein machen.«

Christina lachte.

»Das ist doch noch ein Weilchen hin, keine Sorge ... Aber jetzt sieh zu, dass es dir wieder besser geht. Und Markus auch. Sag's ihm bloß nicht, aber ich mag den Kerl echt gern.«

Kathrin schüttelte den Kopf.

»Ich sag's ihm nicht ... Christina?«

»Ja?«

»Danke. Du hast mir wirklich weitergeholfen.«

»Aber klar. Wenn du mich brauchst, dann skype mich an oder schick mir eine Mail.«

»Mache ich.«

Beide rutschten gleichzeitig ganz nah an die Kamera heran, wie sie es am Ende eines Gesprächs immer taten, und warfen der anderen ein Küsschen zu.

»Bussi«, sagte sie Kathrin.

»Bis bald«, verabschiedete sich Christina.

Und dann war ihre Verbindung zu Ende.

Kathrin nahm den Kopfhörer ab, schaltete den Rechner aus legte ihn auf die andere Bettseite.

Draußen hörte sie eine Tür und leise Schritte. Offenbar tat sich auch Markus mit dem Einschlafen schwer. Kurz geriet sie in Versuchung aufzustehen, um mit ihm zu reden. Überhaupt fühlte sie sich ziemlich einsam in dem großen Bett ohne ihn. Vielleicht war das ja ein gutes Zeichen, sagte sie sich mit einem plötzlichen Gefühl der Zuversicht. Sie löschte das Licht und drehte sich zur Seite.

29

Alles ein wenig anders als sonst

MÜNCHEN, 14. APRIL 2017

Verschwitzt und erschöpft, aber mit einem guten Gefühl öffnete Markus die Haustür. Nach einer weiteren kurzen Nacht, in der er sich die meiste Zeit schlaflos hin- und hergewälzt hatte, war er früh aufgestanden. Nachdem er sich Wasser ins Gesicht geklatscht und die Zähne geputzt hatte, war er in seine Sportsachen und die Laufschuhe geschlüpft. Da der Karfreitag ein Feiertag war, war es so früh am Morgen noch ruhig auf den Straßen. Die Luft war zunächst ein wenig dunstig, aber es versprach, ein schöner sonniger Tag zu werden. Fast eine Stunde lang war er gelaufen.

Nach einer ausgedehnten lauwarmen Dusche war er auf dem Weg nach unten, als ihm Kaffeeduft in die Nase stieg. Kathrin war ebenfalls schon auf.

»Guten Morgen«, begrüßte sie ihn, als er in die Küche trat. Sie stand in einem ihrer riesigen T-Shirts, die sie früher oft als Nachthemd getragen hatte, vor dem Kühlschrank und holte eine Packung Eier heraus.

»Guten Morgen, Kat.«

»Du warst schon laufen heute?«

»Ja. Es hat richtig gutgetan.«

»Vielleicht gehe ich später auch noch.«

Sie schlug ein Ei auf, ließ es wie üblich zuerst in eine Tasse gleiten, bevor sie daran roch und es in eine Schüssel gab. Dann griff sie nach dem nächsten Ei und wiederholte die Prozedur. Markus verkniff sich ein Lächeln. Seitdem sie einmal ein schlechtes, bereits stinkendes Ei in einen Kuchenteig gegeben hatte und deswegen sämtliche Zutaten wegwerfen musste, ging sie stets auf Nummer sicher.

»Ich hab Lust auf Pfannkuchen. Magst du auch?«

»Pfannkuchen?«, fragte er überrascht. »Das gab es ja noch nie bei uns zum Frühstück.«

»Ich weiß. Aber hier steht …«, sie griff nach dem Beziehungsratgeber, den sie von Gina bekommen hatten, und las vor, »… schaffen Sie ganz bewusst völlig neue Situationen in Ihrem Leben und Alltag. Tauschen Sie die Bettseiten, verwenden Sie andere Kräuter, überdenken Sie Ihren Kleidergeschmack – und so weiter und so weiter.« Sie reichte ihm das Buch.

»Du hast das tatsächlich gelesen?«, fragte er verwundert und blätterte durch das Buch.

»Ich konnte letzte Nacht lange nicht einschlafen und dachte mir, es kann ja nicht schaden, mal ein bisschen damit anzufangen. Und manches ist gar nicht so blöd, wie ich gedacht hatte.«

»Bedeutet das, dass du tatsächlich willst, dass wir wieder zusammenfinden, Kat?«, fragte er sie ganz direkt.

Sie schob die Schüssel mit den Eiern zur Seite und sah ihn an.

Ohne eine Antwort abzuwarten, fügte er hinzu: »Weißt du, ich bin auch immer noch dabei, mit der Vorstellung klarzukommen, dass es da diesen Typen gibt, mit dem du fast ins Bett gegangen wärst. Aber einmal verhalten wir uns so, als ob nichts gewesen wäre, dann wieder stehen wir uns wie Fremde gegenüber. Dieses Hin und Her wird mir langsam ein wenig zu viel. Und da nehme ich mich auch selbst nicht aus.«

Er hatte sie wohl etwas überrumpelt, wie er ihrer Miene entnehmen konnte. Doch er würde jetzt nicht lockerlassen. »Oder brauchst du eine Auszeit, damit du dir in Ruhe darüber klar werden kannst, was du überhaupt willst?«

»Was ich weiß, ist, dass ich mir wünsche, dass wir wieder zusammenfinden, Markus, aber ich kann nicht versprechen, ob uns das auch gelingt. Oder bist du dir so sicher?«

»Nein, bin ich nicht, und ein Versprechen verlange ich auch gar nicht. Es genügt mir zu wissen, dass wir beide wirklich herausfinden wollen, wie wir das schaffen können.«

»Aber das tue ich doch. Ich wäre schon längst weg, wenn es anders wäre.«

Kurzzeitig schwiegen sie beide. Dann griff sie nach dem Beziehungsratgeber. »Und den hier würde ich sicher auch nicht lesen. Oder warum denkst du, mache ich mir sonst Gedanken, was wir ändern könnten, um unsere Beziehung zu retten?«

Sie warf das Buch auf den Tisch, zog die Schüssel zu sich und holte einen Schneebesen aus der Schublade. Rasch verquirlte sie die Eier, bevor sie ein paar Löffel Mehl, Milch und eine kleine Prise Salz dazugab.

Eine Weile lang sah er ihr wortlos zu. Offensichtlich steckte sie in einem ähnlichen Gefühlswirrwarr wie er. Einerseits wünschte er sich, dass alles wieder in Ordnung kam, auf der anderen Seite spürte er aber ganz genau, dass es nicht reichte, einfach zu sagen, es wäre alles wieder gut. Dafür war zu viel passiert. Die Situation war nicht einfach, aber war er womöglich zu ungeduldig?

Er sah, wie sie fahrig mit der Hand eine Haarsträhne hinters Ohr schob und dabei etwas Mehl auf ihrer Wange verteilte. Obwohl sie blass war und dunkle Ringe unter ihren Augen die anstrengenden letzten Tage widerspiegelten, war sie wunderschön. Unerwartet überkam ihn ein Gefühl von Zärtlichkeit.

»Mit deiner Frisur warst du dem Buch ja schon voraus«, meinte er.

»Wie?« Sie sah ihn verdutzt an.

»Na ja, du hast etwas an dir verändert, ohne diese Ratschläge gelesen zu haben.«

»Ach so. Ja. Allerdings.«

»Hör mal, Kat«, sagte er und wischte sanft das Mehl aus ihrem Gesicht, während er sprach. »Wir wünschen uns offenbar beide ernsthaft, einen Weg aus dem Schlamassel zu finden. Dann lass es uns weiter versuchen und sehen, was in den nächsten Tagen geschieht. Was meinst du?«

»Okay.« Sie nickte. »Aber ich habe eine Bedingung.«

»Bedingung?«

»Ja. Du musst den Ratgeber auch lesen«, verlangte sie und lächelte.

»Na gut«, stimmte er zu. »Aber dann darfst du dich nicht beschweren, wenn ich mir womöglich rote Strähnchen machen lasse oder eine Glatze rasiere«, feixte er aus der Erleichterung heraus, dass sie sich einig waren.

»Wage es nicht!«, sagte sie und hielt drohend den tropfenden Schneebesen in seine Richtung.

»Vielleicht kaufe ich mir einfach nur ein rosafarbenes T-Shirt. Hatte ich noch nie.«

»Da kann ich dir auch eines von mir leihen«, bot sie lächelnd an.

»Das wäre allerdings ein wenig eng für mich.«

Er ging zum Kaffeeautomaten.

»Soll ich heute gleich mal heiße Schokolade statt Kaffee trinken?«, fragte er.

»Kaffee ist schon okay. Man muss es ja nicht gleich mit den Veränderungen übertreiben«, meinte sie und grinste. Sie schien ebenfalls erleichtert zu sein, dass sie beide dasselbe Ziel verfolgten, auch wenn noch ungewiss war, ob und wie sie dorthin gelangen würden. »Außer du willst unbedingt heiße Schokolade.«

»Muss nicht sein.«

Während Markus sich eine Tasse Kaffee machte und den Tisch deckte, betrachtete er sie, wie sie am Herd stand und den Teig in die heiße Pfanne goss.

»Hier«, sagte Kathrin und drückte ihm einen Teller mit warmen Pfannkuchen in die Hand, während sie einen Vorratsschrank öffnete. Sie holte Nutella und Erdnussbutter heraus und aus dem Kühlschrank verschiedene Sorten Marmelade, Quark, einen Naturjoghurt und Käse und stellte alles auf den Tisch.

»Das sollen wir alles essen?«, fragte Markus.

»Ich weiß nicht, was du machst, ich probiere jetzt zuerst mal Pfannkuchen mit Erdnussbutter aus.«

»Na ja. So richtig wagemutig ist das ja nicht«, stellte er amüsiert fest.

»Du hast recht«, sagte sie und kaute auf ihrer Unterlippe, während sie überlegte, dann lächelte sie. »Aber da ich zu Hause noch nie Pfannkuchen mit Erdnussbutter gegessen habe, und schon gar nicht zum Frühstück, ist es zumindest was Neues.«

»Stimmt.«

»Was machst du dir drauf?«

»Weiß noch nicht.«

Sie fischte sich einen Pfannkuchen auf ihren Teller und bestrich ihn dick mit Erdnussbutter. Bevor sie ihn zusammenrollte, gab sie auf einer Seite noch einen Klacks Himbeermarmelade dazu. Sie verzichtete auf Besteck, nahm den Pfannkuchen in die Hand und biss herzhaft hinein.

»Hm, schmeckt echt gut«, sagte sie mit vollem Mund. »Hier, probier mal.«

Sie hielt ihm den Pfannkuchen hin, und er biss ein kleines Stück ab.

»Echt nicht übel«, stellte er fest. »Aber ich versuch mal was anderes.«

Er bestrich den Pfannkuchen zuerst mit einer dünnen

Schicht Aprikosenmarmelade, dann verteilte er Joghurt darauf und rollte ihn zusammen.

Er hatte schon nach dem Besteck gegriffen, überlegte es sich dann aber anders und aß ebenfalls mit den Fingern.

»Deiner schmeckt besser«, stellte er fest und leckte sich einen Klecks Joghurt vom Daumen.

Kathrin war inzwischen aufgestanden und nahm eine Birne aus der Obstschale. Sie schnitt sie in kleine Stücke und verteilte sie auf einem weiteren Pfannkuchen.

»Komm, da geht noch mehr«, forderte er sie auf.

»Hm.« Sie sah sich um, dann nahm sie Käse und rieb ihn über die Birnenstücke.

Erstaunlicherweise schmecke das Experiment gar nicht übel, stellte Markus fest, der es ihr nachmachte.

Während Kathrin nach zwei Pfannkuchen bereits genug hatte, nahm er sich noch einen dritten, den er einfach nur mit Marmelade füllte.

»Pfannkuchen könnten wir öfter zum Frühstück machen.«

Kathrin nickte und griff nach der Kaffeetasse.

»Hm. Es darf nur nicht zur Gewohnheit werden«, überlegte sie mit einem Blick auf den Beziehungsratgeber.

»Sicher gibt es noch Tausende Möglichkeiten, den Alltag zu durchbrechen«, meinte er.

»Ich habe mir überlegt, dass wir die Zimmer tauschen sollten. Ich gehe heute ins Gästezimmer, und du kannst ins Schlafzimmer.«

»Das muss wirklich nicht sein, Kat. Es macht mir

nichts aus, dort zu schlafen«, sagte er, wobei es nicht ganz der Wahrheit entsprach. Er fühlte sich gerade eher wie ein Gast im eigenen Haus.

»Aber ich möchte es gern«, meinte sie.

»Na gut. Wenn du unbedingt darauf bestehst.«

»Tue ich.« Sie stand auf und begann, den Tisch abzuräumen.

Er verputzte das letzte Stück Pfannkuchen und half ihr dann.

»Sag mal, Kat, hast du dir schon überlegt, was wir mit dem Schlüssel und der Telefonnummer machen?«, sprach er ein Thema an, das er über ihre Beziehungsfragen fast vergessen hatte.

Sie räumte die Teller in den Geschirrspüler und zuckte dann mit den Schultern.

»Eigentlich nicht. Ich hab da jetzt gar nicht mehr drangedacht«, gestand sie.

»Sollen wir noch abwarten?«

Sie zögerte einen Moment, dann schüttelte sie den Kopf.

»Nein. Wir rufen da jetzt einfach an und sehen, was passiert.«

Das war genau die Antwort, die er hatte hören wollen, und er freute sich über ihre wieder erwachte Abenteuerlust, die er in der letzten Zeit vermisst hatte, wie ihm erst jetzt so richtig bewusst wurde. Trotzdem fragte er sicherheitshalber nach: »Wirklich? Mit allen Konsequenzen?«

»Ja. Falls überhaupt jemand rangeht, können wir die Person ja bitten, niemandem was zu sagen.«

Zehn Minuten später saßen sie im Wohnzimmer. Der Schlüssel mit dem Zettel, auf dem die Handynummer stand, lag auf dem Tisch neben dem Koffer.

»Soll ich anrufen?«, fragte Markus, nachdem sie zunächst beide geschwiegen hatten.

»Nein, ich mache das schon.«

Sie griff nach ihrem Handy und dem Zettel.

»Schalte den Lautsprecher ein.«

»Okay … Ein wenig aufgeregt bin ich aber schon«, murmelte sie, während sie konzentriert die Nummer abtippte und dann auf die Taste für den Lautsprecher drückte.

»Ich auch«, gestand er.

»Es klingelt«, rief sie unnötigerweise. Gleich darauf hob jemand ab.

»Ja bitte?«, fragte eine sonor klingende männliche Stimme, die Markus völlig unbekannt war.

»Hallo? Mit wem spreche ich denn?«, wollte Kathrin wissen. Offenbar sagte ihr die Stimme ebenso wenig wie ihm.

»Das würde ich gern von Ihnen wissen«, kam es aus der Leitung.

Wie eigenartig! Kathrin sah Markus fragend an. Er nickte ihr zu.

»Mein Name ist Kathrin Killian.«

Ein paar Sekunden herrschte Stille in der Leitung, dann ein Räuspern.

»Mit Ihrem Anruf hatte ich jetzt aber noch nicht gerechnet«, sagte der Mann, und Überraschung lag in seiner Stimme.

»Das mag sein. Trotzdem würde ich gern wissen, wer Sie sind.«

Kathrin ließ sich glücklicherweise nicht aus der Ruhe bringen.

»Mein Name ist Ottmar Hergenwart. Ich bin Anwalt.«

»Anwalt?«

Das wurde ja immer rätselhafter.

»Richtig.«

»Anwalt von wem?«

Der Mann ließ sich ja wirklich alles aus der Nase ziehen.

»Ihre Großmutter Greta Fischer hat mich beauftragt.«

Markus sah, wie Kathrin völlig verblüfft die Augen aufriss.

»Soll ich besser mit ihm reden?«, fragte Markus leise. Sie nickte verwirrt und reichte ihm das Handy.

»Hallo, Herr Hergenwart. Hier ist jetzt Markus Killian. Es wäre schön, wenn Sie uns erklären könnten, was für eine Bewandtnis es damit hat. Wir haben Ihre Handynummer zusammen mit einem Schlüssel bekommen.«

»Guten Tag, Herr Killian«, begrüßte ihn der Anwalt höflich. »Offensichtlich haben Sie den Koffer mit den Geschenken früher geöffnet als vorgesehen.«

»Äh, ja. Ist das ein Problem?«

»Nein. Nicht für mich.«

»Das freut mich«, antwortete Markus, nicht ganz frei von Sarkasmus. Es war ihm ein Rätsel, was das bedeuten sollte.

»Da Ihre Großmutter bereits vor einigen Jahren verstorben ist, ist es nicht relevant, ob Sie früher oder später bei mir anrufen.«

Kathrin verfolgte das Gespräch sichtlich verwirrt.

»Und was bitte hat es nun mit diesem Schlüssel auf sich?«, wollte Markus wissen.

»Das kann ich Ihnen leider nicht am Telefon erklären. Sie verstehen? Ich weiß ja nicht, ob Sie tatsächlich Kathrin und Markus Killian sind.«

»Ja klar. Und was schlagen Sie jetzt vor?«

»Ich befinde mich in der Kanzlei, um vor Ostern noch einige Akten abzuarbeiten. Wäre es Ihnen vielleicht möglich, heute Vormittag mit gültigen Ausweispapieren vorbeizukommen? Danach bin ich leider im Urlaub und erst in zwei Wochen wieder zurück. Wenn es Ihnen reicht, könnten wir aber auch dann …«

»Nein«, unterbrach Markus ihn, »wir kommen gleich.«

Er ließ sich die Adresse geben und legte auf.

»Ich verstehe nicht, was das zu bedeuten hat«, murmelte Kathrin.

»Wir werden es bald herausfinden.«

Vierzig Minuten später betraten sie das Büro der Kanzlei Hergenwart & Neuberger. Markus war überrascht über das Alter des Anwalts, der noch keine fünfzig zu sein schien. Der Stimme am Telefon nach hätte Markus ihn wesentlich älter geschätzt.

»Kommen Sie bitte herein«, bat Hergenwart die beiden in sein Büro und bot ihnen Platz an einem Ende eines großen ovalen Besprechungstisches an. Er selbst setzte sich auf die andere Seite.

Kathrin war auf der Fahrt hierher sehr schweigsam gewesen. Zu ihrer Großmutter Greta hatte sie ein ganz besonders enges Verhältnis gehabt.

Auch Markus hatte die früh verwitwete Dame von Anfang an in sein Herz geschlossen. Kathrin war ihrer Großmutter sehr ähnlich, weniger vom Aussehen als vielmehr vom Wesen her. Greta war eine offene und lebenslustige Frau gewesen, kulturell interessiert und, soweit es ihre Witwenrente ermöglichte, oft auf Reisen.

»Sie haben Ihre Ausweise dabei?«, wollte Hergenwart wissen.

»Klar.«

Markus und Kathrin schoben ihm die Dokumente zu.

Hergenwart überprüfte sie sorgsam und gab sie den beiden wieder zurück.

»Alles in Ordnung. Wie erwartet.«

Damit stand der Anwalt auf und ging zu seinem Schreibtisch. Aus der Schublade holte er eine metallene Box und brachte sie zurück zum Besprechungstisch.

»Das soll ich Ihnen von Frau Fischer überreichen«, sagte er.

Kathrin zog die Dokumentenkassette an sich.

Hergenwart nahm ein Formular und reichte es Markus.

»Wenn Sie mir bitte hier den Empfang bestätigen möchten?«

»Sicher. Wir beide?«

»Nein. Einer reicht.«

Markus nickte und setzte seine Unterschrift auf die Quittung. Dann gab er sie dem Anwalt zurück.

»Danke. Das war es dann auch schon.«

»Mehr Erklärung dazu gibt es nicht?«, wollte Markus wissen, der die ganze Angelegenheit ziemlich schräg fand.

»Tut mir leid. Mehr kann ich dazu nicht sagen«, antwortete Hergenwart bedauernd. »Sicher wird sich mit dem Inhalt der Box alles aufklären.«

»Hoffentlich.«

»Vielen Dank«, murmelte Kathrin. Sie stand auf und drückte die Kassette an sich wie einen Schatz. Und vermutlich bedeutete sie ihr auch genau so viel. Was Greta wohl darin verschlossen hatte?

30

Gretas letzte Reise

ROSENHEIM, 9. MAI 2007

Fünf Tage war es her, als ihre Großmutter die ganze Familie zu ihrem 82. Geburtstag in ihrer Wohnung in Rosenheim um sich versammelt hatte. Obwohl ihr dunkelrotes Lieblingskleid deutlich lockerer um die Hüften fiel als sonst und sie ein wenig müde wirkte, hatte niemand ahnen können, welche Nachricht die Gäste nach dem Dessert erwartete.

Greta war aufgestanden und hatte mit einem Löffel gegen ihr Glas geschlagen. Sie warf einen Blick zu Dr. Horst Schindler, der seit vielen Jahren ihr Hausarzt war und fast schon zur Familie gehörte.

»Meine Lieben, ich danke euch sehr, dass ihr heute alle hier seid. Einige hatten eine lange Anreise, und ich weiß, dass manche von euch …«, sie nickte zu Markus, der für den Geburtstag extra auf die Premierenvorstellung eines Kurzfilms in Köln verzichtet hatte, »… Umstände deswegen hatten. Dass es trotzdem geklappt hat, bedeutet mir sehr viel.«

Kathrin griff unter dem Tisch nach Markus' Hand und drückte sie. Sie war froh, dass er zur Geburtstagsfeier ihrer Oma mitgekommen war. Und sogar Maja war aus Berlin angereist, um heute dabei zu sein.

Greta sah langsam über die Gesichter der Anwesenden.

»Ich hoffe, ihr habt euch das Essen schmecken lassen und fühlt euch gut.«

Es gab ein zustimmendes Gemurmel.

»Schön.« Sie räusperte sich. »Warum es mir in diesem Jahr ganz besonders wichtig war, euch alle um mich zu haben, obwohl es kein runder Geburtstag ist, will ich euch gleich erklären. Vorher möchte ich jedoch, dass ihr wisst, was für ein besonderes Leben ich habe führen dürfen. Ein wenig verrückt, ein wenig abenteuerlich und ganz sicher niemals langweilig, auch wenn es nicht immer einfach war. Das größte Geschenk jedoch seid ihr. Jeder Einzelne von euch. Meine geliebte Familie. Und natürlich einige sehr enge Freunde.« Sie sah für einen kurzen Moment hoch zur Decke und fügte mit einem schelmischen Zwinkern hinzu: »Sofern sie noch am Leben sind.«

Die Gäste lachten, doch in Kathrin machte sich ein mulmiges Gefühl breit. Und auch ihr Bruder Niklas warf ihr einen verwunderten Blick zu. Greta war sonst niemals so feierlich. Und noch nicht einmal zu ihrem achtzigsten Geburtstag hatte sie eine Ansprache gehalten. Irgendetwas stimmte hier nicht.

»Denjenigen, die nicht mehr unter uns sind, werde ich allerdings bald persönlich entgegentreten.«

Aus den Gesichtern der meisten Gäste verschwand das Lächeln und wich Verständnislosigkeit. Doch Kathrin hatte sofort erfasst, was die Worte ihrer Oma zu bedeuten hatten.

»Was willst du uns damit sagen, Mutter?«, fragte Rita besorgt.

Greta sah ihre jüngste Tochter mit einem liebevollen Lächeln an.

»Ich leide seit Jahren an einer Krebserkrankung, die glücklicherweise sehr langsam verlief und kaum Beschwerden verursachte. Und so schien es mir auch nicht notwendig, euch davon in Kenntnis zu setzen.«

Kathrin spürte, wie sämtliche Farbe aus ihrem Gesicht wich.

»Du bist krank?«, rief Gretas ältere Tochter Bea und stand abrupt auf.

»Und hast uns nie was gesagt?«, setzte Rita hinzu.

»Ich wollte nicht, dass ihr euch Sorgen macht. Doktor Schindler hat mich in dieser Zeit großartig begleitet und meinen Zustand stets überwacht.«

Im Zimmer herrschte jetzt Unruhe. Alle redeten durcheinander.

»Bitte! Ich bitte euch nur noch kurz um einen Moment Aufmerksamkeit.«

Greta hob die Hand, und sofort wurde es still.

»Letzte Woche hatte ich … « Sie stockte kurz, bevor sie weitersprach. »Nun ja, ich hatte einen kleinen Zusammenbruch.«

»Und das hast du uns auch verschwiegen?« Ritas Stimme klang gleichzeitig empört und verzweifelt.

»Ich wollte ausdrücklich nicht, dass ihr das mitbekommt. Und bitte lasst mich jetzt alles erklären, ohne mich zu unterbrechen. Das Ganze hier fällt mir nämlich nicht gerade leicht.«

Kathrin sah, wie Greta mit ihrer rechten Hand nervös eine Serviette knetete.

»Bei der Untersuchung im Krankenhaus wurde festgestellt, dass mein Zustand sich verschlechtert hat und mir vermutlich nur noch wenige Monate bleiben werden. Deswegen ist mir dieser Tag heute besonders wichtig, um euch noch mal alle um mich zu haben und mich von euch zu verabschieden. Ich werde später noch mit jedem Einzelnen von euch allein reden. Doch jetzt muss ich mich erst mal ein wenig ausruhen. Doktor Schindler kann euch aber inzwischen weitere Fragen beantworten. Aber nehmt ihn bitte nicht zu sehr in Beschlag und macht ihm vor allem keine Vorwürfe. Meine Entscheidungen habe ich selbst getroffen, er hat mich dabei nur unterstützt.«

Sie warf einen Blick zu ihren beiden Töchtern. »Rita und Bea, würdet ihr mich bitte ins Schlafzimmer begleiten?«, bat sie, und ihre Stimme klang plötzlich ein wenig brüchig und müde.

Als ihre Oma zusammen mit Rita und Bea das Zimmer verlassen hatte, wurde Doktor Schindler mit Fragen bombardiert. Kathrin jedoch hielt es keine Sekunde länger aus und verließ fast fluchtartig die Wohnung. Nach dieser Nachricht musste sie unbedingt an die frische Luft. Markus folgte ihr und begleitete sie, ohne ein

Wort zu sagen. Er wusste, dass sie in einer solchen Verfassung nicht reden wollte.

Ihre Großmutter, von der alle dachten, dass sie bestimmt einmal hundert Jahre alt werden würde, sollte nicht mehr lange leben? Das durfte einfach nicht sein. Natürlich war es Kathrin klar, dass dieser Moment irgendwann einmal kommen musste. Aber doch noch nicht jetzt!

Plötzlich hatte sie das Gefühl, keine Luft mehr zu bekommen. Sie blieb neben einem Baum stehen und stützte sich keuchend ab.

»Kat. Es tut mir so leid.«

Er legte einen Arm um sie, und da konnte sie sich nicht mehr zurückhalten. Schluchzend drehte sie sich um und klammerte sich buchstäblich an ihn.

»Schschtt. Weine ruhig, Kat. Ich bin da.« Er hielt sie fest und murmelte ihr beruhigende Worte ins Ohr, ohne dass sie deren Sinn erfasste, doch sie gaben ihr ein wenig Halt.

Als sie zwei Stunden später zusammen mit Markus das Zimmer ihrer Großmutter betrat, war sie so weit gefestigt, bei ihrem Anblick nicht sofort wieder in Tränen auszubrechen.

Und Greta ließ auch gar nicht zu, dass irgendeine Art von Rührseligkeit aufkam. Als Kathrin sie umarmte, strich sie ihr nur kurz durchs Haar, schob sie dann jedoch rasch wieder weg und sah ihre Enkelin und Markus eindringlich an.

»Hört zu, ihr zwei. Ich brauche euch«, sagte sie.

»Ja?«

»Ihr müsst etwas für mich tun. Aber damit werden wir drei uns mächtigen Ärger einhandeln, das kann ich euch jetzt schon sagen.«

»Wie meinst du das denn, Oma?«, fragte Kathrin.

»Ich dachte, ich hätte noch mehr Zeit, aber jetzt müssen wir uns beeilen.«

»Beeilen?« Markus sah sie verwundert an.

»Ich möchte die letzten Wochen oder hoffentlich Monate, die mir noch bleiben, bei meiner Schwägerin am Meer verbringen.«

»Bei Rosita? In Savona?« Kathrin sah ihre Oma verblüfft an.

»Rosita?«, fragte Markus, der offensichtlich nicht wusste, von wem sie sprachen.

Kathrin erklärte ihm, dass Rosita die erste Frau von Gretas ältestem Bruder Max war. Die beiden hatten sich nach nur zwei Ehejahren scheiden lassen, weil Rosita sich geweigert hatte, mit ihm nach Deutschland zu ziehen, und Max wiederum nicht mehr länger in Italien leben wollte. Greta hatte als Einzige in der Familie den Kontakt zu Rosita nie abbrechen lassen und ihre ehemalige Schwägerin immer wieder besucht, wenn ihr Mann auf einer seiner vielen Geschäftsreisen unterwegs war.

»Rosita führt mit einer ihrer drei Töchter eine kleine Pension ein wenig außerhalb von Savona am Ligurischen Meer«, erklärte Greta dem Mann ihrer Enkelin. »Und sie wird sich gut um mich kümmern.«

»Aber Oma«, warf Kathrin ein, und sie spürte, wie ihr

Tränen in die Augen schossen. »Du kannst doch hier nicht einfach so weg! Mama und Tante Bea würden das niemals zulassen!«

»Ja. Ich weiß. Deswegen werden wir ja auch Schwierigkeiten bekommen.«

Kathrin wollte das gar nicht hören.

»Hier hast du doch eine viel bessere Versorgung. Und wir sind in der Nähe und können dich immer besuchen und …«

Greta umfasste Kathrins Arm.

»Scht, mein Liebes«, sagte sie beruhigend. »Bitte hör mir zu. Ich weiß, dass meine Töchter sich rührend um mich kümmern würden. Und ihr auch. Und dafür bin ich euch zutiefst dankbar. Aber verstehst du, ich möchte das nicht.«

Kathrin sah sie fassungslos an. »Aber warum denn nicht?«

»Bea und Rita haben mit ihren Berufen und ihren Familien genug um die Ohren. Außerdem würden sie mich mit ihrer Fürsorge ersticken. Und mir sämtliche Entscheidungen abnehmen wollen. Du kennst sie doch.«

»Welche Entscheidungen?«

»Ich möchte in kein Krankenhaus. Es gibt keine Heilung mehr für mich. Man könnte es vielleicht nur noch ein wenig länger hinauszögern. Aber wozu? Ich habe keine Lust, unnötig dahinzusiechen. Lieber lebe ich nicht mehr ganz so lange, dafür aber so, wie ich es mir aussuche.«

Bei Gretas Worten liefen wieder Tränen über Kathrins Wangen. Markus griff nach ihrer Hand.

»Es gibt gute Medikamente gegen die Schmerzen und Mittel gegen die Angst. Mehr will ich nicht. Rosita respektiert meine Wünsche und wird sich um mich kümmern. Und Ärzte gibt es ja auch dort. Wenn dann meine Zeit gekommen ist, möchte ich am Meer sein. Mit all den schönen Erinnerungen, die ich habe.«

»Oma …«

»Außerdem könnt ihr mich ja besuchen kommen. Sicher werde ich nicht gleich in den nächsten Tagen den Löffel abgeben«, versuchte sie zu spaßen, aber Kathrin lachte nicht.

Danach herrschte eine Weile lang Schweigen.

»Was können wir für dich tun, Greta?«, fragte Markus schließlich, der bisher nur wenig gesprochen hatte.

Greta drehte sich zu ihm und lächelte ihn an.

»Bitte bringt mich nach Savona.«

Es hatte tatsächlich jede Menge Ärger und Diskussionen mit der Familie gegeben, doch am Ende hatten auch die Töchter den Wunsch ihrer Mutter respektiert. Allerdings nur unter der Bedingung, dass sie Greta dort abwechselnd besuchen kommen durften. Damit war Greta einverstanden.

Und nun, fünf Tage später, waren sie auf dem Weg nach Italien. Kathrin hatte sich ein paar Tage Urlaub genommen, und Markus wartete ohnehin noch auf die Zusage für einen Dokumentarfilm. Er hatte einen besonders bequemen Sitz in den VW-Bus einbauen lassen, damit Greta es während der Fahrt so angenehm wie möglich hatte. Doch die alte Dame war überraschend energiegeladen, und so legten sie die Strecke in zwei Tagen zurück und übernachteten nur einmal in einem kleinen Hotel am Gardasee.

Im Nachhinein erinnerte Kathrin sich an die Fahrt wie an einen langen, sehr intensiven Traum. Sie hörten Musik im Auto, die Greta gern mochte, verbrachten wundervolle Stunden mit schönen Gesprächen über die Reisen, die ihre Oma gemacht hatte, redeten über Erinnerungen an Kindheit und Jugend von Kathrin und vermieden überhaupt alle Themen, die mit Krankheit und Tod zu tun hatten. Schließlich kamen sie in Savona an, und Rosita und ihre Töchter nahmen sie herzlich in Empfang. Kathrin merkte sofort, dass sich ihre Oma bei der Italienerin, die knapp fünf Jahre jünger als Greta, aber noch ausgesprochen rüstig war, in den besten Händen befand. Außerdem war die kleine Pension ganz bezaubernd. Kathrin verliebte sich sofort in den großen Garten mit Blick aufs Meer. Und als sie die glücklich strahlenden hellblauen Augen ihrer Großmutter sah, wusste sie, dass sie das Richtige getan hatten. Auch wenn es sie noch so schmerzte, sie hier zurückzulassen.

Am letzten Abend kochte Rosina Minestrone, die, wie Greta ihr versicherte, kein Sternekoch der Welt jemals besser hinbekommen würde. Danach gab es Lasagne und als Nachspeise Panna cotta mit in Pfefferminze und Puderzucker marinierten Erdbeeren.

Es waren fröhliche Stunden, und Kathrin konnte für eine Weile vergessen, dass dieser Abend eigentlich eine Art Abschiedsfest war. Doch irgendwann merkte sie, dass Greta erschöpft wirkte, und sie begleitete sie nach oben in ihr Zimmer.

»Oma …«, begann sie ein wenig hilflos, als sie vor der Zimmertür standen.

Doch Greta wollte offensichtlich keine Rührseligkeit aufkommen lassen.

»Mein Gott, bin ich müde. Jetzt freu ich mich schon sehr auf mein Bett. Gute Nacht, Kathrin. Schlaf gut.«

Damit verschwand sie im Zimmer.

Bevor sie am nächsten Morgen losfuhren, standen Oma und Enkelin im Garten und schauten lange schweigend aufs Meer. Schließlich war die Zeit gekommen, Abschied zu nehmen.

»Ich danke dir so sehr, mein Liebes«, sagte Greta und legte die Hände ans Gesicht ihrer geliebten Enkelin. »Du wirst erst später verstehen, was es mir bedeutet, den letzten Teil meines Lebens hier verbringen zu dürfen.«

Kathrin wusste nichts darauf zu sagen.

»Ich weiß nicht, was nach diesem Leben kommen wird, Kathrin, aber ich glaube, dass etwas Besonderes auf uns wartet, was wir uns jetzt noch gar nicht vorstellen können. Und vielleicht beginnt das Leben ja auch in einer anderen Form wieder ganz von vorn, und es gibt neue Menschen, die wir lieben und die uns etwas bedeuten werden.«

»Und wenn aber doch danach alles zu Ende ist?«, fragte Kathrin zaghaft.

Greta lächelte milde.

»Solange es Menschen gibt, die sich an dich erinnern und an dich denken, ist es nicht zu Ende, mein Liebes.«

»Du wirst mir so fehlen, Oma«, sagte Kathrin, und ihre Kehle war wie zugeschnürt. Sie wollte die Vorstellung, dass sie ihrer Großmutter womöglich zum letzten Mal in die Augen sah, am liebsten nicht an sich heranlassen.

»Wenn ich dir fehle, dann denk an unsere schönen Momente, Kathrin. Und verschwende nicht zu viel Zeit damit zu trauern. Das Leben erscheint zunächst unendlich, doch plötzlich rasen die Jahre nur so dahin. Und je weniger Zeit dir bleibt, desto kostbarer wird jeder Tag. Und genau das macht die Besonderheit des Lebens aus. Diese Kostbarkeit, die man leider viel zu oft vergisst. Deswegen genieße das Leben und die Liebe. Und grüble nicht zu viel über Dinge, die du nicht ändern kannst.«

Über Kathrins Gesicht kullerten nun die Tränen, die sie nicht länger zurückhalten konnte.

»Ich wünschte, wir hätten noch mehr Zeit«, sagte sie schluchzend.

»Vielleicht haben wir die ja. Ärzte sind schließlich keine Hellseher. Und momentan fühle ich mich wieder viel besser. Die Luft hier am Meer tut mir gut. Und wie du gestern sicher bemerkt hast, ist auch mein Appetit wieder mehr geworden.«

»Wir werden dich im Sommer besuchen kommen«, sagte Kathrin entschlossen und wischte sich die Tränen aus dem Gesicht. »Markus und ich werden unseren Urlaub hier bei dir verbringen. Bis dahin ist es auch gar nicht mehr lange hin.«

Sie hatten zwar eine Rucksacktour durch Kambodscha geplant, aber die konnten sie auch auf das nächste Jahr verschieben.

Greta gab ihrer Enkelin einen liebevollen Abschiedskuss.

»Ich freue mich, wenn wir uns wiedersehen.«

Doch dazu sollte es nicht mehr kommen. Bereits drei Wochen nach ihrer Ankunft war Greta irgendwann in der Nacht für immer eingeschlafen. Rosita hatte sie am nächsten Morgen mit einem friedlichen Lächeln auf dem Gesicht gefunden.

31

Gretas Geständnis

MÜNCHEN, 14. APRIL 2017

Markus sah besorgt zu Kathrin. Ihre Augen schimmerten verdächtig. Die metallene Box lag vor ihr auf dem Tisch, den Schlüssel hielt sie fest umklammert in der Hand.

Doch auch ihn hatten die Erinnerungen an die letzte Reise mit Greta berührt.

»Du warst großartig damals«, sagte Kathrin plötzlich mit kratziger Stimme, ohne Markus anzusehen. »Ich hätte diese Fahrt und das, was danach kam, niemals ohne dich durchgestanden.«

Markus schluckte.

»Ich will immer für dich da sein, wenn du mich brauchst, Kat.«

Er bemerkte ein kurzes Flackern in ihren Augen, und ihr Blick wurde mit einem Mal kühler. Doch der Moment war so schnell vorbei, dass er nicht wusste, ob er sich getäuscht hatte.

»Ich schaue jetzt rein«, sagte sie entschlossen. Dann

steckte sie den Schlüssel ins Schloss, sperrte auf und hob den Deckel an.

»Ein Foto!«, sagte sie. Vorsichtig holte sie es heraus. Darunter lag ein dickes Kuvert, auf dem ihr Name stand.

Markus rutschte näher an sie heran und betrachtete das leicht vergilbte und etwas zerdrückte Bild, das wirkte, als ob es jemand schon Tausende Male in den Händen gehalten hätte. Es zeigte Greta als eine Frau von etwa Anfang dreißig. Neben ihr auf einer kleinen Bank saß ein gut aussehender Mann, der breit in die Kamera lächelte.

»Ist das der Garten von Rosita?«, fragte Markus überrascht.

Kathrin nickte. »Sieht ganz so aus.«

»Und wer ist dieser Mann?«

»Ich habe keine Ahnung. Aber ich hab irgendwie so eine Ahnung …«, murmelte Kathrin.

»Das klingt absolut schlüssig«, zog Markus sie auf in dem Versuch, ihre Anspannung ein wenig aufzulockern. Und tatsächlich lächelte sie.

»Sicher erfahren wir gleich, wer dieser Mann ist.« Entschlossen öffnete sie den Umschlag und holte einen mehrseitigen Brief heraus, der wie zu erwarten von Greta war. Im Briefumschlag steckte noch ein kleineres verschlossenes Kuvert, auf dem der Name Rita stand.

»Ein Brief für meine Mutter«, sagte Kathrin überrascht. »Sollen wir sie anrufen, damit sie kommt?«

»Schau erst einmal, was Greta dir geschrieben hat«, riet Markus.

»Puh.« Kathrin schluckte. Sicherlich war es nicht einfach für sie, sozusagen eine Nachricht ihrer Großmutter aus dem Jenseits zu erhalten.

»Ist es dir lieber, wenn ich lese?«, fragte Markus.

Sie nickte und reichte ihm mit zitternden Händen den Brief.

»Meine liebe Kathrin, lieber Markus«, begann er. »Fünfzehn Jahre werden vergangen sein, wenn ihr diesen Brief lest. Zumindest hoffe ich das, denn leider weiß man nie, was das Leben für einen bereithält. Ich sollte ein Geschenk in diesen Koffer legen. Ob meine Nachricht und das Foto ein Geschenk sind, weiß ich nicht. Vermutlich nicht. Aber auf jeden Fall wird es eine Überraschung sein.«

Markus hob den Kopf und sah seine Frau an.

»Alles gut bei dir?«

»Ja. Lies bitte weiter.«

»Okay … Aber auf jeden Fall wird es eine Überraschung sein«, wiederholte er. »Und ich weiß nicht, wie ihr sie aufnehmen werdet. Mit ihr meine ich dich, liebe Kathrin, und deine Mutter Rita. Denn euch betrifft es. Aber vor allem Rita. Der Mann, den ihr neben mir auf dem Foto in Rositas Garten seht, heißt Joseph Halmer. Er war damals auf einer wissenschaftlichen Tagung in Italien und wohnte in der kleinen Pension, als ich für eine Woche bei Rosita zu Besuch war. Viel weiß ich leider nicht von ihm, nur dass er ein ganz außergewöhnlicher Mann war. Nun, was soll ich sagen? Es hat vom ersten Moment an zwischen uns gefunkt, und wenn ich in seine Augen sah, dann hatte ich das Gefühl, die ganze Welt würde sich nur mehr um uns beide drehen. Ihm ging es offenbar ähnlich, und wir hatten drei verrückte, unglaublich schöne Tage und Nächte, die ich nie vergessen werde. Joseph gab mir ein Gefühl, das ich bei meinem Mann niemals hatte, und erst mit Joseph spürte ich, was ich schon immer vermisst hatte, obwohl ich meinen Ehemann liebte. Als neun Monate später Rita zur Welt kam, wusste ich nicht, wer der Vater dieses zauberhaften kleinen Wesens war. Doch für mich hat das nie eine Rolle gespielt. Joseph, der ebenfalls verheiratet war, und ich sahen uns danach niemals wieder. Um unsere Ehen nicht zu gefährden, hatten wir uns am letzten gemeinsamen Tag das Versprechen gegeben, keinen Kontakt zueinander zu suchen. Erstaunlicherweise wurde meine Ehe nach dieser kurzen Episode harmonischer, wenn auch niemals so leidenschaftlich wie in den Tagen mit Joseph. Als ich vor wenigen Jahren versuchte, doch noch etwas über ihn herauszufinden, erfuhr ich, dass er bereits verstorben war. Eigene Kinder hat er niemals gehabt.«

Markus nahm das zweite Blatt und las weiter.

»Bitte verzeiht mir, dass ich nicht mutig genug war, zu meinen Lebzeiten darüber zu sprechen. Doch wenn ich das getan hätte, hätte ich auch zugeben müssen, dass ich das, was in jenem Sommer passierte, niemals bereut habe. Im Gegenteil. Und ich weiß nicht, ob ihr es verstanden hättet. Ich wollte diesen wunderschönen Schatz der Erinnerung nicht durch Diskussionen über meinen Ehebruch vergiften.

Warum ich dir, meine liebe Kathrin, diesen Brief

übergebe und nicht gleich deiner Mutter, hat drei Gründe. Zum einen ist diese Gelegenheit mit dem Koffer ideal. Und dann traue ich deiner Mutter zu, dass sie dir und deinen Geschwistern verschweigen würde, dass euer Großvater womöglich gar nicht euer echter Großvater ist. Der Hauptgrund ist aber, dass ich das Gefühl habe, du wirst mich von allen am ehesten verstehen können. Und außerdem hast du Markus an deiner Seite. Wenn ich euch beide ansehe, meine ich genau das zu entdecken, was ich mir vom Leben erträumt hatte. Eine Partnerschaft voller Liebe und auch Leidenschaft. Leider konnte ich beides nicht mit einem Mann erleben. Deswegen hoffe ich, dass ihr gut auf dieses Geschenk, das euch gegeben wurde, achtet. In großer Liebe, Greta.«

Markus senkte den Brief und sah Kathrin an. Ihre Lippen zitterten.

»Kat…«, begann er, doch Kathrin winkte ab und schlug die Hände vors Gesicht. Ihr ganzer Körper bebte. Er legte einen Arm um sie und zog sie an sich.

»Mein Liebling, das ist doch alles nicht so schlimm«, wollte er sie beruhigen, da erkannte er verblüfft, dass Kathrin nicht weinte, sondern lachte!

»Kat!«

»Tut mir leid«, gackerte sie zwischen zwei Lachsalven, »aber irgendwie ist das so typisch für Oma.«

Ihr Lachen war ansteckend und erleichternd. Und jetzt konnte auch Markus sich nicht mehr zurückhalten.

Es dauerte eine Weile, bis sie sich wieder beruhigt

hatten. Kathrin wischte sich Lachtränen aus dem Gesicht und räusperte sich, um wieder normal zu reden.

»Ich weiß, ich sollte eigentlich entsetzt sein, aber Opa war trotzdem immer mein Opa für mich, und diesen Joseph kannte ich ja nicht. Es war vermutlich gut, dass Oma niemandem etwas gesagt hat.«

»Denkst du wirklich, so etwas sollte man verschweigen?«, fragte Markus und war neugierig auf ihre Antwort.

Kathrin zuckte ratlos mit den Schultern.

»Keine Ahnung. Vielleicht kommt es immer auf den Einzelfall an«, überlegte sie. »Alle drei Hauptbeteiligten sind inzwischen verstorben, und so hat Omas Ehebruch wohl niemandem wehgetan.«

»Ob das deine Mutter auch so sieht? Schließlich hat Greta ihr verschwiegen, dass vielleicht ein anderer Mann ihr Vater war.«

»Mama war immer Opas ganz besonderer Liebling. Ich glaube, sie war sehr glücklich, dass er ihr Vater war. Klar, es war vielleicht eine Lüge. Und es ist nicht richtig von Oma gewesen.« Sie sah Markus an. »Ich weiß auch nicht, warum ich ihr trotzdem nicht böse sein kann und mich diese Vorstellung eher schmunzeln lässt.«

Markus schüttelte lächelnd den Kopf. Er verstand, was sie meinte. Ihm ging es ebenso. Obwohl er Lügen hasste, war er in diesem Fall auch eher amüsiert, als dass er darüber empört war. Womöglich auch deswegen, weil das Ganze schon viele Jahrzehnte her war.

»Vielleicht ist das so, weil wir Menschen eben Menschen sind und Fehler machen. Auch wenn wir niemandem dabei wehtun wollen.«

»Eigentlich war es ja auch gar keine Lüge. Sondern eher ein Verschweigen. Aber durch ihr Schweigen hat sie keinem wehgetan. Hoffe ich zumindest. Die Frage ist nur, wie Mama das alles aufnehmen wird.«

»Nun ja. So leicht wie du wird sie es sicher nicht nehmen«, vermutete Markus. »Wenn ich mir vorstelle, ich würde jetzt erfahren, dass mein Vater nicht mein richtiger Vater oder meine Mutter nicht meine richtige Mutter ist, dann würde mich das vermutlich schon ein wenig aus der Bahn werfen.«

»Du hast ja recht. Ich will es auch nicht herunterspielen. Aber es ist ja auch nicht sicher, dass dieser Joseph tatsächlich der Vater ist. Es könnte auch Opa gewesen sein.«

»Stimmt. Aber das kann Rita ja leicht herausfinden, indem sie einen Abgleich mit ihrer Schwester macht«, meinte Markus.

»Falls sie es überhaupt so genau wissen möchte.«

Kathrin stand auf.

»Irgendwie wäre mir jetzt nach einem Bier. Magst du auch?«, fragte sie.

»Warum nicht.«

Sie ging in die Küche, und er hörte, wie sie den Kühlschrank öffnete. Gleich darauf kam sie mit zwei Flaschen zurück und reichte eine davon Markus, bevor sie sich setzte.

»Prost. Auf Oma«, sagte Kathrin.

»Auf Greta!«

Sie stießen an und tranken.

»Wann wirst du deiner Mutter den Brief geben?«, fragte er.

Bevor sie eine Antwort geben konnte, klingelte es an der Tür.

»Ich geh schon«, sagte Markus. Er stellte seine Flasche ab und ging hinaus in den Flur.

Als er die Haustür öffnete, stand ihm Simon gegenüber.

»Das kann doch jetzt echt nicht wahr sein, oder? Was willst du denn hier?«

»Ich muss mit Kathrin sprechen«, sagte Simon, der aussah, als ob er die Nacht durchgemacht hätte. Seine Haare waren zerzaust, und unter der offenen Lederjacke konnte man ein Hemd sehen, das offensichtlich nicht aus modischen Gründen so zerknittert war.

»Das vergisst du mal ganz schnell«, entgegnete ihm Markus. Als er die Tür schließen wollte, stellte Simon einen Fuß hinein.

»Ich gehe hier nicht eher wieder weg, bis ich sie gesprochen hab«, beharrte er und strich fahrig eine verschwitzte Haarsträhne aus der Stirn.

»Fuß weg!«, fuhr Markus ihn an, der zunehmend wütender wurde. Was bildete dieser Typ sich überhaupt ein.

»Sonst was?«, nuschelte Simon.

»Glaub mir, das willst du gar nicht wissen!«

»Buh, da fürchte ich mich aber.« Simon riss gespielt entsetzt die Augen auf und verdrehte sie dann genervt.

»Simon!«

Markus drehte sich um. Kathrin stand hinter ihm.

»Hey. Da ist sie ja!«, rief Simon und grinste sie breit an.

»Ich habe dir mehrmals gesagt, dass ich nicht mit dir sprechen möchte«, sagte sie.

»Aber …«

»Du hast gehört, was sie gesagt hat.«

Spontan packte er Simon am Kragen und kickte gegen seinen Fuß. Damit hatte Simon nicht gerechnet, und bevor er richtig reagieren konnte, hatte Markus ihn hinausgeschoben und ihm die Tür vor der Nase zugeschlagen.

»Hey! Bist du verrückt?«, rief er von draußen und schlug gegen die Tür.

»Markus. Vielleicht sollte ich doch mit ihm reden?«, schlug Kathrin vor.

»Mit ihm? Sicher nicht. Der Typ ist betrunken oder zugedröhnt! Vermutlich beides.«

»Du meinst, er hat Drogen genommen?«

»Da wette ich drauf.«

Draußen drückte Simon die Klingel, ohne sie loszulassen.

Das Schrillen hallte fordernd durch den Flur.

»Es reicht!«

Er atmete einmal tief durch, bevor er die Tür wieder öffnete. Egal wie sauer er war, er musste Ruhe und einen klaren Kopf bewahren. Allerdings war das einfacher gesagt als getan.

Simon zog augenblicklich die Hand von der Glocke weg.

»Ich will mit dir sprechen, Kathrin«, rief er in ihre Richtung. Seine Pupillen waren so riesig, dass man kaum das Blau seiner Augen sehen konnte. Inzwischen war Markus sich sicher, dass der Mann gekokst hatte.

»Meine Frau wird jetzt nicht mit dir sprechen«, sagte er und versuchte, ruhig zu bleiben.

»Doch, Markus. Ich möchte ihm was sagen.«

»Siehst du.« Simon lachte hämisch.

Sie trat nach vorn und sah Simon mit kühlem Blick an.

»Du wirst jetzt auf der Stelle verschwinden. Nach den Feiertagen klären wir das im Büro.«

»Vielleicht bist du bis dahin auch wieder runter von dem, was du dir reingezogen hast«, setzte Markus hinzu.

Simon öffnete schon den Mund, um offenbar zu widersprechen, ging dann jedoch einen Schritt zurück und starrte Markus an. Dabei grinste er ihn hämisch an.

»Deine Frau ist ziemlich heiß im Bett. Wir haben es getrieben, wenn du nicht da warst. Immer und immer wieder!« Er lachte boshaft.

Markus schloss die Tür. Er wollte nichts mehr hören. Doch durch die Tür rief Simon noch: »Ruf mich an, wenn du wieder einen ordentlichen Fick brauchst, Kathrin!«

Nun platzte ihm aber endgültig der Kragen. Noch einmal riss er die Tür auf und sah Simon finster an.

»Solltest du auch nur noch einmal hier auftauchen oder Kathrin und mich am Telefon belästigen, dann rufe ich die Polizei. Und ich werde denen einen Tipp geben, dass sie dich mal wegen Drogen genauer unter die Lupe nehmen sollen.«

Das hämische Grinsen aus Simons Gesicht verschwand schlagartig.

»Ich rate dir jetzt also dringend, uns in Ruhe zu lassen, wenn du nicht wirklich richtig Ärger bekommen willst.«

Damit schloss er die Tür endgültig zum letzten Mal.

Durch die Glasscheibe sah er, wie Simon rasch verschwand.

»Er lügt.«

Er drehte sich zu Kathrin um, die ihn besorgt ansah.

»Natürlich tut er das.«

»Es tut mir leid.«

»Schon gut. Ich bin mir ziemlich sicher, dass er Drogen nimmt. Wusstest du das?«

Kathrin schüttelte den Kopf.

»Nein. Natürlich nicht. Darauf wäre ich nie gekommen. Aber jetzt ist mir einiges klarer.«

»Sei einfach vorsichtig bei diesem Typen, okay.«

»Werde ich. Es tut mir alles so leid«, wiederholte sie, und ihr Blick war voller Schuldgefühle.

»Schon gut.«

»Und … ich bin nicht wie meine Oma, Markus.«

Es dauerte einen Moment, bis er verstand, was sie meinte. Dann lächelte er.

»In mancher Hinsicht schon. Aber ich weiß, dass du mir über Simon die Wahrheit sagst. Und dass du mir vor allem nie ein Kind verschweigen würdest.«

Ihr Lächeln wirkte bemüht, ganz offensichtlich hatte sie die Begegnung mit Simon sehr aufgewühlt. Umso mehr verwunderte es ihn, als sie zur Treppe ging und sagte: »Ich zieh mich um, und dann fahre ich zu meiner Mutter.«

»Jetzt?«

Sie nickte nur.

»Soll ich mitkommen?«

Sie blieb abrupt stehen.

»Was ist?«, fragte er.

Sie antwortete nicht gleich, sondern setzte sich auf eine Stufe und wirkte dabei erschöpft.

»Kat?«

»Wenn ich ihr den Brief gebe, dann muss ich auch sagen, dass wir den Koffer geöffnet haben.«

Er nickte.

»Denkst du …« Sie stockte.

»Was?«

»Wäre es schlimm, wenn ich das noch ein wenig aufschiebe? Weißt du, ich …«

Er sah, wie schwer es ihr fiel weiterzusprechen.

»Ein paar Tage hin oder her spielen sicherlich keine Rolle. Aber sagen musst du es ihr auf jeden Fall.«

»Ich weiß. Das werde ich auch. Aber jetzt möchte ich mich auf uns beide konzentrieren. Keine Ahnung, wie Mama reagieren wird. Deshalb möchte ich meinen Kopf einigermaßen frei für sie haben, wenn sie es erfährt. Aber das kann ich jetzt nicht. Verstehst du das?«

Er verstand es nicht nur, es zeigte ihm, wie wichtig es ihr war, ihre Sache zu klären.

»Ja.«

»Ich muss mal eine Weile raus, damit ich den Kopf freibekomme. Und danach können wir die nächsten Päckchen aufmachen. Einverstanden?«

»Klar. Soll ich uns inzwischen was kochen?«, fragte er nach einem Blick auf die Uhr. Es war schon später

Nachmittag, und sie hatten seit dem Pfannkuchenfrühstück nichts mehr gegessen.

Sie sah ihn mit einem seltsamen Blick an.

»Würde es dir was ausmachen mitzukommen?«, fragte sie.

»Ich komme gern mit.«

32

Überraschende Erkenntnisse

Die frische Luft tat ihr gut. Kathrin war froh, dass sie nicht allein war, als sie mit zügigen Schritten durch den Englischen Garten spazierten. Zum einen, weil sie Simon nach wie vor nicht traute und er sie womöglich hätte abpassen können. Seit seinem Auftritt von vorhin und Markus' Vermutung, dass Simon unter Drogeneinfluss stand, war sie zwar ein wenig erleichtert, weil sie sich damit sein seltsames Verhalten erklären konnte, das machte ihn jedoch nicht weniger unberechenbar. Wenn Kathrin sich nicht täuschte, war das Bekanntwerden von Drogenkonsum von Firmenmitarbeitern sogar ein Kündigungsgrund. Sollte Simon sie und Markus zukünftig nicht in Ruhe lassen, würde sie keine Sekunde zögern und ihn bei den anderen Geschäftsführern melden. Damit stünden seine Chancen schlecht, falls er die Tatsachen verdrehen und ihr sexuelle Belästigung am Arbeitsplatz vorwerfen wollte. Notfalls musste sie offen zugeben, dass sie fast eine Affäre gehabt hätten, und damit zu ihrem Fehler stehen. Sie hoffte jedoch darauf, dass es gar nicht so weit kam. Gleich nächste Woche wollte sie Simon ins Büro zu einem Gespräch bitten, in dem sie ihm eine Chance geben würde, sein Verhalten, und vor allem auch seinen Drogenkonsum zu überdenken, um seinen Job nicht zu verlieren. Dann konnte sie hoffentlich diese unangenehme Angelegenheit ad acta legen, die sie nicht nur bedauerte, sondern inzwischen zutiefst bereute.

»Vorsicht! Ein Hundehaufen«, rief Markus, und sie konnte gerade noch ausweichen.

»Danke. Das hätte mir gerade noch gefehlt«, sagte sie.

Es tat auch gut, ihren Mann dabeizuhaben, weil sie nach dem Brief ihrer Großmutter nicht allein sein wollte. Auch wenn sie Greta wegen ihrer Affäre überhaupt nicht verurteilte, fragte sie sich doch besorgt, was das alles für ihre Mutter bedeuten würde. Inzwischen hatte sie ein schlechtes Gewissen, weil sie es ihr nicht gleich gesagt hatte. Und obwohl sie vorhin aus guten Gründen noch abwarten wollte, war ihr schon jetzt klar, dass sie Rita so bald wie möglich reinen Wein einschenken musste. Auch wenn das bedeutete, dass ihre Mutter erfahren würde, dass sie den Koffer schon aufgemacht hatten. Natürlich würde Rita ihre Schlüsse daraus ziehen, was ihr sicherlich noch zusätzliche Sorgen bereitete. Aber es ging leider nicht anders. Kathrin konnte nur hoffen, dass Rita die Sache mit ihrer Mutter einigermaßen gut aufnehmen würde.

Sie waren schon auf dem Nachhauseweg, da sagte sie: »Ich muss es Mama doch noch heute sagen, Markus.«

»Das war mir klar«, sagte er und lächelte.

Wie gut er mich kennt, dachte sie, und es war ein gutes Gefühl.

»Ich will nur noch vorher nach Hause und duschen.«

»Und du musst vor allem auch was essen. Nehmen wir uns doch noch gleich eine Pizza mit«, schlug Markus vor, »dann sparen wir uns das Kochen, und du kannst eher zu deinen Eltern fahren.«

»Willst du denn nicht mitkommen?«

»Wenn du es möchtest, dann komme ich natürlich mit.«

»Danke.«

In ihrer Lieblingspizzeria, die keine zweihundert Meter von ihrem Haus entfernt war, holten sie eine große Pizza Margarita, diesmal mit extra vielen Oliven und gegrilltem Paprika. Doch Kathrin bekam kaum einen Bissen hinunter. Schließlich stand sie auf und holte ihr Handy.

Während das Freizeichen ertönte, bemerkte sie, wie ihr Herz hart gegen ihre Brust schlug. Markus säbelte an seinem Stück Pizza herum, ohne jedoch zu essen. Nach dem dritten Klingeln hob Rita ab.

»Hallo, Kathrin«, begrüßte Rita ihre Tochter sofort.

»Hallo, Mama. Sag mal, hast du heute Abend schon was vor?«, fiel Kathrin sofort mit der Tür ins Haus, weil sie es hinter sich bringen wollte.

»Nichts Besonderes. Dein Vater und ich wollten noch ein wenig …«

»Können wir vorbeikommen?«, unterbrach Kathrin sie.

»Kathrin? Ist etwas passiert? Deine Stimme klingt so seltsam.«

»Nein. Es ist nichts passiert.« Zumindest nicht heute, dachte sie. »Mach dir keine Sorgen. Aber es gibt da etwas, das Markus und ich mit euch bereden möchten.«

»Du bekommst ein Baby!?«, rief Rita begeistert ins Telefon.

Ein Baby? Kathrin brauchte einen Moment, bis ihr klar wurde, dass ihre Mutter einen völlig falschen Schluss gezogen hatte.

»Nein, ich bin nicht schwanger!«, stellte Kathrin sofort klar und bemerkte dabei Markus' fragenden Blick.

»Schade. Das wäre jetzt wirklich eine wundervolle Überraschung gewesen.« Die Enttäuschung war Rita deutlich anzuhören. Offenbar interessierte sich ihre Mutter für nichts anderes als für die verdammte Frage, wann ihre Tochter wohl Nachwuchs bekam. Kathrin musste sich zurückhalten, um ihre Mutter deswegen nicht scharf anzufahren. Doch sie erinnerte sich rechtzeitig wieder daran, warum sie angerufen hatte, und ihr Zorn verflog schlagartig. Schließlich würde sie ihrer Mutter bald eine wenig schöne Nachricht beibringen müssen.

»Es geht um etwas anderes«, sagte sie deswegen. »Um … Oma«, fügte sie stockend hinzu.

In der Leitung herrschte Stille.

»Mama? Bist du noch dran?«

»Ja.«

»Ist es okay, wenn wir dann kommen?«

Wieder Stille. Wie seltsam! Ihre Mutter fragte noch nicht einmal nach, wieso es um Oma Greta ging.

Kathrin hörte ein leises Räuspern.

»Kathrin, kann es sein, das ihr den Koffer schon aufgemacht habt?«

Kathrin riss vor Überraschung die Augen auf. Mit dieser Frage hatte sie jetzt ganz bestimmt nicht gerechnet.

Markus sah sie neugierig an. Kathrin stellte den Lautsprecher an.

»Wieso fragst du nach dem Koffer?«, wollte sie von ihrer Mutter wissen.

»Deine Oma hat mir alles erzählt«, begann Rita mit kratziger Stimme.

»Was? Oma hat es dir erzählt. Aber ich dachte…« Kathrin zögerte weiterzusprechen.

»Du weißt doch, dass ich wenige Tage vor ihrem Tod in Italien war. Es schien ihr gut zu gehen, und wir haben viel miteinander gesprochen. Und schließlich verriet sie mir ihr großes Geheimnis. Sie gab zu, dass ich die ganze Sache eigentlich erst viel später erfahren sollte, wenn ihr diesen Koffer öffnet. Aber dann wollte sie es mir offenbar doch selbst sagen und mir dabei in die Augen sehen.«

»Du weißt also von diesem Joseph?« Kathrin schluckte.

»Ja. Und bevor du dich aufregst, ich habe sofort nach meiner Rückkehr einen Test mit meiner Schwester gemacht. Ich habe ihr aber nichts davon gesagt. Du kennst ja deine Tante. Sie hätte nur einen Riesenwirbel darum gemacht. Und es bestand auch gar keine Notwendigkeit, dass sie davon erfuhr. Denn dieser Mann auf dem Foto war laut Testergebnis nicht mein Vater und damit auch nicht dein Großvater.«

Was für eine Erleichterung! Vor allem für ihre Mutter. Trotzdem war eine neue Frage aufgekommen.

»Warum hast du mir denn nie etwas gesagt?«, wollte sie wissen.

»Weil … das war alles nicht so einfach für mich, Kathrin. Noch bevor ich das Testergebnis hatte, starb Mutter überraschend viel früher, als wir alle gedacht hatten. Ich hatte so viel um die Ohren mit der Beerdigung. Und auch wenn sich kurz danach herausstellte, dass dieser Mann nicht mein biologischer Vater sein konnte, so hatte ich trotzdem an der Tatsache zu kauen, dass meine Mutter meinen Vater betrogen hatte. Außerdem wusste ich von der Nachricht an euch im Koffer. Eigentlich wollte ich es dir rechtzeitig sagen, bevor du den Brief liest, aber offensichtlich konntet ihr die zwei Jahre bis zu eurem 15. Hochzeitstag nicht mehr abwarten. Und das, meine liebe Tochter, macht mir gerade ein wenig Sorgen.«

Nun war es Kathrin, die schwieg. Sie wollte jetzt nicht mit ihrer Mutter über ihre Probleme sprechen.

»Kathrin? Bist du noch dran?«

»Ja.«

»Wenn ihr zu uns kommen möchtet, können wir gern darüber reden.«

»Eigentlich wollten wir dir diesen Brief von Oma vorbeibringen, aber nachdem du es ja längst weißt, eilt das ja nicht mehr. Weiß Paps eigentlich davon?«, versuchte sie, von dem Thema Hochzeitskoffer abzulenken.

»Natürlich. Ich weiß gar nicht, wie ich das alles ohne ihn überstanden hätte. Aber du kennst ja deinen Paps.

Er nimmt das Leben glücklicherweise nicht immer ganz so ernst. So wie du.« Es klang wie ein Kompliment.

Früher war das vielleicht einmal so gewesen, schoss es Kathrin durch den Kopf. Da konnte sie aus allen Situationen irgendwie etwas Gutes rausholen. Aber inzwischen machte sie sich viel mehr Gedanken und nahm alles zu ernst. Wann hatte sie sich so verändert?

»Kathrin, du und Markus …«

»Mama, du brauchst dir keine Sorgen um uns zu machen. Markus und ich kommen klar.«

»Vielleicht. Aber ich möchte, dass du weißt, dass ich immer für dich da bin, mein Schatz. Hörst du? Wenn du mit mir oder deinem Vater reden möchtest, dann melde dich.«

Die Worte ihrer Mutter waren gleichzeitig sanft und stark und hatten etwas Tröstliches, das ihr nach diesem ganzen Gefühlswirrwarr, in dem sie steckte, guttat.

»Danke, Mama«, sagte sie leise.

»Und, Kathrin?«

»Ja?«

»Wir würden uns sehr freuen, wenn ihr uns an den Ostertagen mal besuchen kommt. Wir müssen auch nicht reden, wenn ihr das nicht wollt.«

Markus sah sie an und nickte zustimmend.

»Mal sehen. Ich weiß noch nicht, was wir genau machen. Aber wir telefonieren auf jeden Fall«, meinte Kathrin ausweichend, weil sie sich jetzt nicht festlegen wollte. Sie ließ ihren Vater grüßen, verabschiedete sich rasch von ihrer Mutter und legte auf.

Für einige Sekunden schloss sie die Augen, bevor sie

zu Markus sagte: »Sie hat es die ganze Zeit gewusst und nie was gesagt.«

»Offenbar wollte sie genauso wenig Wirbel darum machen wie deine Oma.«

»Die beiden sind sich wohl ähnlicher, als ich es angenommen hatte.«

Plötzlich fühlte sie sich total erschöpft.

»Ich glaube, ich lege mich ein wenig hin«, sagte sie und schaltete das Handy ganz aus.

»Komm, ich geh mit dir«, bot Markus an und begleitete sie nach oben.

Bevor sie die Tür zum Schlafzimmer öffnete, drehte sie sich um.

»Moment. Ich wollte doch Zimmer tauschen mit dir.«

Doch er schüttelte den Kopf und öffnete die Tür.

»Das können wir auch morgen noch machen. Jetzt leg dich einfach hin und ruh dich aus.«

Er schaltete das Licht an und ging zum Fenster, um es zu schließen.

Kathrin öffnete die Knöpfe ihrer hellgrauen Bluse, die sie noch vom Besuch beim Anwalt trug.

»Markus?«

»Ja?«

Er stand bereits wieder in der Tür.

»Ich kann jetzt nicht allein sein«, sagte sie leise.

33

Fast ein Kuss – zum zweiten Mal

»Na gut, dann bleibe ich bei dir, bis du eingeschlafen bist«, sagte Markus. Sie war sehr blass, und er machte sich Sorgen. Dieser Tag hatte sie offenbar besonders aus der Bahn geworfen. Kein Wunder nach all den Neuigkeiten, die sie erfahren hatte.

Kathrin hatte inzwischen ihren BH ausgezogen und war in das dunkelblaue Seidennachthemd geschlüpft, das auf dem Kissen gelegen hatte.

»Ah, du hast die Bettseiten gewechselt«, stellte er amüsiert fest, als sie sich auf seine Seite legte. »Du nimmst das ja ganz schön ernst mit den Veränderungen.«

»Es ist ein Versuch. Ich hoffe, das ist okay für dich?«, fragte sie, bevor sie ein Gähnen unterdrückte.

»Klar.«

Er zog Jeans und Pulli aus. Darunter trug er ein schwarzes T-Shirt und graue Boxershorts, die er anließ. Dann legte er sich auf die Seite am Fenster, auf der Kathrin bisher immer geschlafen hatte.

Es war das erste Mal seit fast vier Wochen, dass sie

wieder gemeinsam in einem Bett lagen. Ein gleichzeitig ungewöhnliches und doch so vertrautes Gefühl.

»Wenn du möchtest, können wir später noch ein paar Päckchen aufmachen«, murmelte sie, während sie sich die Bettdecke bis zum Kinn hochzog und sich mit dem Rücken zu ihm auf die Seite drehte.

»Oder wir lassen es für heute einfach gut sein«, schlug Markus vor.

»Hmhm«, kam es zustimmend von der anderen Seite. Ihre Hand kam unter der Bettdecke hervor und suchte nach seiner Hand.

Er griff danach und drückte sie sanft.

»Danke, dass du dageblieben bist«, flüsterte sie.

»Aber immer doch«, sagte er leise und streichelte mit dem Daumen über ihren Handrücken.

Wenig später hörte er sie leise und gleichmäßig atmen. Sie war schon eingeschlafen.

Er rückte ein wenig näher an sie heran, ließ ihre Hand dabei nicht los. Er wollte noch ein bisschen hierbleiben, bis sie ganz fest schlief, und dann nach unten gehen, um eine Weile zu arbeiten.

Nur kurz die Augen schließen und ein wenig dösen, dachte er, während ihm die Ereignisse des Tages durch den Kopf gingen. Doch es dauerte nicht lange, bis auch er eingeschlafen war, erschöpft von den emotional anstrengenden letzten Tagen und Nächten.

Als er aufwachte, dämmerte es draußen bereits, doch im Zimmer war es noch dunkel. Er warf einen Blick auf die Uhr. Kurz vor sechs. Er hatte fast elf Stunden durchgeschlafen. Das war ihm seit seiner Kindheit nicht mehr passiert. Offenbar war er doch erschöpfter gewesen, als er gedacht hatte.

Als seine Augen sich an die Dunkelheit gewöhnt hatten, sah er, dass Kathrin auf dem Rücken lag, einen Arm unter den Kopf geschoben, und die Decke war bis zu den Hüften nach unten gerutscht. Aus dem tiefen Ausschnitt des Nachthemds schaute keck eine Brustspitze heraus. Dieser verlockende Anblick erregte ihn, und er musste sich zurückhalten, um sich nicht über sie zu beugen und mit der Zunge über ihren rosigen Nippel zu streicheln und an ihm zu saugen. Vielleicht wäre es aber auch genau das Richtige, einfach der Lust nachzugeben, um wieder zueinanderzufinden? Sie liebte es, wenn er sie streichelnd aus dem Schlaf holte, mit ihren Brüsten spielte, um dann langsam in sie einzudringen. Doch er wusste nicht, wie sie es in der jetzigen Situation auffassen würde, und auch nicht, wie es ihm danach ginge. Deshalb begnügte er sich damit, den Kopf auf seinen Ellbogen gestützt, sie im Schaf zu betrachten. Langsam wich die Dunkelheit im Zimmer, und er bewunderte den Schwung ihrer dunklen Augenbrauen und die Lippen, die sich leicht im Schlaf bewegten wie bei einem kleinen Kind.

Als ob sie seine Blicke gespürt hätte, begannen ihre Augen zu blinzeln, und sie wachte auf.

»Guten Morgen, Kat«, sagte er leise.

»Guten Morgen.« Ihre Stimme klang heiser.

Verschlafen sah sie ihn an und lächelte.

Sein Herz begann plötzlich, wie wild zu pochen, und

in seinem Magen machte sich ein Gefühl breit, das er schon lange nicht mehr gespürt hatte. Das Gefühl, frisch verliebt zu sein. Es war verrückt. Er beugte seinen Kopf zu ihr, hielt dann jedoch inne.

Erst als sie keinerlei Anstalten machte, sich wegzudrehen, berührte er für einen kurzen Moment sanft ihre Lippen. Doch er küsste sie nicht, sondern streichelte sie nur zärtlich mit seiner Nase und seiner Wange. Und es fühlte sich genauso aufregend an wie damals in der Silvesternacht in der *Silberbar*, als sie sich kennengelernt hatten. Sie drehte den Kopf zu ihm, um ihn zu küssen, aber er wich aus.

»Ich will es noch ein wenig hinauszögern«, wiederholte er die Worte von damals.

»Wie bei unserer ersten Begegnung«, sagte sie und lächelte wieder.

»Ja. Damals hat es funktioniert. Vielleicht …« Er zögerte plötzlich. Waren sie wirklich schon so weit, um sich auf einen neuen Versuch einzulassen?

»Mein Körper sehnt sich total nach dir«, murmelte Kathrin.

Ihr Geständnis erregte ihn noch mehr.

»Meiner auch nach dir«, gab er zu.

»Was hält uns davon ab, miteinander zu schlafen?«, fragte sie.

Er war hin- und hergerissen.

»Ich weiß nicht, Kat, ob es richtig ist, wenn wir es jetzt tun.«

»Das weiß ich auch nicht. Aber …« Sie sprach nicht weiter, sondern griff nach seiner Hand und zog sie an ihren Schoß. Von ihr geleitet, schob er seine Hand unter ihren Slip.

»Spürst du das?«, wollte sie wissen.

Wie konnte er es nicht spüren, wie feucht und heiß sie war?

»Oh Kat«, murmelte er, während ein Finger wie von selbst langsam in sie eindrang. Sie stöhnte leise auf.

War er eigentlich verrückt, dass er überhaupt überlegte, jetzt aufzuhören? Sie hatten Probleme, ja. Aber sie waren schließlich nicht getrennt. Und sie hatten beide Lust aufeinander. War das nicht ein tolles Zeichen? Warum sollte er nicht einfach mit ihr schlafen? Und doch …

Sein Finger rutschte heraus, als sie sich plötzlich von ihm wegdrehte und ihm damit die Entscheidung abnahm.

»Es ist immer noch wegen Simon, oder?«, fragte sie. Offensichtlich hatte sie ihm seine Zweifel angesehen.

»Nein. Vielleicht. Ich hab keine Ahnung, Kat. Ich will es ja. Ich will dich so sehr, aber irgendwas hält mich zurück.«

Er wollte offen zu ihr sein, hatte gleichzeitig jedoch Angst, dass er damit eher noch mehr kaputt machte, jetzt, wo es gerade so aussah, als ob sie wieder zusammenfinden könnten.

»Schon gut.«

Sie setzte sich auf und sah ihn mit einem seltsamen Lächeln an. Dann stand sie wortlos auf.

»Kat!«, rief er ihr nach, als sie das Zimmer verließ.

Fast eine Stunde lang war sie im Bad. Er benutzte inzwischen die kleine Gästedusche im Erdgeschoss.

Während heißes Wasser auf seinen Körper prasselte, fragte er sich ein wenig besorgt, wie der Tag heute aussehen würde.

Als er aus der Dusche kam, saß Kathrin schon mit einer Tasse dampfend heißem Kaffee im Wohnzimmer vor dem offenen Koffer.

»Willst du das hier abbrechen?«, fragte sie in einem bemüht neutralen Ton und nickte zum Koffer.

»Kat … Nein. Das will ich nicht.«

»Gut. Dann lass uns weitermachen«, sagte sie, als ob nichts gewesen wäre.

Er nahm den Faden dankbar auf, auch wenn es vermutlich besser gewesen wäre, darüber zu sprechen, was vorhin im Schlafzimmer passiert war.

»Okay. Ich hol mir nur noch Kaffee.«

Während der Kaffee in die Tasse lief, überlegte er, sich ein Sandwich zu machen. Doch das war ihm jetzt zu aufwendig, deswegen holte er aus einem Regal eine Schachtel mit Butterkeksen und nahm sie mitsamt dem Kaffee mit ins Wohnzimmer.

»Weißt du eigentlich noch, wie es mit den Fragen steht?«, fragte sie.

»Keine Ahnung. Beginnen wir einfach eine neue Runde«, schlug er vor.

»Gut. Ich fang an.«

Kathrin öffnete ein Päckchen, in dem zwei Schnapsgläser einzeln in Zeitungspapier eingewickelt waren. Auf dem einen Glas war der Kopf eines röhrenden Hirsches abgebildet und der Name Markus darunter eingraviert, das andere Glas mit dem Motiv einer Gams und Kathrins Namen darunter.

»Ich habe selten so hässliche Gläser gesehen«, sagte Markus und grinste.

»Ja. Echt grottenhässlich!«, bestätigte Kathrin. »Hoffentlich erwartete der edle Spender nicht, dass wir die Prachtstücke in einer Vitrine aufstellen«, meinte sie.

»Ich glaube, die verschwinden *versehentlich*«, er setzte das letzte Wort mit den Fingern in Anführungszeichen, »ganz hinten im Vorratsschrank. Oder noch besser im Glascontainer.«

»Wir können ja immer noch sagen, die Gläser sind uns beim Öffnen des Päckchens heruntergefallen.«

»Stimmt. Hast du eine Idee, von wem die sein können?«, wollte er wissen.

Sie nickte. »Und du?«

»Ich auch. Du zuerst.«

»Onkel Erwin und Tante Renate«, sagte sie.

»Ja. Auf die beiden tippe ich auch. Sonst traue ich niemandem so ein Geschenk zu.«

»Ich auch nicht. Obwohl wir uns ja schon ein paarmal getäuscht haben. Ich sehe nach.«

Tatsächlich standen auf der Karte die besten Grüße und Wünsche von Erwin und Renate und der Hinweis, mit einem guten Enzian auf die nächsten fünfzehn Ehejahre anzustoßen.

Markus lachte.

»Den Enzian hätten sie uns schon noch dazupacken können«, meinte er.

»Du weißt doch, wie knausrig sie sind«, erinnerte Kathrin ihn.

»Auch wieder wahr.«

»Und damit steht es jetzt eins zu eins.«

»Genau. Ich mach gleich das nächste Päckchen auf. So viele sind es inzwischen ja gar nicht mehr. Vielleicht schaffen wir es ja heute noch.«

Und tatsächlich waren im Koffer nur noch etwa ein Dutzend Päckchen, unterschiedlichster Farben und Größen.

»Falls nicht wieder irgend so ein ungewöhnliches Geschenk drin ist, das uns aufhält«, kommentierte Kathrin.

»Hoffentlich nicht.«

Als Nächstes packten sie ein Gemeinschaftsgeschenk von einigen Freunden aus, mit denen sie damals oft unterwegs waren, jetzt aber nur noch selten Kontakt hatten. Ein kleines Reise-*Mensch ärgere dich nicht* mit dem Hinweis, dass im Alter der Sex weniger, dafür aber der Spieltrieb wieder mehr wurde. Aus welcher Studie sie das hatten, stand nicht auf der Karte. Da keiner der beiden richtig getippt hatte, stand es weiterhin eins zu eins.

Das nächste Paket war von Tante Bea und ihrer Familie – worauf sie ebenfalls falsch tippten – und beinhaltete eine Tageszeitung mit dem Datum der Hochzeit sowie zwei Füller, über die sie sich beide freuten.

»Mal was Nützliches«, sagte Markus.

»Wie? Findest du die Dildos nicht praktisch, die wir bekommen haben?«, fragte Kathrin.

»Das muss sich erst noch herausstellen«, gab er zu bedenken, jedoch mit einem Grinsen.

»Ob wir das irgendwann herausfinden werden?« Obwohl sie lächelte, war die Ernsthaftigkeit dieser Frage nicht zu überhören.

»Klar«, antwortete er, und er meinte es genau so, trotz des morgendlichen Vorfalls. Sie brauchten eben noch Zeit, bis sie wieder zusammenfanden. Sie sagte nichts dazu, sondern brachte die ausgepackten Sachen zu den anderen auf der Kommode.

Markus öffnete inzwischen einen weiteren Geschenkkarton, in dem zwei sehr dekorative Schachteln lagen, die er sofort zuordnen konnte.

»Armbanduhren«, sagte er erfreut und klappte die erste Box auf, die mit seinem Namen beschriftet war, um eine edle Herrenarmbanduhr von Maurice Lacroix herauszuholen.

Kathrin öffnete die zweite Schachtel, in der sich eine Damenuhr derselben Marke befand.

»Automatikuhren«, stellte er fest und war begeistert. Schon als kleiner Junge hatte er Armbanduhren geliebt, und er ging fast nie ohne aus dem Haus.

»Wirklich sehr schön«, sagte Kathrin, die ihre Uhr ans Handgelenk hielt.

Markus stellte die Zeiger ein und drehte dann an der kleinen Krone hin und her und schüttelte die Uhr leicht, damit sich die Mechanik in Bewegung setzte.

»Die sind bestimmt von meinem Vater«, war er überzeugt.

»Sie könnten aber auch von Johann sein«, spekulierte Kathrin, die wusste, wie spendabel ihr Großonkel gewesen war.

»Ja. Kann auch sein«, stimmte er ihr zu und betrachtete begeistert die neue Uhr an seinem Handgelenk.

»Also, für wen entscheidest du dich?«, wollte sie wissen.

»Damit es spannend ist, bleib ich bei meinem Vater.«

»Okay.«

»Dann lass uns mal sehen, wer recht hat.«

Sie holte das kleine Kärtchen heraus und las: »Liebe Kathi, lieber Markus, es ist ein großartiges Gefühl, euch ein Geschenk zu machen, auch wenn ich alter Knacker vermutlich gar nicht mehr am Leben bin, wenn ihr es auspackt. Ich hoffe, ihr habt Freude damit. Zudem sollen die Uhren euch daran erinnern, wie schnell die Zeit verfliegt. Also nutzt sie, so gut es geht. Wir sehen uns irgendwann sicher mal wieder – wo auch immer. Johann.«

Kathrin hob den Kopf und sah Markus an. Wehmütig dachte sie an ihren Großonkel.

»Ich hatte recht«, sagte sie leise.

»Hattest du.«

Sie schwieg eine Weile und starrte auf das Ziffernblatt.

»Unsere Hochzeit ist gerade mal dreizehn Jahre her, das ist doch wirklich keine soo lange Zeit«, sagte sie plötzlich, »und doch sind seither schon einige Menschen gestorben, die uns viel bedeutet haben.«

»Ja.« Mehr konnte er dazu nicht sagen. Er redete nicht gern darüber.

»Und wir machen uns das Leben wegen allem Möglichen so schwierig. Dabei müsste es echt gar nicht sein.«

Sie hatte recht! Absolut recht! Sie verplemperten ihre Zeit mit irgendwelchen Befindlichkeiten, die sie ohnehin nicht richtig benennen konnten. Er hätte heute früh einfach mit ihr schlafen sollen, die Gefühle körperlich ausleben, die sie beide füreinander hatten, ungeachtet dessen, was vorgefallen war. Das konnten sie doch immer noch klären. Und falls nicht, hätten sie wenigstens noch einmal schönen Sex gehabt. Sie waren verheiratet. Das bedeutete nicht immer Sonnenschein, verdammt noch mal. Jetzt war es eben stürmisch in ihrer Beziehung, aber sie konnten das überstehen, solange sie nicht vergaßen, dass sie ein Paar waren.

»Stimmt!«, sagte er laut. »Und weißt du was? Es gibt Zeiten, über Dinge zu reden, und es gibt Zeiten, Dinge einfach zu tun.« Er streckte die Hand nach ihr aus.

»Komm.«

34

Spiegelbilder

MÜNCHEN, 15. APRIL 2017

Kathrin wusste nicht, was er vorhatte, aber sie nahm seine Hand, stand auf und folgte ihm nach oben.

Als er mit ihr ins Schlafzimmer ging, vermutete sie, dass er das, was er am Morgen nicht einmal richtig angefangen hatte, jetzt neu beginnen und zu Ende bringen wollte. Sein Zögern hätte sie verletzen können, aber sie hatte ihn verstanden. Deswegen war sie auch aufgestanden, um ihn in dieser Situation, die ihn ganz offensichtlich in diesem Moment überfordert hatte, nicht noch mehr in die Enge zu treiben.

Seit Monaten hatte sie nicht mehr so tief und ruhig geschlafen wie in dieser Nacht, und ihre Träume waren heiter gewesen, bunt und ein wenig verrückt. Als sie am Morgen aufgewacht war und in seine dunkel schimmernden Augen geschaut hatte, hatte sie sich in seiner Nähe geborgen gefühlt. Sie hatte sein Verlangen nach ihr gespürt. Genau wie sie es jetzt zu spüren glaubte. Und sie wollte ihn auch. So sehr. Vielleicht war jetzt der richtige Moment dafür gekommen, endgültig wieder zueinanderzufinden.

»Bitte warte kurz, ich bin gleich wieder da«, sagte er und verließ das Zimmer. Neugierig sah sie ihm hinterher. Was hatte er vor?

Gleich darauf hörte sie ein Rumpeln aus der kleinen Kammer nebenan, die sie zu einem Ankleidezimmer umfunktioniert hatten. Und wenig später schleppte er den mannshohen alten Standspiegel ins Schlafzimmer, den sie von ihrer Großmutter väterlicherseits zur Hochzeit bekommen hatten. Das Besondere an dem ovalen Stück war die weiße Lackierung auf dem Holz, die noch original aus den 50er-Jahren und erstaunlich gut erhalten war.

»Was willst du denn damit?«, fragte sie verwundert.

Er stellte den Spiegel in eine Ecke, zog dann die dichten dunkelblauen Vorhänge zu, die normalerweise immer offen waren, und schaltete eine Nachttischlampe an.

»Ich glaube, wir müssen uns deutlicher bewusst machen, wer wir sind.«

»Mit dem Spiegel?«

»Willst du dich darauf einlassen?«, war seine Gegenfrage.

Sie zögerte nur kurz, dann nickte sie, gespannt darauf, was er vorhatte.

»Ich weiß nicht, ob es funktioniert, aber ich möchte es einfach versuchen«, sagte er.

»Na gut, dann sag mir, was du vorhast.«

»Ich hab eigentlich nichts Bestimmtes vor, ich will

nur …«, er zog sie vor den Spiegel und stellte sich hinter sie »dass wir uns wieder als Paar sehen.«

»Wie meinst du das?«

»Ganz wörtlich.«

»Okay. Versuchen wir es.«

Sie hob den Kopf und schaute in den Spiegel. Zunächst fiel ihr auf, wie blass ihre beiden Gesichter in dem schwachen Licht wirkten.

Sie drehte den Kopf zu Markus. »Sollen wir Licht …?«

»Nein. Bitte sieh einfach nach vorn«, unterbrach er sie und legte die Hände auf ihre Schultern.

Und jetzt versuchte sie, sich auf die beiden Menschen zu konzentrieren, die ihr im Spiegel entgegenblickten.

Es war tatsächlich etwas ungewöhnlich, sich als Paar zu betrachten. Normalerweise war sie der eine Teil des Paares, der für sie selbst unsichtbar war. Genauso wie er umgekehrt nur Kathrin sah, wenn sie zusammen waren.

»Sag mir, was du siehst«, forderte er sie auf.

Es war ihr klar, dass er jetzt nicht nur hören wollte, dass sie zwei Menschen im Spiegel sah, die sich auf ein Experiment einlassen wollten.

»Es ist für mich noch immer ungewohnt, mich selbst mit der neuen Frisur zu sehen«, begann sie mit dem Ersten, das ihr auffiel.

»Ich habe mich inzwischen schon längst daran gewöhnt, Kat.«

»Du hast mich seither ja auch ständig gesehen«, entgegnete sie.

»Falls du es noch mal hören möchtest: Ich finde, es steht dir ziemlich gut.«

»Inzwischen glaube ich es dir. Danke.«

»Was fällt dir noch auf, wenn du uns ansiehst?«, wollte er wissen.

»Hm. Du versuchst zu lächeln«, sagte sie. »Aber dein Lächeln rutscht dir immer wieder aus dem Gesicht.«

»Es rutscht mir aus dem Gesicht?«

»Ja. Vielleicht weil du angespannt bist?«

Kaum hatte sie das gesagt, veränderte sich sein Lächeln. Es wurde offener und wirkte gefestigt. Und sie war überrascht, auch ihr eigenes Lächeln im Spiegel zu sehen, das sie selbst gar nicht gespürt hatte.

»Besser so?«, wollte er wissen.

»Viel besser.«

»Und? Was siehst du noch?«, fragte er weiter.

»Ich zupfe an meinen Fingernägeln, während wir reden. Das sieht komisch aus.«

»Das machst du oft, wenn du nervös bist«, erklärte er.

»Echt?«

Er nickte.

Erstaunlich, dass sie das erst im Spiegel sehen musste, damit es ihr auffiel. Sie streckte die Finger durch und legte die Hände auf die Oberschenkel, um sie stillzuhalten.

»Was noch?« Er ließ nicht locker. Doch das Spiel fing an, ihr zu gefallen. Es war irgendwie amüsant und spannend.

»Ich finde, dass wir beide eine sehr gerade Haltung haben, die nicht steif wirkt. Oft fällt mir bei anderen auf, dass sie etwas gebeugt dastehen. Oder angespannt. Aber wir gar nicht.«

»Interessant. Aber du hast recht. Und was noch?«

»Ich sehe deine Hände auf meinen Schultern und frage mich …« Sie zögerte kurz, unsicher, ob sie diese Frage wirklich stellen sollte.

»Was fragst du dich?«

»Nun ja. Ob du sie da die ganze Zeit da liegen lassen wirst.«

»Das kommt darauf an«, sagte er.

»Auf was?«

»Was wir noch alles so entdecken im Spiegel.«

Sein Ton löste ein Prickeln in ihrem Bauch aus.

»Jetzt bist du mal dran. Was siehst du?«, fragte sie.

»Ich sehe, dass du schon wieder an deinen Fingern zupfst«, sagte er mit einem Schmunzeln, und sie stellte fest, dass er recht hatte. Sofort hörte sie wieder auf.

»Manchmal hat man nicht so wirklich Kontrolle über das, was man tut«, erklärte sie.

»Stimmt. Aber ich finde es süß, es gehört zu dir.«

»Und weiter?«

»Ich sehe ein Funkeln in deinen Augen, das mir verrät, dass dir gefällt, was wir hier machen«, stellte er fest.

»Hm. Stimmt.«

»Und ich bemerke, dass wir ziemlich viel Kleidung tragen.«

»Findest du?«

»Schon. Und vielleicht würde uns ja noch viel mehr auffallen, wenn wir an dieser Tatsache einfach mal was ändern würden. Was meinst du?«

Ihr Herz begann, schneller zu schlagen.

»Ich würde gern im Spiegel sehen, wie du mich ausziehst«, murmelte sie.

»Den Gefallen tue ich dir gern, Kat.«

Er griff von beiden Seiten nach vorn und öffnete die kleinen Knöpfe an ihrem dunkelgrauen Hemdblusenkleid, das sie sich erst vor einer Woche gekauft hatte. Dabei ließ er sich ausgiebig Zeit.

»Was fällt dir auf?«, fragte er leise.

»Dass du jetzt gleich den letzten Knopf öffnen wirst. Und dass ich dir gern dabei zusehe.«

Er trat ein kleines Stück zurück, schob das Kleid nach hinten weg und warf es aufs Bett. Nun stand sie da, nur in einem dunkelblauen BH und schwarzen Leggins, die für zu Hause gemütlicher waren als eine Strumpfhose. Ihre Füße steckten in gestrickten Socken.

»Der Inbegriff von sexy Klamotten«, sagte sie und begann zu kichern. »Wenn ich gewusst hätte, was du vorhast, hätte ich darunter etwas anderes geplant.«

»Vielleicht hilft es ja, wenn wir dich davon befreien«, murmelte er und streifte die Leggins über ihre Hüften. Darunter kamen schwarz-weiß getupfte Panties hervor, die auch nicht so recht zum BH passten. Sie half ihm beim Ausziehen und streifte die Leggins samt Socken ab. Dann sah sie wieder in den Spiegel. Markus, noch immer in Jeans und einem langärmeligen grünen Shirt, stand ein wenig seitlich hinter ihr, ohne sie zu berühren.

»Markus?«

»Ja?«

»Es ist eigenartig, aber wenn man sich so zusammen

im Spiegel sieht, dann erinnert das tatsächlich wieder mehr daran, ein Paar zu sein.«

»So geht es mir auch. Und die beiden da drin im Spiegel wirken ziemlich sympathisch und auch … sexy. Findest du nicht?«

Sie nickte nur. Für einige Sekunden herrschte knisternde Stille.

»Ich möchte sehen, wie du dich ausziehst«, sagte Kathrin schließlich.

»Okay.«

Er schlüpfte zuerst aus seinem Shirt. Sein nackter Oberkörper war gut durchtrainiert und im Gegensatz zu ihrer fast milchweißen Haut ein wenig gebräunt. Langsam griff er an seine Hose und öffnet zuerst den Knopf, dann zog er den Reißverschluss nach unten. Kathrin hatte Markus natürlich schon unzählige Male dabei zugesehen, wie er sich auszog. Doch noch nie bewusst in einem Spiegel, in dem sie sich auch selbst sehen konnte. Es war erregend. Fast wie in einem Film.

Schließlich stand er nur noch in schwarzen Boxershorts und barfuß seitlich hinter ihr. Sie sah, wie er seine Hand hob, und spürte, wie sie sanft über ihren Nacken streichelte.

Die Berührung schien sich durch das Beobachten zu intensivieren.

»Was willst du jetzt sehen?«, fragte er mit heiserer Stimme, die ihr so nah an ihrem Ohr eine Gänsehaut bescherte.

»Ich überlasse dir die Inszenierung, Markus«, antwortete sie. »Überrasche mich.«

»Echt?«

»Ja?«

»Gut. Wie du willst.«

Sie beobachtete, wie er hinter sie trat, und spürte dann an ihrem Rücken, dass er am Verschluss ihres BHs nestelte. Als er offen war, schob er ihn über ihre Arme nach vorn und legte ihn weg. Nun stand sie nur noch in ihren Panties da. Seine Hände griffen nach vorn und umfassten ihre vollen Brüste. Ihr Atem stockte, als sie gleichzeitig sah und spürte, wie seine Daumen um ihre Nippel kreisten. Er beugte den Kopf und küsste die empfindliche Kuhle an ihrem Hals, während er sie weiter streichelte.

Vor Erregung wurden ihre Knie weich, und sie lehnte sich zurück an seinen warmen, starken Körper. An ihrem Po spürte sie durch seine Shorts hindurch sein hartes Glied, das sich verlangend gegen sie drückte.

Für einen kurzen Moment war sie versucht, die Augen zu schließen, um sich nur den Empfindungen hinzugeben. Doch gleichzeitig konnte sie den Blick nicht vom Spiegel wenden. Hier stand sie mit ihrem Ehemann, den sie noch vor wenigen Tagen betrügen wollte, dabei konnte sie sich keinen Mann vorstellen, der sie mehr erregte als er. Wie hatte sie das nur vergessen oder besser gesagt verdrängen können? Doch zusätzlich zum Körperlichen spürte sie, wie wichtig Markus ihr in vielfacher Hinsicht war. Als Freund. Als Gefährte. Als Vertrauter. Plötzlich schienen all die Gefühle für ihn, die teilweise verschollen gewesen waren, mit einer unfassbaren Wucht zurückzukommen. Sie liebte Markus. Und alles andere spielte keine Rolle.

»Gefällt dir, was du siehst?«, wollte er wissen, während er ihre Brustwarzen sanft knetete.

»Oh ja …«

»Soll ich weitermachen?«

»Mhm.«

Er fuhr fort, mit ihren Brüsten zu spielen, und küsste jeden Zentimeter ihres Nackens.

»Du machst mich ganz verrückt«, sagte sie leise mit schnellem Atem.

»Genau das möchte ich auch, Süße.«

Plötzlich ließ er sie los, und sie ahnte mehr, als sie sehen konnte, dass er hinter ihr aus seinen Shorts schlüpfte. Dann stellte er sich vor sie und schaute sie an, sodass sie nur seine Rückseite im Spiegel sah. Ein Blick nach unten zeigte ihr sein hart geschwollenes Glied. Zärtlich nahm er ihr Gesicht zwischen die Hände und begann, ihr kleine Küsse auf die Lippen zu hauchen, die immer fordernder wurden, bis ihre Zungen sich in einem wilden Kuss fanden. Nach einer Weile ließ er von ihr ab, küsste sich über ihr Kinn und ihren Hals einen Weg nach unten. Er verharrte bei ihren Brüsten, liebkoste sie mit Zunge und Lippen, bis sie vor Lust leise stöhnte. Sie sah im Spiegel, wie er vor ihr auf die Knie ging, ihren Bauch küsste und seine Hände an ihre Hüften legte. Ihr Herz pochte wie wild, als er ihr Höschen nach unten schob.

»Oh Markus«, sagte sie leise und streichelte durch seine Haare. Er hob den Kopf und lächelte sie an, bevor er dann die Innenseiten ihrer Oberschenkel küsste und sich immer näher an ihr Zentrum heranarbeitete.

Seine Berührungen und das Bild im Spiegel waren berauschend, und ihr Atem ging immer schneller.

In diesem Moment ertönte ein Klingeln an der Haustür.

Das konnte doch nicht wahr sein!

»Wir lassen es klingeln«, murmelte Markus zwischen ihren Schenkeln.

Doch wer immer draußen vor der Tür stand, ließ nicht locker. Ein ungutes Gefühl packte Kathrin, die befürchtete, dass es wieder Simon sein könnte. Die erregende Lust verschwand und machte einem beklemmenden Gefühl Platz.

»Vielleicht sollten wir doch nachsehen, wer da ist«, sagte sie und trat einen Schritt zurück.

Markus fluchte leise. Er ließ von ihr ab und stand auf.

»Wenn du unbedingt meinst. Aber wenn es noch mal dieser Idiot ist, garantiere ich für nichts mehr.«

Er schnappte sein Shirt, schlüpfte hinein und öffnete das Fenster, das zur Straße hinausging.

»Moment, ich bin gleich unten!«, rief er und drehte sich dann zu Kathrin um, die eilig ihr Hemdkleid zuknöpfte. »Deine Eltern. Verdammt!«

Er schlüpfte ohne Shorts in seine Jeans.

»Was machen die denn hier?«

Kathrin stand kurz vor einem hysterischen Lachanfall. Falls Rita und Harald gekommen waren, um eventuell Eheberatung zu leisten, hätten sie keinen unpassenderen Zeitpunkt erwischen können.

35

Annikas Geschenk

Markus mochte seine Schwiegereltern wirklich gern, aber heute hätte er sie am liebsten nach Timbuktu gewünscht. Warum mussten sie ausgerechnet jetzt kommen? Kathrin und er waren sich so nahgekommen, und das nicht nur körperlich. Schon ab dem ersten Blick in den Spiegel hatte sich etwas zwischen ihnen verändert. Das war deutlich zu spüren gewesen. Jetzt konnte er nur hoffen, dass diese Unterbrechung nichts kaputt gemacht hatte.

Kurz bevor er die Haustür öffnete, zischte Kathrin ihm von hinten zu: »Lass sie bloß nicht ins Wohnzimmer. Sonst sehen sie die ganzen Sachen aus dem Koffer.«

»Sie wissen doch sowieso schon, dass wir ihn geöffnet haben.«

»Trotzdem.«

»Ja. Schon gut.«

Er machte die Tür auf. Harald und Rita, die einen kleinen Pappkarton trug, hatten ein etwas verlegenes Lächeln im Gesicht.

»Rita, Harald«, begrüßte er sie trotz allem freundlich.

»Wie schön, euch zu sehen!« Er hoffte, dass sie ihm die Lüge nicht ansahen.

»Hi«, sagte Kathrin, die jetzt neben ihm stand.

»Ich hoffe, wir stören nicht«, sagte Harald.

»Nein, gar nicht. Wollt ihr nicht reinkommen?«

Markus bemerkte den Blick, mit dem Harald seine Tochter musterte. Und jetzt fiel auch Markus das in der Eile falsch zugeknöpfte Kleid auf.

»Gern«, meinte Rita, während Harald gleichzeitig sagte:

»Oh nein, nein.«

Es folgte eine etwas peinliche kurze Stille.

»Wir haben noch einiges zu tun und ihr sicher auch, und wir wollen euch nicht aufhalten«, erklärte Harald schließlich und warf seiner Frau einen eindringlichen Blick zu. »Nicht wahr, Rita?«

»Ja. Ja. Das stimmt.«

Sie hielt ihrer Tochter das Paket hin.

»Schau. Ich habe euch ein Osterlamm gebacken. Rührteig mit Zitrone und Schokoladenglasur. Wie du es am liebsten magst, Kathi. Und du hoffentlich auch, Markus.«

»Oh, ich liebe Zitronenkuchen. Danke«, sagte Markus, der sich ein amüsiertes Grinsen kaum verkneifen konnte. Noch nie hatte Rita ihnen einen extra gebackenen Kuchen vorbeigebracht.

»Super. Danke, Mama«, sagte Kathrin.

»Und falls ihr nicht mehr dazu kommt, Ostereier zu färben, ich habe genug bunte Eier für eine ganze Kompanie«, bot Rita an.

»Ja bitte, holt euch welche ab, sonst gibt es nach den Feiertagen so oft Eiersalat, dass mein Cholesterinspiegel explodiert«, meinte Harald jovial, und sie lachten.

»Das können wir natürlich nicht zulassen«, sagte Markus, während er bemerkte, dass Rita ihre nackten Füße musterte. Offenbar war nun auch ihr endgültig klar geworden, dass der Zeitpunkt ihres Besuchs alles andere als ideal war.

»Ja, und wir müssen jetzt auch gleich weiter. Die letzten Einkäufe machen. In der Stadt geht es zu, man könnte meinen, die Lebensmittel würden noch heute rationiert«, sagte sie. »Dabei gehören wir ja selbst zu den Leuten, die auf den letzten Drücker einkaufen«, gab sie lachend zu.

»Aber ihr könnt gern auf einen Kaffee reinkommen«, bot Markus noch mal an, um nicht unhöflich zu sein. Inzwischen fand er die ganze Szenerie eher amüsant als ärgerlich.

»Schon gut. Wir sind wirklich in Eile«, bemerkte Harald und nickte seiner Frau zu.

»Mama, Papa«, begann Kathrin plötzlich, die den Eiertanz offenbar nicht länger mitmachen wollte. »Wenn ihr gekommen seid, weil ihr euch Sorgen um uns macht, dann ist das nett von euch, aber völlig unnötig.«

»Das stimmt«, bestätigte Markus und griff nach ihrer Hand.

»Na ja, ich muss zugeben, nach unserem Telefonat gestern …«, begann Rita.

»Es geht uns wirklich gut.«

»Aber klar. Und wir wollen euch jetzt nicht weiter

stören, nicht wahr, Rita?«, sagte Harald, dem die Sache peinlich zu sein schien. Aber so wie Markus seine Schwiegermutter kannte, hatte sie ihrem Mann keine Ruhe gelassen, bis er sie hierherbegleitet hatte.

»Ja natürlich«, sagte Rita und nickte ihrer Tochter und Markus zu.

»Ich ruf dich später an, Mama. Okay? Und vielleicht kommen wir ja morgen oder übermorgen mal vorbei.«

»Das wäre wirklich schön«, sagte Rita, und dann verabschiedeten sie sich.

Kaum war die Haustür hinter ihnen zu, sahen Markus und Kathrin sich an und prusteten laut los.

»Oh Mann, Haralds Blick auf dein Kleid – unbezahlbar«, sagte Markus, als sie sich wieder beruhigt hatten.

»Wieso?«, fragte Kathrin irritiert und sah an sich herunter. »Ups. Deswegen hat er so geschaut.« Sie kicherte wieder.

»War wohl ganz gut so. Sonst wären sie vielleicht nicht so schnell wieder verschwunden«, bemerkte Markus.

»Aber wir haben jetzt Kuchen«, sagte Kathrin, während sie ins Wohnzimmer gingen.

»Kuchen ist super!«

»Oh. Ich habe ganz vergessen, ihr den Brief von Oma zu geben«, stellte sie fest.

»Den nehmen wir einfach dann mit, wenn wir sie besuchen«, sagte Markus.

»Ich glaube, es ging ihr jetzt auch gar nicht darum. Sondern um uns.«

»Ja, aber ich denke, die beiden machen sich deswegen erst mal keine Sorgen mehr«, sagte Markus.

»Nein.« Kathrin stellte die Schachtel mit dem Osterlamm auf den Tisch und sah ihn an. »Müssen wir uns eigentlich noch länger Sorgen um uns machen?«, fragte sie etwas zaghaft.

Markus trat zu ihr und nahm ihre Hand.

»Wenn es nach mir geht, dann nicht.«

»Das mit Simon tut mir so leid, Markus. Ehrlich. Und ich kann dir gar nicht sagen, wie froh ich bin, dass du früher nach Hause gekommen bist und mich davor bewahrt hast…« Sie sprach nicht weiter.

»Vielleicht habe ich auch meinen Teil dazu beigetragen, hauptsächlich weil ich dachte, du brauchst deine Zeit für deine Arbeit.«

»Klar habe ich noch mehr zu tun, seit ich in der Geschäftsleitung bin, aber trotzdem hätte ich mich nie auf Simon einlassen dürfen.«

»Offenbar hat er es jetzt wenigstens endlich geschnallt, dass er Ruhe geben soll. Die Abschreckung mit der Polizei hat gewirkt.«

»Ich denke auch. Du brauchst dir seinetwegen keine Sorgen mehr zu machen.«

Markus spürte, dass er mit dem Thema Simon abschließen konnte. Fehler machte jeder im Leben. Und es war ganz offensichtlich, dass es ihr leidtat. Er strich ihr sanft durch die Haare und lächelte sie an.

»Ich habe so das Gefühl, dass sich in den letzten Tagen was verändert hat. Aber auf eine gute Weise. Was meinst du?«

»Ja… Irgendwie schon. Es fühlt sich zwar noch ein bisschen zerbrechlich an. Aber…«

»Aber?«

»Aber vielleicht müssen wir zukünftig einfach sorgsamer mit uns und unserer Ehe umgehen«, antwortete sie. »Damit am Ende nicht doch noch etwas ganz zerbricht.«

»Wir haben beide beruflich viel um die Ohren, aber wenn du das auch möchtest, sollten wir uns wieder mehr Zeit für uns nehmen. Ich glaube, das ist wirklich wichtig, Kat, damit es funktioniert.«

»Ich will auch, dass es funktioniert.«

»Dann versuchen wir es noch mal neu?« Er sah sie erwartungsvoll an.

»Ja.« Ihr Lächeln wirkte fast erleichtert. »Versuchen wir es noch mal neu.«

Er konnte sich kaum sattsehen an dem Strahlen ihrer Augen, die in diesem Moment in einem klaren Blau schimmerten.

»Ich bin so froh, Kat«, murmelte er. Sie schlang die Arme um seinen Hals und drückte sich an ihn. Zärtlich streichelte er über ihren Rücken, hielt sie fest und wollte sie am liebsten nicht mehr loslassen. Ihre Lippen fanden sich zu einem Kuss, der weniger von Lust als von Zuneigung und Liebe getragen war. Als sie sich voneinanderlösten, sahen sie sich lange an.

»Wir könnten jetzt wieder nach oben gehen«, sagte er schließlich. »Aber ich möchte dir einen anderen Vorschlag machen.«

»Ja?«

»Lass uns die restlichen Geschenke jetzt gleich noch alle auspacken. Ich möchte das gerne abschließen. Und heute Abend lade ich dich in dieses neue Restaurant beim Sendlinger Tor ein. Jan hat gesagt, die kochen ziemlich tolle regionale Küche und beziehen das Bier aus einer kleinen niederbayerischen Brauerei. Wir essen schön und gehen dann noch auf einen Drink ins *Schumann's* und danach …«

Er sprach nicht weiter, sondern sah sie mit einem gespielt lüsternen Blick an, der deutlich genug war.

»Du möchtest also ein Date mit mir?«, fragte sie.

»Ganz genau. Ein klassisches Date für einen Neuanfang, den wir …«

»Na gut. Aber nur, wenn wir den Spiegel noch im Schlafzimmer lassen«, fiel sie ihm keck ins Wort. »Ich habe da nämlich so ein paar Fantasien.«

»Oh. Aber klar. Der Spiegel bleibt im Schlafzimmer. Abgemacht.«

Zehn Minuten später hatten sie sich mit Kaffee und Wasser eingedeckt und saßen nebeneinander auf dem Sofa. Außerdem hatten sie sich ein Stück vom Osterlamm abgeschnitten. Um sich nicht mehr ewig aufzuhalten, verzichteten sie darauf zu erraten, von wem welches Geschenk ist. Damit gab es auch keine Fragen mehr zu gewinnen.

Als Erstes packte Kathrin das Geschenk von Markus' Bruder Jakob aus. Der leidenschaftliche Hobbykoch hatte ihnen zwei Schürzen mit dem Aufdruck: *KatKus – Best Team ever in Bed and Kitchen* geschenkt. In der Karte hatte er noch mal sein Bedauern ausgedrückt, dass er wegen seiner Verletzung nicht bei der Hochzeit dabei sein konnte, er versprach jedoch, ein mehrgängiges Menü zu kochen, falls Markus und Kathrin ihre fünfzehn Jahre Ehe schaffen würden.

»Es sieht ganz so aus, als ob wir in zwei Jahren toll bekocht werden«, sagte Kathrin amüsiert und reichte Markus ein weiteres Päckchen. Sie hatte es offensichtlich genauso eilig wie er, alles auszupacken, um einen Abschluss zu finden. Das Öffnen des Koffers, die Erinnerungen, die sie geteilt hatten, und vor allem die Zeit, die sie damit verbrachten, hatten dazu beigetragen, wieder zusammenzufinden. Vielleicht war das ja der eigentliche Sinn dieses Geschenks, dass es im Notfall helfen konnte, eine Ehe zu kitten. Auf jeden Fall war Markus froh, dass sie ihn geöffnet hatten.

Aus den nächsten Päckchen holten sie ein handgeschnitztes Kreuz, einen Kalender von Oktober 2019 bis Oktober 2020, einen Korkenzieher und zwei Jojos heraus.

»Das ist von deinem Vater«, sagte Markus, als er eine bemalte Leinwand auspackte, die etwa 20 auf 20 Zentimeter groß war. Der Hobbymaler hatte als Vorlage ein Foto verwendet, das dem Geschenk ebenfalls beilag. Sie erkannten das Bild sofort. Harald hatte es an dem Tag gemacht, als Kathrin und Markus aus Lissabon zurückkamen und ihren Eltern erzählt hatten, dass sie heiraten würden.

Kathrin nahm Markus das kleine Ölgemälde aus der Hand und bestaunte es.

»Das hat Paps echt gut hinbekommen«, sagte sie, als sie in ihre glücklich strahlenden Gesichter blickte.

»Bis auf meine Nase. Das ist die von Mike Krüger, nicht meine«, bemerkte er.

Kathrin lachte.

»Dafür habe ich auf dem Foto leichte Segelohren.«

»Aber trotzdem sind wir zu erkennen.«

Auf der Karte stand ein Zitat von Heinz Erhardt, den Kathrins komplette Familie schon immer sehr bewunderte: *Ich könnte manchmal vor Glück eine ganze Allee von Purzelbäumen schlagen.* »Ich wünsche euch von ganzem Herzen, dass ihr auch nach fünfzehn Ehejahren solche Momente erleben könnt«, las Markus die Worte vor, die Harald unter den Spruch geschrieben hatte.

»Das bekommt einen Ehrenplatz«, sagte Kathrin berührt.

»Auf jeden Fall… Möchtest du vielleicht doch mal eine kleine Pause machen?«

»Nein. Außer du möchtest?«

»Auch nicht. Also machen wir weiter.«

Sie packten einen weiteren Erziehungsratgeber samt einer Großpackung Ohrenstöpsel aus.

Ihre beiden Trauzeugen Jan und Christina hatten sich zusammengetan und ihren Freunden eine signierte Erstausgabe von *Die unendliche Geschichte* von Michael Ende geschenkt, weil sie wussten, dass sowohl Kathrin als auch Markus das Buch schon als Kind geliebt hatten. Zusätzlich gab es das Versprechen für einen gemeinsamen Restaurantbesuch, bei dem sie den fünfzehnten Hochzeitstag zu viert feiern wollten.

»Meinst du, das Essen wird in Amerika bei Christina stattfinden?«, fragte Markus amüsiert.

Kathrin zuckte mit den Schultern.

»Warum nicht? Wäre doch ein schöner Ausflug für uns, und wir könnten es mit einem Urlaub verbinden.«

»Stimmt… Machst du das nächste auf?«

Sie griff nach einem der letzten sechs Päckchen.

Als sie es öffnete, fiel ihr vor Staunen die Kinnlade herunter.

»Das gibt's doch nicht«, murmelte sie, als sie den Inhalt aus einem braunen Umschlag herausholte.

Als Markus sah, was in dem Päckchen war, verschlug es auch ihm fast die Sprache.

»Das müssen ein paar Tausend Euro sein«, sagte Kathrin und starrte auf das Bündel Hunderter in ihrer Hand.

Und tatsächlich waren es genau fünftausend Euro.

Markus öffnete die Karte. »Das Geld ist von meinem Vater«, stellte er fest.

»Walter? Echt? Der spinnt ja«, sagte sie, jedoch alles andere als böse. »Lies mal vor.«

»Mein lieber Markus, liebe Kathrin, was gibt es für eine bessere Geldanlage als die eigenen Kinder?«, begann er. »Die Geschäfte in der *Silberbar* laufen gerade prächtig, und in diesem Koffer wird das Finanzamt nicht nach dem Geld suchen. Spaß beiseite. Keine Sorge, das Geld ist sauber. Ihr könnt damit machen, was ihr wollt, allerdings unter einer Bedingung: Ihr müsst es für etwas Gemeinsames verwenden, das euch Freude macht. Und falls ich in fünfzehn Jahren noch lebe, will ich natürlich wissen, wofür ihr es ausgegeben habt. Wir hören hoffentlich bald voneinander, Walter. PS: Sollte ich in fünfzehn Jahren pleite sein, könnt ihr mich damit ja auf ein Bier einladen.«

Markus senkte die Karte und versuchte, sich seine Rührung nicht allzu sehr anmerken zu lassen. Es war nicht das großzügige Geldgeschenk an sich, sondern die Worte des Vaters, die ihn bewegten. Kein Mensch wusste, was passieren würde, weder an einem einzelnen Tag, geschweige denn in fünfzehn Jahren. Das eigentliche Geschenk war, dass sein Vater noch lebte. Und er würde ihn heute oder morgen noch anrufen, natürlich vorerst ohne ihm zu sagen, dass er den Brief gelesen hatte. Hier mussten er und Kathrin sich noch überlegen, wie sie damit umgehen sollten.

»Wir könnten doch mit dem Geld eine Reise machen«, riss Kathrin ihn aus seinen Gedanken. »Eine Art neue Hochzeitsreise.«

»In zwei Jahren? Oder meinst du jetzt schon?«

»Warum nicht jetzt?« Sie lächelte ihn an. »Walter hätte sicher nichts dagegen. Außerdem, wenn meine Eltern das mit dem Koffer wissen, sollten wir es deinem Vater auch sagen.«

Damit hatte sich das Thema schneller geklärt, als er gedacht hatte.

»Okay. Dann verreisen wir«, stimmte er zu und spürte, wie der Gedanke daran ihm mehr und mehr gefiel.

»Lass uns heute packen und morgen zum Flughafen fahren, genau so wie damals in unseren Flitterwochen«, sagte sie aufgeregt.

Er sah sie verblüfft an.

»Aber Kat? Deine Arbeit?«

Sie zuckte mit den Schultern.

»Die werden es auch noch eine Woche ohne mich schaffen«, sagte sie bestimmt.

Sie strich ihre Haare hinters Ohr, die jedoch gleich wieder nach vorn rutschten.

»Wie oft war ich unterwegs, wenn einer von uns Geburtstag oder wir unseren Jahrestag hatten? Wie viele Partys mit Freunden und Familienfeste habe ich verpasst, weil ich bis in die Nacht hinein im Büro bei irgendwelchen Meetings war? Ich habe die Arbeit immer sehr wichtig genommen. Vielleicht viel zu wichtig. Und schau, wie weit es uns gebracht hat.«

Er sah sie verblüfft an. So hatte er sie noch nie über ihren Job sprechen hören.

»Ich werde eine Woche freimachen, Markus. Für uns. Und du?«, fragte sie. »Geht es bei dir?«

»Ich soll ab Mittwoch einen Werbefilm in Dresden drehen. Das wären drei Tage. Aber weißt du was? Es gibt da einen jungen Kameramann, der wartet nur auf so eine Chance und würde sicher gern einspringen. Den werde ich vorschlagen.«

»Echt?«

»Ja! Ich könnte mir ja auch ein Bein brechen und im Krankenhaus sein oder mit Fieber im Bett liegen, dann müsste es auch gehen.«

»Dann gilt es?«

»Ja. Wir verreisen.«

Es war zwar ein wenig verrückt, aber vermutlich war es genau das, was ihnen in der letzten Zeit gefehlt hatte.

»Dann lass uns schnell noch die letzten Päckchen aufmachen«, sagte sie vergnügt.

»Okay. Mach du schon mal weiter, ich hol uns frischen Kaffee.«

Während er in der Küche hantierte, rief sie aus dem Wohnzimmer: »Ein Yogabuch von Hassan und seiner damaligen Freundin Jasmin.«

»Okay!«, rief Markus amüsiert. »Weitermachen. Bin gleich wieder da.«

Als er den Kühlschrank öffnete, um Milch herauszunehmen, fiel ihm der Topf mit dem eingelegten Sauerbraten auf. Den hätte er fast vergessen. Wenn sie morgen wegfuhren, mussten sie das Fleisch noch verarbeiten.

»Kann man den Sauerbraten eigentlich auch einfrieren, ohne dass man ihn kocht?«, rief er. Keine Antwort. Kathrin hatte ihn scheinbar nicht gehört. Vielleicht lassen wir das heute mit dem essen gehen, und ich mach den Sauerbraten, überlegte er und schloss die Kühlschranktür wieder.

Als er kurz darauf mit zwei Tassen Kaffee ins Wohnzimmer ging, erschrak er, als er Kathrins Gesicht sah.

»Kathrin? Was ist los?«

Rasch stellte er die Tassen auf den Tisch und wollte sie in den Arm nehmen, aber sie rückte von ihm weg.

»Lass mich.«

»Aber was hast du denn?«

Erst jetzt bemerkte er einige Fotos in ihrer Hand und einen Brief. Ein ungutes Gefühl beschlich ihn.

»Zeig mal.«

»Hier bitte!« Sie warf ihm Fotos und Brief entgegen, stand auf und rauschte aus dem Zimmer.

»Kat!«, rief er hinterher. Doch sie reagierte nicht.

Er hob die Bilder und den Brief auf, die auf dem Boden lagen.

»Oh, oh«, entfuhr es ihm. »Verdammt! Das hat jetzt gerade gefehlt.«

Die Bilder waren etwa achtzehn Jahre alt und zu der Zeit entstanden, als er studiert hatte. Sie zeigten ihn und Annika, die Regisseurin, mit der er im letzten Jahr auch einen Film gemacht hatte, eng umschlungen auf einem Sofa in der Wohnung eines damaligen Kumpels. Auf einem weiteren Foto waren sie völlig in einen Kuss versunken. Es war ihr Geburtstag gewesen. Markus hatte diesen Abend fast schon vergessen und konnte sich auch nicht daran erinnern, wer von den Gästen fotografiert hatte. Noch bevor er den Brief gelesen hatte, eilte er, zwei Stufen auf einmal nehmend, nach oben. Er wusste, dass Kathrin schon immer eine Abneigung gegen Annika gehabt hatte. Und ihrer Reaktion nach zu urteilen war sie jetzt stinksauer. Wieder einmal. Er musste die Sache sofort aufklären.

Mit dem Anblick, der sich ihm im Schlafzimmer bot, hatte er nicht gerechnet. Kathrin lag seitlich auf dem Bett, ein Kopfkissen fest gegen ihren Bauch gedrückt. Ihr Körper bebte, und leises Schluchzen war zu hören.

»Kat«, sagte er erschrocken. »Bitte. Jetzt reg dich doch nicht so auf deswegen. Das war wirklich alles ganz harmlos. Ehrlich. Und außerdem kannte ich dich damals ja noch gar nicht.«

Doch sie reagierte nicht.

»Hey.« Er setzte sich auf das Bett und versuchte, einen Arm um sie zu legen. Doch sie stieß ihn erneut weg und rutschte auf die andere Seite.

Ratlos warf er nun doch einen Blick auf den Brief. Während er las, stieg ihm Röte des Zorns ins Gesicht: *Mark* – sie war die Einzige, die ihn so nannte –, *irgendwann werden wir beenden, was wir an diesem Abend begannen. Vermutlich haben wir das schon gemacht, wenn du diesen Brief liest. Ich bin ehrlich und halte deine Ehe mit diesem naiven Mädchen für unglaublich dumm und hoffe, dass sie nicht allzu lange andauern wird. Annika*

Dass Annika schon immer eine extreme Frau war, wusste er, aber was sie sich hier leistete, war auch für sie mehr als schräg. Was ihn aber noch mehr irritierte, war Kathrins Reaktion.

»Bitte, Kat, schau mich an. Es ist echt eine totale Frechheit, was sie da geschrieben hat. Vor allem dir gegenüber. Aber du weißt doch, wie verrückt sie manchmal sein kann. Das hatten wir doch schon mal. Damals habe ich noch eher verstehen können, dass du dich ärgerst, auch wenn ich dir keinen Grund dafür gegeben hatte. Aber die Fotos hier sind doch schon uralt. Es war ihr Geburtstag, und wir haben an diesem Abend ein wenig rumgeknutscht. Das war alles.«

Plötzlich drehte sie sich um. Ihr schneeweißes Gesicht war von roten Flecken überzogen und der Kajal von den Tränen verschmiert.

»Ich verstehe, dass du dich ärgerst, aber findest du nicht, dass du ein wenig übertreibst.« Er versuchte, so einfühlsam wie möglich zu klingen. »Sie hat den Brief vor dreizehn Jahren geschrieben. Und vermutlich war sie betrunken, als sie das machte.«

»Ich wusste die ganze Zeit, dass da irgendwann mal was zwischen euch war«, sagte sie so leise, dass er sie gerade noch hören konnte.

»Hast du mir nicht zugehört? Es ist nichts! Gar nichts! Und das hab ich dir jetzt wirklich schon oft genug gesagt.« Es fiel ihm schwer, geduldig zu bleiben. Es war ja nicht das erste Mal, dass sie wegen Annika stritten.

Kathrin stand auf und sah ihn plötzlich wütend an.

»Ach ja? Warum hast du mir das verschwiegen?« Sie deutete auf die Fotos.

»Weil es nicht wichtig war.«

»Ach? Genauso wie bei den Dreharbeiten?«

Langsam wurde er ärgerlich. »Davon«, er nickte auf die Fotos, »habe ich dir nie was gesagt, weil du Annika von Anfang an nicht mochtest. Ich wollte nicht, dass du was Falsches denkst. Es war eine harmlose Knutscherei. Und was die Dreharbeiten betrifft – haben wir das nicht schon oft genug durchgekaut?«

Sie ging gar nicht darauf ein.

»Hast du mit ihr geschlafen?«, fragte sie.

»Nein. Hab ich nicht. Verdammt noch mal.«

»Wirklich?«

»Denkst du, ich lüg dich an?«

Sie sagte nichts.

»Und im Gegensatz zu dir und Simon hatte ich das auch nicht vor!« Es war ihm herausgerutscht, bevor er nachgedacht hatte. Und er bereute es sofort.

»Ah!«, sagte sie und trat einen Schritt zurück. »Von wegen, die Sache mit Simon hat sich für dich erledigt. Offenbar ja doch nicht.«

»Kat, es tut mir leid, dass ich das gesagt habe. Aber dein Vorwurf ist so lächerlich, dass ich …«

»Lächerlich?«, unterbrach sie ihn. Sie ging auf ihn zu, nahm ihm die Fotos und den Brief aus der Hand. »Diese Kuh ist zu allem fähig.«

»Also komm. Jetzt übertreib nicht.«

»Das tue ich nicht!« In ihre Augen schwammen Tränen.

Schlagartig wurde ihm bewusst, dass es hier um mehr ging als um Eifersucht.

»Was ist los mit dir, Kat?«

»Mit mir?«

»Ja. Ich habe das Gefühl, dass es gar nicht um Annika geht.«

Sie lachte trocken.

»Ist das etwa ihre Zwillingsschwester auf dem Foto?«, fuhr sie ihn an.

»Nein. Aber so wie du dich ärgerst, da ist doch noch irgendwas anderes. Etwas, das du mir nicht sagst.« Er ging zu ihr und nahm sie in den Arm.

»Nein. Lass mich.« Doch er ließ sie nicht los.

»Ich spüre schon die ganze Zeit, dass es irgendwas gibt, das du mir verschweigst. Eigentlich wollte ich eine der Fragen aus unserem Spiel hernehmen, um das herauszufinden. Aber ich wollte dich nicht zwingen, mir etwas zu sagen, und dann hat es ja so ausgesehen, als ob alles gut werden würde. Jetzt gerade bezweifele ich das.«

»Du zweifelst an mir, weil diese Frau sich immer wieder an dich ranmachen will?«, fragte sie empört. »Ist das jetzt dein Ernst?«

Kurz überlegte er, ob er ihr mit seiner Vermutung unrecht tat. Doch sein Instinkt sagte ihm etwas anderes. Und er ahnte, wenn sie das jetzt nicht klärten, konnten sie ihre Beziehung vergessen.

»Ich will jetzt, dass du mir augenblicklich sagst, was los ist. Sonst …«

»Sonst?«

»Sonst packe ich meine Sachen und verschwinde.«

Sie starrte ihn ungläubig an.

»Bin jetzt also ich diejenige, die was falsch gemacht hat?«, fragte sie empört.

»Was heißt hier falsch? Ich habe gehofft und gedacht, dass wir unsere Beziehung wieder hinkriegen, Kat«, begann er zu erklären. »Aber jetzt dein Ausbruch – das bist nicht du, Kat. Nicht die Frau, die ich kenne. Klar ist das ärgerlich, was Annika geschrieben hat, und glaub mir, ich bin auch sauer auf sie. Aber du verhältst dich nicht normal. Ich habe schon die ganze Zeit gespürt, dass da irgendwas ist. Und wenn ich jetzt genau darüber nachdenke, hast du dich verändert, seit diese verdammten Dreharbeiten mit Annika waren. Ich hab es aber immer auf die viele Arbeit geschoben, in der wir beide vor einem Jahr steckten. Aber das ist es gar nicht. Nicht wahr? Bitte sag mir, was los ist. Wir können doch über alles reden.«

Sie sagte nichts, ging langsam zum Bett zurück und ließ sich darauf sinken.

Markus setzte sich neben sie, hielt sich aber davon ab, sie wieder zu berühren. Eine Weile lang sagten sie beide kein Wort.

Schließlich hob sie den Kopf und sah ihn an.

»Na gut.«

36

Kathrins Geheimnis

MÜNCHEN, 28. MÄRZ 2016

Kathrin war froh, dass sie diesmal nicht lange auf ihr Gepäck warten musste. Denn sie hatte es eilig, zu Markus zu kommen. Während des langen Fluges von Boston nach München hatte sie kein Auge zugemacht und sich in Hunderten Varianten ausgemalt, wie sie Markus beibringen würde, dass er in wenigen Monaten Vater werden würde. Genauer gesagt am 24. Oktober. Das hatte eine App für sie errechnet, nachdem der Schwangerschaftstest, den sie kurz vor ihrer Heimreise gemacht hatte, positiv ausgefallen war. Sie hatte es schon eine Weile vermutet, da sie jedoch ihre Periode seit einigen Monaten sehr unregelmäßig gehabt hatte, wollte sie erst länger abwarten, bevor sie den Test machte. Sie konnte es noch immer nicht glauben und war hin- und hergerissen zwischen Euphorie und Angst. Sie hatte irgendwann Mutter werden wollen. Das schon. Aber eigentlich erst, wenn sie beruflich so weit abgesichert war, dass sie sich eine kleine Auszeit nehmen konnte. Denn das war für sie immer klar gewesen. Sollte sie jemals Kinder bekommen, würde sie, zumindest das erste Jahr, ganz zu Hause bleiben und es auch genießen wollen, sich in Ruhe um das Kind kümmern zu können. Auf keinen Fall wollte sie eine dieser Frauen werden, die noch nicht einmal richtig abgestillt hatten und schon zwischen Kinderkrippe oder Tagesmutter und Arbeitsplatz hin- und herhetzten und dann unglücklich waren, weil sie das Gefühl hatten, weder den Beruf noch ihr Mutterdasein auf die Reihe zu bekommen. Glücklicherweise hatte auch Markus einen flexiblen Job, und wenn sie ab und zu unverbindlich über das Thema »Kinder« gesprochen hatten, stellte auch er klar, wie wichtig es ihm war, seinen Teil zur Kindererziehung beizutragen. Und dann gab es natürlich noch ihre Mutter, die ohnehin schon sehnlichst auf ein erstes Enkelkind wartete und ihren Kindern ständig damit in den Ohren lag, was manchmal fast schon ein wenig nervig war. Rita hatte ihre Schulstunden schon vor ein paar Jahren deutlich zurückgeschraubt und schon vorab angeboten, als Oma jegliche Unterstützung zu bieten, die ihr möglich war. Großeltern in der Nähe zu haben war natürlich ein Luxus, den nicht alle Frauen für sich beanspruchen konnten. Oder wollten. Kathrin hatte als Kind viel Zeit bei ihren Großeltern verbracht und es sehr genossen. Das würde sie auch ihrem Kind gönnen. Also war es vielleicht doch der richtige Zeitpunkt für eine Schwangerschaft.

Während sie den Koffer nach draußen zu den Taxis zog, spürte Kathrin leichte Übelkeit und ein unangenehmes Ziehen im Bauch, das sie jedoch ihrer Nervosität zuschrieb, Markus bald alles zu erzählen. Sie hatten nur diesen einen Tag Zeit zu reden, weil Markus gleich am nächsten Morgen zu Dreharbeiten nach Kroatien fliegen würde. Besser gesagt blieb nur der Abend, da er heute den ganzen Tag bei einem Innendreh auf dem Bavaria-Filmgelände war.

Als Kathrin zu Hause ankam, legte sie sich zuerst in die Badewanne, um ein wenig Entspannung zu finden. Außerdem hatte sie mal wieder Rückenschmerzen vom langen Sitzen im Flugzeug. Eigentlich war sie erschöpft und müde, gleichzeitig aber ziemlich aufgekratzt. Sie überlegte, ob sie am Abend etwas kochen oder mit Markus in ihre kleine Pizzeria essen gehen sollte. Sie würde lieber mit ihm allein sein, um ihm die guten Neuigkeiten zu erzählen. Sie konnten sich ja auch was liefern lassen.

Mit der Hand schöpfte sie Wasser über ihren noch flachen Bauch. Wenn sie mit ihrer Berechnung richtiglag, dann war sie bald in der elften Woche. Vorsichtig, als ob sie etwas kaputt machen könnte, klopfte sie mit dem Finger gegen den Bauch.

»Hey! Du! Alles klar bei dir?«, fragte sie leise und kam sich dabei ein klein wenig albern vor. Trotzdem hatte sie das Bedürfnis weiterzusprechen. »Ich hab ein bisschen Angst vor dem, was da auf mich zukommen wird. Hoffentlich bist du mir nicht böse deswegen. Aber weißt du was? Ich hab dich jetzt schon unbeschreiblich lieb, du kleines süßes Schätzchen. Und ich kann es kaum mehr erwarten, deinem Papa heute Abend von dir zu erzählen. Du kannst dich jetzt schon darauf einstellen, dass er vermutlich ausflippen wird vor Freude. Ich weiß, dass er sich schon länger ein Kind wünscht, aber er hat mich nie deswegen bedrängt. Dein Papa ist nämlich der tollste Mann der Welt. Und bestimmt wird seine Hand die halbe, ach was sag ich, die ganze Nacht auf meinem Bauch liegen. So, jetzt hör ich aber auf mit dem Gequatsche. Nur gut, dass mir niemand zuhört. Niemand außer dir.«

Lächelnd streichelte sie weiter über ihren Bauch. Doch bald merkte sie, dass das heiße Wasser ihrem Kreislauf nicht guttat. Sie stand auf, duschte sich lauwarm ab und fühlte sich gleich wohler.

Es war noch nicht einmal Mittag, als sie aus dem Bad stieg. Sie schlüpfte in gemütliche Klamotten, aß eine Kleinigkeit und legte sich dann aufs Sofa. Sie stellte ihr MacBook auf den Tisch und schaute eine ihrer derzeitigen Lieblingsserien an: das großartige schräge Duo William Shattner und James Spader in *The Boston Legal*. Doch sie hatte noch nicht einmal die Hälfte der Folge gesehen, da fielen ihr immer wieder die Augen zu, und bald war sie eingeschlafen.

Als das Klingeln ihres Handys sie weckte, brauchte sie einen Moment, bis sie wieder wusste, wo sie war.

»Ja, hallo?«, meldete sie sich verschlafen.

»Kat. Schön, dass du wieder zurück bist«, begrüßte Markus sie.

»Ja …«

»Geht es dir gut? Du hörst dich ein wenig seltsam an«, stellte er besorgt fest.

»Total gut, ich bin vorhin nur eingeschlafen.«

»Tut mir leid. Ich wollte dich nicht wecken.«

»Kein Problem.«

»Wie war dein Flug?«

»Lang, aber okay. Sag mal, was ist dir denn lieber heute Abend? Sollen wir zum Italiener gehen oder uns was liefern lassen?«

Für ein paar Sekunden herrschte Stille. Dann sagte Markus: »Hör mal, Kat, es tut mir leid, aber ich muss schon heute nach Zagreb fliegen.«

Kathrin setzte sich hoch.

»Was? Aber ich dachte, ihr fliegt erst morgen …«

»Das dachte ich auch. Aber da lief wohl irgendwas falsch mit der Dispo. Wir müssen morgen gleich bei Tagesanbruch drehen. Tut mir echt leid.«

Kathrin versuchte, sich ihre Enttäuschung nicht anmerken zu lassen. Es war nicht ungewöhnlich, dass sie so viel unterwegs waren. Sie kam ja selbst erst von einer Geschäftsreise zurück. Da das aber ausgerechnet heute der Fall war, machte es ihr doch etwas aus.

»Sag mal, wäre das für dich okay, mir meine Reisetasche zu bringen? Sie steht im Ankleidezimmer. Ich habe das meiste schon gepackt. Nur meinen Kulturbeutel müsstest du noch reintun, dazu zwei Hemden und vielleicht noch einen Schal.«

»Klar. Bring ich dir. Aber nur, wenn du eine kleine Pause machst, wenn ich da bin.« Sie wollte ihn nicht losfliegen lassen, ohne ihm die gute Nachricht persönlich überbracht zu haben. Das würde zwar weniger romantisch sein, als sie es sich vorgestellt hatte, aber letztlich kam es nicht darauf an. Hauptsache er würde bald wissen, dass sie ein Baby bekamen.

»Versprochen. Und danke. Du bist super, meine Süße. Wenn ich nächste Woche zurückkomme, nehme ich mir erst mal ein paar Tage frei … Moment? … Ja. Ich komme schon … Tut mir leid, ich muss aufhören. Bis dann.«

Eine Stunde später ging Kathrin mit seiner Reisetasche auf das Haus auf dem Filmgelände zu, in dem gedreht wurde. Ein nasskalter Wind peitschte ihr die Haare ins Gesicht.

»Hi, Moni«, rief sie der Maskenbildnerin zu, mit der sie auch privat befreundet war. Mit einem Kaffeebecher in der Hand eilte diese ebenfalls auf das Haus zu.

»Hey, Kathrin! Was machst du denn hier?«

»Markus braucht seine Sachen. Ihr fliegt ja heute schon nach Zagreb.«

Moni schüttelte den Kopf.

»Ich nicht. Erst morgen.«

Kathrin wunderte sich nicht. Vermutlich würden sie morgen erst einmal Außenaufnahmen der Landschaft und in der Stadt machen, und dafür musste die Maskenbildnerin noch nicht vor Ort sein. Sie wusste nicht allzu viel über den Spielfilm, den sie drehten, nur dass es sich um eine etwas schwierige Liebesgeschichte zwischen einem jungen kroatischen Maler und einer Frau handelte, die von ihrem Mann verlassen worden war und nach einigen Jahren des Alleinseins erst wieder lernen musste, sich auf eine neue Liebe einzulassen.

»Na, dann komm mal rein. Sie drehen oben im Schlafzimmer«, sagte Moni.

»Danke.«

»Wenn wir abgedreht haben, könnten wir mal wieder gemeinsam essen gehen. Was meinst du?«

»Klar. Wir telefonieren?«

»Super. Bis dann.«

Moni betrat eine große Wohnküche, die während der Dreharbeiten als Aufenthaltsraum sowie als Kleiderkammer und Garderobe für die Schauspieler diente.

Kathrin ging die schmale Holztreppe nach oben.

»Schaut mal her. So geht das«, hörte sie eine energische, etwas raue Stimme, die sie sofort erkannte. Annika Dobris! Markus hatte ihr gar nicht erzählt, dass sie Regie führen würde. Vielleicht weil er wusste, dass sie die exzentrische Frau von der ersten Minute an nicht hatte leiden können.

Als sie im ersten Stock war, standen zwei Teammitglieder mit dem Rücken zu Kathrin neben einer offenen Tür, die in das Schlafzimmer führte, in dem gedreht wurde. Leise, um nicht zu stören, ging Kathrin auf die Tür zu. Ungläubig riss sie die Augen auf und glaubte, nicht recht zu sehen. Auf der Bettkante saß Markus, der sich seitlich mit den Händen auf dem Bett abstützte. Und halb über ihm Annika, die ihn küsste. Daneben standen die Hauptdarsteller Nicki Westermann und Mati Seening und sahen den beiden zu wie auch die übrige Crew.

War sie jetzt im falschen Film gelandet? Schlagartig wurde ihr schlecht, und das Ziehen in ihrem Rücken wurde stärker. Sie konnte den Blick nicht von den beiden wenden und musste sich gleichzeitig zusammenreißen, um nicht ins Zimmer zu stürzen und die Regisseurin von ihrem Mann wegzuzerren. Annika, die als Einzige zur Tür gewandt dastand, hatte Kathrin inzwischen bemerkt, machte jedoch keinerlei Anstalten, sich von Markus zu lösen. Im Gegenteil. Der Kuss schien eine Ewigkeit zu dauern, in Wahrheit waren es wohl doch nur einige Sekunden gewesen, bis sie sich von ihm löste.

»Perfekt. Danke, Mark.«

Annika zwinkerte Markus zu und wandte sich dann an die beiden Schauspieler. »So müsst ihr das machen. Und nicht dieses unbeholfene Rumgeknutsche wie bei Teenagern. Ich will Sinnlichkeit. Und Leidenschaft. Verstanden?«

»Ja«, sagten beide und nickten.

Kathrin starrte sie an. Sinnlichkeit und Leidenschaft? Was sollte das? Und wieso spielte Markus hier mit?

»Dann wieder alle auf eure Plätze«, rief Annika im Kommandoton und ignorierte Kathrin völlig.

Markus stand auf, um wieder zu seiner Kamera zu gehen, und zuckte zusammen, als er seine Frau bemerkte.

»Kathrin!«, rief er und kam zu ihr. Erst jetzt bemerkten sie auch die anderen und begrüßten sie. Wobei es einigen offensichtlich etwas unangenehm zu sein schien, dass die Frau des Kameramanns die Szene gesehen hatte, die sich eben abgespielt hatte.

Kathrin wusste nicht, wie sie reagieren sollte. Am

liebsten hätte sie Markus, aber vor allem dieser Annika eine Ohrfeige gegeben, so wütend war sie. Aber sie wollte sich vor den Leuten natürlich nicht blamieren und versuchte deshalb, sich nichts anmerken zu lassen.

»Hi, Markus«, sagte sie und wunderte sich, dass sie überhaupt einen Ton rausbekam. »Hier sind deine Sachen.« Sie drückte ihm die Tasche in die Hand.

»Kat«, sagte er leise. »Hör mal, das war nur …«

»Schon gut«, winkte sie ab. »Ich hab dir alles eingepackt. Dann einen guten Flug.«

»Aber du kannst doch nicht jetzt einfach so verschwinden. Ich habe bald Pause, und wir wollten doch einen Kaffee …«

»Mark!« Annika stand plötzlich neben ihm und legte eine Hand auf seinen Arm. »Jetzt ist keine Zeit, um zu quatschen. Wir müssen fertig werden, damit wir unsere Flüge erwischen.«

Kathrin hatte das Gefühl, sich gleich übergeben zu müssen. Markus würde mit dieser Frau nach Zagreb fliegen, die noch nie einen Hehl daraus gemacht hatte, dass sie auf ihn stand.

»Ich will nicht weiter stören«, murmelte sie und drehte sich weg. Markus hielt sie zurück.

»Bitte warte, Kat.«

Dann wandte er sich an Annika. »Tut mir leid, aber ich brauche jetzt fünf Minuten Pause.« Sein Ton war sehr bestimmt. Annika öffnete schon den Mund, um etwas zu erwidern, sagte dann jedoch nichts. Sie nickte Kathrin mit einem eigenwilligen Lächeln zu und ging dann ins Schlafzimmer.

»Wir proben die Szene noch mal«, wies sie ihre Schauspieler an. »Und diesmal will ich sehen, dass ihr es hinbekommt.«

»Komm, gehen wir nach unten«, sagte Markus. Wie ein Roboter folgte Kathrin ihm bis vor das Haus. Inzwischen nieselte es. Doch weder Kathrin noch Markus schienen das zu bemerken.

»Du verstehst, dass das überhaupt nichts bedeutet hat und nur zu Demonstrationszwecken war? Nicki und Mati haben es einfach nicht auf die Reihe bekommen.«

»Ach. Ist das jetzt so üblich, dass die Regisseurin den Kameramann dafür benutzt, den Schauspielern zu zeigen, wie es geht?« Kathrin wusste nicht, wie sie es geschafft hatte, die Frage ganz ruhig zu stellen. »Sie hätte das ja auch mit Mati machen können.«

»Das war, weil … Wir mussten die Szene immer wieder drehen, weil Annika nicht zufrieden war. Und es war wirklich nicht so besonders gut. Deswegen wollte sie den beiden Hauptdarstellern demonstrieren, wie sie es sich vorgestellt hatte.«

»Na hoffentlich klappt es dann auch. Aber falls nicht, könnt ihr ja noch mal vormachen, wie es richtig geht.«

»Bist du sauer?«

Dass er das überhaupt fragte!

»Aber nein«, sagte sie sarkastisch. »Warum denn auch?«

»Hey. Das war rein beruflich.«

»Ja klar. Und Elvis und Michael Jackson sind noch am Leben und verkaufen in Grönland Dolomiti-Eis.«

Er lachte, offenbar dachte – oder hoffte er zumindest –, sie würde die Sache inzwischen mit Humor nehmen. Doch da täuschte er sich gewaltig.

»Ich muss jetzt leider wieder nach oben, Kat«, sagte er bedauernd. »Lass uns später skypen, wenn ich in Zagreb bin, okay?« Er wollte ihr einen Kuss geben. Doch allein die Vorstellung, dass Annikas Lippen noch vor wenigen Minuten auf seinen waren, ließ sie schaudern. Sie trat zurück.

»Mach dir keinen Stress. Ich werde heute früh schlafen gehen. Und wer weiß, ob Annika nicht noch ein paar Sexszenen mit dir üben möchte. Dann hast du sowieso keine Zeit für mich. Mach's gut!«

»Verdammt, da ist nichts! Und wenn du mir das nicht glaubst, dann kann ich dir auch nicht helfen. Eigentlich solltest du mich besser kennen. Aber vielleicht kann man ja morgen wieder vernünftig mit dir sprechen, wenn du ausgeschlafen bist.«

Damit ließ er sie stehen und ging ins Haus.

Tränen brannten in ihren Augen, als sie unglücklich zu ihrem Wagen ging. Tränen der Wut, aber auch der Enttäuschung. Und sie ärgerte sich noch dazu ein wenig über sich selbst, weil sie sich nicht unter Kontrolle gehabt hatte. Im Grunde glaubte sie Markus ja, dass er nichts mit Annika am Hut hatte. Aber diese Frau schaffte es immer wieder, Kathrin auf die Palme zu bringen. Normalerweise ließ sie sich das nicht anmerken, aber heute war so ein besonderer Tag für sie, und Annika hatte ihn mit ihrem Kuss ruiniert. Jetzt würde sie warten müssen, bis Markus aus Zagreb zurück war, denn am Telefon oder per Skype wollte sie ihm eine solche Nachricht ganz bestimmt nicht sagen. Verdammt! Das bedeutete, dass sie auch mit niemandem sonst darüber reden konnte, denn Markus war als Vater der Erste, der es nach ihr wissen sollte.

Als sie am Wagen war, dachte sie kurz darüber nach, noch einmal kehrtzumachen. Denn sie hatte kein gutes Gefühl dabei, im Streit auseinanderzugehen. Doch allein der Gedanke, Annika noch mal zu sehen, bereitete ihr Unbehagen. Sie würde jetzt nach Hause fahren, etwas essen und dann tatsächlich bald schlafen gehen. Und morgen sah die Welt bestimmt ganz anders aus.

Doch die Übelkeit verging nicht, und sie brachte keinen Bissen hinunter. Schon auf der Heimfahrt hatte sie wieder dieses unangenehme Ziehen im Bauch gespürt, das inzwischen zu ausgedehnten Schmerzen geworden war. Langsam machte sie sich Sorgen. Sie versuchte, Markus doch noch zu erreichen, aber es sprang sofort die Mailbox an. Vermutlich war er gerade im Flugzeug. In ihrem Ärger vorhin hatte sie ihn gar nicht nach den genauen Flugzeiten gefragt.

Die Schmerzen verschlimmerten sich, und als sie auf die Toilette ging, stellte sie erschrocken fest, dass sie leicht blutete. Angst kroch über ihren Nacken und ließ sie erstarren. Würde sie das Baby verlieren? Das durfte nicht sein!

Rasch rief sie ein Taxi, das nur wenige Minuten später vor dem Haus stand. Sie hatte ihren Mantel bereits angezogen, nahm eine kleine Tasche und ging hinaus.

»Frau Killian«, hörte sie eine Stimme. »Frau Killian, wie fühlen Sie sich?«

Langsam kam sie zu sich, brauchte aber einen Moment, bis sie realisierte, dass sie im Aufwachzimmer in einem Krankenhaus lag. Die letzten Stunden waren wie ein schlimmer Albtraum gewesen. Glücklicherweise hatte sie nicht lange warten müssen, bis man sie im Krankenhaus untersuchte. Die burschikose Gynäkologin teilte ihr nach der Untersuchung sehr sachlich mit, dass der Fötus abgestorben sei und man eine Ausschabung vornehmen müsse.

Kathrin hatte das Gefühl, als ob sich der Boden unter ihr auftun würde. Auch wenn sie erst seit Kurzem wusste, dass sie schwanger war, so war ihr erst jetzt bewusst, dass sie es sich insgeheim schon viel länger gewünscht hatte, ein Baby zu bekommen.

»Frau Killian, bei der Voruntersuchung ist mir eine Veränderung aufgefallen, die der Kollege bei der Ausschabung genauer in Augenschein nehmen sollte. Ist das für Sie okay?«

Die Worte drangen gar nicht richtig zu ihr durch. Kathrin nickte nur.

»Bitte, können Sie es bald machen?«, bat sie gepresst. Nachdem sie nun wusste, dass keine Hoffnung mehr bestand, wollte sie einfach nur noch, dass es vorbei war.

»Sie haben ja jetzt schon ein paar Stunden nichts mehr gegessen, deswegen bringen wir Sie dann gleich in den OP.«

»Danke.«

»Sollen wir jemanden anrufen?«, fragte eine junge Krankenschwester kurz darauf auf dem Weg zum OP.

»Nein«, sagte Kathrin nur. Es war, als ob jegliche Gefühle, die sie gehabt hatte, im Nirwana verschwunden wären. Sie spürte nur eine innerliche Kälte.

Der Narkosearzt hinter seiner Gesichtsmaske hatte freundliche braune Augen und versuchte, sie ein wenig aufzumuntern. Kathrin war ihm dankbar, dass er nicht darüber redete, was gleich passieren würde. Ihr war so kalt. So schrecklich kalt!

»So, jetzt zählen Sie bitte von hundert an rückwärts«, forderte der Arzt sie auf.

»Hundert, neunundneunzig, achtund…« Dann hatte sie die Dunkelheit der Narkose bereits verschluckt.

»Frau Killian«, riss die Stimme sie wieder aus ihren Gedanken. »Es ist alles gut gelaufen. Allerdings gibt es da etwas, das der Arzt mit Ihnen besprechen möchte.«

»Ach ja? Was denn?«

»Das erfahren Sie von Doktor Bauer. Haben Sie Schmerzen?«

Kathrin schüttelte den Kopf.

»Nur ein leichtes Ziehen.«

»Gut. Möchten Sie ein wenig Tee?«

»Ja bitte. Wann kommt denn der Arzt?«

»Bald.«

Der Arzt kam nicht bald. Es dauerte noch ein paar Stunden, bis Dr. Bauer schließlich zu einem Gespräch erschien, kurz bevor sie das Krankenhaus schon auf eigene Verantwortung verlassen wollte.

Der hagere Mann, etwa Anfang vierzig, wirkte erschöpft, als er einen Besucherstuhl neben das Bett zog und sich darauf sinken ließ.

»Frau Killian, ich weiß, dass für Sie in diesem Moment nichts gut ist, aber fachlich ist der Eingriff tatsächlich gut verlaufen.«

Sie spürte, wie ihre Augen brannten.

»Und nach jetzigem Ermessen spricht nichts dagegen, dass Sie noch mal schwanger werden können.«

Obwohl der plötzliche Verlust momentan sehr tief saß, war diese Information doch ein kleiner Hoffnungsschimmer für sie.

»Allerdings gab es ja diese Auffälligkeit an Ihrem Muttermund. Meine Kollegin hat das ja schon vor der Operation angesprochen.«

»Eine Auffälligkeit am Muttermund?«, fragte sie erschrocken.

»Ja. Wir sind hellhörig geworden, nachdem Sie von Ihrer unregelmäßigen Periode in den letzten Monaten erzählt hatten.«

Hatte das etwas damit zu tun, dass sie ihr Kind verloren hatte?

»Bitte erschrecken Sie jetzt nicht, aber die Auffälligkeiten könnten darauf hindeuten, dass Sie an einer Vorstufe von Gebärmutterhalskrebs stehen.«

»Ich habe Krebs?« Sie spürte, wie eine Angst ihre Kehle zuschnürte, die sie bisher nicht kannte. Krebs. Da war es, dieses Wort, vor dem sich wohl jeder fürchtete. Ihre Großmutter war an Krebs gestorben. Und Claudia. Nach einem langen Kampf. Sie schluckte.

»Nein. Bitte. Das hört sich viel schlimmer an, als es ist«, versuchte Doktor Bauer, sie zu beruhigen. »Aber es ist wichtig, dass Sie bei Ihrem Gynäkologen eine Untersuchung machen lassen, sobald die Blutungen vorbei sind. Sollte sich mein Verdacht bestätigen, wovon ich leider ausgehe, würde man eine sogenannte Konisation durchführen, das heißt, das befallene Stück Gewebe entfernen.«

»Oh Gott.« In ihren Ohren begann es zu rauschen, und sie musste sich konzentrieren, um ihm weiter zu folgen.

»Es tut mir leid, dass das ausgerechnet jetzt auch noch auf Sie zukommt. Dabei haben Sie gerade andere Dinge zu verarbeiten«, sagte Dr. Bauer einfühlsam.

Nun konnte sie die Tränen doch nicht länger zurückhalten.

»Ich verstehe, dass Sie Angst haben. Aber wenn man ihn früh genug entdeckt, sind die Heilungschancen bei dieser Krebsart ziemlich hoch. Also bitte, machen Sie sich jetzt nicht verrückt. Aber lassen Sie es trotzdem baldmöglichst abklären und behandeln. Okay?«

Sie nickte. Die Freundlichkeit des Arztes und seine Erklärungen milderten ihre Angst tatsächlich ein wenig. Auch wenn sie nicht ganz verschwunden war. Sie wusste nicht, warum, aber sie glaubte ihm.

Doktor Bauer nahm ein Papiertaschentuch aus einer Box, die auf dem Nachttisch stand, und reichte es ihr. Sie putzte sich die Nase und wischte sich die Tränen ab.

»Frau Killian, ich möchte Sie noch eine Nacht hier im Krankenhaus behalten.«

Kathrin drängte nicht mehr darauf, nach Hause zu gehen. Sie war erschöpft und kraftlos und wäre ohnehin allein gewesen. Markus war nicht da, und die Fürsorge und den Trost ihrer vermutlich enttäuschten Mutter, die ihre eigene Traurigkeit hinter einer fröhlichen Maske verstecken würde, hätte sie jetzt nicht ertragen.

Es machte ihr auch nichts aus, als man eine Patientin in ihr Zimmer schob, die noch am selben Tag operiert werden sollte.

Kathrin war in eine Art Starre gefallen, die aus Trauer und Angst bestand. Als sie das Handy anschaltete, warteten zahlreiche Nachrichten von Markus auf sie. Der Ton schwankte zwischen besorgt und ärgerlich, weil er sie nicht erreichen konnte. Bei der letzten Nachricht, die er ihr erst vor ein paar Minuten geschickt hatte, brach sie in Tränen aus.

»Kat. Bin kurz davor, die Dreharbeiten abzubrechen, weil Annika mir tatsächlich an die Wäsche will. Hab ihr ein Ultimatum gestellt, und da sie den Film nicht gefährden will, gibt sie endlich Ruhe. Verstehe dich, wenn du sauer bist, aber bitte melde dich, damit ich weiß, dass es dir gut geht. Ich liebe dich.«

Minutenlang starrte sie einfach nur auf das Display, während die Tränen über ihr Gesicht kullerten. Glücklicherweise war die andere Patientin gerade bei einer Untersuchung, und sie war allein im Zimmer. Dass er die Sache mit Annika so freimütig gestand, sagte ihr, dass er tatsächlich kein Interesse an der Frau hatte. Aber vielleicht war es trotzdem gut gewesen, dass sie ihretwegen gestritten hatten und er losgeflogen war, ohne dass sie ihm etwas von ihrer Schwangerschaft gesagt hatte. So würde sie ihm jetzt nicht wehtun müssen. Erstaunt stellte sie fest, dass sie bereits beschlossen hatte, ihm nichts zu sagen. Es war passiert, und wenn keiner davon wusste, musste sie auch nicht darüber reden. Genauso wenig würde sie ihm vorerst von dieser Krebssache erzählen. Sie konnte sich nur zu gut daran erinnern, als sie von Claudias Krebserkrankung erfahren hatten. Ab diesem Tag hatten sie die Freundin mit anderen Augen gesehen.

»Hätte ich doch bloß nicht so früh was gesagt«, hatte ihr Claudia einmal anvertraut. »Ich kann diese mitleidvollen Blicke oft nicht mehr ertragen. Sie erinnern mich ständig an die Krankheit, auch wenn ich selbst nicht daran denken würde.«

Nein. Sie würde beides für sich behalten. Sonst machte Markus sich nur Sorgen. Und wenn der Arzt recht hatte, dann wäre die Sache sowieso bald wieder gut. Warum für Aufregung sorgen, wenn es nicht sein musste?

Trotzig wischte sie sich mit dem Ärmel die Tränen aus dem Gesicht. Dann tippte sie eine Nachricht an Markus: »Sorry, durch den Jetlag habe ich total verschlafen und deine Nachrichten nicht gesehen. Es geht mir gut. Lass dich nicht von Annika unterkriegen und bleibe einfach professionell. Ich liebe dich!«

37

Väterlicher Rat

MÜNCHEN, 15. APRIL 2017

Markus hatte sie kein einziges Mal unterbrochen, während sie ihm alles erzählte. Nachdem sie einmal angefangen hatte, war es wie ein Wasserfall aus ihr herausgesprudelt. Als sie über den Verlust des Babys sprach, kämpfte sie mit den Tränen, doch sie fing sich wieder und erzählte weiter.

»Doktor Bauer hatte recht gehabt. Es war wirklich nur ein kleiner Eingriff nötig gewesen, und inzwischen ist längst wieder alles in Ordnung«, endete sie und mied seinen Blick.

Markus hatte nicht gewusst, was auf ihn zukommen würde, aber mit einem derartigen Geständnis hatte er nicht gerechnet. Er war fassungslos, musste erst so richtig realisieren, was sie ihm da gerade gesagt hatte.

Wortlos stand er auf und ging zum Fenster. Seine Beine fühlten sich an wie mit Blei gefüllt. Etwas drückte von innen gegen seinen Brustkorb, und jeder Atemzug fiel ihm schwer.

»Ich hoffe, du verstehst, warum ich …«

Er drehte sich abrupt zu ihr um.

»Was?«, fuhr er sie an.

Sein Puls pochte inzwischen so schnell, dass er das Blut in den Ohren rauschen hörte.

»Markus? Ich …«

»Du hast mir nicht nur verschwiegen, dass du unser Kind verloren hast«, unterbrach er sie, »sondern hast es auch nicht für nötig befunden, mir zu sagen, dass du Krebs hast?«

Sie starrte ihn an. Vorhin hatte sie so viel gesagt, aber jetzt schwieg sie. Und das brachte ihn auf die Palme.

»Was denkst du eigentlich, wer ich bin?«, fuhr er sie an. »Oder sollte ich besser fragen, wer ich für dich bin? Dein Mann scheine ich jedenfalls nicht zu sein.«

»Es hätte doch nichts geändert, Markus. Es hätte dir nur wehgetan. Es ist ja wieder alles gut jetzt«, sagte sie leise, und er bemerkte ihren schuldbewussten Blick. Oh ja, ihr war durchaus bewusst, wie sehr sie ihn durch ihr Schweigen verletzt hatte. Und trotzdem hatte sie es getan. Und es war ihm völlig unverständlich, warum.

»Ich hätte für dich da sein müssen, Kat. Ich bin dein Mann!« Er schrie es fast.

»Und was wäre dann gewesen?«, entgegnete sie, kaum weniger laut. »Du hättest mich mit Mitleid überschüttet und dir auch noch völlig unnötige Sorgen um meine Gesundheit gemacht. Ständig wäre es ein Thema gewesen. Das hätte ich nicht ertragen, Markus.«

»Es war also leichter für dich, das alleine durchzustehen als mit deinem Mann? Weil ich dir … auf die Nerven gegangen wäre, wenn ich mit dir darüber gesprochen hätte?«

»Kannst du mich nicht verstehen, oder willst du mich nicht verstehen?«, fragte sie.

»Vielleicht bin ich ja zu blöd dazu.« Sein Ton triefte vor Sarkasmus.

»Es hätte doch nichts geändert. Reicht es denn nicht, dass es mir nicht gut ging?«

»Es war auch mein Kind, das du verloren hast. Und du hattest kein Recht, mir die Trauer darüber, dass es niemals zur Welt kommen wird, durch dein Schweigen zu verwehren.«

Er sah, dass er sie damit getroffen hatte. Sie drehte sich weg und starrte aus dem Fenster.

»Ich wollte dir nichts nehmen, Markus. Ich wollte dich davor bewahren. Vor diesem Schmerz«, sagte sie nach einer Weile ganz leise.

»Offenbar hältst du mich für eine ziemliche Memme, die nichts aushält.«

»Ich dachte, ich tue das Richtige. Für dich. Und für uns und unsere Beziehung. Und dann … dann kam das Angebot der Firma, in die Geschäftsführung einzusteigen, und …«

»Oh. Wie passend! Genau zum richtigen Zeitpunkt.«

»Ja. Es war der richtige Zeitpunkt.«

»Weil du dann kein Kind mehr wolltest, oder was?«

»Stimmt. Ich wollte das nicht noch mal riskieren.«

»Klar. Und so was musst du natürlich nur mit dir allein ausmachen. Was ich will, das ist dir ja scheißegal«, schrie er.

Sie zuckte zusammen.

»Du weißt genau, dass du mir nicht scheißegal bist.«

»Offensichtlich schon! Wir haben uns mal vertraut und versprochen, über alles zu reden, Kat. Aber das war wohl nur ein leeres Versprechen.« Er rang um seine Fassung. Dass sie ihn so ausgeschlossen hatte, tat ihm fast körperlich weh. »Weißt du was? Ach vergiss es!«

Er stürzte aus dem Zimmer.

»Markus!«, rief sie ihm hinterher. Doch er konnte nichts mehr hören. Er wollte einfach nur weg.

Unten im Flur schnappte er sich seine Jacke und schlüpfte in seine Schuhe.

»Was machst du denn?«, fragte sie ihn von der Treppe aus.

»Ich muss raus hier«, brummte er und verließ das Haus.

Zuerst lief er einfach nur durch die Straßen. So schnell, dass ihm irgendwann die Puste ausging und er langsamer wurde. Es war später Samstagnachmittag und immer noch viel los auf den Straßen. Doch er war froh um die vielen Geräusche und Menschen um ihn herum, die ihn irgendwie ablenkten. Stille hätte er jetzt nicht ertragen. Während er unterwegs war, dachte er über die Zeit nach, in der das alles passiert und er so ahnungslos gewesen war. Die Dreharbeiten in Zagreb mit Annika waren ein Fiasko gewesen. Nachdem er ihr ein Ultimatum gestellt hatte, versuchte sie zwar nicht mehr, ihn ins Bett zu kriegen. Doch da sie nicht bei ihm landen konnte, war sie launisch und kritisierte seine Arbeit grundlos. Er hatte versucht, sich nicht provozieren zu lassen, was schwierig war, aber schließlich gingen die Dreharbeiten zu Ende, und er konnte zurückfliegen. Erstaunlicherweise hatten die unübersehbaren Spannungen dazu geführt, dass alle im Team beste Arbeit ablieferten, und so kam am Ende ein Film heraus, über den die Leute in der Branche jetzt schon sprachen, obwohl er erst zum Münchner Filmfest im Sommer Premiere feiern würde.

Als er nach Hause gekommen war, verlor Kathrin kein Wort mehr über die Sache mit Annika, was ihn insgeheim verwunderte, doch er war auch froh darüber gewesen. Und er selbst hatte es ebenfalls vermieden, das Thema noch mal aufzugreifen. Allerdings hatte er das Gefühl gehabt, dass sie distanzierter war als sonst. Sie hatten auch eine Weile lang keinen Sex, weil sie sich eine hartnäckige Blasenentzündung geholt hatte. Zumindest hatte sie ihm das damals als Erklärung aufgetischt. Inzwischen wusste er es besser.

Sie hätte ein Kind bekommen. Sein Kind. Und hatte es verloren. Sobald er daran dachte, zog sein Magen sich schmerzhaft zusammen. Dass sie durch seinen vorgezogenen Abflug und den Streit wegen Annika keine Gelegenheit hatte, ihm davon zu erzählen, konnte er ja gerade noch nachvollziehen. Aber dass sie ihm verschwiegen hatte, dass sie es verloren hatte… Wieder kochte der Schmerz in ihm hoch.

Ohne sich bewusst auf den Weg dorthin gemacht zu haben, stand er plötzlich vor der *Silberbar*. Er sah auf seine Armbanduhr. Kurz nach fünf. Die Bar hatte zwar für Gäste noch geschlossen, aber ein Teil des Personals war um diese Zeit schon längst bei den Vorbereitungen. Gerade jetzt am Osterwochenende, wo auch viele Urlauber in der Stadt waren, würde sicher noch mehr los sein als sonst.

In der Hoffnung, dass er seinen Vater sehen würde, holte er seinen Schlüsselbund heraus, an dem auch ein Schlüssel für die Bar befestigt war. Er sperrte auf und trat ein.

»Hey, Markus!«, begrüßte Saskia ihn überrascht. Die langjährige Bedienung stand hinter der Theke und schnitt Zitronen und Limetten in feine Scheiben und Spalten für die Drinks.

»Servus, Saskia. Ist mein Vater auch hier?«, wollte er wissen.

»Ja. In der Küche.«

»Danke.«

Markus hängte seine Jacke an die Garderobe und ging nach hinten.

Walter saß mit dem Rücken zu ihm an dem kleinen quadratischen Tisch in der Ecke und sortierte Belege in einen Ordner. Obwohl sein Vater nach außen hin leicht oberflächlich wirken konnte, war er sehr sorgfältig mit seinen Buchhaltungsunterlagen und versuchte, sie immer möglichst auf dem aktuellen Stand zu halten, damit sich nichts ansammelte. Wenn einer seiner Angestellten einen Beleg verschlampte, konnte er sogar ziemlich ungemütlich werden.

Walter hatte seinen Sohn noch nicht bemerkt, er griff nach einem Becher Kaffee und nahm einen Schluck.

Dann blätterte er im Ordner, als ob er etwas suchen würde. Markus beobachtete ihn. Walter war für sein Alter immer noch ein gut aussehender Mann, aber langsam sah man ihm seine dreiundsechzig Jahre doch an. Die Schläfen schimmerten silbern, und in den letzten Jahren hatte er auch ein kleines Bäuchlein bekommen. Markus fiel ein, dass er seinen Vater hatte anrufen wollen, nachdem er und Kathrin sein großzügiges Geschenk im Koffer gefunden hatten. Es war noch keine vier Stunden her, dass sie beschlossen hatten, es noch mal neu zu versuchen und mit dem Geld zu verreisen, aber ihm kam es vor, als würde das bereits Wochen zurückliegen.

Offenbar hatte Walter gespürt, dass jemand gekommen war, denn er drehte sich um.

»Hey. Markus!«, rief er erfreut.

»Hi«, sagte Markus.

»Was für eine Überraschung. Was machst du denn hier?«

Markus wusste nicht, was er antworten sollte, wie er seinem Vater von dem ganzen Schlamassel erzählen sollte. Oder besser gesagt, womit er anfangen sollte.

»Dich einfach mal besuchen«, sagte er deswegen.

Walter sah es ihm offenbar an, dass ihm etwas auf der Seele lag. Er klappte den Ordner zu und stand auf.

»Willst du was trinken?«, fragte er.

»Oh ja!«

»Na, dann bist du ja bei mir genau richtig.«

Über eine Stunde später saßen sie bei ihrem zweiten Bier an einem Tisch im Gastraum. Obwohl inzwischen schon geöffnet war, hatten sich um diese Tageszeit erst wenige Gäste in die Bar verirrt, und Saskia konnte sich noch allein um den Laden kümmern. Markus redete sich alles von der Seele und beschönigte dabei nichts. Er begann mit Simon, ihrem Streit, dem Öffnen des Koffers, der Versöhnung, und schließlich erzählte er von dem ungeborenen Kind, das er verloren hatte, ohne davon zu wissen, und von Kathrins Erkrankung, die sie ihm ebenfalls verschwiegen hatte.

»Puh!«, sagte Walter, nachdem er geendet hatte, und nahm einen Schluck. »Das ist ganz schön viel auf einmal, mein Junge.«

»Ich dachte, wir würden wieder alles auf die Reihe kriegen, aber das heute mit der Schwangerschaft und dieser Krebsdiagnose, von der ich nichts wusste, haben mir gezeigt, dass sie mich schon seit geraumer Zeit nicht mehr wichtig nimmt.«

»Aber es geht ihr doch jetzt gesundheitlich gut, oder?«

»Ja. Das ist wohl alles wieder in Ordnung. Kathrin hat gesagt, dass das offenbar öfter bei Frauen vorkommt, als man denkt. Da es meistens gut ausgeht, wenn man es rechtzeitig entdeckt, kriegt man selten was mit.«

»Na, Gott sei Dank. Das ist doch jetzt mal das Wichtigste, oder?«

Markus nickte. Natürlich hatte sein Vater recht.

»Was willst du denn jetzt tun?«, fragte Walter.

Markus schüttelte ratlos den Kopf. »Keine Ahnung. Vielleicht noch ein drittes Bier trinken?«

Walter lächelte verständnisvoll, dann rief er: »Saskia. Für Markus noch ein Helles, und für mich jetzt nur noch ein großes Wasser.«

»Bring ich gleich, Chef«, sagte die Bedienung und schenkte ein.

»Aber jetzt mal im Ernst, Junge. Ich kann verstehen, dass du verletzt bist. Zuerst geht sie dir fast fremd, und dann erfährst du erst viel später von dem Kind und das mit der Krankheit …«

»Ich kapier es einfach nicht«, unterbrach Markus ihn, der von dem Bier auf fast nüchternen Magen inzwischen schon etwas benebelt war. »Jede andere Frau hätte doch darüber reden wollen. Mit ihrem Mann und der Familie. Warum verdammt noch mal hat sie nichts gesagt?«, fluchte er laut.

Ein Gast warf ihm einen verwunderten Blick zu. Doch Markus war das egal. Sollte der Mann sich doch denken, was er wollte.

»Du weißt, wie gern ich Kathrin mag«, sagte Walter.

»Ja. Natürlich.«

»Und ich mag sie vor allem, weil sie eben nicht so ist wie die meisten anderen Frauen, und sie …«

»Das ist ja okay, Vater«, unterbrach er ihn wieder. »Aber doch nicht auf Kosten meiner Gefühle. Sie hat mir verschwiegen, dass ich ein Kind bekommen hätte. Ein Kind. Gib dir das mal!«

»Ja. Ja, das war natürlich nicht richtig von ihr. Aber überleg doch. Kathrin ist doch echt keine Frau, die anderen Menschen mit Absicht wehtun möchte. Und schon gar nicht …«

»Nein, aber …«

»Wenn du mich nicht immer unterbrichst, dann kann ich versuchen, dir zu sagen, wie ich die Sache sehe«, wies er ihn milde lächelnd zurecht.

»'tschuldige.«

Saskia kam an den Tisch und servierte die Getränke. Als sie weg war, fuhr Walter fort.

»War da mehr mit dieser Regisseurin?«, wollte Walter wissen.

Markus sah ihn überrascht an.

»Nein. Das heißt, sie wollte schon was von mir. Aber ich nicht von ihr. Es war halt blöd, dass Kathrin gesehen hat, wie Annika mich küsste.«

»Und deswegen war sie sauer?«

»Ja. Und auch wegen eines ziemlich geschmacklosen Briefes, den Annika mir geschrieben hat. Ich kann verstehen, dass Kat sich geärgert hat. Und es tut mir ja auch leid. Aber das steht doch in keiner Relation dazu, dass sie mir ihre Schwangerschaft verschwiegen hat.« Erneut packten ihn bei diesen Gedanken die Wut und der Schmerz.

»Gehen wir alles mal langsam durch. Dieser Simon. Denkst du, er spielt noch eine Rolle für sie?«

Markus schüttelte den Kopf.

»Nein. Ich bin mir auch sicher, es tut ihr leid, dass sie sich überhaupt mit ihm eingelassen hat.«

»Okay.«

»Aber so weit waren wir ja ohnehin schon, dass wir das vergessen wollten. Aber dann kam heute erst der wirkliche Hammer. Ich glaube, wir kriegen das nicht mehr auf die Reihe.« Er sah seinen Vater unglücklich an. »Weißt du noch, bei der Hochzeit, was du da zu uns gesagt hast?«

»Sicher einiges, das ich jetzt am liebsten gar nicht wissen möchte.«

Er grinste.

»Du hast uns etwa sinngemäß den Rat gegeben: Wenn wir merken, dass wir uns gegenseitig wehtun, dann sollen wir unsere Ehe so schnell beenden, wie wir können. Ich glaube, Kat und ich sind schon längst an dem Punkt, Vater.«

Walter fuhr sich nachdenklich mit der Hand über das Kinn. »Kann sein, dass ich das gesagt habe. Aber inzwischen denke ich womöglich ein wenig anders darüber.«

»Ach ja? Irgendwie habe ich aber das Gefühl, dass du damals mit deinem Ratschlag gar nicht so unrecht hattest. Was hat denn deine Meinung geändert?«

Walter nahm einen weiteren Schluck Wasser, dann sah er seinen Sohn ernst an.

»Nachdem deine Mutter damals starb, konnte ich mir anfangs nicht vorstellen, überhaupt noch einmal mit einer Frau zusammen zu sein. Doch irgendwann wurde der Schmerz weniger, und ich ließ mich auf ein Abenteuer ein. Und es tat gut. Ich fühlte mich wieder lebendig, und ich wusste, dass eure Mutter mir deswegen nicht böse gewesen wäre. Doch eine feste Beziehung wollte ich nicht mehr. Auch mit der nächsten nicht. Und der übernächsten. Jedes Mal, wenn es nur kleine Meinungsverschiedenheiten gab, machte ich Schluss. Ich redete mir selbst ein, dass alles besser war als eine Beziehung mit Spannungen. Und so kam und ging eine nach der anderen. Nun ja, du hast es ja selbst miterlebt.«

Markus nickte.

»Aber weißt du, seit einer Weile frage ich mich, was das alles soll. Es gab mal eine Frau, Maria hieß sie, ich weiß nicht, ob du dich an sie erinnern kannst?«

»Klar. Mit ihr warst du für deine Verhältnisse auch ziemlich lange zusammen, oder?«

»Zehn Monate und elf Tage«, murmelte Walter. »Und irgendwann war mir klar, dass sie mir mehr bedeutete als all die anderen. Aber ich wollte das nicht.«

»Warum nicht?«

»Ich hätte es nicht gepackt, noch mal eine Frau so zu lieben wie deine Mutter und sie vielleicht auch wieder zu verlieren.«

»War Maria denn krank?«, fragte Markus.

»Nein. Aber es kann so schnell gehen, dass man einen Menschen verliert, der einem viel bedeutet. Das wollte ich nicht. Also nahm ich den ersten größeren Streit zum Vorwand, um mit ihr Schluss zu machen.«

Er lächelte traurig.

»Und was hab ich jetzt davon? Ich lasse mich auf Frauen ein, die genauso einsam sind wie ich und verzweifelt nach einem Mann suchen. Oder in einer unglücklichen Beziehung stecken, die ich sie für ein paar Nächte vergessen lasse. Aber keine spielt wirklich eine Rolle in meinem Leben. Ich kann mir oft nicht mal mehr ihre Namen merken.«

»Ich dachte immer, dieses Leben gefällt dir.«

»Das dachte ich auch. Aber inzwischen kotzt es mich an, Junge. Das kann ich dir sagen. Ich hatte nicht recht damals. Liebe ist es wert, dass man auch mal Auseinandersetzungen durchsteht. Das jedoch erfordert Mut, denn leider tut man sich dabei manchmal auch weh. Das muss man aushalten können. Bedeutend ist die Frage, aus welchem Grund man sich wehtut. Wenn Liebe der Grund ist, dann gibt es immer noch Hoffnung. Und Hoffnung ist das, was alles wiedergutmachen kann.«

Noch nie hatte Markus seinen Vater so offen über Gefühle reden hören.

»Denkst du, sie hat es getan, weil sie mich liebt?«, fragte er trotzdem ungläubig.

»Das kann ich dir nicht beantworten. Ich weiß nicht, was in Kathrin vorgeht. Aber inzwischen kenne ich deine Frau doch ganz gut, denke ich. Und ich traue ihr durchaus zu, dass sie dir tatsächlich einen Schmerz ersparen wollte und es deshalb ganz allein auf sich genommen hat.«

Markus schluckte. Vielleicht hatte sein Vater recht. Kathrin hatte ihm genau dasselbe gesagt. Aber er war so verletzt und auch so betroffen gewesen, dass er es gar nicht hatte hören, geschweige denn glauben wollen.

»Und die Sache mit der Krankheit?«, fragte er dennoch.

»Ich zweifle keine Sekunde daran, dass sie es dir sofort gesagt hätte, wenn die Diagnose schlecht ausgefallen wäre.«

Markus nahm einen Schluck Bier, doch jetzt schmeckte

es bitter. Er stellte das Glas ab und schob es zur Seite. Plötzlich fühlte er sich völlig erschöpft und zerschlagen. Schuldgefühle begannen an ihm zu nagen. Hatte er ihr unrecht getan? Erst jetzt fragte er sich ernsthaft, wie es für sie gewesen sein musste, das alles allein durchzustehen. Der Verlust eines Kindes, auch wenn es noch nicht geboren war, konnte traumatisch sein. Und dann hatte sie auch noch die Kraft aufgebracht, sich nichts anmerken zu lassen. War das mit ein Grund gewesen, dass sie sich so sehr in ihre Arbeit gestürzt hatte?

»Vielleicht war es ihre Art, sich vor dem Schmerz zu schützen. Indem sie nicht darüber sprach«, spekulierte Walter und sprach den Gedanken aus, der ihm ganz ähnlich ebenfalls gerade durch den Kopf ging.

Markus fuhr sich durch die Haare.

»Ich hätte sie nicht alleinlassen sollen. Sie war damals schon allein. Und jetzt wieder.« Jeglicher Zorn auf seine Frau war auf einmal verschwunden.

Walter griff nach seinem Arm und sah ihn eindringlich an.

»Hör zu. Das war einiges, das du innerhalb von sehr kurzer Zeit erfahren hast. Und vor allem das mit dem Kind, das ist ganz frisch für dich und tut weh. Mach dir keine Vorwürfe.«

»Was soll ich denn jetzt tun, Vater?«, fragte er leise.

»Fahr nach Hause zu ihr und redet über alles. Frag sie in Ruhe, warum sie nichts gesagt hat. Und hör ihr auch richtig zu, wenn sie antwortet.«

Markus nickte.

»Danke«, sagte er.

»Schon gut, Junge. Wenn ich schon keine Beziehung mehr auf die Reihe kriege, dann kann ich wenigstens versuchen zu helfen, dass deine nicht kaputtgeht.«

Markus lächelte traurig. »Vielleicht kommt ja irgendwann eine neue Maria für dich.«

Walter zuckte mit den Schultern.

»Vielleicht.«

Es war schon nach acht Uhr, als Markus auf das Haus zuging, das völlig im Dunkeln lag. Mit einem Gefühl des Unbehagens schloss er die Tür auf und betrat den Flur. Er bemerkte sofort, dass ihr Mantel nicht an der Garderobe hing. Vielleicht machte sie einen Spaziergang. Oder besuchte ihre Eltern. Er ging ins Wohnzimmer. Der Koffer lag immer noch offen auf dem Tisch. Drei letzte Geschenke warteten darauf, ausgepackt zu werden.

Als er sich in der Küche etwas zu trinken holen wollte, war alles sauber aufgeräumt und das Geschirr vom Nachmittag im Geschirrspüler. Die Stille im Haus beunruhigte ihn, obwohl er wusste, dass sie nicht da war. Einem Impuls folgend, ging er nach oben. Er öffnete die Tür zum Schlafzimmer und knipste das Licht an. Auch hier war aufgeräumt. Der Spiegel war verschwunden. Auf dem Bett lagen ein Bündel Geld und eine handgeschriebene Notiz.

Er zögerte kurz, bevor er den Zettel nahm und leise las: »Ich wollte dich nicht verletzten, Markus. Verzeih mir. Ich werde zum Flughafen fahren.« Das war alles.

Mit einem Mal todmüde, setzte er sich aufs Bett. Hatte sie ihn endgültig verlassen?

Er holte das Handy aus der Hosentasche, welches zwei Nachrichten anzeigte. Doch sie waren nicht von Kathrin, sondern von einer Produktionsassistentin, die ihm Infos für ein geplantes Projekt geschickt hatte. Er überlegte, Kathrin anzurufen, doch dann ließ er das Handy wieder sinken. Sicherlich würde sie nicht rangehen.

Unglücklich stand er auf. Verdammt! Es durfte nicht so enden?! Er starrte wieder auf den Brief: »…ich werde zum Flughafen fahren«, wiederholte er. Plötzlich kam ihm ein Gedanke. Er zählte rasch die Scheine. Genau zweitausendfünfhundert Euro. Die Hälfte des Geldes, das sein Vater ihnen geschenkt hatte, und ihr Hinweis, dass sie zum Flughafen fuhr – bedeutete das womöglich, dass sie wollte, dass er ihr folgte? Dass sie am Flughafen auf ihn wartete? Schließlich war das Geld dafür gedacht, dass sie gemeinsam etwas damit unternahmen. Er versuchte, sich das Gespräch in Erinnerung zu rufen, das sie geführt hatten, als sie Walters Päckchen aufgemacht hatten. Sie hatte vorgeschlagen, eine Art neue Hochzeitsreise zu machen. Und plötzlich wusste er, wohin sie wollte. Und wenn er sich nicht täuschte, würde sie nicht am Flughafen auf ihn warten.

Während er auf dem Handy versuchte, einen Flug zu buchen, ging er ins Ankleidezimmer, um schon mal seine Sachen zu packen. Er würde Klamotten für ein paar Tage mitnehmen, falls er länger blieb, konnte er immer noch welche kaufen. Er reservierte den nächsten freien Platz in einem Flugzeug, das morgen um halb elf ging. Vielleicht war es ja ganz gut, wenn jeder noch ein paar Stunden für sich allein hatte, um nachzudenken.

Er wusste nicht, ob ihre Ehe zu Ende war oder ob es vielleicht nicht noch einen Weg gab, um zusammenzufinden. Doch das Gespräch mit seinem Vater hatte ihm geholfen und ihm wieder Hoffnung gegeben. Wenn Kathrin gewollt hätte, dass es ganz vorbei war, dann hätte sie sich anders verhalten. Er hoffte sehr, dass er sich nicht täuschte. In jedem Fall aber gab es etwas, das sie beide unbedingt gemeinsam tun mussten. Egal ob sie zusammen blieben oder nicht. Etwas, das für beide sehr schwer sein würde.

38

Just Married – Die Hochzeitsreise

MÜNCHEN, FLUGHAFEN, 6. OKTOBER 2004

»Was hältst du von Kos?«, fragte Markus. »Schau mal, das Hotel hier wär doch nett.« Er deutete auf das Bild auf dem Prospekt des Reisebüros, der vor ihm lag.

Kathrin zuckte wenig begeistert mit den Schultern.

»Hm. Weiß nicht. Irgendwie reizt mich das nicht so. Gibt es denn nichts anderes? Was Besonderes? Es ist schließlich unsere Hochzeitsreise.«

Die Mitarbeiterin im Reisebüro am Flughafen in München – das Namensschildchen an ihrer Bluse wies sie als Hermine Kerst aus – blieb weiterhin freundlich, obwohl Kathrin und Markus nun schon über eine Stunde überlegten, wohin die Reise gehen sollte, die sie heute noch antreten wollten. Ihre erste Wahl wäre ein Tauchurlaub auf Mauritius gewesen. Doch einen Tag nach der Hochzeit hatte sich Kathrin eine Erkältung eingefangen, die zwar inzwischen etwas abgeklungen war, aber sie hustete immer noch ein wenig, und deswegen kam Tauchen für sie nicht in Frage.

»Hier hab ich noch eine zweiwöchige Reise nach Gran Canaria. All inklusive im Erlebnishotel direkt am Strand von Maspalomas. Der Flug geht … Moment«, sie schaute in ihren Bildschirm, »heute um halb vier. Das würde doch passen, oder?«

Markus und Kathrin sahen sich an. Keiner der beiden war sonderlich begeistert. Sie hatten ein relativ großzügiges Budget eingeplant, schließlich war es ihre Hochzeitsreise. Doch je mehr Auswahl sie dadurch hatten, desto schwieriger wurde es.

»Eher nicht«, sagte Kathrin, die selbst nicht erklären konnte, woran es lag, dass ihr das Angebot nicht zusagte.

»Sag mal, Kat«, sagte Markus plötzlich und legte seine Hand auf ihren Arm. »Wäre es für dich auch okay, wenn wir nur eine Woche verreisen und die andere Woche den Bus auf Vordermann bringen?«

Kathrin musste grinsen. Er hatte zu Hause sogar schon überlegt, mit dem Bus auf Hochzeitsreise zu gehen. Grundsätzlich hätte ihr das auch gefallen. Doch damit sie sicher unterwegs sein konnten, waren noch einige Arbeiten am Fahrzeug nötig, die er in der kurzen Zeit nicht geschafft hätte, weil sie die Ersatzteile nicht rechtzeitig beschaffen konnten. Außerdem hatte sie nicht mehr länger warten wollen, mit ihm zu verreisen.

»Klar«, sagte sie, weil es ihr plötzlich egal war, wo sie Zeit mit ihm verbrachte, solange sie beide damit glücklich waren.

»Super. Ich hab da nämlich eine Idee, wo wir für eine Woche hinfliegen könnten.« Er wandte sich an Frau Kerst. »Gibt es Flüge für heute nach Lissabon?«

»Lissabon? Moment …«

»Was für eine super Idee«, rief Kathrin. »Da wollten wir sowieso noch mal hin.«

Kathrin gefiel der Gedanke sofort. Beim letzten Besuch, als er ihr den Antrag machte, hatten sie nur wenig von der Stadt gesehen.

»Eben«, stimmte Markus ihr zwinkernd zu.

»Ja. Es gibt noch Flüge«, sagte Frau Kerst schließlich. »Wir müssten uns dann aber beeilen, der Flieger startet schon in zwei Stunden. Sie müssten jetzt Ja sagen, sonst schaffen wir den nicht mehr. Und der nächste Flug geht erst heute Abend.«

»Und? Sollen wir?«, fragte Markus sicherheitshalber.

Kathrin nickte.

»Ja. Unbedingt.«

Eigentlich hatten sie nur die Flüge buchen und sich in Lissabon selbst ein Hotel suchen wollen, aber Frau Kerst hatte ganz spontan noch ein besonderes Angebot für ein Viersternehotel parat, zu dem sie nicht Nein sagen konnten. Wenn sie ohnehin nur eine Woche weg waren, konnten sie sich durchaus auch eine luxuriösere Unterkunft leisten.

Es war bereits Abend, als das Taxi sie zum Hotel brachte. Das Hotel *Torel Palace* lag nah am Zentrum auf einem Hügel mit einem atemberaubenden Blick über die nächtliche Stadt.

»Es ist wunderschön«, sagte Kathrin begeistert, als sie die Suite mit den türkisfarbenen Wänden in dem Gebäude aus dem 19. Jahrhundert bezogen. Schon gleich beim Betreten der Eingangshalle des Herrenhauses hatte sie sich in das Hotel verliebt.

»Ja. Hier lässt es sich eine Woche aushalten«, sagte Markus und ließ sich rücklings auf das Bett fallen. Gleich darauf lag Kathrin neben ihm und griff nach seiner Hand.

»Heiraten ist großartig. Hochzeitsreisen sind noch besser«, sagte sie. »Schade, dass man sie nur einmal macht.«

»Einmal pro Hochzeit«, korrigierte Markus.

Kathrin lachte. »Bis jetzt hab ich nicht vor, noch mal zu heiraten«, sagte sie.

»Ich auch nicht.«

»Beruhigend.«

»Mal abwarten, wie ich in einer Woche darüber denke … Aua«, rief er und zuckte zusammen, als Kathrin ihn in die Seite boxte.

»Mimimimi … heul doch.«

»Na warte!«

Er wollte nach ihr greifen, doch sie war rechtzeitig aufgesprungen und eilte auf die andere Seite des Bettes. Schneller, als sie gedacht hatte, drehte er sich um und packte ihre Hand.

»Hey!«, rief sie protestierend, als er sie mit einem Ruck wieder ins Bett zog und dort festhielt. Lachend versuchte sie, sich zu befreien.

»Halt still!«

»Warum?«

»Weil ich was überprüfen muss.«

»Was denn?«, fragte sie neugierig und hörte auf, sich zu wehren.

»Ich will wissen, wie der erste Hochzeitsreisen-Kuss schmeckt.«

Sie sah in sein lächelndes Gesicht und hatte das Gefühl, dass sie vor lauter Glück und Liebe gleich platzen könnte.

»Ich auch«, flüsterte sie, und dann beugte er sich über sie.

Als Kathrin später ihre Kleider in den Schrank hängte, schlüpfte er nackt aus dem Bett und schlang von hinten seine Arme um ihre Taille.

»Was hältst du davon, wenn wir uns das Essen aufs Zimmer bringen lassen«, schlug er vor und küsste ihren Nacken.

»Hm. Ja«, sagte sie und drehte sich zu ihm um, ohne dass er sie losließ. »Aber zuerst möchte ich noch duschen.«

»Ich verstehe«, sagte er. »Du willst testen, wie sich eine erste Hochzeitsreisen-Dusche anfühlt?«

»Ganz genau«, antwortete sie und ahnte, dass sich auch dieser Test in die Länge ziehen würde.

Die Tage in Lissabon waren traumhaft schön. Endlich hatten sie Zeit, die Stadt zu erkunden. Und es gab so viel zu entdecken. Sie spazierten durch das uralte Alfama-Viertel, über enge Straßen und verwinkelte Gässchen die Treppen hoch zum imposanten Castelo São Jorge, von wo aus sie einen herrlichen Blick über die Stadt hatten. Fuhren mit der historischen Tram 28, erkundeten die zahlreichen Sehenswürdigkeiten im Stadtteil Belém und streiften durch das nächtliche Bairro Alto. Einen Tag verbrachten sie faul am Strand von Sesimbra. Glücklicherweise spielte das Wetter für die Jahreszeit mit, und sie ließen sich nicht vom kalten Wasser des Atlantiks davon abbringen, in die Fluten zu springen.

Die täglichen Besuche in einem der unzähligen Cafés und Konditoreien in Lissabon waren ein kleines Highlight. Kathrin liebte Süßigkeiten, und von den berühmten Pastéis de Nata, einem kleinen runden Blätterteiggebäck, das mit einer Art Puddingcreme gefüllt ist, konnte sie kaum genug bekommen. Dazu einen oder zwei Pingado, Espresso mit Milch. Sie genossen es, Menschen zu beobachten oder abends in kleinen Clubs Fado-Sängern zu lauschen und Bier oder Rotwein zu trinken. Doch nie allzu lange, denn die Lust aufeinander zog sie meist bald in ihr Hotelzimmer.

Es war der letzte Tag in Lissabon, als sie am späten Nachmittag Hand in Hand über den Praça do Comércio schlenderten und sich auf eine kleine Steinmauer am Ufer des Tejos setzten. In der Nähe spielten zwei junge Männer auf Gitarren Songs von den Beatles. Um sie herum standen jede Menge Leute, die ihnen begeistert zuhörten und nach jedem Lied applaudierten und Münzen in einen offenen Gitarrenkoffer warfen.

Unterwegs hatten sie Chips und gekühltes Bier gekauft, von dem Markus zwei Dosen aus seinem Rucksack holte und öffnete.

»Auf die besten Flitterwochen, die man sich nur vorstellen kann«, sagte er und prostete ihr zu.

»Und darauf, dass wir sie immer so schön in Erinnerung behalten werden«, fügte Kathrin hinzu, dann stießen sie an und nahmen einen Schluck. Die Sonne stand bereits tief und hüllte Wasser und Ufer in dieses besondere warme Licht kurz vor dem Sonnenuntergang.

»Moment mal«, sagte Markus und holte einen Fotoapparat aus seinem Rucksack, als zwei Frauen in ihre Richtung kamen. »Könnten Sie bitte ein Foto machen?«, bat er sie auf Englisch. Es war die Sprache, mit der sie sich in Lissabon am besten durchschlagen konnten.

»Yes«, antwortete eine der Frauen, und Markus reichte ihr die Kamera. Er setzte sich wieder zu Kathrin, schlang einen Arm um sie und zog sie fest an sich heran. Die Frau machte mehrere Fotos und gab ihnen zu verstehen, dass sie sich küssen sollten, bevor sie noch mal auf den Auslöser drückte.

»Thank you«, bedankte sich Markus, als sie ihm die Kamera reichte.

Sie blieben noch am Wasser sitzen, bis es fast dunkel war und Kathrin fröstelte. Obwohl das Wetter tagsüber noch warm war, kühlte es ziemlich schnell ab, sobald die Sonne weg war.

»Willst du noch in einen Club gehen?«, fragte Markus.

Kathrin schüttelte den Kopf. »Beenden wir doch unsere Hochzeitsreise, wie wir sie begonnen haben«, schlug sie vor. »Wir gehen auf unser Zimmer, bestellen uns eine Kleinigkeit zu essen und finden heraus, wie sich der letzte Hochzeitsreisentag-Sex anfühlt.«

»Ich kann mir keinen besseren Abschluss für unsere

Flitterwochen vorstellen, Kat«, sagte er leise. Dann griff er nach ihrer Hand und half ihr von der kleinen Steinmauer.

Sie waren noch nicht weit gegangen, da hörten sie Klänge eines Akkordeons, die immer lauter wurden. In einer kleinen Gasse kam ihnen ein junger Mann entgegen, der virtuos auf seinem Instrument spielte. Er wurde begleitet von einem älteren Mann, der sein Vater oder auch Großvater sein konnte. Vor einer Bar machten sie Halt, ohne das Spiel zu unterbrechen. Passanten blieben stehen und lauschten der Musik, die der junge Musiker völlig versonnen zum Besten gab. Markus erkannte sofort die unverwechselbaren Klänge eines Stückes von Astor Piazzolla. Vor drei Jahren war er Kameramann bei einer Doku über Tangomusik gewesen. Und natürlich hatte der großartige argentinische Künstler dabei neben anderen Meistern des Tangos nicht fehlen dürfen.

»Hören wir ein wenig zu«, schlug er vor, und sie traten näher heran.

Der alte Mann nickte ihnen freundlich zu und lüftete seinen Filzhut.

»Wow. Spielt der toll«, staunte Kathrin.

Markus nickte, dann streckte er die Hand nach ihr aus.

»Darf ich bitten?«, fragte er.

»Aber ich kann doch nicht richtig tanzen. Und Tango schon gar nicht.«

»Egal. Ich ja auch nicht.«

Und schon zog er sie an sich.

»Markus!«

Sie lachte auf, als er sich schwungvoll mit ihr drehte. Auch wenn sie die richtigen Schritte nicht kannten, ließen sie sich einfach vom Rhythmus der Musik führen. Einige Passanten standen um sie herum und sahen ihnen amüsiert zu, während sie den mitreißenden Klängen des Akkordeons lauschten. Ein weiteres Paar begann ebenfalls zu tanzen.

»Danke, dass ich solche Dinge mit dir machen kann, Kat«, flüsterte er ihr ins Ohr, als das Lied zu Ende war und die Leute applaudierten.

»Ich will noch so viel mehr mit dir ausprobieren«, sagte sie, und ihre wunderschönen Augen funkelten abenteuerlustig im Licht der Straßenlaterne.

»Das werden wir.«

Markus holte seine Geldbörse aus der Hosentasche und warf dem Begleiter des Musikanten einen Zehneuroschein in den Hut, den er nun in der Hand hielt.

»Obrigado«, sagte dieser und deutete eine Verbeugung an.

»Und jetzt lass uns zurück zum Hotel gehen«, schlug Markus vor und legte einen Arm um Kathrin.

»Ich bin gespannt, wie sich der letzte Hochzeitsreisen-Abend anfühlen wird«, sagte sie.

»Lass dich überraschen.«

39

Schmerz und Hoffnungsschimmer

LISSABON, 16. APRIL 2017

Der Abflug hatte sich um fast zwei Stunden verzögert, aber endlich landete Markus auf dem Flughafen in Lissabon. Während der Wartezeit und des Fluges hatte er viel Zeit gehabt nachzudenken. Über ihre Beziehung und über die letzten Tage, die eine emotionale Achterbahnfahrt für sie beide gewesen waren. Der Gedanke an das verlorene ungeborene Kind schmerzte ihn mehr, als er sich das hätte vorstellen können. Wie schlimm musste es dann erst für Kathrin gewesen sein?

»Hotel *Torel Palace*«, gab er dem Taxifahrer das Ziel durch und stieg hinten ein. Die Fahrt dauerte nicht allzu lange.

An der Rezeption erkundigte er sich auf Englisch nach Kathrin. Sie hatte tatsächlich im Hotel eingecheckt. Die Rezeptionistin rief im Zimmer an, aber Kathrin hob nicht ab. Das hatte Markus ohnehin nicht erwartet. Sicher war sie unterwegs.

Die Frau an der Anmeldung machte Markus darauf

aufmerksam, dass sie, falls er ein Zimmer haben wollte, leider nichts für ihn tun konnte. Wegen der Osterfeiertage war alles restlos ausgebucht. Kathrin hatte offenbar Glück gehabt, noch ein Zimmer zu bekommen. Vermutlich hatte jemand kurzfristig storniert.

Er hielt sich nicht damit auf, der Frau zu erklären, dass er ohnehin vorhatte, ins Zimmer seiner Frau zu ziehen, sobald – hoffentlich – alles geklärt war. Er bat sie jedoch, das Gepäck unterstellen zu dürfen. Und dann erkundigte er sich nach einem Blumenladen in der Nähe.

Als er am späten Nachmittag auf das Ufer des Tejos zuging, an dem sie während der Hochzeitsreise den letzten Abend verbracht hatten, wurde er von Erinnerungen an diesen Tag überflutet. Auf der einen Seite fühlte es sich so an, als ob es erst gestern gewesen wäre, andererseits war seither so viel passiert, dass es ihm zugleich auch wie eine Ewigkeit vorkam.

Er ging ein Stück am Ufer entlang und hielt Ausschau nach Kathrin. Sie war nicht hier. Zumindest konnte er sie zwischen den vielen Leuten nicht entdecken, die unterwegs waren. Dabei hatte er irgendwie damit gerechnet. Er überlegte, wieder zum Hotel zurückzugehen und dort auf sie zu warten. Vielleicht war sie ja inzwischen auch schon zurück. Aber dann entschloss er sich doch, noch eine Weile hierzubleiben und die warmen Strahlen der späten Nachmittagssonne zu genießen. Er setzte sich auf die Mauer und beobachtete eine Möwe, die in weiten Kreisen über das Wasser flog und schließlich auf einem Pfosten landete.

»Ich wusste, dass du kommen würdest«, hörte er Kathrins Stimme. Mit einem Gefühl von Erleichterung, aber auch Anspannung drehte er sich zu ihr um. Sie trug ein hellgrünes Sommerkleid, das ihre Augen strahlen ließ, doch gleichzeitig wirkte sie erschöpft und blass. Nervös zupfte sie an ihren Fingern.

»Und ich ahnte, dass wir uns hier finden würden«, sagte Markus.

Er zögerte, sie zu umarmen. Auch Kathrin schien unsicher zu sein, wie sie sich verhalten sollte.

»Es tut mir so leid, Markus. Alles«, sagte sie plötzlich leise. »Ich hätte es dir nicht verschweigen dürfen.«

Markus spürte einen dicken Kloß im Hals, der es ihm schwer machte zu sprechen. Doch er musste etwas sagen.

»Kat, ich glaube, ich kann dich verstehen.«

Sie schüttelte den Kopf.

»Nein. Nein. Das kannst du nicht, Markus. Weil ich es selbst bis gestern nicht verstanden habe. Erst nachdem ich dir alles gesagt hatte und du weg warst, wurde es mir so richtig bewusst. Ich habe mich ganz schrecklich verhalten dir gegenüber.«

Er sah, wie Tränen in ihren Augen schimmerten. Es fiel ihm schwer, sie nicht in die Arme zu nehmen. Doch er hatte das Gefühl, dass sie es in diesem Moment nicht wollte.

»Möchtest du ein Stück gehen?«

Wieder schüttelte sie den Kopf. »Nein. Bleiben wir hier.«

Wie vor dreizehn Jahren setzten sie sich nebeneinander auf die kleine Mauer.

»Ich denke, du hast deine Gründe dafür gehabt«, begann Markus, nachdem sie einen Moment lang beide geschwiegen hatten. Er griff nach ihrer Hand und drückte sie. Und sie ließ es zu. Doch sie sagte nichts, sondern schaute nur traurig aufs Wasser.

»Kat. Ich hätte spüren müssen, dass es dir im letzten Jahr nicht gut ging. Es tut mir leid.«

»Ich wollte nicht, dass du es weißt«, gab sie zu. »Ich wollte überhaupt nicht darüber reden, weil ich …« Sie drehte den Kopf weg, damit er ihre Tränen nicht sehen konnte.

»Weil du was? Sag es mir bitte, Kat.«

Er ahnte zwar längst, warum, doch er hielt es für wichtig, dass sie es aussprach.

Sie wischte sich mit den Händen die Tränen aus dem Gesicht und atmete einmal tief ein und aus. Dann sah sie ihn an.

»Ich … ich war so glücklich, als dieser Schwangerschaftstest positiv war«, begann sie stockend. »Am liebsten hätte ich es sofort in die ganze Welt hinausposaunt. Und ich konnte es vor allem kaum erwarten, dir davon zu erzählen.«

Er schluckte.

»Dann war dieser blöde Streit wegen Annika, und du warst weg, bevor du wusstest, dass wir ein … dass wir ein Baby bekommen würden.«

Markus' Kehle wurde eng.

»Und dann ging alles so schnell«, fuhr sie fort. »Das Baby war weg und dann auch noch die Angst wegen einer möglichen Krebsdiagnose. Auch wenn es am Ende harmlos war. Ich redete mir ein, ich würde dir nichts sagen, damit ich dich davor bewahre, dass es dir ebenfalls so schlecht geht. Und ich wollte auch nicht, dass du Angst um mich hast. Aber das ist nicht die ganze Wahrheit, Markus. Hauptsächlich habe ich mich selbst damit schützen wollen, denn wenn ich darüber gesprochen hätte, wäre es irgendwie noch viel realer gewesen. Und so hab ich es einfach in mir eingesperrt. Und dich damit ausgesperrt. Und dann habe ich mich in die Arbeit gestürzt. Aber der Job, die neue Verantwortung, das alles konnte mich nicht wirklich davon ablenken. Es hat weiter an mir genagt. Und auch wenn mir zunächst nicht bewusst war, warum, so wurde ich doch wütend auf dich. Und fast alles, was du gemacht hast, hat mich genervt.«

Sie sah ihn mit einer Mischung aus Schuldbewusstsein und Trotz an.

»Kat…«

»Ja. Ich weiß, es ist verrückt. Aber ich hatte wohl insgeheim immer gehofft, dass du es von selbst bemerken würdest. Aber das hast du nicht.«

»Wolltest du mich mit Simon bestrafen?«

Sie biss sich auf die Unterlippe, und wieder rannen Tränen über ihre Wangen.

»Ich glaube schon«, gab sie zu und schniefte. »Es tut mir so leid.«

»Mir auch, Kat«, sagte er heiser. »Du ahnst gar nicht, wie sehr.«

Er legte einen Arm um sie und zog sie an sich. Er spürte nur das leise Beben ihres Schluchzens an seiner Schulter. Und auch ihm liefen die Tränen über die Wangen.

Er hatte keine Ahnung, wie lange sie dasaßen, versunken in Schuldgefühlen und Trauer, bis sie schließlich wieder gleichmäßig atmete.

Markus löste sich von ihr und legte seine Hände an ihr verweintes Gesicht.

»Kat, wir können das alles nicht mehr rückgängig machen. Wir haben beide Fehler gemacht, aber nicht, weil wir uns nicht mehr lieben, oder?«

Mit einem kaum merkbaren Nicken stimmte sie ihm zu.

»Warum hab ich das nur getan, Markus? Ich verstehe mich selbst nicht.«

»Du warst in einem Ausnahmezustand und hast eine emotionale Entscheidung getroffen, die falsch war. Und ich Idiot habe zwar gespürt, dass irgendwas mit dir los ist, habe es aber völlig falsch interpretiert.«

»Wie hättest du es auch wissen können.«

Sie griff nach seiner Hand und umschlang seine Finger. Er gab ihr einen liebevollen Kuss auf die Schläfe. Gleich musste er etwas tun, das ihre Wunde womöglich weiter aufreißen würde. Genau wie seine. Doch er konnte es ihr und auch sich selbst nicht ersparen.

»Kat?«, sagte er sanft.

»Hm?«

»Es ist tragisch, dass du unser Baby verloren hast«, begann er behutsam.

»Und tut so weh.«

»Ja. Ich weiß. Und es ist auch gut so. Es gehört dazu,

dass es wehtut. Du hast die Trauer die ganze Zeit hinter einem Vorhang versteckt. Aber sie war immer da, auch wenn du sie nicht zulassen wolltest.«

Sie sah ihn an, konnte aber nichts sagen.

»Wir müssen Abschied nehmen.«

»Abschied?«, fragte sie erschrocken, und ihr ohnehin fahles Gesicht wurde auf einen Schlag schneeweiß. Und dies war für ihn der Moment, in dem er endgültig wusste, dass sie zusammenbleiben würden.

»Nicht voneinander, Kat. Keine Sorge. Weil ich mir ein Leben ohne dich immer noch nicht vorstellen kann. Und weil ich dich liebe.«

»Ich liebe dich auch, Markus«, flüsterte sie und griff wieder nach seiner Hand.

Eine Weile lang schwiegen sie wieder.

»Wir müssen gemeinsam Abschied nehmen von dem Baby. Damit wir es begreifen können.«

»Tun wir das nicht jetzt mit unserem Gespräch?«, fragte sie unsicher.

»Doch. Aber wir müssen diesen Abschied auch visualisieren. Damit wir besser damit umgehen können.«

40

Adieu, Sternchen.

Kathrin war von den verschiedenen Emotionen, die in ihr tobten, erschöpft. Doch gleichzeitig war eine große Last von ihr gefallen, und sie fühlte sich fast befreit. Nicht nur weil sie Markus alles gebeichtet hatte. Sondern auch weil sie endlich selbst verstehen und aussprechen konnte, was mit ihr los war. Und weil Markus ihr verziehen hatte und sie immer noch liebte.

Nachdem er gestern nach ihrem Geständnis voller Zorn auf sie verschwunden war, hatte sie Angst gehabt, ihn endgültig verloren zu haben. Relativ rasch hatte sie beschlossen, nach Lissabon zu fliegen, in der Hoffnung, dass er sie noch nicht ganz aufgegeben hatte und ihr folgen würde.

Und Markus war gekommen und hatte ihr offenbar schon verziehen, bevor sie ihm alles erklärt hatte.

»Kat?«, fragte er und riss sie aus ihren Gedanken.

»Ja?«

»Ich habe mir was überlegt. Und ich hoffe, dass das für dich okay ist.«

»Was denn?«

Er nahm seinen Rucksack, der neben ihm auf der Mauer gelegen hatte, und öffnete ihn. Vorsichtig holte er einen weißen Pappkarton heraus und gab ihn ihr.

»Was ist das denn?«, fragte sie.

»Mach auf.«

Sie öffnete den Deckel. Als sie sah, was darin lag, schossen ihr wieder Tränen in die Augen.

Er legte sofort einen Arm um sie.

»Ich dachte mir, es wäre schön, wenn wir …«, begann er.

»Oh Markus!«, unterbrach sie ihn, da sie sofort wusste, was er damit vorhatte.

Mit brennenden Augen betrachtete sie das kleine Herz aus weißen Rosen, in dessen Mitte ein Stern aus geflochtenen Zweigen befestigt war. Sie wandte sich zu Markus, der sichtlich mit den Tränen kämpfte.

»Wir brauchen diesen Abschied«, sagte er.

»Ja«, antwortete sie kaum hörbar.

Sie wollte aufstehen, doch Markus hielt sie zurück.

»Einen Moment noch.«

Er holte sein Handy aus der Tasche und streckte den Arm, um ein Selfie zu machen. Es würde ein Bild sein, das niemand außer ihnen zu sehen bekäme. Aber das ihnen ebenfalls helfen würde, das alles zu verarbeiten und sich an diesen Moment zu erinnern.

Sie lehnte sich leise weinend an ihn, das kleine Rosenherz zwischen ihnen.

Ein Paar, das an ihnen vorbeiging, sah sie mitfühlend an. Offenbar ahnten sie, dass hier gerade kein fröhliches Touristenfoto entstand.

»Bist du bereit?«, fragte er leise.

»Ja.«

Sie standen auf und spazierten gemeinsam an eine Stelle des Tejos, an dem kaum Leute waren.

Kathrin zitterte und hatte weiche Knie. Sie hauchte einen zärtlichen Kuss auf den kleinen Stern.

»Adieu, mein Sternchen«, sagte sie heiser und reichte das Herz an Markus, der für einen kurzen Moment die Augen schloss. Seine Lippen zitterten, als er etwas flüsterte, das sie nicht hören konnte.

Dann nickte er Kathrin zu, holte aus und warf das Blumenherz weit hinein in den Tejo.

Sich gegenseitig haltend, standen sie am Ufer und sahen zu, wie der Blumenschmuck auf dem Wasser tanzte. Trotz des Schmerzes über den Verlust spürte Kathrin, dass dieses Ritual ihr half, die Trauer endlich zuzulassen, damit sie eine Chance hatte, das Geschehene zu verarbeiten.

»Danke«, sagte sie, »dass du das getan hast, Markus. Ich glaube, allein hätte ich nicht den Mut dazu gehabt.«

»So etwas sollte man auch nicht allein durchstehen müssen, Kat. Und bitte rede mit mir in Zukunft über alles. Egal worum es geht. Das haben wir uns doch versprochen.«

»Ja. Das werde ich.« Und sie meinte es auch so. Es hatte etwas Tröstendes, mit diesem Verlust nicht mehr allein zu sein. Ihn zulassen zu können und nicht länger zu verdrängen.

»Bitte, lass uns jetzt gehen«, sagte sie schließlich.

Der Weg zurück zum Hotel führte sie durch die Gasse, in der sie vor dreizehn Jahren getanzt hatten, und erinnerte sie daran, wie glücklich sie damals waren. Wortlos griff er nach ihrer Hand und drückte sie.

Es sind diese besonderen Erinnerungen an das, was man gemeinsam erlebt und durchgestanden hat, die das Leben so kostbar machen und die einen zusammenschweißen, ging es ihr plötzlich durch den Kopf. Und sie wünschte sich, dass sie später einmal auf noch viele weitere Erinnerungen zurückblicken durfte, die sie mit Markus teilen konnte.

»Sollen wir uns in einer Konditorei ein wenig Gebäck holen und mit ins Hotel nehmen?«, unterbrach er ihre Gedanken.

In dem Moment, als er vom Essen sprach, spürte Kathrin, dass sie tatsächlich hungrig war. Sie hatte den ganzen Tag über nur wenig gegessen, weil sie kaum etwas hinunterbekommen hatte.

»Oh ja, bitte«, sagte sie. Und plötzlich fiel ihr etwas ein.

»Wir haben den Sauerbraten vergessen!«

Markus lächelte.

»Keine Sorge. Vor meiner Abreise habe ich ihn unserer Nachbarin gegeben. Die hat sich sehr gefreut.«

»Tut mir leid, dass ich jetzt an so was Banales wie einen Sauerbraten denke«, murmelte sie plötzlich beschämt.

»Kat. Ich finde es gut, wenn wir wieder anfangen, an alltägliche Dinge zu denken. Das bedeutet ja nicht, dass wir das andere vergessen.«

Er hatte recht. Es war an der Zeit, wieder nach vorn zu blicken.

Sie ließen sich Kaffee aufs Zimmer bringen und verputzten hungrig die kleinen Pastéis de Nata und saftige Mandelküchlein.

»Hm. Ich liebe diese Teile. Gut, dass wir nicht in Lissabon leben«, sagte Kathrin mit vollem Mund. »Sonst würde ich ganz sicher irgendwann platzen.«

Sie reichte ihm das letzte Stück Puddinggebäck. Doch Markus winkte ab.

»Sorry. Ich kann nicht mehr. Das heb ich für später auf. Ich pack mal rasch meine Reisetasche aus.«

Als er seine wenigen Sachen in den Schrank geräumt hatte, überraschte Markus sie damit, dass er die restlichen Päckchen aus dem Hochzeitskoffer aus der Tasche holte.

»Du hast sie mitgenommen?«, fragte sie erstaunt.

»Ja. Ich dachte mir, es wäre gut, wenn wir das zu Ende bringen. Meinst du nicht?«

»Doch«, antwortete sie. »Dann haben wir das Kapitel wirklich abgeschlossen.«

Er setzte sich mit den Päckchen neben sie ins Bett.

»Ich dachte, es waren nur noch drei Päckchen im Koffer«, sagte sie verwundert.

»Nein. Vier«, sagte er.

Kathrin fühlte sich plötzlich unbehaglich.

»Und was ist, wenn noch mal so ein Geschenk dabei ist...?« Sie sprach den Satz nicht zu Ende, da er wusste, was sie meinte.

»Ich mache dir einen Vorschlag«, sagte Markus. »Ich schau zuerst rein, und wenn ich Bedenken habe, werfe ich es einfach in den Müll. Okay?«

»Okay.«

Er nahm das erste Paket und drehte sich mit dem Rücken zu ihr. Sie hörte Papier rascheln.

»Und?«, fragte sie, nun doch etwas neugierig.

»Völlig harmlos«, sagte er und drehte sich zu ihr um, eine CD in der Hand. »Noch mal eine Kuschelrock-CD.«

Sie schmunzelte.

»Von wem?«

»Von Moni.«

»Von Moni? Oh Gott, die hätte ich ja mal anrufen sollen. Wir wollten essen gehen.«

Doch nach ihrem Krankenhausaufenthalt hatte Kathrin das Versprechen, sich bei der Maskenbildnerin zu melden, völlig vergessen.

»Sie hätte sich ja auch bei dir melden können«, bemerkte Markus und öffnete das nächste Päckchen.

»Eine Packung mit Luftballons«, gab er lachend Entwarnung. »Von Saskia … damit ihr bei eurem 15. Hochzeitstag schön dekorieren könnt«, las er die Karte der Bedienung aus der *Silberbar* vor. »Übrigens soll ich dich ganz besonders grüßen von meinem Vater.«

»Hast du ihm alles erzählt?«, fragte Kathrin.

Markus nickte.

»Wenn wir wieder zurück sind, muss ich meinen Eltern auch erzählen, was mit uns – vor allem mit mir – los war.«

»Ich begleite dich, wenn du möchtest«, bot Markus an.

»Danke.«

Kathrin sah, wie er das nächste Päckchen nahm. Als er es ausgepackt hatte, sagte er jedoch nichts.

»Was ist es?«, fragte sie. »Sag schon!«

Langsam drehte er sich um und machte ein besorgtes Gesicht.

Sie sah das Geschenk in seiner Hand. Ein weiterer Erziehungsratgeber. Es gab ihr einen kleinen Stich. Doch sie versuchte zu lächeln.

»Mach dir keine Gedanken, Markus. Es ist ja nicht der Erste von der Sorte.«

»Ich möchte nur nicht, dass du dich deswegen schlecht fühlst, weil …« Er sprach nicht weiter.

»Schon gut. Von wem ist er denn?« Sie hatte keinen Überblick mehr, wer von den damaligen Hochzeitsgästen jetzt noch fehlte.

»Von Tom. Als Drehbuchautor hätte er allerdings schon ein wenig kreativer sein können«, stellte Markus fest. »Soll ich ihn wegwerfen?«

»Nein. Wer weiß, vielleicht brauchen wir ihn und die anderen Ratgeber ja irgendwann doch noch mal«, sagte Kathrin leise.

Markus legte das Buch zur Seite.

»Meinst du das ernst?«

Sie nickte.

»Oh Kat. Das wäre schön.«

Kathrin wollte jetzt nicht wieder wehmütig werden. Sie griff entschlossen nach dem letzten Päckchen, das besonders schön in goldfarbenes Geschenkpapier eingewickelt war.

»Hier«, sie reichte es ihm.

»Und wenn doch du es aufmachen würdest?«, schlug er vor. »Ich kann mir nicht vorstellen, dass ausgerechnet im letzten noch irgendwas Schlimmes sein soll.«

»Na gut«, stimmte sie zu und öffnete es beherzt.

Ein wunderschöner smaragdgrüner Seidenschal kam zum Vorschein.

»Oh, der ist aber hübsch«, rief sie überrascht.

Als Kathrin ihn in die Hand nahm, bemerkte sie, dass darin etwas eingewickelt war.

Markus sah ihr gebannt zu, während sie das Tuch auseinanderschlug.

Schließlich lag ein handgefertigter silbernen Armreif vor ihr, in den ein großer Trapiche-Smaragd eingefasst war, der genau zu ihrer Kette passte.

»Das ist kein Geschenk, das schon im Koffer war«, stellte sie fest und schob es über ihr Handgelenk.

»Stimmt«, gab er zu.

»Es ist… wunderschön.«

»Eine Karte ist auch dabei.«

Sie griff nach dem Umschlag, zog sie heraus und las murmelnd. »Alles Gute zum Geburtstag, Kat. Ich hoffe, du verzeihst, dass du das Geschenk etwas verspätet bekommst.«

Sie hob den Kopf und sah ihn an. Nur fünf Tage war es her, seit er mit diesem Geschenk nach Hause gekommen war, um sie zu überraschen. Gerade noch rechtzeitig, um sie vor einem großen Fehler zu bewahren.

Sie wollte sich gar nicht ausmalen, was geschehen wäre, wenn sie sich tatsächlich auf Simon eingelassen hätte.

»Es ist aus Mexiko«, erklärte er.

»Ach Markus«, sagte sie und schlang die Arme um seinen Hals.

Er zog sie an sich.

»Gefällt es dir?«

»Oh ja. Und es bedeutet mir wirklich sehr viel.«

Sie spürte seinen Atem, als seine Lippen sich langsam näherten. Er küsste sie sanft, vorsichtig. Doch sie wollte ihn richtig spüren, das Leben spüren. Mit allen Sinnen. Sie hatten eine schwere Zeit hinter sich und mussten einiges verkraften, doch am Ende hatten sie wieder zusammengefunden. Und das war alles, was zählte.

Ihr Kuss wurde leidenschaftlicher. Sie lösten sich nur kurz voneinander, um sich auszuziehen. Und als sie nur wenig später auf dem Rücken lag, sah sie ihm voller Liebe in die Augen, als er langsam in sie eindrang. Es war ein neues erstes Mal. Und gleichzeitig schienen ihre Liebe und Leidenschaft so alt wie die Welt zu sein.

Danke…

Danke euch sehr, liebe Anna-Lisa, Eléonore, Johannes, Franka, Christina, Max, Joshi und Rita.

Danke, Leo, für die Sache mit dem Aufzug und überhaupt – und ganz besonders Dir, meine liebe Redaktionsfee Alexandra, fürs wohlgemeinte »Piesacken«.

Obrigado Krümel, für die ganz spezielle Hilfe.